ЖЕНЩИНЫ
ЛАЗАРЯ

她的
第三种生活

[俄] 玛丽娜·斯杰普诺娃 著

张政硕 译

Марина
Степнова

目录

01 巴尔巴利斯卡
Барбариска……………………………001

02 玛露霞
Маруся………………………………027

03 拉扎尔
Лазарь………………………………065

04 加洛奇卡
Галочка………………………………153

05 加林娜·彼得罗夫娜
Галина Петровна……………………189

06 莉多奇卡
Лидочка………………………………279

01
巴尔巴利斯卡
Барбариска

1985年，小莉多奇卡年满五岁，对她而言，欢乐的时光行将永别。她与欢乐再无邂逅，她牢牢记得最后一个快乐的盛夏里所有光滑、微咸、潮湿的细节。

黑色的海（黑色，是因为它从不洗手，是吗？），旅馆像极了散落的火柴盒，海滩上到处都是泡软的浆果冰激凌纸杯和晒得通身滚热的人。清晨，一家人来到海边，选好地方，小心翼翼地迈着步子，生怕脚跟或毛巾触碰到别人躁动的、正在休憩的肉体。莉多奇卡很快失去了耐心，只要妈妈与餐厅里邻座的阿姨或流动的棉花糖小贩聊天，莉多奇卡便会离开妈妈的视线，胡乱地挥舞着圆头粗跟鞋，一边放声尖叫，一边冲向大海。

度假者像海狮一样稍微抬起身子，从衣服浸湿的缝隙和褶皱中抖落出薏米般粗大的沙子，微笑着回应莉多奇卡父母的道歉——"没关系，让孩子高兴去吧！你看，小孩子多活泼啊，跳个不停！""对不起，她是第一次跟我们到海边……""你们是从哪

第一章　巴尔巴利斯卡　003

里过来的?""恩斯克①。""哦,那可真是够远的。我们从克里沃罗格②来的,从工厂拿到了疗养证,对吧,玛尼亚?"玛尼亚高兴地点了点头,两排牙齿被阳光照得金黄,她将衣服堆到一旁,为莉多奇卡的爸爸腾出铺毛巾的地方。"你们要晒太阳吗?""好啊。"莉多奇卡的妈妈很快脱掉连衣裙,人造丝绸摩擦出噼里啪啦的静电。我们在红色的旗帜下,简直太棒了。

即将迸发的长期友谊——包括在假日互相拜访或互相邮寄明信片——被热浪和莉多奇卡打断。阳光照耀在大声叫喊的莉多奇卡身上,她的皮肤光滑白皙,在浅滩的海浪中闪闪发亮。无论是克里沃罗格无产阶级工人们锋利的折叠刀下爆汁儿的西瓜,还是沙滩上永远的"小傻瓜"游戏(打断一下,我们手中的牌有大小王? 不,上一局打的是红桃!),还是这陌生生活中无休无止令人困惑的独白,都无从转移妈妈对她的注意力。"我的哥们儿,彼得洛维奇,让我带着孩子搬去和他住,他那儿有地方。他真的有一间房,足足十二米长,可以在里面举办婚礼,甚至可以骑摩托车!"某个无人知晓的彼得洛维奇的命运的浪漫虚线可能会成为幸福的实线,但妈妈只是莞尔一笑。

还有一次,她想尝试别人不可能的命运——只是为了弄明白自己的命运是多么顺利,巧妙得像是为自己量身定做的一样。但只要故事情节再次跳转,整座城市便被贫困笼罩,到处是在罪恶中诞生的私生子(出于某种原因,贫穷的苏维埃生活总能激起前

---

① 俄罗斯文学中常用的虚构地名,意即"N 城",多表示偏远城市。
② 乌克兰南部城市。

所未有的拜伦式激情），莉多奇卡高声大笑，跳开那令她脚痒的浪头，历史的线索便这样毫无希望地溜走。远方的海天一线随着热浪的上升而颤动，模糊了人们的视线，妈妈眨了眨眼，在爆皮的肩膀、巨大的臀部和欢快的叫嚷声中寻不见熟悉的、女儿戴的草帽。感谢上帝，她在那儿。莉多奇卡向妈妈挥手，她没有摘下红蓝相间的游泳圈，蹲下身子，在沙滩上盖起一座小面包房，用她炽热的小手在房顶捏出几座小塔。

　　白色的草帽在莉多奇卡晒得黢黑的脸颊上投下孔洞的影子，莉多奇卡睫毛上的影子却更清晰、更修长。"哦，您的女儿真可爱。"妈妈张开双手，对赞美之言示意，就像接过面包一样，她的心里乐开了花，一种隐秘而欢快的自信油然而生，没有比莉多奇卡更可爱的小姑娘了，莉多奇卡是独一无二的。世界上最美的孩子——拥有着无比幸福的命运。妈妈平静地微笑，看着女儿，而后看看自己的肚子，它一点儿也没因早年的生产而松弛，她甚至自己也不敢相信——莉多奇卡的眼睛圆圆的，就像小狗的眼睛一样，她肩膀上冒着嘶嘶热气，胖乎乎的脖子上披着轻盈的成人般的卷发，她的一切都是完美的，可在那里，在妈妈的肚子里，更早的时候还没有莉多奇卡。妈妈的思绪到了想象的边缘之后，便开始危险地打转儿，宛若在悬崖边缘转弯的卡车——行将报废的引擎发出嘶哑的号叫，两个车轮在浓烟中徒劳地旋转，另外两个车轮刨开两小撮土，仿佛随时都会因压力过大而爆胎。在跌落悬崖的前一秒、一秒、一秒，突然有一个透明的小魔鬼塑料玩具在她眼前跳跃，那是沃夫卡用滴瓶做的，他还欠我三个卢布，他得了传染病，现在他肯定不会还钱,事情就是这样,就是这样,这件事我永远没法和任何人说……那么,为何生前的虚空比死后的虚无更令我恐惧?为什么死亡并不可怕?上帝啊,宽恕我吧,带走我吧。

"你的脸色有点不好,妮努沙。"爸爸担心地说,他吻了吻妈妈的肩膀,感到嘴唇下的皮肤又热又干,红得像染了颜色,"在太阳下晒太久了吗?"

妈妈愧疚地笑了笑。幻觉放开了她,她的灵魂经历了一次小的洗礼,回到了正轨——灵魂被恐惧浸湿,而后获救,再后是筋疲力竭,但在她内心最最深处,她渴望知道那最后一秒之后会发生什么,在那之后只有翻滚,只有无声无息的钢铁残骸,只有撕裂的肌肉,只有……只有……只有……妈妈努力地想象着那些无从想象的画面,额头拼命摩擦丈夫那条能救命的手臂,那是长着大雀斑和红毛的强壮手臂。"是的,亲爱的,是有点儿热。我头有些晕。"

莉多奇卡在五岁的年纪仍是完美无瑕的小精灵,她嗅到另一个世界的阴沉,便立即跑到母亲身边。她身材匀称,动作灵巧,穿着别致的进口内裤。每一天内裤的颜色都不一样,每一天内裤上都印着有趣的图案。星期一是粉红色的,上面印着草莓。星期二是蓝色的,印着毛茸茸的兔子。星期三是黄色的,印着绽放的向日葵。"妈妈,你怎么了?"妈妈以她温柔的嘴唇亲吻着女儿的眼睛,亲了一边,再亲另一边。"我很好,巴尔巴利斯卡,你不会被我烫到吧?""没。"安分下来的莉多奇卡挣脱妈妈爱抚的手,跑回了海边,和海边的新朋友们有说有笑。"莉达""莉多奇卡""列杰涅茨"和"巴尔巴利斯卡"①都是父母怀着温柔给她起的小名。再也没有人会如此温柔,再也没有。

"小游击队员,别再跑啦。"爸爸一把将莉多奇卡搂在怀里,灵巧地把她翻了个身,这让莉多奇卡笑个不停:天空和海面顺利地调换了位置,地平线上的船即将坠入云端,咬人的鱼儿、海马,一切都在漂浮,都在融化,高声呼号的海鸥倒挂在一条条无形的线上,莉多奇卡自己则在天空与大海间翱翔。

这就是幸福——父亲炽热的手永远不会松开,永远不会让她掉下去,即使颠倒的是整个世界。莉多奇卡以后才明白什么是幸福,而且是很久以后。

"坐到玛尼娅婶婶和科利亚伯伯那儿去,"——爸爸将莉多奇卡放下,大海和天空的位置转了回来,回到了平常的样子,"坐过去好不好?我和妈妈去游会儿泳,妈妈就快被晒熟啦。"

"过来,过来,"玛尼娅婶婶圆润低沉的声音响起,"我已经有两个孩子了,第三个也快出生了,我会一直盯着你的宝贝的。游泳对身体好。"

"我们很快就回来。"妈妈稍显愧疚,将火热的脸颊贴在莉多奇卡身上,"听玛尼娅婶婶的话。我很爱很爱你。"

莉多奇卡心猿意马地点了点头,玛尼娅婶婶一脸神秘地在她的包里一通翻找,显然是要翻点儿什么好东西出来。科利亚伯伯也想知道玛尼娅婶婶能拿出来什么,显然,这两口子的生活仍旧

---

① 莉多奇卡的大名是莉季娅,莉达和莉多奇卡都是这个名字的昵称,列杰涅茨原意为一种棒棒糖,巴尔巴利斯卡原意为一种水果糖。

充满活力，充满令人兴奋的欢愉。"哎呀！"玛尼娅婶婶用马戏演员的语调逗着莉多奇卡，递给她一个大桃子——长满小茸毛，软软的，热热的，透出斑驳的粉色。海浪把它冰凉的爪子拍到妈妈的肚子上，她的后背和肩膀顿时起了鸡皮疙瘩。莉多奇卡闭着眼睛，闻着那令人皮肤发痒的桃子。"来啊，妮努沙，我们游到浮标那儿，比比谁游得快。"妈妈晃了晃脑袋，自信地笑了笑。"吃吧，孩子。"玛尼娅婶婶深情地望着莉多奇卡，科利亚伯伯从同一个包里拿出一枚煮鸡蛋，在膝盖上敲碎，畸形的"牛心"番茄、从食堂拿来的面包片、香肠、市场里买来的金色的葡萄一个接一个地出现在铺开的报纸上，就像变戏法一样。玛尼娅婶婶买这一切只花了八十戈比，她夸耀着自己讨价还价的水平，温柔地爱抚莉多奇卡被太阳晒得温热的小脑袋，而后伸出手抚摸工人丈夫的短发和佝偻的脖颈。"哦，你是我的金子，我的妻子，我的玛露西卡，我真羡慕我自己，啊呀……"

莉多奇卡吃了差不多一半，美滋滋地喘着气儿，黏稠的桃汁沾满了下巴，滴到了她被晒黑的圆滚滚的小肚子上。"别再乱抹了，小丫头，我一会儿给你洗掉，你会像小苹果一样干净。你的妈妈在哪儿上班呢？爸爸是不是还在画图纸？你们家里有几间房？科利亚，听着，我早就说过，工程师在北方能得到三居室的房子，你呢？让亨克去什么技校，该让他立马去工厂！否则全家人只能在集体宿舍待到死。爸爸妈妈的工资多不多？你不知道？唔，那好吧，孩子，把桃子吃了吧，吃了吧，愿上帝保佑你，还有你的爸爸妈妈……"

突然传来一阵令人毛骨悚然的尖叫，只有一个声音："啊！！！"莉多奇卡被果汁呛了一下，扔下桃子，桃子沾上了沙子——沾在最美味的果肉上，根本洗不掉，只能把桃子扔了，真是可惜，但尖叫声越来越近了，声音越过了天空，海滩的景象仿佛画在半透明的厚玻璃上，随即变得浑浊，迅速布满可怖的裂缝。度假的人们像梦游一样缓缓地从浴巾和躺椅上起身，已经有人推开别人，冲到了岸边。

"啊啊啊！救——命！救——命！"

玛尼娅婶婶吓得连忙画十字："上帝啊，科利亚，去看看怎么了，小丫头，不哭不哭，你的小脑袋晒过头了，让我们也看看那边怎么了。"莉多奇卡时不时地回头，看着掉在地上，已经没法儿吃的桃子。她甚至没有想哭。相反，她觉得那半个桃子很是有趣。

爸爸跪在海边，一个全身浸湿的高大小伙子拉住他的手，将他拉起来，就像拉起一个小男孩一样。这位小伙子是救生队的一员，他们平时就待在瞭望塔上，大口吃着冰激凌，和前来度假的女人调情，不过大多数时候只是无聊地傻愣着。

"同志，你还好吗？"穿着大红色泳裤的救生员俯下身问爸爸。在围观的人群中，有个人责备地说道："好什么好！没看到吗，有个男的被淹死了！"

"不是男的，是他的妻子。"旁人纠正道。爸爸挣脱了小伙子的手臂，突然轻哼一声，整个人倒了下去，如同摆好的玩具被胳膊肘推倒。

救生员直起身子，一脸困惑地环顾四周，度假的人们围成一个圈,一位白皙而矫健的女大夫像摩托艇一样高喊着飞速穿过围观的人群,紧接着,真的有一艘白色的摩托艇飞速驶来,在浮标处绕了一圈又一圈,还有几个救生员从摩托艇上一跃而下,潜入光滑的海浪中,隔着海浪彼此呼喊,发出嘹亮的铜铃般的声音。

"瞧,妻子淹死了,自己却没事。"这句话从赤身裸体、通身浸湿、嘈杂议论的人群中传来,分不清究竟是谁说的,像是责备,又像羡慕。爸爸好像听到了这句话,立刻站起来,身上沾着厚厚的一层沙子,像极了莉多奇卡吃剩的半个桃子。

他猛地仰头望向天空,向天上挥舞着拳头——这种动作的力量古老而可怕,甚至不像人类的力量。顽皮的浪花接近他,拍打他粉色的脚后跟,而后再退回海里。爸爸眼里噙着泪,环视着四周。

"不,"他突然非常平静地说道,"这不是真的。午饭时间到了。我们去吃午饭吧。我的女儿在哪?"

莉多奇卡从玛尼娅婶婶攥紧的手里抽出被桃汁弄得黏糊糊的小手,冲上前去,陷入灼热松散的沙堆中。有东西从莉多奇卡的脑中迸发,频繁地,细小地爆裂——宛若小保险丝因电压过载而烧毁——一根、一根,再一根,直到需要抹除的东西都被抹除。

(十三年后,莉多奇卡悠闲地观看着讲述猩猩一家生活的BBC纪录片,她看到一只雄猩猩从短吻鳄的口中夺回幼崽,迅即跳上了岸,它的动作和人类一模一样。突然间,它举起被咬得肢体残损的孩子,声嘶力竭地号叫,或是惩罚,或是自责,或是想弄明白什么。莉多奇卡的心为之一颤,头顶突然被油污一般的阴霾笼罩,仿佛她正透过别人的眼镜看世界——一个高度近视的人用他油腻的手指从桌子上匆忙抓起的眼镜。眼镜根本不管用。一点用也没有。

那只雄猩猩小心翼翼地将幼崽放到地上,所有的猩猩轮流嗅着那已经一动不动的残损不全的身体,仿佛向它道别一样,接着,所有的猩猩排成一排离开,半像人类似的弓着腰前进,难以置信的是,它们马上便愉快地忘了这一切,因为对它们而言,忘记便是活下去的意义。"这很可悲,不是吗?"卢日宾问道,他快速眨了眨眼,像所有故作坚强的人一样,他很容易为一些小事掉眼泪。莉多奇卡点了点头。她九岁的时候在学校就被教过要为怜悯之心落泪。"想吃桃子吗?"卢日宾伸手拿起盘子里的水果,真是见鬼,他竟像个女孩似的落泪。"不,"莉多奇卡说道,"我对桃子过敏。")

孩子们很坚强,非常坚强。无论莉多奇卡多少次试图回忆1985年的夏天——7月24日之后的夏天——除了痛苦的一闪而过的亮光外,什么也没有。房间里铺着蓝白色的床罩,上面印着几朵花。爸爸一整天都躺在旁边的床上,脸对着墙,透过微红的头发,可以看见后脑勺毫无保护的粉红色皮肤。飞机上——这是莉多奇卡第一次坐飞机!一位穿着蓝色紧身制服且非常漂亮的阿姨端着托盘，托盘上摆着"起飞"牌的糖果——那种糖果很小，只有平常见到的一半那么大，却漂亮得令人惊讶。莉多奇卡接过一块糖，按照母亲的教导，小声说了谢谢。"小姑娘，再拿一块吧。"乘务员露出友善的职业微笑，她的笑纹透过厚得可以涂在三明治上的"芭蕾"牌粉底清楚可见。莉多奇卡再一次小声说谢谢，又拿了一块糖。飞机里很有趣，不过机舱又闷又臭，散发着针叶空气清新剂的味道和某人呕吐的余味。飞到恩斯克总共要六个小时，爸爸哭了六个小时，一刻也不停，整整六个小时。

之后，是谁揽下所有几乎不能完成的麻烦事，是谁收集好所有的材料，是谁买的棺材，并将它运过整个国家，到底是谁呢？莉多奇卡当然不知道。没人带她去参加母亲的葬礼，她在一个沉默寡言地拿着织衣针的邻居阿姨监督下，安静地玩着她的娃娃。娃娃们煮汤，做客，来自东德的金发赖丽亚甚至嫁给了一只野兔。这只娃娃只比莉多奇卡矮一点儿，妈妈甚至为赖丽亚改了一件莉多奇卡的衣服——是一件白色的小婚纱，胸口部位不小心烫出一个大洞。妈妈在烫坏的地方缝了一只大蝴蝶结，现在，穿着白婚纱的赖丽亚为自己的婚姻交付一生。"赖丽亚，你是做什么的？""我？我是新娘！"

正当莉多奇卡想着要让眼睛瞪得大大的、手臂会动的塑料小狗古尔维涅克扮演赖丽亚和兔子的孩子时，门铃响了。邻居阿姨做了四个动作（摘眼镜、放眼镜、放下毛线球、揉揉腰），试图从椅子上站起来，但莉多奇卡已经冲进了走廊，欢呼雀跃道："妈妈，我知道，是妈妈来啦！"邻居阿姨终于摆脱了椅子的束缚，偷偷在自己身上画十字。门外站着一个女人——一个莉多奇卡完全不认识的女人,她穿着一条连衣裙,连衣裙的颜色难以描述,令人不安,像是夜的颜色。她很漂亮,非常漂亮,像空姐一样,几乎像妈妈一样漂亮。只是她的嘴唇过于红艳。这个女人看也不看,将莉多奇卡推到一边,仿佛推开一个不值钱的小玩意儿,便走进了屋子。

"妈妈在哪里?"莉多奇卡问道,她提前张开嘴巴,以便更容易喊出来。

"她死了。"女人平静地回答,邻居又在自己身上画了一个十字。

"那爸爸呢?"莉多奇卡不知道"死"这个字的意思,但她有了不好的预感,又闭上了嘴巴。

女人的唇角微微抽动,宛如要亲吻空气,而后改变了主意。

她说:"你爸爸很快就回来了。"说完看了看莉多奇卡。

这个女人的眼睛是灰蓝色的,澄澈,光亮,瞳孔最深处透着某种复杂的蓝光。而妈妈的眼睛是黄褐色的。褐色的快乐的眼睛,像极了撒着欢儿的小狗的眼睛。在此之后,在莉多奇卡的余生之中,她最害怕的事情就是忘记妈妈的眼睛。

"对不起,请问,您是哪位?"邻居阿姨终于从昏沉中清醒,她惊讶地盯着陌生女人脖子上的珍珠项链——珍珠很大粒,一个挨着一个,以非常高贵、非常自然的方式结合在一起。

它们可能是人造的。这个嫉妒心极强的邻居阿姨如是自我安慰。她是专业的商品检查员,领着足额的退休金。但这种安慰是徒劳的，珍珠是货真价实的灰粉色海水珍珠，在柔软、鲜活、黑暗的牡蛎体内一点点长大。加林娜·彼得罗夫娜·林特的东西一切都是最好的，最贵的，除了她自己的生命，不过，感谢上帝，这一点谁也不知道。

"我是谁？"加林娜·彼得罗夫娜怜悯地扬起眉毛，好像邻居阿姨疯了，不认识这位重要的统治者，每家每户神圣的角落里都挂着她的画像，在缭绕的香火和袅袅升起的茶炊蒸汽中摇曳。"我是谁？你是认真的吗？"

邻居阿姨退缩了，回到她悲惨的生活中，她住在狭小的一居室中，白色的墙壁上印着清晰的乡村图案。

"我们走吧。"加林娜·彼得罗夫娜一边说，一边将莉多奇卡推到门口，没人能猜到那扇门会关上。而莉多奇卡乖乖地跨过了自己生命的门槛。

尽管不是立即，但莉多奇卡后来也意识到，是奶奶收养了她。

奶奶的名字是加林娜·彼得罗夫娜。莉多奇卡试着叫她"加利娅奶奶"，但被拒绝了：首先，这个名字听起来太土气，其次，这可能让人觉得你有一百个奶奶，但你不知道该找哪一个。的确，莉多奇卡并没有一百个奶奶，也没有一百个爷爷。确切地说，莉多奇卡只有外公外婆，他们的照片挂在爸爸妈妈的卧室里，妈妈有时会把照片从墙上取下来，用手指深情地抚摸穿着黑白相间制服的男人和鬈发的女人，女人将她轻盈、丰满、甚至看起来有些许欢乐的手搭在丈夫的大尉肩章上。女人戴着长长的一串珠子，脸上有酒窝，男人留着飘逸的小胡子。"看啊，巴尔巴利斯卡，"

妈妈说,"这是我的爸爸和妈妈,也就是你的外公外婆。""那他们在哪里呀?"莉多奇卡问道,她就像听童话故事一样提前知道了问题的答案,所有孩子都会为知晓确定的事情而高兴。"在很远很远的地方,一片特别美丽的土地。"妈妈伤心地说下去。或许是天堂,或许是远东的战区。那儿有一座被积雪覆盖的桥。一辆卡车从桥上冲了下去,那个愚蠢的戴着耳罩的小兵趴在方向盘上睡着了,小兵做的最后一个噩梦中有在卡车后厢冻得瑟瑟发抖的大尉和他的妻子,他们搭这辆车前往比金市出口投票。她临死时仍把从军品店买来的台灯紧紧抱在胸前,那灯罩在烈日下闪闪发光。

"他们为什么不来看我们呢?"莉多奇卡不耐烦地拽着妈妈的手,妈妈好像只能回忆到这里,不敢回忆车轮下冰的破裂,黑污的冰水涌向卡车,令她冷得说不出话。"为什么嘛?告诉我,为什么嘛?""因为他们在很远很远的地方,巴尔巴利斯卡。""那我们会去看他们吗?""当然会,"妈妈严肃地点了点头,"首先是我和爸爸过去,然后你再去。不过这是很久以后的事了。可能是十亿年后。"——莉多奇卡听到这么大的数字,惊得屏住了呼吸。"甚至是更长时间!"妈妈点头道,从矮凳上站了起来,那矮凳看上去就像一个长着粗腿的毛绒草莓。"我们去做点油炸饼,走吧!"莉多奇卡高兴地欢呼,期待着摆弄面粉和一罐刚打开的果酱,外公外婆则回到了墙边。坦率地说,照片里的人看起来并不那么像外公外婆。

而加林娜·彼得罗夫娜——谁也不像加林娜·彼得罗夫娜那样。

第一,她一个人住在偌大的公寓里,看起来像极了夏尔·佩罗①大童话书里的城堡。

第二,公寓里不能跑跳,不能大叫。换句话说,在哪里也不能跑跳喊叫,尤其是在公寓里。

第三,每天早上会有一个不同寻常的女人过来——玛丽凡娜,她换上围裙,用没有灵魂的机器一样的动作灵巧地打扫房间(而妈妈打扫房间时总是生着气,或是唱着歌)。玛丽凡娜还负责做饭——新鲜的饭菜每天都不重样。她会将前一天剩下的食物倒入几个形状特殊的手提饭盒,离开时将饭盒带走。她从不和莉多奇卡说话,好像她不存在一样。

"为什么玛丽凡娜把食物带走?"莉多奇卡忍不住了,不停地问加林娜·彼得罗夫娜,尽管她知道好奇的瓦尔瓦拉被割断了鼻子②。爸爸妈妈不让她乱问其他大人的事情,不过没有别的大人,也没有陌生人,那应该还是可以问的。

"什么食物?"加林娜·彼得罗夫娜心不在焉地沉思,目光从电视上移开,"啊……这个。我不知道,可能是带给她的孙子们吃。"

莉多奇卡沉默了,开始思考。

"那玛丽凡娜,也是我们的奶奶吗?"

加林娜·彼得罗夫娜的心思终于离开了电影《手镯Ⅱ》的画面。那些马很蠢。如今的人全然不懂该如何拍电影。

---

① 夏尔·佩罗(1628—1703),法国诗人、作家,著有童话集《鹅妈妈的故事》。
② 俄罗斯俗语,大意为:问不必要的问题会受到惩罚。

"是什么让你觉得玛利亚·伊万诺夫娜是我们的奶奶?别乱动椅子,你会把它弄坏的。"

莉多奇卡乖乖地停止摆弄天鹅绒软垫。玛丽凡娜每天都来——做饭、打扫卫生、铺床、洗衣服。她照顾着莉多奇卡和加林娜·彼得罗夫娜,就像一个奶奶做的那样。另外,正如刚才所说,她也有自己的孙子和孙女,她带走莉多奇卡和加林娜·彼得罗夫娜吃剩下的食物。这样说来,加林娜·彼得罗夫娜和莉多奇卡一样也是玛丽凡娜的孙女,而且是最宠爱的孙女。莉多奇卡没有在她的逻辑推理中看到一个漏洞。一切就是这样,难道不是吗?

加林娜·彼得罗夫娜烦躁地耸了耸肩。

"你脑子里装的都是些什么废话!她是玛利亚·伊万诺夫娜,是我的管家。看书去,画画去。你应该会读书了吧?"

莉多奇卡委屈地从椅子上滑下来。她很小就会读书了。顺便说一句,莉多奇卡甚至会默读了!

还有一件很奇怪的事:在这之前,莉多奇卡甚至不知道加林娜·彼得罗夫娜这个人。这是不可理解的。因为要么你知道自己有奶奶,即使是挂在墙上的照片,要么你知道自己没有奶奶。当然,可以去找爸爸弄清楚这件事,但是,尽管加林娜·彼得罗夫娜说爸爸很快就会来,但出于某种原因,爸爸没有来。莉多奇卡依稀记得自己在加林娜·彼得罗夫娜家里度过的第一个晚上爸爸还在(家人在皮沙发上为莉多奇卡铺上床被,皮沙发的触感就像一头活的大象)。爸爸摇摇晃晃地跪在沙发旁,像小狗一样轻声哼叫，莉多奇卡即使熟睡着，也闻得到他那温暖的味道——一种烟草和古龙水的奇异混合味，妈妈说闻起来像汤里的月桂叶，甚至有时叫爸爸"拉夫鲁什卡"①。

莉多奇卡嘟哝着"拉夫鲁什卡"，在沙发上辗转反侧——枕头和平时的很不一样，太软了。妈妈说过，枕着软东西对身体不好。"睡吧，女儿，睡吧，我的小兔子。"爸爸一边低声哄着莉多奇卡，一边伸手，试图摸黑在沙发上找到莉多奇卡，"你看，晚上没人解你的辫子，奶奶还不是那么懂你，你别生她的气，她之后会疼你的，你看……"

莉多奇卡试着抬起沉重的眼皮，但没有做到。"妈妈在哪？"她睡眼蒙眬，略带生气地问道，"给妈妈打电话……"爸爸沉默了一下，像是在积蓄力量，接着突然将他胡子拉碴的脸埋在莉多奇卡怀里，她隔着睡衣都能感觉到爸爸的牙齿在颤动。

"鲍里斯，别闹了。"加林娜·彼得罗夫娜突然出现在门口，喊了一声。她穿着幽灵似的白睡衣，上面有一条硬丝绣成的龙。"你表现得像个女人一样。"

爸爸抬起头，他的泪水打湿了莉多奇卡的睡衣。

"你一直讨厌她，"爸爸小声说道，"一直讨厌她。"

加林娜·彼得罗夫娜耸了耸肩膀，不见了，爸爸也跟着不见了，消失在缓缓吹过的夜风里，莉多奇卡翻过身，再也无从抵抗四面八方涌来的睡意……

---

① 意为月桂。

第二天一早，爸爸不知去向，莉多奇卡赤裸着双脚，在陌生的公寓里徘徊，直到她看见加林娜·彼得罗夫娜，她站在窗前，身上带着热腾腾的烟晕——妈妈从不抽烟。爸爸抽烟，但妈妈不抽。

"爸爸在哪？"莉多奇卡闷闷不乐地问道。

加林娜·彼得罗夫娜转过身，她手上的烟卷长得惊人。

"走了。"她说。

"妈妈呢？"

"妈妈死了。"

莉多奇卡沉默了，她试着接受这无从接受的命运。

"我想回家。"莉多奇卡说。

"现在这就是你的家。"

莉多奇卡和加林娜·彼得罗夫娜都清楚这不是真的。但是没有别的选择。于是，莉多奇卡和加林娜·彼得罗夫娜住在了一起。

加林娜·彼得罗夫娜做的第一件事是带莉多奇卡去看医生。两人坐在一辆白色的长长的"伏尔加"牌轿车里。加林娜·彼得罗夫娜亲自驾驶汽车：这令莉多奇卡吃了一惊，因为在莉多奇卡从前的日子里，汽车只由长着一双大手的温和男人——出租车司机驾驶。妈妈总是盯着司机的指甲，皱起眉毛，告诉莉多奇卡如果吃饭前不洗手会发生什么。司机的指甲是黑色的，开裂的，像是从没修剪过。而公共汽车一般都是自己行驶的。在公共汽车上可以偷偷闻一闻木地板混着皮袄的气味，或是碰一下某人优雅的裙子那沙沙作响、颜色鲜艳的裙摆。莉多奇卡更喜欢坐公共汽车。

加林娜·彼得罗夫娜让莉多奇卡坐到前排，莉多奇卡左顾右盼，打扮得像个洋娃娃，一根安全带将她紧紧箍住，犹如丝带系着一束节日里的花儿。"脑袋不要转来转去。"加林娜·彼得罗夫娜严厉地命令莉多奇卡，街道像小狗一样欢快地冲向她们，轻盈流畅的景象里尽是长长的影子和刺眼的黄绿色。一棵棵树像是变成了琴键，在窗外快速闪过，树影为车窗着上了色，令莉多奇卡眩晕不止。另外，在"伏尔加"轿车中还有一股浓烈而甜腻的汽油味和加林娜·彼得罗夫娜的香水味——那是一种难以忍受的、极其浓郁的气味，像是装着醋栗酱的罐子因高温爆炸而散发的气息。那是迪奥的"毒药"香水，一种在之后成为经典款的香水，不过在当时的苏联还是新鲜货，即使在当时的巴黎也是新玩意儿，它在1985年被推出，就是这一年，此时此刻，"伏尔加"轿车正驶在恩斯克的街上，被拉到座位上的莉多奇卡晃着胳膊，试图隔着凉鞋感受隆隆作响的车底，不过这是徒劳的。灯柱、树干、窗户、转弯。树干、窗户、转弯、灯柱……

加林娜·彼得罗夫娜为一瓶"毒药"香水付了三百卢布——三百卢布！比苏联大多数人的月薪还要多得多。不过花得越多，赚得越多——这是一个非常简单明了的定律。谁来确定一盎司的幸福卖多少钱？用什么货币来衡量撕落玻璃纸后露出的绿孔雀石小盒的价值？盒子里放着一个淡蓝紫色的小瓶，像少女的乳房一样圆润光滑。一只软木塞严丝合缝地盖在透明的棱瓶上。加林娜·彼得罗夫娜将湿润冰凉的瓶口伸向她那火热的搏动的颈部。香水混杂着橙树蜜、覆盆子、龙涎香、白芷香和芫荽的气息。为了获得白芷香的脂油，需要将一棵白芷彻底榨干。这种植物的眼泪和鲜血散发着最辛辣、最纯净的毒药气息。"我觉得苏联没人用这样的香水。"忠实的诺罗奇卡嘀咕道，她是恩斯克高档商品的秘密供应商，是投机倒把大道上的一只小老鼠，将加林娜·彼得罗夫娜的三百卢布塞进她那新潮钱包的粉色开口里，就像塞进胸罩那样，她塞钱的动作像小偷一样敏捷灵巧，这种动作与诺罗奇卡本人并不搭调：与她进口衣服的缝缀褶饰并不搭调，与她这个习惯一切奢华的富家小姐的身份并不搭调，与她拖长声音草率马虎的坏习惯也并不搭调。

汽车在没有铺盖的井口上颠簸了一下，莉多奇卡几乎无法咽下即将倾吐的巨大呕吐块。"真难闻。"她抱怨道。没有什么能改变的，她的抱怨徒劳无果。加林娜·彼得罗夫娜弯下身子，伸出她的大手（混合着毒药香水和汽油难闻的气息，莉多奇卡的头就像埋进了被墨水浸黑的鼻涕中），于是街上的空气像猫一样灵巧地将紧绷的、冰凉的爪子伸进车窗玻璃，轻轻叩打在莉多奇卡的嘴唇和被汗水浸湿的小圆额头上。呼吸轻松了一些。车外单调的节奏（灯柱、树干、窗户、转弯）之中加入了危险的轰鸣，一切被来势汹汹的咆哮声立即吞噬。城市的一切喧嚣匆匆涌来，推搡着，试图挤进车窗的缝隙，不过，喧嚷被卡住，吼出愤怒刺耳的声响。

为了转移一点注意力，莉多奇卡眯起眼睛看着加林娜·彼得罗夫娜，加林娜·彼得罗夫娜不停地执行着近乎机械的动作，她的膝盖在乳白色的裙子下快速移动,仿佛在用脚踩着什么顽固的、反抗的、罪恶的东西。她的右手(手指上戴着一颗饱满的大红宝石)时不时地放在伸出的排挡杆上——排挡杆移动时会发出狂野的嘎吱声,仿佛一根看不见但十分重要的骨头正在断裂,发动机以悲哀的咆哮作回应,加林娜·彼得罗夫娜的右手回到了方向盘上,平稳地转动方向盘。这看起来像是一场奇怪的机械舞,令观众和舞者难以忍受,加林娜·彼得罗夫娜头上的动作尤其令人痛苦,她依次瞥向三面镜子——后视镜、左倒车镜、右倒车镜——每次转头,褐色的鬈发都会颤抖,在百分之一秒内脱离它抖动的正常节拍。

不知何时,车内复杂而固定的节奏与窗外不间断的闪烁形成了共鸣,车内的气味更浓了,变成庄重而震耳欲聋的合唱。莉多奇卡意识到已经晚了,但她仍试图从安全带下伸出手,或者至少闭上眼睛。"我说了别乱动。"加林娜·彼得罗夫娜大声呵斥道,她猛地踩了一脚刹车,莉多奇卡哇的一声吐了出来。

裙子(一条崭新的蓝裙子,上面缝着一条缎带,裙摆是精致的褶边)几乎没有弄脏,啜泣的莉多奇卡在加林娜·彼得罗夫娜的监督下,在诊所的洗手间里洗着她那双缝着小糖果的小白袜。"天哪,真还是个小孩!好好洗干净。再拧一拧。手不是这样。不对!"加林娜·彼得罗夫娜从莉多奇卡手里抓过脏袜子,灵巧地搓洗,"咿,咿!"她在水槽上方将袜子拧干。水龙头涌出的细流流过手指上的红宝石,在湿润的深红色火焰中自由地钻入下水道。粉红色的亮点在光滑的瓷砖墙上一闪而过,消失了。"漱漱口。"

加林娜·彼得罗夫娜吩咐道，莉多奇卡顺从地在嘴里含住一口冰凉的氯味自来水，吐了出去，并用手接住从下巴淌下的一串又苦又黏的唾液。她不再觉得恶心，只是胃里微微地痛，更多是因为羞耻。加林娜·彼得罗夫娜将洗好的袜子紧紧地卷成一个湿球，麻利地扔进包里。"走吧。"她命令道。两人走进了诊室。

女医生的脸看起来像一个小蛋糕——又圆又白，由又甜又松脆的两半粘在一起。"多么可爱的小娃娃来找我。"——她拖着经验丰富的儿科医生特有的甜美细长的声音，蹲在莉多奇卡面前。莉多奇卡向后退了一步，生怕有压舌板或注射器这类可怕的东西出现，显然不能指望发出这种声音的人会带来什么好东西。不过女医生只是用她光滑的手指灵巧地抚摸着莉多奇卡的皮肤。"现在，张嘴，啊——啊——啊，真聪明，把小手举起来，真棒，我们来听一听吧。"听诊器的圆盘那么冷，冷得像人们害怕时的鸡皮疙瘩，局促又令人烦躁。莉多奇卡弓起满是鸡皮疙瘩的肩膀，咯咯地笑出了声。"先屏住呼吸，"医生严肃地命令道，"现在喘口气。"莉多奇卡又咯咯地笑起来，加林娜·彼得罗夫娜愤怒地摇了摇手指。

"她非常健康，"声音甜美的医生最终给出判断，她帮莉多奇卡穿上裙子，"加林娜·彼得罗夫娜，她多漂亮啊，简直和你一个模子刻出来的。她有什么表现让您担心吗？比如，吃不下东西？或者睡眠不好？在面对这样或那样的事情之后，有点儿问题是很正常的。您自己感觉如何？"医生小心翼翼压低了声音，仿佛是在邀请加林娜·彼得罗夫娜来跳一曲令人陶醉的华尔兹。这位医生与科室里许多别的医生一样，一天大部分时间都在仰慕高级病人那令人垂涎的薪水，只能靠传闲话来拯救妄想。

加林娜·彼得罗夫娜愤愤地耸了耸肩。她可不喜欢说闲话——尤其是关于自己的闲话。

"我很好，"她厉声喊道，"安静点。请好好检查检查她。说不定，她肚子里有寄生虫？"

"您在说什么呢，加林娜·彼得罗夫娜，什么寄生虫！"女医生似乎有点儿烦莉多奇卡了，她坐在椅子上，晃着凉鞋。蓝色裙褶上沾着一处呕吐物被洗掉的痕迹，左脚后跟有一点点刺痛。"谢天谢地，这个小女孩是完全健康的。当然，如果您愿意，也可以去化验，只是……"

仿佛被"化验"二字唤醒，一名神色木讷的中年护士从帷幔后面走了出来。

"奥莉加·瓦列里耶夫娜，写化验单，粪便虫卵检查。莉季娅·鲍里索夫娜·林特。莉多奇卡，你的爸爸叫鲍列伊，对吗？"莉多奇卡甚至来不及点头，加林娜·彼得罗夫娜便站起身，抓着莉多奇卡的手，没有说声再见就离开了诊室。

"败类。"护士冲着紧闭的门愤愤地说道，"寄生虫。跟在垃圾场里捡只猫回家养似的。"

尽管阳光毒热，被呕吐物弄脏的"伏尔加"轿车已经被清理干净，车里刷得焕然一新，正在门卫室门口等着她们。卖力刷车的门卫是一个开朗的胖叔叔，他被派去保卫这个高级门诊部，使其免受患溃疡或鼻窦炎的普通百姓的打扰。"你看，晕车了吧，小家伙。"叔叔很同情莉多奇卡,在她打蔫儿的小手上放了一颗小檗果糖,这颗糖由于在制服口袋里放久了,已经不是原来的样子了。莉多奇卡愣住了,她因"寄生虫"这个神秘的词以及再次看到"伏尔加"轿车而沮丧,但还是下意识地小声说了句"谢谢"——这是母亲的众多说教之一。

"你是拉扎廖西奇的孙女?"门卫兴高采烈地问道,他伸出手,想摸一摸莉多奇卡的头,但加林娜·伊万诺夫娜迅即将莉多奇卡从爱抚的手下拉开,并给了门卫一张三卢布的纸币,以使他闭上嘴,不再套近乎。

一扇车门砰的一声关上,接着关上了另一扇,莉多奇卡再一次觉得自己无从忍受车里的气味,那是熟悉的恶臭混着发热的塑胶、漂白剂和新鲜呕吐物的气息。

"拉扎廖西奇——这是谁呢?"莉多奇卡问道,她努力张嘴呼吸,并保持一动不动,以免再次搅动胃里的呕吐物。

加林娜·彼得罗夫娜微微挑了挑眉毛,以出乎意料的尊敬的眼神看着莉多奇卡,仿佛注视着一个非常成熟、非常勇敢的人。

"拉扎尔·约瑟福维奇·林特,一个院士,"她缓缓地、含混地说,像是在唱歌,这不是对一个五岁小孩的问题的回答,甚至不是对任何东西的回答,而像是一个扼杀记忆的诅咒,或是驱除恶魔的祈祷。莉多奇卡困惑地张大了嘴。——"是你的爷爷。"

02

玛露霞

Маруся

1918 年 11 月的一个寒冷肃杀的清晨,林特不知从哪里来到莫斯科,仿佛上帝将他降生在莫斯科第二国立大学的门口。纷至沓来的想象或许在你面前展开了一幅幅拍摄于至暗时代的银版照片:寒冷、饥饿、破坏、惨剧、可怖的同类相食、自相残杀,以及伤寒病。

然而,那时的莫斯科实际上没有那么糟糕。自 1918 年 3 月以来,莫斯科再次被定为首都,尽管当时还不是很清楚它是哪个国家的首都,但政府从彼得格勒匆匆搬来,至少能保证街上没有乌鸦啄食人的尸体。人民委员会剧院中上演着古希腊剧作家阿里斯托芬的《利西翠妲》,剧院中的观众们并没有因饥饿而浮肿;"莫斯科河南岸区运动俱乐部"足球队赢得了市级联赛冠军;"彼得罗夫卡"网球场诞生了新的冠军——弗谢沃罗德·维比茨基[①],莫斯科艺术剧院的演员,幸运的帅小伙儿,在首届苏俄网球锦标赛中荣获桂冠。男女皆宜、吱吱作响的皮夹克在斯维尔德洛夫[②]手下流行

[①] 弗谢沃罗德·维比茨基(1896—1951),苏联演员、网球运动员。
[②] 雅科夫·斯维尔德洛夫(1885—1919),1917 年至 1919 年任全俄中央执行委员会主席。

开来，劳动可以赚到任何东西，身材高挑的黑发女郎依旧抛着媚眼，露出膝盖，一切宛若过去的和平年代，甚至有点像无所事事的年代。无论是食物短缺、德军临近，还是街上三五成群的醉酒士兵，似乎都不是世界末日的预兆。相反，这些都是时代更迭不可避免的代价：它们休戚相关，正如别墅的夏夜和蚊子、爱情与婚姻、谢肉节和肥胖以及胃灼热。

不过在莫斯科，命运的残骸和人类的垃圾也留下了不少：刚刚完成的革命摧毁了各个阶层、各个民族，尤其是犹太人。苏俄政权一开始便草率地决定了犹太人的命运。他们陷入疯狂，焦躁不安，没有固定住所，他们冲进首都，为犹太人不可能获得的幸福四处奔走，或是亲眼看到希望破灭，再无丝毫转机。事情的确再无反转。那些最聪明、最有脑子的人已经习惯于调整、适应、与新时代磨合——有些人做起了买卖，有些人适应了快速贬值的货币，有些人适应了未曾做过的工作，犹太人正在慢慢地适应，正如反犹学者和当代伟大俄国作家① 所言：他们踱着寂静的脚步。

然而有些人根本没有必要适应，因为他们自己，犹太民族最优秀的儿子，恰恰就是革命的参与者和鼓动者，并且，他们应当是毫无思想的参与者和毫无感情的鼓动者。顺便说一句，那些流放于田野的恶魔们残害的第一批人也正是他们，断断续续地过了几年好时光，一只巨大的帝国之猪打着呼噜，从古老的水坑中站起，开始冷漠地吞食自己的小猪崽，并且没有特别区分哪些是犹

---

① 指费奥多尔·陀思妥耶夫斯基（1821—1881）。

太教允许吃的,哪些是不允许的。正如林特院士所言,不同的视角有不同的判断。

然而,林特不是商人,也不是政委,而且,总的来说,他发现自己的犹太血统既引不出什么争议,也没有什么用处。他觉得犹太民族是胆小的、热爱和平的民族,并且遭受了极其不幸的历史命运。好吧,请你们自己想想——几个世纪以来,犹太人始终做着小打小闹的交易,向别人卑躬屈膝,靠做中间商过活,在夜里蜷缩在一起,瑟瑟发抖。他们知道,只要一有什么事,他们就会遭到严厉的斥责,被连人带东西地赶出去。

"拉扎尔,你知道,一个反犹的犹太人比修女卖淫还要糟糕!"查尔东诺夫紧皱眉头,他是现代流体动力学和空气动力学的奠基人之一,他是院士,是苏维埃自然科学研究的光辉支柱,他是土生土长的俄国人,不需要任何证件来证明这一点。只需看他那湿润的鼻子,没有颜色的眉毛和淳朴面庞简单堆叠的褶皱,就会立刻在脑中滚动过俄罗斯农民厚重的历史,就会在脑中响起农民的呐喊和口哨,就会看到他们辛苦的劳作以及同样艰苦的、几乎是强制性的欢乐。

"得了吧,谢尔盖·亚历山德罗维奇,我可是相当反对犹太人的!"林特咧起嘴,露出两排灵巧的牙齿,"我只是代表正义。这个民族怎么能是伟大的天选之族呢?他们碌碌无为地毁坏了世界上的一切,毁坏了他们自己建造的神殿,然后在几千年里只会缅怀那些充满泪水的记忆。他们甚至连一丁点儿有价值的文化遗产都没能创造出来!"

"拉扎尔，上帝与你同在，那《圣经》算什么呢？"查尔东诺夫害怕了，他出生在1869年，教堂执事的硬拳头和启蒙的天赋将神学和上帝之爱深深扎进了愚昧的乡村牧民心中，即使到了1934年，他的教育说服力仍没有消失。"那《圣经》算什么呢？"

"可别再谈《圣经》了，谢尔盖·亚历山德罗维奇，我求求您了！"林特哈哈大笑起来，"的确，无论《圣经》是谁写的，你总会说它是奥义书或是律法书！我说的是文化遗产，不是什么宗教的胡话。你们犹太人伟大的文学作品在哪儿？绘画作品在哪儿？建筑又在哪儿呢？"

查尔东诺夫在心里默默画十字，心里想着的是请赐予我们每日的面包——这个亲切而舒缓的句子几乎没有任何意义，却像油脂一样滋润着他灵魂深处的痛苦与创伤。一代又一代林特的祖先，绝望的犹太人，与查尔东诺夫一起默默祈祷，他们尽管操持不同的语言，但信奉同一个上帝，他们没有建出大型宫殿，没有画出鸿篇巨幅，也没有雕出大型雕塑，尽管他们放弃家园，前往另一个地方流浪，也没有什么值得惋惜的。但正是这种不停歇的痛苦的祈祷一点点渗透进世界各个民族的文化中，以至于每个角落都有犹太人渴望的眼神与鼻息。"他们，也就是说，我的上帝，你……呸，怎么回事，你们，你们是一切文明的神圣之源和灵魂之根。明白了吗，拉扎尔？"

林特耸了耸肩——这种更虔诚却更令人生厌的思想，他从来都没接受过。

查尔东诺夫有时觉得，造物主只是将林特天才般的精神匆匆忙忙地塞进了他找到的第一个肉体中——就好像造物主无法将这种精神握在手里。就像一只烧得通红、有些许焦煳、表皮干裂的烤土豆，一开始你老老实实地把它从一只手抛向另一只手，想让它不那么烫，接着，你将它扔进夜里看不见的草堆里，便再也拿不起它了，它太烫了——拿都拿不起来，不过谢天谢地，土豆没有掉在奶油饼上。

林特看起来瘦小而虚弱，以至于1918年11月守在莫斯科第二国立大学门口的士兵一开始把他当成了一个流浪儿——他穿的破衣裳颜色鲜艳，像是帝国小剧院的演出服。红军战士意识到林特是来乞讨的，语气温和地命令道："走开走开，犹太小孩儿，这里没吃的。这里只有学者和教授。连他们都没什么东西可吃。"

"我来找谢尔盖·亚历山德罗维奇·查尔东诺夫。"犹太男孩像个大人一样彬彬有礼地解释道。

林特坚持要求士兵：

"请您去报告。"

物理-数学学院（下设科学系、数学系和药物制剂系）的秘书带着林特去找查尔东诺夫。此时，像是没有设立专业和教学秘书一样，整个学院，包括所有行政部门都还没正式开设，而秘书为了不让自己疯掉，总是回忆起过去他当讲师的旧时光——他原本有一笔不菲的薪水，还有与职称相匹配的精神道德追求。然而，林特不知道这些情况，没有觉察到他的疯狂，也没有觉察到他那霍夫曼①式的想法。此外，他也不了解歇斯底里的神秘幻想和对万物虚无的空想。从这个角度看，林特不是俄罗斯人，当然也称不上知识分子。他只是一个顽强活下去的天才——而且是最具生物学意义上的天才。这是典型的大脑病变。或许是一种罕见的突变。发生这种事并不是谁的罪过。

门外传来杂乱的脚步声，往往意味着秘书将会沉闷地出现，谢尔盖·亚历山德罗维奇·查尔东诺夫生气地哼了一声。

谢尔盖·亚历山德罗维奇·查尔东诺夫可没工夫。

他是一位才华横溢的数学家，大约从1905年开始，他同意担任高等女子学校主任已近十三年。就这样：木柴、委托人、扩大办学规模、无休止的报告，还有被荷尔蒙冲昏头脑的女学生——结婚吧，蠢蛋，赶快结婚吧！可是，那段时间的喧嚣忙乱对现在的查尔东诺夫而言似乎是一场愉快的酣睡，因为在旧俄皇帝领导下担任女子高等学校主任是另一回事。但试想一下，要在新革命政府的领导下，在一个月内将女子高等学校变成莫斯科第二国立大学……政府缺乏经验，对这座学校未来的发展方向并不明确，但要求将学校办好——在枪杆子的帮助下。

秘书小心翼翼地叩了叩门，将光秃秃的脑袋探进办公室。查尔东诺夫眉头紧皱，将人民教育委员会第77/113号议定书放到一旁，议定书指示"将女子高等学校转变为莫斯科第二国立大学，使其成为一所综合类教育机构，但不视为新建的高等教育机构"。

---

① 霍夫曼（1776—1822），德国作家，作品多神秘怪诞。

这份文件从外到内都令人作呕——淡黄色的粗纸，官方的普通语体对世袭农民而言是难以忍受的（"预先付清所报预算的十二分之一以维持课程开设并运行"）。但最令人不可思议的是，出席这场会议的人查尔东诺夫一个也不认识。德·尼·阿尔捷米耶夫、瓦·伊·加里宁、米·尼·波克罗夫斯基、维·马·波兹涅尔、德·鲍·加里宁这些人的名字在某种程度上还可以接受。但林格尼克这个姓读起来令人牙疼，就像读"斯威夫特"或"霍因海姆"一样，令谢尔盖·亚历山德罗维奇感到身体不适。幸运的是，一位有爱心的守护天使将长期睡眠不足的查尔东诺夫从那些烦透了的细节——林格尼克的名字和父称（弗雷德里希·威利根利莫维奇）以及他的党内代号（库尔茨和科尔）——中拯救出来。不然，未来的院士和奖金获得者就会头痛得在没有暖气的主任办公室地板上打滚。"巴维尔·尼古拉耶维奇，您在那里晃什么呢？进来吧。有什么事？上面又下命令了？"

"不是的，谢尔盖·亚历山德罗维奇，不是命令，是有人找您。"秘书报告道，他的屁股还留在门外，脑袋探进了查尔东诺夫的办公室。从某种意义上来说，这是他的一贯做法。

"是谁找我，把他带过来！"查尔东诺夫咆哮起来，他已对这位徘徊在两个世界里的秘书心生不满，可现在是工作时间，一切要以工作为重。是的！要工作！无论发生什么情况！

秘书犹豫了一下，没有立即判断出衣衫褴褛的少年的阶级，尽管少年身上散发着臭味，像是很久没洗澡，但少年的举止仍显从容不迫，似乎生来高贵。

"请转告谢尔盖·亚历山德罗维奇,我在非完整系统力学上有问题想请教。"林特低声对秘书说道。林特的破靴子惹人注目,比他的双腿更为显眼。

"哎——"秘书回答道,最终决定苏维埃自然科学命运的一瞬到来了,充满渴望的林特推开了阻碍他光明未来的秘书的屁股,没有报告就走进了查尔东诺夫偌大的办公室。

最重要的是,这看起来像一场阴谋。或是像孩童游戏,其规则随着时间的推移而改变,记忆中唯一留下的是异想天开的幸福感,这种感觉只有尚未觉醒的童年时代才有。

查尔东诺夫和林特坐在会议桌前,将一个笔记本传来传去,这个笔记本是林特从他破烂的衣服里掏出来的。查尔东诺夫在纸上飞速写下一些普通人无法理解的字母、数字和词语,而接过本子的林特在这些字母和数字上再写下字母和数字,两个人有时甚至几乎因为身体上的愉悦而哼出声,就像在打排球那样,伸展着和谐的、健康的、理想的肌肉,将同样和谐、健康、理想的球传给彼此。

林特终于在从未见过的公式上停留了几分钟,那些公式更像是体形复杂的昆虫,长着十几只捕猎的爪子和螯足。查尔东诺夫不耐烦地敲了几下桌子。

"怎么样?"

"我不知道。"林特承认道,他用手捂住了公式,似乎担心公式会从他冻得发胀的手指间溜走，随着寂静轻盈的沙沙声消失在暮色的空气中。

"干得好，同仁！"查尔东诺夫愉快地总结道，他和林特顿时笑了起来，仿佛现在不是冰冷泥泞的11月，而是宁静明媚的1903年6月，在他们面前的仿佛不是笔记本，而是一个解开襁褓、通身粉红、心满意足的婴儿，正蹬着肉乎乎的双腿，仿佛他们刚刚把小婴儿从不幸中解救。抑或，甚至将他从死亡中解救。

"谢尔盖·亚历山德罗维奇，您会收我为学生吗？"林特低声问道，不知何故，在他那张憔悴而孩子气的脸上，斑点和污渍格外显眼，不是因为一路的风尘，也不是因为饥饿，甚至不是因为奔波数千千米的疲惫，要知道，一路上林特大多是徒步行进……这是命运的黄昏，是一个非常、非常珍贵的礼物的阴影，在这个阴影下，林特在他伟大而庄重的生命中活了十八年，并且还要再活至少六十三年。

"学生？"查尔东诺夫气势汹汹地问道，"学生？你这个呆脑袋！你得在我这儿工作，工作！"

查尔东诺夫缓缓从桌前站起，猛地推开办公室的门，朝着远处那个即将出现的人大声吼道：

"巴维尔·尼古拉耶维奇，巴维尔·尼古拉耶维奇，马上给这位新的员工注册！同仁，你叫什么名字？"回过神的查尔东诺夫转向这位不寻常的弃儿。

"拉扎尔。拉扎尔·约瑟福维奇·林特。"

查尔东诺夫点了点头，或是记住了名字，或是礼貌的示意，然后，不等林特的回应，便去找不见踪影的私人助理。一个小时后，查尔东诺夫带着卡片、证明和表格回来时，拉扎尔·约瑟福维奇·林特早已熟睡，他那脏兮兮的、头发散乱的脑袋正好枕在打开的笔记本上。他脸上显现的终于不再是恶魔翅膀的影子，而是似乎完全孩子气的短暂美梦的涟漪。

晚上，查尔东诺夫将林特带到了自己家中——位于奥斯托任卡专供教授居住的公寓，灯光昏暗，家具吱吱作响，屋内氤氲着精装图书和家常菜的香气——饭菜足够五位客人享用：沙拉、汤、肉菜和甜点。查尔东诺夫在门前犹豫了一下，林特立刻碰了碰查尔东诺夫的袖子："谢尔盖·亚历山德罗维奇，您确定这样合适吗？我有可以过夜的地方。"

"同仁，哪儿有这么多繁文缛节。"措手不及的查尔东诺夫按下门铃，嘟囔道。真见鬼，怎么，他会读心术吗？如果有这样的才能，考虑到辐射的电磁性质……好吧，玛露霞会痛骂我一顿，啊，上帝，带走我吧，可怜我吧。她肯定会痛骂我的，肯定还会打我一顿！

门开了（没有需要解释的问题，也没有门闩的叮当响声，在这个见证和刚刚经历了伟大社会主义十月革命的小镇里，这完全可以理解），一个女人出现在门槛前，伴随着如此明亮的光芒，令拉扎尔·林特不由得闭上眼睛。光线太过强烈，太过炽热，不像是一盏普通的煤油灯发出的，玛利亚·尼基蒂奇娜·查尔东诺娃（家人称她玛露霞)手里握着煤油灯,林特在很久之后,每每想起查尔东诺夫的妻子和她的家庭时,都会想到这盏煤油灯散发的光芒。

玛利亚·尼基蒂奇娜长着一张温柔活泼的脸,是那种在二十世纪二十年代已过时的粗糙的、普通百姓的面相,只有革命前的老照片里才能见到。她年轻时候一定很漂亮,只是她的美丽如今已被忘却,出身名门的她年轻的时候会为一点小事掉眼泪,皮肤白皙如新鲜的牛奶,例假时会穿上特别设计的裙子,在床上躺一整天。在查尔东诺夫妻子身上,一切微妙的要求和习惯都退为其次,被她焕发的光芒笼罩,仿佛是她自己的意愿,抑或,甚至她自己也未曾料到。在此后的余生中,林特在许多女人身上寻找类似的感觉。但林特不明白的是,女人本身是不存在的。女人是肉体和反射的光芒。可后来,你提着我的灯离开了。我所有的光便离我而去。① 纳博科夫确信②,细心的读者将会自己打上引号。"看啊,玛露霞,看我带谁来了。"查尔东诺夫兴高采烈地说,他有些害怕,宛若一个小男孩,而林特像极了一只浑身颤抖、满身跳蚤、但仍讨人喜欢的小狗,只有或已忘记查尔东诺夫昨天做错事的女主人能决定该将他收养,还是扔回垃圾桶。玛利亚·尼基蒂奇娜向丈夫投去询问的目光。"他是拉扎尔·约瑟福维奇·林特,我的新同事。"查尔东诺夫试探着向妻子介绍林特,渐渐觉得林特住在家里的希望越来越渺茫。玛露霞和所有有教养的人一样,能够控制自己的情绪和想法,但也会在很短的时间内愤怒不

---

① 引自俄国侨民诗人格奥尔基·伊万诺夫《原子的裂变》,1938。
② 纳博科夫在二十世纪三十年代末期所作诗歌受格奥尔基·伊万诺夫影响较大。

已。查尔东诺夫对妻子非常了解。最好的情况是根本不把林特带到家里来。林特礼貌地鞠了一躬,楼梯、房门和台灯即刻绕着它们令人眩晕的轴线摆动。饥饿之感涌上大脑。而玛露霞陷入久久的沉默。

"长虱子了?"玛露霞认真地询问着林特,犹如在市场上问商品的价格。林特无奈地点了点头。事实上,除了笔记本和虱子,他再没有别的东西了。"稍等一下,先换身干净的衣服。一起吃完晚饭再说,好吗?"

一个多小时后,每个人都坐在餐桌前,餐具已按餐桌礼仪摆好,这些规矩很快将成为旧时代的残余。餐巾纸发出簌簌响声,银器发出叮咚响声,头发剃得精光的林特穿上了查尔东诺夫的衬衫,脑门儿秃得发亮(查尔东诺夫用坏了一个华沙阿隆比贝尔公司出品的优质剃须刀,查尔东诺夫说道:"革命前这可是奢侈品,正好适合你脑袋顶上穿不透的灌木丛,同仁。"),胡萝卜茶和糖块儿在库兹涅佐夫式的茶杯中闪闪发亮,玛利亚·尼基蒂奇娜在林特的盘子里放了三个土豆(浸着化开的黄油!),温柔地对林特说:"吃吧,列西克①,你的样子很吓人,脑袋直接连着腿,肚子上一点肉都没有。"

"玛露霞,多好的脑袋啊!"查尔东诺夫把刀叉高高举起,兴高采烈地吹嘘道,"这个年轻人——是个天才,你可以相信我。我没有说过这样的话,你知道的!"

"可能是个天才,但他现在可是个严重营养不良的孩子。"玛

---

① 拉扎尔的昵称。

露霞笑着说道。

林特尴尬地眯起眼睛,他已饱受煎熬,但还是尽量使自己不打瞌睡。"天才"——他已经听过别人这样说自己,而且不止一次地听说过。但从来没有人叫他"列西克",之前没有,之后也没有。林特鼓起勇气,拒绝了第四个土豆:"玛利亚·尼基蒂奇娜,我很快就会得到配给票,我会马上还给您。"查尔东诺夫夫妇连忙向他摆手拒绝。

这是一张幸运的门票,一张不曾期望的、意外获得的门票。走在大街上,拿起金钥匙,解开被囚禁的命运。林特知道这本不会发生。可是,事情就是发生了。他眼皮发沉,一切事物都在简单的人类幸福的湿润光芒中变得颤抖,变得模糊。玛利亚·尼基蒂奇娜起身收拾餐具,查尔东诺夫连忙起身帮忙,尽管他也已经很疲惫——"玛露霞,上帝与你同在,坐下吧,我来收拾,都交给我吧。"从他注视妻子,以及她抚平他额头上的灰白色鬈发的方式,可以看出即使是三十年的婚姻也可能是上帝所需要的,尤其是在你相信上帝真的存在的时候。林特吞下了喉咙里的苦水,他在心中暗暗发誓:"我以后也要这样的生活。"没错,就是这样。这样的爱情,这样的玛露霞,这样的家。

玛利亚·尼基蒂奇娜·查尔东诺娃是查尔东诺夫一生中最大的幸运,两人都深知这一点,这为他们的家庭生活增添了美妙而惊险的乐趣,没有这种乐趣,婚姻将很快变成索然无味的饭菜——就像热了三遍的煎土豆那样。玛露霞比查尔东诺夫更聪明,更强壮,她在精神上也比查尔东诺夫更高尚,她似乎来自完全不同的种族，似乎是比人类更高一等的种族。她的家庭很好，扎根于古基督教的神父世家，延续了古老的使徒传统，这样一来就能解释他们为什么善待家里的大人、孩子、小猫、金丝雀，也善待外面的流浪者、穷人、痴人和路人，倘若没有这样的家庭，俄罗斯人无从遐想生活，也无从侍奉上帝。

然而，玛露霞的家庭与上帝有着特别的关系。玛露霞一家的姓氏"皮托夫拉诺夫"奇妙而精致，是神职人员的姓氏。即使到了现在，四十九岁的查尔东诺夫也还记得年轻的玛露霞表情多么严肃，向一个呆子——二十岁时的他解释道："以纪念乌鸦供养的先知以利亚。明白了吗？"一头灰鬓发的查尔东诺夫点了点头，可他只明白玛露霞脸上的小酒窝和印花长裙上的灰圆点，他努力想了想，尽管羞愧难当，却也不得不努力思索再三。

玛露霞继续说道："上帝说：去约旦河附近的基立溪旁藏起来，你将饮下溪中的水，我将令老鸦喂养你。老鸦就是乌鸦，你不记得了吗？"

"我记得很清楚。"查尔东诺夫点了点头，他突然认识到自己就像乡下的傻子一样。事实上，出于某种原因，查尔东诺夫不得不在一年内从莫斯科大学物理－数学系毕业并获得"应用数学"学位，这只会在某种程度上加剧手臂下被汗水浸湿的衬衫带来的不适感，查尔东诺夫因这个女孩的出现尴尬不已，而她的身高还不及自己夹克上的领扣。

"记得的话，那就往下说吧！"玛露霞要查尔东诺夫说下去，但查尔东诺夫只是默不作声地摊开双手，他意识到自己没能通过一生中最重要的考试，多么可耻，多么可怜，而且永远不能再重考。

"爸爸说——你的脑子——很聪明，"玛露霞失望地拖长了音，没有像做礼拜似的唱赞歌，只是像读诗一样结束了圣经故事，"以利亚按照上帝的吩咐在小溪边生活，老鸦每天早上晚上为他送去食物，上帝能奇迹般地保护那些虔诚信仰他的人。"

查尔东诺夫又点了点头，顺从地跟着玛露霞走进隔壁的房间，皮托夫拉诺夫一家人坐在餐桌前，晃着椅子，欢快地聊着天。"看啊，阿廖沙又要去抓馅饼了，快告诉阿廖沙，他会变成贪婪的玛门！"莫斯科神学院教授老皮托夫拉诺夫只是嘲讽地捋了捋他那精心侍弄、十分别致、散发着香味的胡须。他是个老小孩儿，爱慕女人，追求享乐，非常聪明，反对一切神学教育的惯性思维，并通晓九种语言（其中五种语言已经绝望地无人使用），他曾为一篇写多神教的精彩论文通过答辩（为此他与同事，与死对头维坚斯基激烈争吵），尽管如此，他仍努力保持一颗真诚的心，也始终是虔诚的信徒。怎能不相信，上帝活在每一天、每一个小时里，活在餐具的碰撞声、婴儿的啼哭声中，活在地板的嘎吱声中，活在皮托夫拉诺夫家的每一个声响中。朴实和蔼、永远不会变成人的那唯一的造物主长着农民一般粗犷的脚跟，留着卷曲的胡子，宛若一朵卷曲的云，造物主以沙发、扶手椅和世界的基础代替了自己。

这是一个庞大的家庭，热闹而友善，不过即使是一个造访的客人也能清楚，这种情感并非基于空洞偶然的血缘关系，而是基于完全自觉的、高度发达的人类情感，正因如此，皮托夫拉诺夫家中每一个新出生的孩子，每只被带进家门的流浪猫乃至每位应邀与家人共进午餐的客人都必须努力赢得别人的爱慕和友谊，不过，只要加入了这个和平、幸福而伟大的人类多声部交响乐，身体便能获得很多奇异的安慰和温暖，这些安慰和温暖对生前死后的世界而言已是足够。

老皮托夫拉诺夫将查尔东诺夫带了进来。老教授是一个勇于追求的严苛的猎人，也是人类灵魂的收集者，老教授轻而易举从这个瘦削的学生身上看出了些什么，查尔东诺夫外表平平，不像未来的院士，不像基础学科的奠基人，而像具有罕见崇高道德标准的人，正是列夫·托尔斯泰伯爵长期狂热追寻的那一种。老皮托夫拉诺夫自己则按照上帝的旨意，摘掉了一个尚未被命名的器官——类似灵魂的前庭装置，摘下了这种器官，就连小孩，甚至是小狗也分辨得出一切好与坏、善与恶、罪与义的思想和行为。老皮托夫拉诺夫第一次亲眼见到如此有说服力的原始证据，它证明了基督教神学家德尔图良的定律，即每一个灵魂就其本质而言都是基督徒，尽管查尔东诺夫已经不太可能在宗教之路上更进一步。然而，聪明的皮托夫拉诺夫与许多神学家不同，他可以区分教会和上帝，因此，皮托夫拉诺夫与查尔东诺夫两次长谈后，便邀请他前来位于皮亚特尼察大街46号的家里共进午餐："亲爱的谢尔盖·亚历山德罗维奇，请不要拒绝我。请来到我家里，认识一下我的家人和孩子们，一起吃顿家里的饭菜。我们家的饭菜绝对很好吃，您或许已经讨厌下馆子了。"

查尔东诺夫对世界上除数学以外的任何事物都会感到害羞，

不过这一次他出人意料地接受了老皮托夫拉诺夫的邀请，并且，不仅仅是接受邀请，查尔东诺夫还精心打扮了一番，涂上香膏，兴奋得手舞足蹈，手中带着一盒光亮的埃涅姆牌糖渍樱桃——这在当时很是时髦——并用精致的礼盒装好，盒上绑着绸带，很是漂亮，樱桃当天晚上就被分食一空，盒子被拿进皮托夫拉诺夫女儿们的房间里，变成纽扣、丝带、玻璃珠和其他小物件的避难所，这些小物件原本四处散乱着，虽然不是必需品，但对每一个少女的心灵而言都弥足珍贵。

皮托夫拉诺夫有六个孩子，不过查尔东诺夫似乎从来没有记全六个孩子的名字，因为他走进门厅，先看到的是玛露霞，她的后脖颈上趴着一只绒毛和白雾一样的巨大安卡拉猫。

"不要脱鞋！"玛露霞对着查尔东诺夫怒吼道，"莎拉·波尔纳，你这个浑球儿，又拉屎了是不是？"

玛露霞摇着这只坏猫，这只猫眯起蓝眼睛，装成忏悔的样子。不过说实话，这种态度并不足以表示忏悔，玛露霞又晃了晃那只软软的猫，以示惩罚。

"可是，对不起，"查尔东诺夫一脸困惑地喃喃自语，涨红了脸，不知该将糖果放在哪里，"我怎么能穿着鞋子进屋，这怎么可以？"

"没错，"玛露霞点了点头，"妈妈会生气的。把鞋脱了吧。我宁愿把莎拉放在外面。让它散散臭味儿。你是……谢尔盖·亚历山德罗维奇·查尔东诺夫，对吗？"

她将握紧猫爪子的手伸向查尔东诺夫，查尔东诺夫尴尬地将糖果递给她，作为回应。

"正是！"查尔东诺夫喃喃自语，心里痛骂自己为何突然说出这个恼人的词"正是"。此时的他像个仆人似的，像小文员似的！天哪，真丢脸！

"我叫玛露霞，全名是玛利亚·尼基蒂奇娜。"玛露霞莞尔一笑。在她的嘴唇上面有一颗深棕色的小痣。

那只猫趁着两人寒暄，像面团儿一样重重扑在地上，而后灵巧地逃走了。

"啊呀，它又跑了！"玛露霞不快地说，"它会撕坏窗帘的。不要害羞，我们走吧，都在等你呢。爸爸一直在说起你。我们都觉得，他显然喜欢上你了。"

"显然"这个词是玛露霞的最爱。猫逃走了，玛露霞再一次向查尔东诺夫伸出炽热的小手，查尔东诺夫小心翼翼地用汗湿的手握住了它。

那是1888年11月20日。时间来到1889年4月9日的复活节，谢尔盖·亚历山德罗维奇脸色发白，紧张得几乎动都动不了，他向玛露霞求了婚。整间屋子弥漫着开得鼓胀的风信子湿润的气息。

"玛利亚·尼基蒂奇娜，答应我吗？"查尔东诺夫问道，倘若玛露霞拒绝，他就会坚决地选择开枪自杀，抑或，抛弃拥有的一切，去乡下，去隐居的地方，去借酒消愁。

玛露霞走近他，从下面看着他的眼睛，玛露霞身上的味道非常简单，有家的味道，有一点苹果的气息，一下子取代了风信子，飘满了整个世界。

"当然答应!"玛露霞欢快地说,"为了你我和爸爸赌了整整一个卢布!他说你会在复活节向我求婚。我说你不会在圣三一节前求婚。①你有一个卢布吗?"查尔东诺夫身体发颤,苍白的手指紧紧抓住桌边,幸福的叩打如此强烈,令查尔东诺夫眼前的一切仿佛飘了起来,桌子的关节也微微响动。"你的脸色怎么这么难看?是不是肚子饿了?"查尔东诺夫像马一样摇晃着脑袋。他还是不能说话,不敢相信这一切。"你为什么一点也不开心?"玛露霞继续穷追不舍地问下去。"你难道不想吻我吗?现在可以吻我了。"

她踮起脚尖,噘起光滑的唇——就像她已经这样做过一千次那样。查尔东诺夫闭上了他那没用的眼睛,突然,玛露霞的弟弟格里沙冲进房间,将地毯踩得皱皱巴巴。

"还没吻够吗?"格里沙凶巴巴地说,"一群饿狼等着你呢,"他朝门的方向晃了晃脑袋,门后是希望早点开斋的饿坏了的皮托夫拉诺夫一家人,"现在就算你不在,烤乳猪也会被吃完!"

"好吧,我们去吃饭吧!"玛露霞笑了,她挽着查尔东诺夫的胳膊,两人走向餐桌,迈着轻盈的步子,昂首挺胸,宛若走过相伴一生的路。"两人亲嘴啦!我亲眼看到的,亲上啦!"被青春期荷尔蒙冲昏的格里沙跑了过来,大家围着餐桌入座,餐桌上摆满了复活节的食物和装饰,一只烤乳猪摆在桌子的中央,那是一只刚出生不久的小猪,可怕地眯着肿胀的眼皮,玛露霞有一瞬间感到些许不适,但只是一瞬。因为今年是伟大的一年,是都灵裹尸

---

① 圣三一节在复活节后七周。

布①被证实的一年,皮托夫拉诺夫夫妇两人曾为此事争论不止,不过,在这样的一年里不可能有坏事发生。春末,查尔东诺夫以优异的成绩从莫斯科大学毕业,在导师——伟大的茹科夫斯基教授的建议下,成功留校并为晋升教授做准备。

夏初,查尔东诺夫与玛露霞结婚了。

礼成之后,两人在伏尔加河坐船度蜜月,这是玛露霞提出的想法,后来证明,这可能是她所有想法里唯一幸福的选择——想不出更好的蜜月旅行路线了。忙乱的婚礼和前往下诺夫哥罗德②的火车旅程将乘船度蜜月的计划推迟了几天,蜜月旅行令查尔东诺夫感到惊恐,也让天真疯狂的他期待不已。在嘎吱作响晃动的船舱里,查尔东诺夫和玛露霞度过了第一个独处的晚上,直到这时,查尔东诺夫才感受到这份意外闯入的幸福之重。飘来一阵河水湿润的气息,天花板上飘着长长的、光滑的、摇篮般的影子,而后,身边的一切都进入了摇篮曲般的节奏里:摇曳的灯光、伏尔加河温柔的水流,还有玛露霞的回应,一切的一切蹂躏着查尔东诺夫的心,那颗坠入爱河的心再一次绷紧……

这可能是所有蜜月旅行中最漫长、最悠闲的旅行,两人乘坐的轮船是由"高加索水星"协会为俄皇1890年游船而特别建造的"尼古拉皇储"号。"尼古拉皇储"号是双层轮船,配备了全新的美国造混合发动机,在伏尔加河上畅快地行驶。在甲板上的帆布

---

① 相传为包裹耶稣尸体的布,后引发争论,多次被证实或证伪。1889年曾被证实,后又多次引起争议,于2013年被再次证实。
② 俄罗斯城市,位于伏尔加河畔。

下慢用早餐是一种时尚：用特别的骨勺将灰色的鱼子酱涂抹在热乎乎的白面包上，并用小茶炉煮着享用不尽的茶水。蜜月旅行的第一天早上，玛露霞说查尔东诺夫很像大主教，表情严肃，喘着粗气。查尔东诺夫望着船尾湍急的水流，望着游客们向水鸟投去尚有温度的面包，看着玛露霞肿胀的嘴唇，和她那沐浴阳光的脖子上很难察觉到的瘀伤，突然簌簌落下了眼泪。"亲爱的，你说什么了吗？对不起，我没有听见。""我说你看起来像阿尔卑斯山的圣贝尔纳犬。那种狗和你一样，都是毛茸茸的，都是多愁善感的。我可不知道，原来我嫁给了一个爱哭鬼。"

玛露霞从餐桌旁站起，灵巧地抖一抖她的第一件女式连衣裙（裙子带着腰垫，这令她不太习惯），向查尔东诺夫吐了吐舌头，在甲板上散步。而查尔东诺夫透过挂在睫毛上的眼泪，看着玛露霞在冲洗得发白的甲板上走来走去，她面露微笑，步伐很快，身材线条流畅，影子如丝一样顺滑。

每当游船在岸边停靠许久时，都会有一群盛装打扮的乡村妇女吵吵闹闹地售卖蓬乱的丁香和第一批草莓，玛露霞从甲板上看着木制码头上的人群和那些外省的女人，她兴高采烈地向查尔东诺夫解释为何"巡回展览派"[①]算不上艺术，只不过是一种可怜的模仿，巡回派艺术家们模仿的是——罪恶。"你看——这是一种罪！看那边拿着馅饼的女人，她很可爱，对吗？像牛一样健壮！再看看她的大眼睛，那是一双多么大的眼睛啊！简直是奇迹！怎

---

① 十九世纪俄国现实主义画派。

么能够把它画出来，或是用语言描述出来呢？"玛露霞想了一会儿，"要不唱歌吧？唱赋格曲？在我看来，这个女人比赋格曲还伟大！"玛露霞像所有皮托夫拉诺夫家族的人一样，拥有丰富的音乐细胞，她开始轻声吟唱低沉宏伟的歌曲，就像码头上的商人一样，而那个女人，手里提着一个直冒热气的篮子，篮子上盖着一层破布，里面是刚出炉的馅饼。馅饼很厚实，种类也很丰富，有内脏馅儿的，有洋葱馅儿的，还有荞麦粥馅儿的。"天哪！"玛露霞笑了起来，她蹲下来，和一只垂着乳房的狗分享美味，那只混种的母狗在她脚下打着转儿，非常讨人喜欢。"来吧，狗妈妈，来吃吧。你有很多狗宝宝，是不是呀？"

那只母狗贪婪地抓住香喷喷的馅饼，同时伏下后背向刚结婚的查尔东诺娃热烈地示爱。它有七只狗宝宝，几个小时前，七只狗宝宝被一个店主投入水坑淹死了，这个店主并不是坏人，也非贪婪成性，只是像一个真正的撒玛利亚人那样保持理智，做合理的事情。他完全能够养活狗妈妈和它的宝宝，但他只是不需要八只狗，现在，狗妈妈还不知道宝宝们已被淹死。此刻，一切尚安：和煦的阳光，煮得烂熟的洋葱馅儿，一只戴着白色手套的手抚摸着耳后和脖颈，狗妈妈每一声呼吸都像是对上帝的称赞，上帝似乎关心着它。

玛露霞最后一次拍了拍那只幸福的狗妈妈，然后带着丈夫在小普廖斯城[①]散步，这座城很小，很迷人，像是一颗从某人胸针上

---

① 俄罗斯城市。

落到草地中的珍珠，不是匀匀称称的圆形，更像是一颗真正的珍珠。市场上人声鼎沸，摊位上的人拉着手风琴，把小面包圈儿和气味很重的名牌丝绸塞到围观者的面前，查尔东诺夫和玛露霞两人都明白，这只不过是神奇而漫长旅行的伊始，一切都将如期而至，两人将会度过一段长久安宁的时光，将会在平和中彼此相亲相爱，将会得到天赐的露水和大地的脂膏，房子里将放满小麦、美酒、食用油和各种各样的好东西，以便能够与需要食物的人一起分享。倘若是这样，那么在未来的某一天死去便不会感到害怕。承诺的一切都会一个接一个地实现。只是有一件事情除外。

一年的幸福生活之后，玛露霞的父母非常希望外孙围绕膝下，玛露霞对家人们的好奇一笑置之，又是一年之后，玛露霞自己也开始担心。这几年对查尔东诺夫夫妇而言是最绝望的时期，两人陷入了绝望的、无形的斗争。玛露霞是个非常敏感的人，将贞洁之事看得很重，因此，对她而言，忍受妇科医生的检查是非常困难的。"请到屏风后面将衣服脱掉。"男医生伸出自信的手，这双手像是折磨人的刑具，玛露霞则一言不发，紧紧攥着手帕，她感到羞辱，感到恐惧，这有辱人格的希望，发生了一次又一次，一次又一次。两人经历了一切地狱般的磨难——跋山涉水，看了许多名牌大学毕业、价格高昂且极少露面的私人医生，这些医生"与安娜·尼基耶夫娜创造了医学奇迹"，但安娜·尼基耶夫娜——某个朋友的朋友，已经完全没了踪影，宛若一张钞票不知流动到哪里去了，只是，她与钞票不一样，在她的帮助下根本买不到一丁点儿幸福。玛露霞天生胆小，不太敢去找接生婆、巫医或术师用当时迅速流行的顺势疗法治病。他们不是罪人，而是形而上学狡猾的走狗（顺便说一句，很多人收费高昂，即使是最贪婪的医生也会于心不安），快速念出咒语，把毛巾钉上十字架，以及将蜡烛折断，就敢保证可以改变上帝的旨意。玛露霞和其他人一样，觉得上帝的旨意即是不赐予她和谢廖沙①孩子。反对上帝的旨意是毫无意义的，只能乞求，就像孩子们在过生日的时候乞求父母买一个西蒙或海尔比格工厂生产的娃娃，穿着时尚丝衣的蜡像人偶，结果得到的很可能是一本讲棕熊的口袋故事书，甚至可能是父亲的一个耳光。但玛露霞并不害怕耳光，她只是想知道自己为什么被拒绝。到底为什么？为什么自己生不了孩子。

查尔东诺夫则坚持带她去看医生，这对她而言是一遭又一遭折磨肉体的炼狱，不过作为回报，这同样也一次又一次地锻炼了玛露霞的精神意志。对她而言最重要的是——圣母玛利亚的圣像《寻找殉道者》、圣母的父母——正义的圣约阿希姆和圣安娜的圣像、施洗者圣约翰之母——正义的伊丽莎白圣像、基辅佩切尔斯克修道院中神圣殉道者圣约翰的遗物、托尔格修道院天主圣母像，以及旁边栏杆上的圣母像。人们必须在圣像下爬着走三次，含泪向最神圣的天主之母祈祷。玛露霞爬过了三次，她厉声痛哭，被别人扶出了教堂。

玛露霞还去了圣母诞生修道院，祈拜了显灵慈悲圣像和苏兹

---

① 谢尔盖的小名。

达里圣索菲亚遗物。玛露霞的告解神父是弗拉基米尔神父,他是位白发苍苍、留着胡须的老人,整个皮托夫拉诺夫家族的所有后代都由他施洗保佑,他建议玛露霞写信给雅典希兰达尔修道院,三个月后,玛露霞意外地收到了从雅典修道院寄来的包裹,里面装着一根散发着香膏味的、已经结了一千年果实的圣西蒙葡萄藤。除了一根老树枝外,包裹里还有一个圣西蒙的小圣像和三颗葡萄干。这三颗葡萄干应为没有后代的夫妻所食,两颗为女人食下,一颗为男人食下,在食下葡萄干之前要先经受四十天严格的斋戒——不能喝酒,不能吃煮熟的食物,也不能吃橄榄油。这意味着只能就着水吃面包和生的蔬菜。弗拉基米尔神父说,圣西蒙葡萄藤是最有效的手段。查尔东诺夫忍不了斋戒,只坚持了一周便放弃了,他像一条饿狗那样,闻到白菜汤的香味,径直走进了小酒馆,直到坐在了散发臭味的马车夫和穷人中间才清醒过来。面前的碗空空如也,店员灵巧地将端着托盘的手背在后面,托盘上放着煮牛肉、辣洋姜和咸黄瓜。查尔东诺夫羞愧不已,却又坠入堕落的深渊,他挥了挥手,点了伏特加来配牛肉。

玛露霞并没有放弃,也没有向命运屈服,但她因为身体虚弱几乎不出门,想念女儿的老皮托夫拉诺夫便上门去看望她。查尔东诺夫妇当时在波瓦尔街[①]租了半套房,谢尔盖·亚历山德罗维奇的信誉很好,倘若考虑到他的工作和他做家教所赚的外快,他的收入无疑是很可观的。老皮托夫拉诺夫看着女儿饿得面黄肌

---

① 莫斯科中央行政区街道。

瘦的脸，一言不发，拽着查尔东诺夫的袖子把他拉到门外。

"谢尔盖·亚历山德罗维奇，我把女儿交给了你，可别让她疯掉。"老皮托夫拉诺夫的语气轻柔却可怕，查尔东诺夫像个犯错的男孩，手背到后面，手心里满是汗。其实查尔东诺夫很爱岳父，婚礼之后，两人的关系出人意料地更为紧密。然而，两个人除了这层关系外，再无可能有其他交集。

"尼基塔·斯皮里多诺维奇，我劝她了，但弗拉基米尔神父希望我们斋戒，他说，只有斋戒和祈祷管用。"

老皮托夫拉诺夫将他修得精致的胡须攥在拳头里，用力拉了拉，像是要把胡子扯下来。

"弗拉基米尔神父，这个老呆瓜，看我不打烂他的脸，"他信誓旦旦地说道，"不过谢廖沙，你是个数学家，你是做学问的人，你怎么能在家里搞这种封建迷信呢！"

查尔东诺夫一言不发，不知所措，从神学院教授口中听到这样的话令人难以置信，甚至令人恐惧，但玛露霞更令人害怕——她的外表仍是之前开朗平和的样子，但整个人的内心因周遭的一切而扭曲。

当晚，弗拉基米尔神父惊慌失措地走进查尔东诺夫家门，开导已经离神灵很远很远的查尔东诺夫，查尔东诺夫一边给老神父倒果茶，一边悄悄打量老神父满是皱纹的脸上被打的痕迹。老皮托夫拉诺夫像主教一样学识渊博，但他的拳头能够令任何一位商人羡慕。但玛露霞谁的话也不听，继续坚持着无用之事，尽管查尔东诺夫跪在地上，哭着恳求玛露霞不要毁了自己，不要毁了家庭，可他明白一切都是徒劳，再多的眼泪和恳求都不会改变妻子的主意。玛露霞很固执，这种固执既是天生的，也是她自己的行事方式——她的固执里没有任何间接的、疯狂的，或是病态的成分。她只是想弄明白，只是想弄明白为什么会这样。

四十天后，夫妇两人战战兢兢地祈祷着，满怀希望地吃掉了从雅典寄来的葡萄干。一切仍是徒劳。生育的大门没有向玛露霞打开，甚至没有一个门房来告诉他们门不会开。玛露霞等了一会儿，便静静地回了房间。

一切对查尔东诺夫而言是胆怯的狂喜，似乎神父和医生都放弃了，再也不用一晚又一晚跪在圣像前，跪到膝骨剧痛。又是一个夏日的清晨，查尔东诺夫夫妇坐在礼拜桌前，餐厅的白窗帘时而鼓起，时而落下，窗帘后绿色和金色若隐若现，玛露霞穿着凉快的麻布连衣裙，裙子里温热而光滑。

"阿加莎会来的——这会很尴尬。"玛露霞责备着查尔东诺夫，用她同样温热光滑的茶匙亲切地敲打查尔东诺夫的额头。

"她不会来的，"查尔东诺夫穿着细扣和带子装饰的礼服，嘟囔道，"我让她去买茶炉，要几个小时才回来。"

玛露霞轻轻拉了拉查尔东诺夫的手，查尔东诺夫能感觉到她的呼吸变得混乱，他知道，一分钟过后一切都变得不同——味道、热度、香气，她的反应令人惊讶，令人难以置信，这样的人只能在梦中见到，倘若查尔东诺夫敢于做这样的梦……

"谢廖沙，等等，"玛露霞说道，她的嘴唇总是因亲吻而立即肿起，这是玛露霞独特的魅力，令查尔东诺夫双手颤抖，头晕目眩,"我得去一趟科斯特罗马①,去见费奥多夫斯卡娅圣母像。"

查尔东诺夫惊了一下,放开了玛露霞,不明白她如此敏感,为何会突然毁掉这个明媚的早晨,毁掉窗外的光斑,毁掉餐刀上透明的蜜渍,毁掉嘴唇的甜味。

"这是最后一次,谢廖沙。"玛露霞轻轻抚摸丈夫的脸颊,"这真的是最后一次了,我保证。"

两人一同前往科斯特罗马,尽管他们尽力表现得像平常一样,但结果却是一个不愉快的回忆。费奥多夫斯卡娅圣母像由布道者路加亲手所绘,存于伊帕季耶夫圣三一修道院,圣像呈古怪的石白色,像是一块放久了的奶油蛋糕。查尔东诺夫没有踏入圣三一修道院里,他待在外面,出于农民般懦弱的恐惧,他害怕打扰到修道院的清静,害怕自己以微不足道的存在将某些事情破坏。玛露霞一脸憔悴,戴着素色头巾,在修道院门口回头看着丈夫,像是出于惶恐,不敢迈出进门的一步,不敢迈出那最后的一步。她的嘴唇无声地颤抖,查尔东诺夫知道玛露霞在向圣安娜祈祷:"请把子宫的果实恩赐给呼唤您的人,请解决她们不能生育的黑暗,请让无法生育的女人幸福,我们受惠于您,歌颂您,歌颂您的外孙造物主和上帝。"多么奇妙的世界,原来耶稣也有外祖母,不仅可以向她哭诉膝骨的碎裂,还可以向她哭诉残损的心声。

---

① 俄罗斯城市,科斯特罗马州的首府。

查尔东诺夫叹了口气,坐在茂密的灌木丛一角的长椅上。这座修道院维护得很好,墙上爬满郁郁葱葱的植物,显得高大奢华,守护着罗曼诺夫家族的血脉。尽管人们早已对皇室成员的定期来访习以为常,但皇室成员的雍容华贵仍能引起人们的注意。修道院花园的整洁和守卫士兵衣着的规整令人羡慕不已。查尔东诺夫坐下来,习惯性地拍了拍自己的口袋,他想抽烟想到口苦,但是不敢点上一支。阳光明媚,灌木郁郁葱葱,树叶刚被浇过水,飘来芬芳的气息,黑土也弥漫着清爽的味道,树枝上传来震耳欲聋的鸟叫——鸟儿在怨骂查尔东诺夫惊扰了它的巢穴。

朝圣者们冲进修道院,像羊一样被皮肤黝黑的修士带到要去的地方。前去祈祷的有衣着光鲜的达官贵人,但多数人是丑陋的、阴暗的、被生活击败的、被羞辱的,不得不来到这里寻求最后的庇护,寻求最后的希望,尽管希望并不在那里。查尔东诺夫皱起眉头,愤怒不已,他暗自鄙视那些聚集在俄国东正教会的人渣,想到绝望的、贫穷的、软弱的孤儿和可怜虫们爬向天国的入口,想到美丽的玛露霞正处在那些人之中。他尊重一切信仰,尤其尊重玛露霞的信仰,可是,教会的制度与他有何干系?这个笨拙的、像国家机器一样丑陋的家伙甚至能将最高等的人种磨成尘埃。

查尔东诺夫心中的想法仿佛有了回应,圣三一修道院前的广场上出现了一位修士,不是涅斯捷洛夫[①]画中披着东正教外衣的虚情假意的修士,而是真正的基督教战士。他身材高大,肩膀宽阔,

---

① 米哈伊尔·涅斯捷洛夫(1862—1942),苏联画家,擅长肖像画和宗教题材画。

英俊得令人难以置信，那是超凡脱俗、惊为天人的英俊，不过，那并不是神灵之美。他走了过去，扇动着黑色长袍，以愤怒的、蔑视的目光俯瞰人们的头顶，仿佛害怕被玷染。人群画着十字，屈膝为他让开一条路，被这位前所未有之人吓得目瞪口呆。"多么英俊啊。"一位面容姣好，脸蛋儿像剥了皮的洋葱的姑娘兴高采烈地惊叹道，修士的脸霎时间愤怒得扭曲，仿佛从内部燃起一团明亮的黑色之火，而后恢复成厌恶的神情。

查尔东诺夫心中忐忑不安，像是在高处颤颤巍巍，并在最后一刻抓住了摇摇晃晃的扶手。上帝对前来祈祷的人们不屑一顾——这一点已是事实。他一视同仁地枉然将所有伸向他的器皿注满，没有留意眼泪，也没有倾听祈祷。为什么这位土生土长的科斯特罗马修士被赋予如此多的美和权力？为什么玛露霞又要跪在另一个神像前——她在黑暗中，在恐惧中，在绝望中——只能看到一块巨大的木板上油彩的赭石斑点！为什么上帝不允许他们看到自己的孩子，这公平吗？

那只鸟声嘶力竭地试图将查尔东诺夫吓走，它决定改变策略，飞出树枝，拖着翅膀，一瘸一拐地在草地上行走，时而扭动左脚，时而扭动右脚，假装受伤，不会有任何抵抗，试图以此拯救自己的孩子们。

"别怕，傻孩子，"查尔东诺夫擦了擦浸湿的眼睛，对那只鸟嘀咕道，"玛露霞是对的，我是个小心眼的人，也是个爱哭鬼，我不会动你的孩子。"小鸟停了下来，用它深邃的圆眼望着查尔东诺夫，他从前很喜欢竹雀，竹雀很聪明，很活泼，一点儿也不懒惰，从前，在他住过的村子里到处都有竹雀在飞。查尔东诺夫想起小时候，自言自语道："我要走了，你听到了吗？我要走了。我们还要流浪多久？还要多久？折磨还要持续多久？要到死亡来临为止吗，母亲？要到死亡来临为止吗……"

玛露霞走了出来，查尔东诺夫已等待许久，他错过了远望修道院大门打开的机会。一瞬间，周围的空气变得和往常不同，玛露霞走在院子里，低着头，慢慢地走着，仿佛又一个十字架放在了她的肩上，而不是安慰的手。这一次查尔东诺夫再也忍不住。他明白了，就是这样，没有任何用。最后一次也不行。事情就是这样糟糕。一切都结束了。我的玛露霞。查尔东诺夫想尖叫，想厉声叫喊，就像一个小孩，或是一只猫在他面前被痛苦地折磨，而他却没有办法去阻止这个无辜而无知的生命遭受这份毫无意义的漫长的痛苦。玛露霞继续走啊走，她仿佛在梦中，沉重的水为她让开一条路，她每走一步，查尔东诺夫对上帝的憎恨就多一分。这种憎恨在他空虚而黑暗的胸膛中快速膨胀，憎恨越来越强烈，让人起初无法呼吸，然后失去信念，最后再也活不下去。

玛露霞走上前，将温热的手轻轻搭在丈夫的衣袖上。

"亲爱的，你怎么了？你还好吗？"查尔东诺夫慌乱地吻着玛露霞的太阳穴，拉直了上衣，不知何故拉了拉头发——试图以这些笨拙的小伎俩来分散上帝对玛露霞的注意。不再有仇恨，只有对即将到来的火柱落在玛露霞头上的恐惧。他再一次毁掉了一切，伤害了所有人，简直是笨蛋，傻瓜，十足的傀儡头。查尔东诺夫看着妻子的眼睛，胆怯到了极点。即使坚强如玛露霞的人也会被压垮。任何人都能被压垮——尤其是,当压垮他的人是上帝。

"谢廖沙,我们走吧,"玛露霞平静地说,"我们回家吧。"

"可是……"查尔东诺夫犹豫了,不知道接下来该怎么办。信仰怎么办?孩子怎么办?接下来怎么办?下一站是——疯人院?在教堂离婚?还是匆匆挂在吊灯上的上吊绳?

玛露霞轻声重复道:"谢廖沙,我们回家吧,我认命了。"

查尔东诺夫终于敢去直视她的脸。玛露霞的眼睛和她戴的围巾一样——明亮,带着斑点,非常寂静。眼中没有痛苦,没有愤怒,没有希望,什么都没有。全然寂静。

她确实接受现实了。

无论是上帝还是玛露霞都没有把他们达成的协议告诉查尔东诺夫,但他们都坚定地履行了承诺。查尔东诺夫夫妇的婚后生活很幸福,如同一对普通夫妻的幸福生活一样。关于孩子的讨论再也不会有,就像两人不打算生孩子那样。似乎,玛露霞丝毫不在乎这一点。

她热切地,甚至是高兴地帮丈夫处理工作事务,查尔东诺夫的事业迅速发展,既有学术工作,也有教学任务。他正自信满满地走着上坡路,农民般的毅力和出色的数学天赋使他总能将不愿做的事坚持做下去。查尔东诺夫同时展现了杰出科学家和优秀管理者的才能。他受到嘉奖,获得晋升,邀约一个接一个地来,总之,一切都在朝着正确的、美好的方向发展,每天晚上,玛露霞跪坐在吱吱作响的椅子上伏案工作,誊抄丈夫即将完成的文章,她吐了吐舌头,对文章里的内容一无所知。"……那么,气体流量相应的解决方式都可以用同一个数列写出来,所有的项都会包含用高斯超几何函数表达的修正系数……"玛露霞的笔迹很清晰,她的笔迹不同寻常,明显向左倾斜,据笔迹学家说,这表明大脑完完全全控制了感官。查尔东诺夫悄悄走到她的身后,轻轻地吹了吹玛露霞的脖子——正好吹到玛露霞蓬松的鬈发,令她的脖颈发痒。

"别对我吹气,"玛露霞面露不悦地说,"你没看到我在忙吗?是你自己说的要快点抄完。"

查尔东诺夫顺从地走到一边,玛露霞没有回头:"别去橱柜里拿吃的,马上就吃饭了!""我没有!"查尔东诺夫信誓旦旦地说,努力不让橱柜门发出声响。

"高斯超几何函数……"玛露霞唱着歌儿重复道,"真棒!可我不明白。它是什么意思?"

查尔东诺夫急切地咕哝着嘴,试图吞下刚刚偷来的肉块。

"你可真够丢人的,"玛露霞生气地说,"再过一个小时就开饭了,你却……吃着小牛肉!还是凉的!你还全吃光了,一点也没给我留!"

圆脑袋厨师前来布置餐桌时,看到这对夫妻正从容地吃着罐子里的果酱,查尔东诺夫热情洋溢地向玛露霞讲述气体动力学基本原理,却没有注意到妻子正挥舞着勺子抢他的果酱吃。他的博士论文《论气体流动》提交至莫斯科大学物理-数学系,并于

1894 年 2 月精彩地通过答辩，同年，查尔东诺夫夫妇庆祝了结婚五周年纪念日。

与幸福婚姻的逻辑相反的是，玛露霞没有安于当丈夫的影子。或许是因为查尔东诺夫很清楚，妻子操持家事——这个家有时像生物一样顽固不化或反复无常——也是一种创造性工作，同样被世界所需要，就像这个世界需要他的科研，也需要饱餐之后呼呼大睡的小猫。查尔东诺夫确信玛露霞的日常生活比自己的更有意义。铺展在桌上的一条新裙子；为女仆安顿幸福生活的过程（查尔东诺夫家的仆人们不知缘何总能摩擦出浪漫的激情，玛露霞每过一段时间就会送一个热泪盈眶的女孩出嫁）；玛露霞用铅笔戳着她细嫩的脖子，思考第二天晚上吃什么，如何用一块牛肉做出烤肉、菜汤和肉馅——在这所有的小事情中蕴藏着令人惊叹、令人感动的逻辑，伟大的幸福往往蕴藏在一件件小事中。晚上，查尔东诺夫夫妇相拥而眠，一旦有一个人压麻了手臂，两人便会在睡梦中各自转过身背向彼此。

皮托夫拉诺夫家族更热闹了，也更和睦了，总是有亲戚前去查尔东诺夫家做客。外甥和外甥女诞生了一个又一个，他们都很喜欢玛露霞姨妈。玛露霞有一种与生俱来的天赋，她知道怎么哄孩子睡觉，怎么包襁褓、做米糊，她会在小孩打碎盘子时祈祷（并且巧妙地将碎片藏起来，以免让别的大人看到），也会讲故事，还会向小孩子们讲道理。即使是最任性的孩子，也不会觉得自己被强迫做了不愿做或不能做的事。查尔东诺夫甚至会因为那些小孩吃醋，因为他们总是黏着玛露霞。玛露霞从不呵斥小孩，但偶尔也会在孩子的屁股上留下一道火辣辣的手印。

玛露霞的父母曾找她谈过，让她去孤儿院领养一个孩子，玛露霞只是惊讶地挑了挑眉毛。

"为什么？"玛露霞说道，"我会有孩子的，我知道，一定会有的。我相信我会有孩子的，你们明白吗？"

母亲再也忍不住，落下了眼泪，她生了十四个孩子，将其中六个抚养长大，而剩下的八个——被上帝带走了，被带到上帝的宝座下玩耍。

"你在说什么呢，玛露霞，上帝不让你生孩子，你能违抗他吗？"

"妈妈，我不是在违抗，"玛露霞固执地重复道，"我只是知道一定会有孩子。"

1899 年过去了，新的世纪拉开帷幕，这也意味着一个新时代的开始，俄罗斯每晚都淹没在支离破碎的血色夕阳下，每一个能写字的人都写下了这一切，甚至那些高枕无忧的人也开始心生不安。玛露霞已年满三十，她的乳房微微下垂，颧骨微微凸起，早上她已不再那么欢快地回应丈夫，尽管她知道丈夫最喜欢她半睡半醒时的样子，最喜欢她在温暖中被幸福的甜腻冲得头昏脑涨的样子。岁月从玛露霞身边走过，可她仍然坚信上帝会坚守对她的承诺，就像她遵守对上帝的承诺一样。上帝是公正的。

玛露霞在四十九岁那年有了一个孩子。

尽管这个双眼炯炯有神的犹太小伙子身体虚弱，尽管收养他违反了国家的法令，尽管他已经十八岁，尽管他走进家门时身上长着虱子和严重的疥疮，但是这一切都没关系。因为他是玛露霞的孩子，是她唯一的孩子，是她的金子，她的列西克。

她一开门就明白了这一切。

03

拉扎尔

Лазарь

拉扎尔·林特出生于1900年，这提前为在墓地附近闲逛的人计算他的年龄提供了便利。其余的死者似乎给自己和旁观者提供了一个机会，墓碑上的复杂数字仿佛揭示了一个长寿且不可预测的有趣生命，甚至是不朽的生命：只要有人在心里将他生卒年的两个四位数相减，他的生命就会持续下去。而对拉扎尔而言，不需要脑力的损耗，也不需要嘴唇的默念，整段生命顺利而巧妙地融入了一项简单的运算。——走吧，在墓碑旁边想什么呢？——好的，好的，亲爱的，走吧。

林特本人并不在乎死亡这种蠢事，他是一个无神论者，是虚无主义的拥护者。并且，奇怪的是，正是这种对生命有限死亡定至的确信令他随和、快乐，并且无所畏惧，宛若第一批基督殉道者在斗兽场上被动画片里的狮子吞噬殆尽时发出的光芒。然而，到了晚年，林特的无神论思想变得微微苦涩干枯，就像一瓶浓碘酒的磨砂瓶口上干瘪的橡胶圈。晚年的林特并没有真正信奉宗教，其实，他只是厌倦了怀疑。从任何角度看，林特都是一个幸运的长寿的人：失败、被捕、被处决、反对意识形态、被妒忌，这一切都发生在了别人身上，而没有发生在他身上。朋友们崇拜他；他的竞争对手对他又敬又怕；女人们则仰慕他，除了一个人。不多不少，就一个人。只有小数点后三位的误差。

"拉扎尔，你就不像我们这个时代的人，魔鬼带不走你，苏联政府也带不走你。"查尔东诺夫低声咕哝，将一片冰凉的治心脏病的伐力多药片塞进干裂的舌头下。

"他们不在这个时代，谢尔盖·亚历山德罗维奇。这个时代容不下他们。"

"拉扎尔，这个时代容不下谁？你在说什么？"

"没有人，没有魔鬼，也没有苏维埃政权，谢尔盖·亚历山德罗维奇，人类总是一个样。从亚当开始，人类就是这样了。我只是知道如何与人类交谈。"

林特转过身，瘦削的屁股安坐在椅子上，享受着环顾四周的感觉。他很喜欢查尔东诺夫家里的办公室——书柜、一张大桌子、令人垂涎的一大堆废草稿纸，还有昏黄的灯光。他想一辈子都待在这里。

查尔东诺夫摇了摇头。无论他是否接受，自相残杀的时代已然来临。1937年，莫斯科国立大学物理系清算了一批托洛茨基主义者，尽管学者们还没有遇到大麻烦，但捕风捉影的流言已有很多。然而，这完全是一场内部的清算。我们可以称赞祖国几乎没有打扰物理学家，而且显然知道该去清算哪些人，不该去清算哪些人。然后等上一百五十年，等到所需的基因组合，再从邻国窃取过时的技术。但诚实、正派的查尔东诺夫将学术委员会上的每一次争论都看作是一场真正的战斗，这完全符合陀思妥耶夫斯基的精神：魔鬼与上帝进行搏斗，搏斗的战场则在人心。

　　林特在休息日的讨论中坐得离演讲人很近，并飞速地在笔记本上记着些什么。不是在记笔记，就是在工作，很少有人能辨认出他那难看的、扭曲的、像蜘蛛一样的字迹。几乎没有人了解这些笔记的要点，但世界上有那么几十位科学家，只要一听到拉扎尔·林特的名字，就会敬畏得狠狠眨眼睛。这句话听起来是陈词滥调，但并非不重要。林特的研究方向在物理学、化学，似乎还有数学的交界处，那是不可思议的高度，在那里，人类最后的困惑会消失，上帝的肉身透过科学稀疏的结构开始闪闪发光。林特算得上是最典型的天才，特别是在科研方面——对科学一无所知的人也能明白这一点。

　　林特有过人的天才，三十七岁的他仍是个神童——神童，这个又笨拙又干瘦的称号，像是超龄的笨学生身上穿的小孩短裤，但在平均七十岁才获得认可的圈子里，人们还能叫他什么呢？林特周围聚集了一批最勇敢的年轻人，有最年轻的教授、最年轻的学术专著作者，还有最多产的研究者。当然，他也得罪了不少人，确切地说是很多。从逻辑上看，林特早就该领导一个部门了，他应该领导自己的研究院，因为他无法将自己所有的想法付诸实施，甚至无法逐一记住，这些想法往往是在工作的间隙冒出来的。像任何一位平步登天的家伙一样，拉扎尔只喜欢做他自己感兴趣的事情。他感兴趣的事情不只是科学研究，还包括女性。在女性面前，他就像那些异想天开的家伙一样，立马摇身一变，成为大美食家，成为狩猎者。他也喜欢好书，书籍的好坏并不完全取决于作者和内容，还取决于出版年份。林特原则上不承认1917年之后出版的书，莫斯科的书商们很喜欢他，因为林特流露着一种奇妙的斯文、一种幽默感、一种慷慨和惊人的直觉，最重要的是他拿起一本旧书时的温柔——仿佛在抚摸一位美人因不耐烦而晃动着的半张开的膝盖。他是一个完美的情人，也是慷慨、熟练、感恩、勇敢的读者。没有一个人令他感到不快——因为女人和书都是令人欢愉、令人获益的朋友。林特只对男人嘲讽逗弄。和那些人一点交道都不打是愉快有益的。不幸的是，这种好事似乎从未发生。

当然，祖国使林特很快适应了战争，就像祖国改造了一切它认为有些用处的事物一样。林特并不介意自己的成果究竟用于加强国防力量还是用于提高牛奶产量，这二者有什么区别呢？这不是糊涂，不是精神上的聋哑，而是坚定清晰的算计。首先，林特完全没有不合逻辑的人类情感；其次，林特感兴趣的是解决一个科学难题的过程，而非科学被应用在哪些方面；第三，他是一个非常成熟理智的人，不像后继者一开始鲁莽地发明了氢弹，之后再冲动地忏悔。根据林特的说法，物理学是告密者最不适合从事的科研。要么你当一辈子物理学家，要么你就是一个又懦弱又爱说谎的失败者。林特一点儿也不能忍受伪君子。

很难说林特为什么没被清算，也没有被监禁。或许，是因为他让人觉得不可思议，在别人看来，林特几乎不闻窗外事，对任何事情都没有野心,而在斯大林时代中,只要向下深挖,人类的本性就会尽显无遗,每个人都渴望获得无穷无尽的金钱、权力和荣誉。或许,林特对别人而言是一个笑话——毕竟和一个一直在笑的人打架没有任何意义,甚至对打他的人来说也是一种耻辱。或许,秘密藏在传说的天才身上——林特看起来和普通人并没有什么不同,不过通过微妙的蛛丝马迹可以觉察到他的脑回路不同寻常,或是与普通人不一样,或是拥有一般生物不常见的蛋白质形式。他的思考速度非常快。他的笑声清脆而略显机械。他对人类道德极为漠视。他制造的混乱是可怕的、根源的、物质的。林特的气质很特别,在细胞和生化层面上可能亦是如此。这很可怕。当然,只对有能力理解这一切的人而言是这样。

当然,查尔东诺夫的保护非常重要,他以钢铁机车般的力量将林特拖在身边,用他那令人窒息的火热为林特挡住外部一切不友好的风浪。毫无疑问,林特也能够凭借自己的力量闯出一片天地。或许是在十年之后,或许需要付出别的代价,但毫无疑问,他会成功的。但查尔东诺夫夫妇……

1918 年,林特在查尔东诺夫家住了三个月,比他之前请求的时间多了两个月,票证、口粮和房间都立即准备就绪(当然,这是查尔东诺夫的努力),林特身上的虱子几乎立即消失了,争吵也几乎立即开始了。林特和查尔东诺夫互相大喊大叫,脖子上的血管爆起,不可积系统动力学这一课题尤其引发了两人没完没了的争论。

"小伙子,"谢尔盖·亚历山德罗维奇怒吼道,"你简直什么都不懂,简直是混蛋,我获得了科学院的金奖章,就是因为得出了这些结论。"

"沙皇科学院的奖章。"林特冷笑道,"你得明白,目前的情况下,这已经是完全不同的另一个问题了。如果科学院里的人真的对学术感兴趣,他们一定会请您注意这迷人的不合逻辑……"

林特开始在当局给谢尔盖·亚历山德罗维奇数不清的通告纸的正反两面写公式,假若没有这些用不完的草稿纸,他可能不得不将烟戒掉。

"小伙子们,喝茶吗?"玛露霞问道,目光好奇地越过林特的肩膀。查尔东诺夫在林特的另一边,来回踱步,喘着粗气,含混不清地嘟哝着什么,听起来不像是好话。林特没写完就站起身来。

"当然,我喝一杯,玛利亚·尼基蒂奇娜,我来帮您。"

"你没写完!因为这里根本没有什么可补充的,也没有什么不合逻辑的地方!"——查尔东诺夫大声喊了出来,心里暗自对他们激烈的争论感到满意(就像当年他与茹科夫斯基的争论一样!),也对林特的活泼与粗野,以及他带进家门的野兽般苦涩的绒毛气味感到满意。查尔东诺夫觉得自己与妻子像是驯服了一头从未被驯服过的黄鼠狼。

"别吵,谢廖沙,"玛露霞责备道,"列西克,别听他胡说,奖章是给我的,因为我工整的字迹。我重写了多少次你那没有一点用的运动理论?没错——我足足重写了六次!顺便说一句,列西克,你不会相信,我今天用六个银勺子只换到十二个鸡蛋!你想一下,在 1914 年,这六个勺子能值十卢布,而十二个鸡蛋只值二十五戈比！"

"玛露霞，这些事永远让人无法忍受。"查尔东诺夫安慰道。

玛利亚·尼基蒂奇娜笑道："受不了勺子？还是受不了鸡蛋？我们来庆祝一下这笔交易吧，除了鸡蛋，我还想办法弄到了一些面粉，烤了一些革命前常吃的小甜饼，虽然没有糖，也没有黄油，但也很好吃了。顺便说一句，那边能用三磅烟草换一普特黑面粉！① 能换整整一普特！"

林特和查尔东诺夫同时表示愤慨，玛露霞怎么能自己一个人从黑市扛回来整整一普特面粉！家里明明有两个强壮的大男人！玛露霞高兴地点了点头，灵巧地摆好桌子，用胳膊肘挡住小甜饼，以防丈夫偷吃。她对这两个蠢蛋念叨道："如果没有人把烟从嘴里拿出来，我从哪儿能弄到三磅烟草呢？列西克，永远别抽烟。抽烟是讨人厌的坏习惯！你不会已经开始抽了吧？答应我别抽！"

林特严肃地点了点头，尽管没人看到。当晚，林特戒了烟。他走进寒冷的院子里，掏出了口袋里的烟草，这些烟草是他不知从何处拿来的，闻起来很臭。十岁开始抽烟的林特从没有一次敢在查尔东诺夫家里卷烟卷。林特此后的一生中再也没有抽过一口烟，倘若玛露霞对他放任自流，林特可能抽掉飘满整个俄罗斯，甚至飘满整个世界都绰绰有余的烟。但玛露霞不想那样，她不想让自己的孩子受伤害。心思敏感的玛露霞没有看到林特出门。林特叹了口气，吸进了一口呼啸的凉风，走回温暖的屋里。他不在

---

① 1俄磅约合0.4千克，1普特约合16.4千克。

乎是否抽烟。只要有地方可去,任何东西都可以放弃。

即使后来林特搬进单独的房间,再后来搬到了自己的公寓(林特的福利与当局的善意成正比,与他自己的需求成反比),他也总会去查尔东诺夫家。起初几乎每天都要去,之后每周去一次,这是痛苦的、不必要的讲究,玛露霞看出了问题所在,让林特不必那么见外,而后,林特又是每天都会去查尔东诺夫家,这样一来,列西克又回到了查尔东诺夫身边,重新拥有了他最喜欢的桌子,当林特深夜来到查尔东诺夫家时,他会在沙发上睡一夜,这是林特在特殊情况下的特权。我不想回忆玛露霞在 1923 年差点死于斑疹伤寒,那简直太可怕了,我也不想回忆 1929 年查尔东诺夫夫妇四十周年结婚纪念日时谢尔盖·亚历山德罗维奇差点死于喝了太多"雷科夫卡"——三十度的劣质伏特加,这种伏特加很难喝,但为成立不久的苏联创造了很多收益。

应当承认,在苏维埃人民委员会的所有法案中,最成功的和最重要的一条应是 1924 年底颁布的关于允许销售伏特加的法令。酒业的收入因此飞速增长,从 1922—1923 年度的 1560 万卢布到 1924—1925 年度的 1.3 亿卢布。不过需要考虑到一瓶"雷科夫卡"伏特加的价钱高达 75 卢布。当时,对政府丝毫没有感恩之心的人们将"雷科夫卡"伏特加戏称为"半雷科夫卡",并且嫉妒地断定真正的"雷科夫卡"伏特加是六十度的,专供人民委员会主席雷科夫[①]同志。就是要给那个混蛋喝到口鼻出血为止。

[①] 阿列克谢·雷科夫(1881—1938),苏联政治家,1924 年至 1929 年担任俄罗斯苏维埃联邦社会主义共和国人民委员会主席。

谢尔盖·亚历山德罗维奇没什么酒量，却在结婚纪念日上喝了太多"半雷科夫卡"，他一杯接一杯地狂饮，毫无节制，耍起酒疯，玛露霞恳求林特留下来，——"列西克，我一个人应付不了，他会一直呕吐。不用不用，别收拾！千万千万别收拾！让他早上醒来看看他自己做了些什么！"众人费了九牛二虎之力，连哄带骗才将查尔东诺夫赶到床上，他安静地睡下了，他那高贵的、带着点儿呕吐气味的灰头发铺满了枕头。已然成为查尔东诺夫家人的林特突然意识到，这还是他第一次去主卧室——主卧室很小，被暗夜的影子覆盖，宛若一个从里面关上的简陋的棺材，闷得让人难受：呕吐的气味，深红色的窗帘，鲜红的地毯不知何故在夏天显得杂乱，一片红晕漾在查尔东诺夫的脸颊上。六月的白杨絮轻盈地飘动着，飘进了昏暗的墙角，昏暗的墙角看起来闷热而阴森，宛若一场噩梦。玛露霞穿着清凉的裙子，裙子上光滑的珍珠扣也很清凉，像铃铛一样。

十一年来，林特几乎每天都能见到查尔东诺夫夫妇，一句不合时宜的话都不会说出。玛露霞和林特相差三十一岁。在林特出生那年，玛露霞第一次注意到眼旁粗糙的鱼尾纹，无论玛露霞怎么移动台灯，怎么试图让自己看不见，鱼尾纹都没有消失。自认为头脑清醒，买鞋只挑舒适实用而不追求时尚的玛露霞出人意料地沮丧起来。查尔东诺夫发现妻子泪流满面，呜咽不止，连忙跑到药店，带回来一个充满爱意的包裹，在他单纯的信念中，包裹中的东西可以神奇地将玛露霞变成童话中的公主，她就是公主！——"不要哭啦，玛露霞，你为什么哭呀，看看我给你买了什么!"

玛露霞打开梳妆台上的包裹,看到了药剂师奥斯特洛莫夫发明的去屑肥皂(三十戈比一块,五十戈比两块,到处都有卖,查尔东诺夫买了两块,这样能用更长时间),还看到一盒汤姆逊医生发明的脱毛粉(脱毛的最好手段,每盒一卢布五十戈比),玛露霞立即停止了哭泣,对查尔东诺夫进行了一番振奋人心、富有青春活力的训斥并提出了离婚,惊恐万分的查尔东诺夫说药店里的人告诉他这是最好的产品,对皮肤绝对没有伤害。听完他的解释,她大笑不止。

脱毛粉和去屑香皂在下一个节日被送给了看门人,他是一个好色的花花公子,很多人喜欢他,从他满足的表情来看,最好的产品无疑是管用的,尽管别人看不出他有什么变化。玛露霞打赌说看门人会把他的小胡子刮去,她赌输了,在涅斯库奇花园输给查尔东诺夫四个吻,而后彻底不再担心生命、衰老、死亡这些简单明了的事情。

当然,林特不知道,也不可能知道这一切。玛露霞已走过人生路的大半——在林特的生命之前,也在林特的生命之外。在林特的记忆中,她只是变老了,变得轻松、快乐、无私,没有痛苦。玛露霞的心态符合她的年龄,适合她年迈的、永远爱她的丈夫,也适合那个闷热的,流淌着呕吐物、牛奶和蜂蜜的黄昏。一盏台灯,盖着薄薄的布,微弱地闪烁着光芒,宛若一只垂死的火鸟,它发出的光是柔和的铜色,带着一缕缕丝绸般的流苏——与玛露霞活泼的表情相映成趣,台灯的光芒遮住了她灰白的头发,轻轻抚平了她的皱纹。甜蜜的灵魂之旅，意想不到的快乐。

来吧，小家伙，现在不说，还等什么呢？

"我爱你，玛利亚·尼基蒂奇娜。"林特静静地说，他从玛露霞身上移开视线，看着无声的墙角，看着另一个真实的世界。

"列西克，我也很爱你，"玛露霞轻轻地说，她移了移枕头，让丈夫躺得更舒服，——"谢尔盖·亚历山德罗维奇也爱你。你知道，上帝没有赐予我们孩子，但是……"

林特突然剧烈地咳嗽起来，咳嗽的声音像狗叫一样，他飞速跑到房间外面。

"列西克，你喘不过气了？"玛露霞吓坏了，追上前去，"喝点水吧，快喝点水。"查尔东诺夫在床上翻来覆去，突然大声呻吟起来，玛露霞犹豫了一下，选择了丈夫那边。她选择了丈夫。

"嘘……亲爱的，我来了。躺得更舒服些。"

差不多过了一分钟，她匆匆走进厨房，林特停止了咳嗽，在扭曲的水流下刷着杯子。那不是他的酒杯，是别人的，杯壁沾满了亮色的口红。客人们已经走了，餐厅一片狼藉。

"你还好吗，列西克？"玛露霞焦急地问道。

"一点儿事没有，玛利亚·尼基蒂奇娜，"林特礼貌地回答，"抱歉，只是呛着了。"林特的眼睛又红又湿。他平静地说道："您去看看谢尔盖·亚历山德罗维奇，我在这儿收拾一下。"

"谢谢你，亲爱的！"玛露霞感谢道，林特灵巧而自然地从她爱抚的手指下移开了后脑勺。他徒劳地希望，徒劳地梦想着得到不属于他，也不可能属于他的事物。玛露霞的存在对他而言就足够了。至于别人,并没有玛露霞重要。聪明的拉扎尔满足于此,他是时候变得更聪明了。林特拿起一个脏盘子,从纸盒里洒下一些小苏打,小苏打混着油吱吱作响,在他的手指下回荡。

是的,二十九岁的拉扎尔爱上了一个六十岁的女人。不,不是爱上,而是早就开始爱着这个女人,从她四十九岁起就是这样,一直爱到她五十五岁,还会爱到她八十岁,这种感觉越来越明显。就让那些认为林特不正常的人扔石头吧,林特会扯下他们的喉结作为报复。因为没有什么比他的爱更正常、更清晰、更简单的了,他所有的爱都是光明的、忠诚的,饱含守护和关怀的愿景。只是为了陪伴、尊敬、聆听、用钦佩的眼光看着她、生气、争论、崇拜,用尽全力抱着她睡觉,一起醒来,永远没有别人打扰。为什么查尔东诺夫可以将玛露霞拥有,而林特却不可以?这与年龄有什么关系?玛露霞比林特年长的三十年意义何在?

是的,拉扎尔·林特身边有无数的女人,他像所罗门王一样牵挂着女人,不过他只爱玛露霞。其他人只不过是空荡的、黑暗的、漾着回响的容器,沦为他的藏身之所,因为他深爱着玛露霞,可玛露霞并不爱他。林特很容易接近女人,也很容易离开女人,他几乎分不清那些女人哪个是哪个,不记得她们身上的味道,不记得她们说过的话,也不记得她们的手势。对林特而言,斋戒没有半点意义,禁欲的生活并不能改变什么,所以不值得白白折磨自己的身体,也不能将过错怪罪到自己的肉体上。他从女人身上得到了很多鲜活的、野兽般的、炽热的快感,他给予女人的快感则更多,但是玛露霞,玛露霞,玛利亚·尼基蒂奇娜……林特深爱着她。真是白痴。林特可怜地妄想道：既然这三十年对每个人而言都不可挽回的话，上帝啊，就让我早半个世纪出生该有多好，即使我是白痴，一个什么都不是的人，一个既不认字也不会算数的穷光蛋，我也一定能想办法找到她。无论如何，她都会爱我的。上帝啊，求你让我早半个世纪出生吧……

盘子在林特的手指下再一次发出可怜的吱吱声，碎成大小不一的锋利的瓷片。林特心想道：上帝啊，这可真是一个好兆头。我毫不怀疑，上帝不在乎自己是否存在。不要谈什么弗洛伊德，他只不过是一个混蛋的犹太人，一个绝望的吸烟者，一个住在悠闲安适的维也纳市中心资产阶级公寓的居民，说着可笑的性学理论。得冷静下来，我母亲绝对与此无关，她只不过是一个多产的傻瓜，一台沉默的机器，只会生产什么也不懂的婴儿罢了，她或许是一个圣人，但我父亲肯定还不如一个木匠。至少我很幸运。查尔东诺夫夫妇的卧室里很安静，显然，玛露霞睡着了，她依偎在伟大的丈夫身边。假若他不是我的老师，假若他不是玛露霞的丈夫，我一定会杀了他的。不，不是这样，如果这样做就能让事情有所改变，我无论如何都会杀了他。

林特看着那些堆在一起的干净盘子。垃圾桶里散发出剩饭的酸馊味，冒着些许热气。玛露霞做的鹅肉是最好吃的。1929年的莫斯科，人们已能填饱肚子，已经开始慵懒，等到黎明时分，窗户里慢慢充满了白烟般的曙光，人们才能感受到隐约的对于未来的忧虑。新的时代已经来临，又是一个可怕的时代。林特走出前厅，从衣架上取下外套，将身后的门悄悄关上。在空旷的街道尽头,巨大而冷漠的太阳正在升起。未来的人生还有很久、很久。

拉扎尔·林特却诚实地走向最后一页。

他来自一个落后的、贫瘠的小地方,可能在赫尔松省①的南部,也可能在其他位置,起初没有人理会林特究竟打哪儿来,当诸多繁琐的表格出现时,林特需要填写地址。因此,我只能说出难以发音的"小谢伊捷缅努赫"并检查一遍此处的拼写。"拉扎尔·约瑟福维奇,您说您所有的家人全死于内战?被白军开枪打死?"小谢伊捷缅努赫镇的同志发来一封简明扼要的电报,证实林特的家人确实在某年被枪杀。小谢伊捷缅努赫村在那一年被红军、白军、绿军,还有天知道是哪个帮派的暴徒摧毁,那些暴徒不能按党派或政治路线分类,但非常擅长打砸抢烧、强奸、把人绞死或射杀。他们没有具体说明究竟是哪些人杀死了林特的亲人,以免出现严重且不必要的矛盾。林特本人则从未告诉任何人有关他自己的童年或青春期的故事。他不是刻意隐瞒,只是一笑置之,然后转身离去,巧妙地将话题的结尾甩到他们无法理解的深度,过往的事情仿佛是仍未愈合的疖子,肿胀得可怕,甚至在精神上无从触及。

查尔东诺夫出于好奇曾深入研究过革命前的统计数据,他发

---

① 俄罗斯帝国的一个省,位于现在的乌克兰。

现 1897 年，也就是林特出生的三年前，小谢伊捷缅努赫镇住着 520 人，其中 96.5% 的人口是犹太裔，这个数据对林特并无帮助。绝大多数人是自给自足的农民，平均每户人家有 11.5 亩地、1.5 头奶牛和 38 只鸡。许多人为了生存从事起了手工业，多为从事玻璃制造业。出于某种原因，玻璃制造业在犹太人中很受欢迎。当时小镇里有一个祈祷屋（小谢伊捷缅努赫镇二十世纪初才建起一座犹太教堂）、一所私立的犹太小学，校长是阿布拉姆－特拉伊捷里·列伊波维奇·沙依金，他是一个狂热的犹太信徒，在小谢伊捷缅努赫镇播撒着合理、美好与永恒的种子。犹太人总是拥有许许多多个永恒。

沙依金出身极为贫苦，他三十岁时不但学会了读书写字，还从俄国教育部（教育部像所有部委一样死板顽固）获得了教育学学位——仅是这一点他就很令人称赞，沙依金却不满足于遵守教义，而是坚持要当一名苦行者。他简直是个圣人！终于，在如愿以偿成为教师之后，他并没有就此安定下来，而是在父亲的旧宅里创办了一所学校——这可是为平民开设的私立学校！这所学校有三个年级，接收了四五十个长着大眼睛，流着鼻涕的孩子，他们都是很聪明的犹太小伙，他们的父母都是农民阶层。沙依金亲自教他们算术和地理（顺便说一句，沙依金已是七个孩子的父亲，他的孩子们永远在挨饿），亲自教他们在这个又臭又硬的世界上生存所必需的智慧。整个小谢伊缅努赫的人都觉得沙依金是个不折不扣的白痴，尽管沙依金为教育付出了巨大努力，但小镇里仍有百分之七十的人是不识字或不怎么识字的。尽管你是犹太人，尽管你是圣人,打破世界的和谐并非易事。

"列西克,沙侬金是不是也教过你?"

"玛利亚·尼基蒂奇娜,我没有上过学。"林特非常严肃地说道,"我根本没有时间去上学。"

"可是你有父母,对吗?你为什么从来不谈你的爸爸妈妈呢?"玛露霞的好奇心快要溢出来了,她无视查尔东诺夫恳求的表情,继续对林特追问个不停。查尔东诺夫的这种礼貌在别人的隐私被窥探时会展现得淋漓尽致,尤其是在有人问起林特身世的时候。

"当然有。不过我更喜欢在卷心菜里找到母爱,而且是您做的卷心菜。"林特笑了笑,将那盘鼓鼓的、烤得有点儿煳的馅饼拉到靠近他的地方,以此结束了这段对话。玛露霞在这个卷心菜馅儿的饼里加了煮鸡蛋,还撒了胡椒粉和蘑菇碎。林特说:"玛利亚·尼基蒂奇娜,您往里面加的是白胡椒和白蘑菇吗?烤得很好吃。"

在那次难忘的黎明前的宣告之后的几个月里,林特对玛露霞说话时宛若走钢丝般小心翼翼、闪烁其词,仿佛真的有什么东西取决于他说的每一个字或做的每一个手势,仿佛玛露霞真的听到了他的心声,或窥探到了他内心的一切。之后,林特厌倦了这种装模作样,这只是一次又一次可怜的自欺欺人罢了,就像是不得不拖着受伤的脚沿着一条伸向游乐场的虚无绳子小心翼翼地行走,下面挤满了围观者,围观者们却并不关心他,因为围观者事实上并不存在。若是把这种小心翼翼当作锻炼情商的谜题是好的,但对生活而言却不是好事。林特很长时间以来都在努力接受现有的情况，正如我们迟早接受不让我们飞到天上的重力一样，尽管我们很难想象对人体而言比飞行更自然的事情还有什么。

一切照常发展，或者说，日子过得好了些。毕竟林特也找到了心仪的工作。这并不是一份朝九晚七的工作，不会让他只剩下几个小时享受自由生活的乐趣，其中多数时间还得用于吃饭和睡觉。林特的工作很轻松，他将各个方面都打理得井井有条。林特获得这份工作，以及他现在所获得的一切，几乎都要归功于查尔东诺夫。

至于查尔东诺夫，说实话，他并没有受多少苦就被调去了莫斯科国立大学——那是在 1918 年末，查尔东诺夫厌烦了新布尔什维克的官僚机构，转去求茹科夫斯基帮忙协调工作，是的，茹科夫斯基是他的大学老师，是他的靠山，几乎也是他的父亲。

有一次，茹科夫斯基在他的学生里注意到查尔东诺夫这个非常聪明的农村男孩，他不仅将查尔东诺夫带进了学术界，还努力确保学术界对查尔东诺夫有好处。茹科夫斯基欣然同意查尔东诺夫与玛露霞结婚，并在他们的婚礼上认真地履行了伴郎的一切繁琐之职：将王冠举到人高马大的查尔东诺夫头上（茹科夫斯基需要踮起脚尖才能做到）；听完最冗长无聊的讲话，包括学术界同事的长篇大论，也包括查尔东诺夫幸福到疯狂的即兴发言。当茹科夫斯基因一时疏忽，没有注意到皮托夫拉诺夫家的老友谢拉菲姆教士留着浓密的红胡子，而误将其当成女人时，玛露霞完全被他迷住了。谢拉菲姆教士蓝白相间的长袍和丰满的屁股的确可能会误导任何人。当茹科夫斯基在婚礼上千方百计地邀请谢拉菲姆教士跳斗牛舞时——尽管茹科夫斯基并不是很懂斗牛舞,也不太知道斗牛舞到底怎么跳——玛露霞笑得合不拢嘴,勉强为教士解了围。

不过,多年的深厚情谊之后,茹科夫斯基和查尔东诺夫在1910年爆发了一次激烈的争吵,争吵的缘由只是一个微不足道的、不合自然科学规律的原理。最恼人的是,无论是茹科夫斯基还是查尔东诺夫都不记得他们争吵的原因,记忆犹如推动弹丸的火药,燃尽了,消失了。尽管玛露霞和茹科夫斯基的女儿曾多次在两人之间斡旋,但她们的一切努力都是徒劳的。茹科夫斯基与查尔东诺夫两人不再打招呼,不再说话,上帝啊!这种状态一连持续了八年多!

现在,查尔东诺夫羞愧得双耳发热,鼻子也热了起来,他再一次站在他的老导师面前——这是真正意义上的老,是玛土撒拉[①]意义上的老。茹科夫斯基和查尔东诺夫两人流下了革命前就该流的眼泪,紧紧抱在一起。查尔东诺夫掏出一小瓶玛露霞弄到的微微浑浊的酒,这瓶酒瓦解了茹科夫斯基心里最后的倔强。两人大谈新政府老熟人,喟叹飞涨的物价,抨击着他们学术论敌的无知,内心渐渐平静下来。茹科夫斯基和查尔东诺夫都早已忘了他们当初究竟为什么结下梁子,他们在这种果戈理式的喜剧中明白了一点,假若现在不和解,可能之后会变成霍夫曼式的痛苦。茹科夫斯基摇了摇头,说道:"谢廖沙,你想一想,我已是一把老骨

---

① 在《希伯来圣经》中,玛土撒拉是亚当的第七代子孙,也是世界上最长寿的人,据说他在世上活了969年。

头,很可能临死都没告诉你,你对我而言是多么重要!"

倘若不是茹科夫斯基摇了头,倘若不是他的书架上裂了几条缝,这种场景是多么平淡无奇,平淡得令人难以忍受。茹科夫斯基家里没有可以烧来取暖的东西,也没有值钱的物件,他丧偶多年,身边没有一位聪明的玛露霞——玛露霞知道怎么用一对做工精美的金耳环换取两根粗木头,并且事后不会后悔。茹科夫斯基接着说道:"谢廖沙,我的女儿随我,她也什么事都不会做……她对数学也是一窍不通。我不知道日子该怎么过下去。但日子是不是还得过下去?也许我们做的研究也是没用的,是这样吗?"

查尔东诺夫愤怒地摆了摆手,说道:"尼古拉·叶戈洛维奇,您是怎么了,您在说什么啊,不如听听我的想法,以及究竟为什么我今天来找您。还记得我们之前讨论过炮弹风阻吗?"茹科夫斯基仍摇着头,但露出了微笑。他想起来了。

查尔东诺夫接着说:"所以啊,您想一想,我们可以将这一切放在学术基础甚至工业基础上深入讨论。如果是研究课题,可以做自己的研究方向,还可以用单独划拨的资金,不过钱不是重点。最重要的是,可以再次做起科研,而不是……"查尔东诺夫说着话,抽搐了一下,想到自己已被基础工作折磨到不堪忍受。

"谢廖沙,你为什么不去做课题呢?"茹科夫斯基好奇地问道。

"尼古拉·叶戈洛维奇,他们不让我做啊。"查尔东诺夫回答道,"我的权威还不够。他们还是让我去教那些文盲,不让我接触军工行业。您可以去做课题,他们肯定会信任您,因为您现在是唯一的专家,那些……"查尔东诺夫犹豫了一下,茹科夫斯基却帮他把话说完:"那些没死的专家都跑去国外了。"

两人默不作声,闷闷不乐,心里想着未来的一切可能。冬天是艰难的,选择也一样艰难。茹科夫斯基的吐息在冰冷的空气中像是化作了一个个浅灰色的象形文字,并立即以任何人都读不完的速度消失。茹科夫斯基已经老了,很老了,他痛苦的表情令人怜悯。但查尔东诺夫还有玛露霞和林特,他还不能放弃。

第二天一早,查尔东诺夫陪着茹科夫斯基前往克里姆林宫。茹科夫斯基好不容易才走到,他瘦小干枯的身躯裹在覆满霜雪的外套里,摔倒了好几次,每摔倒一次,查尔东诺夫就得立即扶起茹科夫斯基几乎属于另一个世界的轻盈躯体。在克里姆林宫外等候的人排了长长的队,谢尔盖·亚历山德罗维奇完全冻透了,不得不在博洛维茨基大门前来回踱步。这是国家顶层,是查尔东诺夫不被允许会见的,尽管他早已无条件接受了革命。但愿他们知道查尔东诺夫对革命的接受仅仅是出于玛露霞的固执,她不想放弃家族的坟墓,不想放弃那桶长满疙瘩、无比脆韧、底部发白的酸黄瓜。

"你能往哪里去?去英国吗?你觉得我在英国什么地方能弄到洋姜和黑豆叶?橡树皮都没有!更别说橡木桶了!不,不去,我不去!"玛露霞愤怒地翻起《给年轻家庭主妇的礼物——减少家庭开支的窍门》(第 22 次修订版,圣彼得堡,1901 年,尼·尼·克洛布科夫印刷厂,三号奖章丛书),翻到她标记的一页给丈夫看,"你看,就在这里,腌酸黄瓜的第五种方式需要用到橡树皮。"

查尔东诺夫争辩道，倘若自然界中还有至少四种腌酸黄瓜的方法，那或许就不应该揪着第五种不放，完全有可能在英国找到你喜欢的洋姜，找到黑豆叶也很有可能，不过，那本书的作者叶莲娜·莫洛霍维茨在这种生死攸关的大事上只能说是一个糟糕的顾问。

玛露霞生气地说道："莫洛霍维茨与这件事有什么关系？！腌菜才是生死攸关的大事！"

当然，他们哪儿也没去。

两个小时后，查尔东诺夫认命了，他觉得茹科夫斯基很可能在克里姆林宫被捕，甚至被枪毙，人们以令人非常害怕的阿法纳西耶夫①恐怖神话的风格讲述枪毙，不过听众不是五岁的小孩，不是闭上眼睛睡一觉就能让一切都改变。但十五分钟后，茹科夫斯基突然出现了，身后跟着一名年轻的士兵。茹科夫斯基还活着，毫发无伤，他的脸上露出狂喜，就连他一分为二的灰胡子也闪闪发光，像是很久前被扯下来交换黄油的海狸皮领，而那换来的黄油却是馊的。

几个月后，即1919年初，一个专门为茹科夫斯基开设的研究所成立了，研究所的名字是铿锵有力的缩写"ЦАГИ"②，这个研究所很小，却有着非常特殊的权力。在茹科夫斯基领导下的研究所团队成员的名字被编入各种百科全书和文献参考书，不只是苏

---

① 亚历山大·阿法纳西耶夫（1826—1871），俄罗斯民间文学史家，编撰了《俄罗斯民间传说》《俄罗斯童话》等书。
② 全称为"中央茹科夫斯基空气流体动力学研究所"。

联的，而是全世界的，可以说，这个研究所聚集了伟大的科学思想，也意味着这里做出了许多伟大的科研成就。查尔东诺夫坐在茹科夫斯基的右手边，担任他的副手和想法的提出者。他虽谨慎地保留了莫斯科国立大学的教职，却将所有的精力都献给茹科夫斯基。茹科夫斯基虽年事已高，却迸发出惊人的力量，在他的带领下，研究所就像滚水般沸腾翻涌，积极发展建设，迸发出一个又一个精彩的想法，完成政府的命令，发现闪亮的山峰，并狂暴地走到山顶。

1920年2月，茹科夫斯基患了肺炎，这足以将他送进坟墓，不过他还是挺了过来，虽然他被发烧折磨得奄奄一息，他的女儿被折腾得够呛，但他仍厉声对别人说不要同情他，不过也没有任何一种同情能帮到他了。6月，他又患上了中风，这一次他也挺了过来，他像是去年在克里姆林宫里将自己的灵魂卖给了无产阶级的恶魔，否则根本无从解释为什么半瘫痪的他还能为一群无知且浮躁的速记员口述理论力学的课程。他写了一本自传，语气干枯而谦和，语言简短而庄重。他将一座曾经富丽堂皇、如今破败不堪的图书馆遗赠给新生的苏维埃共和国，随即又患上斑疹伤寒，再一次中风，不过他还是活了下来，只是无法为自己从事科研五十周年搞一场热闹的庆祝仪式。诚然，经历了如此多的病痛，就算是魔鬼也会垮掉。1921年阴沉的3月，茹科夫斯基去世了，他被安葬于顿斯科伊修道院，查尔东诺夫接管了研究所。当然，从研究所成立那天起，拉扎尔·林特就在那儿工作了。

顺便要提一句，茹科夫斯基并不喜欢林特。

"谢廖沙,我知道他是自学成才的,我知道他很聪明,但他的才智总是令人讨厌……"

"尼古拉·叶戈洛维奇,他是个天才,"查尔东诺夫小声解释道,"他不是自学成才的人,他就是个天才。"

同任何一位老师一样,茹科夫斯基不能容忍被打断,即使别人打断他是有理由的。他的手指愤怒地敲着桌子。研究所分配给茹科夫斯基的办公室比查尔东诺夫在莫斯科国立大学的住房更大、更冷,茹科夫斯基更愿在家工作。在家里总是什么都好。

"好吧,就算他是天才吧,尽管这是一个有争议的问题。不过,请让我说下去,他完全没什么内涵。他整个人是破碎的、带刺的、扭曲的,这不是由内而外的,而是隐藏于他的内心。他对任何事情都没有丝毫的敬畏,否定一切权威,甚至公然表现出粗鲁无礼。"

"尼古拉·叶戈洛维奇,"——查尔东诺夫再一次打断了茹科夫斯基,"他才刚满十九岁。他从一个天知道是哪儿的小镇徒步来到莫斯科,他所有的亲人都被杀了,只有他一个人奇迹般地逃了出来。您听说过犹太殖民者吗?他们经历过古代的饥荒和石器时代。您能想象他的老家发生过什么吗?根据上帝的律法和我看过的统计数据,拉扎尔本该是个文盲,但他来了,他不仅来到我这里,还能在学术上质疑您的成就。对科学的敬畏只能导致停滞和卑劣的奴性,这一点您是知道的……"

"我不知道,谢廖沙,我不知道这一点。我只记得你十九岁的时候虽然不是出身宫廷,却给人留下完全不同的印象,你不能把问题归咎于他的年龄和社会环境。是的，你不能这么想。"

"尼古拉·叶戈洛维奇，我从来不是什么天才，"查尔东诺夫小声说道，他停顿了一下，以让茹科夫斯基接着自己的话说下去，查尔东诺夫并不会被茹科夫斯基的话刺痛，一切都是纯粹而悲伤的事实，"所以我谦卑、谦卑，再谦卑地请求您……"

"谢廖沙，放弃这种愚蠢的仪式吧！"茹科夫斯基终于愤怒不已，这对他而言是让步的信号，"看在上帝的分上，如果你想照顾那个流浪的犹太小孩，你想从我这儿得到什么？让我把他培养成院士？"

查尔东诺夫说了下去："只要您的一个签名，拉扎尔以后会成为院士的，您会看到的，但首先他需要一些手续。毕竟，他除了出生证外一无所有，可能他的出生证也是印错的。至少现在，给他一个研究所的职位吧，但他还什么文凭都没有。只要您肯签字，我们可以给他一个完整的高等教育证书！"

"好吧，"茹科夫斯基咕哝道，"下周把你的那位神童带过来。但我得告诉你，这事儿没完。"

拉扎尔·林特穿上了查尔东诺夫的旧大衣，那是玛露霞巧妙地为林特量身改造的（"看啊，列西克，这种驼绒面料多么漂亮，上面还有安哥拉丝绸，我就知道这些布料总能用得上！"），林特似乎感觉出茹科夫斯基并不喜欢他，于是表现得非常谦逊，这很适合他。自林特第一次除虱之后，他的头发长了很多，不过他不再留狂野的鬈发。他的头发很多，梳理得很整齐，再也不像无家可归、穿着破衣烂衫的孩子。对于茹科夫斯基提出的问题（这些问题确实很难），林特的回答迅速、准确，却出人意料地呆板，以至于查尔东诺夫好几次看到茹科夫斯基鄙夷的目光。毋庸置疑，林特是个天才，他已经背下了三本教科书并以此为傲。

尴尬的查尔东诺夫感觉自己好似一个不成功的企业家，好像他组建了一个完整的马戏团并想展示一条懂得加减乘除的聪明狗，然后突然意识到在这重要的竞技场上坐着的是一只非常漂亮但什么都不会的杂种狗。

"拉扎尔·约瑟福维奇，你要不要谈谈麦克斯韦的电磁场方程？"查尔东诺夫说道，显然是想稍微挽救一下局面，"前几天我们还讨论过这个非常有趣的问题。"

"不，"拉扎尔礼貌而坚定地拒绝了，"我不想说这个。"

"同仁，你难道没有自己的想法吗？"茹科夫斯基刁钻地问道，他对查尔东诺夫的打断非常满意。

"尼古拉·叶戈洛维奇，我有一个想法，"林特坦言道，"但您可能不会对它感到满意。"

"为什么呢？"茹科夫斯基问道，他没有意识到这是一个诡计。

林特逐字逐句地说道："因为电磁场的所有问题，尤其是光速问题，完全不能根据您提到的麦克斯韦方程和经典力学原理解决。我的观点与您的相反。我为什么要和一个外行人争论呢？"

查尔东诺夫倒吸了一口凉气，他闭上眼睛，宛若看到电车在他眼前碾死了一个粗心的异乡人，茹科夫斯基张大了嘴，一个字也说不出，这让他看起来像是童话书里因为身份被揭穿而不知所措的圣诞老人。林特向茹科夫斯基和查尔东诺夫两人微微鞠了一躬——这可以说是道歉，也可以看作是一种嘲讽。

茹科夫斯基回过神来，嘟哝道："不过，抱歉，尊敬的……也就是说，你想说的是……当然，只有失去理智的人才会争论这样的事实，即随着速度的增加直至接近光速，β 的数值接近于零，因此，它的质量就增加至正无穷。这些原理对放射学而言是相当有趣的，不过当您可以用普通力学解释这一问题的时候，为什么还要纠结于爱因斯坦的形而上学呢？马克斯·亚伯拉罕很久之前就用麦克斯韦方程计算出了核外电子的运动方式……"

"您的马克斯·亚伯拉罕简直是个无知的傻瓜！"林特大声打断了茹科夫斯基，查尔东诺夫终于憋不住放声大笑，发出咕噜和扑哧的声音。茹科夫斯基愣着看了他好一会儿，然后扑哧一声也笑了起来，茹科夫斯基苍老的笑声微弱而动听，舒适而干燥，像嚼着烤干的面包片。

"好吧，你这个家伙！"茹科夫斯基对林特赞美道，用泛黄色的手向他戳去，说实话，茹科夫斯基的手像极了鸡爪子。"这个家伙真是出人意料！谢廖沙，你是从哪个垃圾场里捡到他的？毫不显眼地坐在那儿，竟然能这样还击！"

三个人笑着讨论了一小时，直到他们终于筋疲力尽。茹科夫斯基将那份申请书拉近了一些，他挥舞着尖利的钢笔，笔上闪着斑斓的色彩。

"不过我得说，"茹科夫斯基突然面露不悦，说道，"除了物理和数学，获得毕业证还需要其他科目。例如地理学，还有那个……叫什么来着……对，文学！"

"尼古拉·叶戈洛维奇,玛露霞会帮上忙的。"查尔东诺夫脱口而出,显然是提前为这个问题做了准备。

"什么玛露霞?她要替你的天才考试吗?"

"不是,瞧您说得,上帝保佑!玛露霞会辅导他,这一点您可以相信……"

"我不怀疑她能做到,"茹科夫斯基说,"赶快给这个傻呆子读传说故事。要大点声读!读读阿法纳西·尼基京[①]的游记,读读那本《三海纪行》。"茹科夫斯基和查尔东诺夫笑得合不拢嘴。

茹科夫斯基立即将潇洒的签名写在正确的位置,他的签名简单圆润,拖尾却弯曲复杂,理论上排除了任何伪造的可能性。

"别太得意了,臭小子!"茹科夫斯基语重心长地对林特说道:"这个签名是对谢尔盖·亚历山德罗维奇的致敬,也是对你的一大鼓励。你在教育上的差距只能归咎于你自己的童年经历。你将不得不学习很多课程,很多。比如,你要学外语。我敢肯定你不懂英语,也不懂德语。可是不懂德语是不行的!德语可是伟大科学的语言!"

林特点了点头。德语的确是一个有用的工具。小谢伊捷缅努赫镇附近住着德国侨民,他们的处境和当地犹太人一样艰难,不过与犹太人不一样的是,德国人不仅乐于使用头脑,也乐于使用双手。当谈到共同征服赫尔松的土地时,意第绪语和德语变得十分相似。不同民族的血液和汗水在味道上无法区分,不同民族的

---

① 阿法纳西·尼基京(?—1475),俄国旅行家。

泪水也是一样。因此，林特无意与他争论关于德语的问题。

1941年8月的头几天，林特在部队登记处和征兵办公室里排着长队，心里默念着最喜欢的《浮士德》片段：

什么叫认识？我的朋友，谁能直言不讳
在这一问题上我们并非完全正确。
很少有人看透事物的本质，
并能向所有人揭示石板的灵魂，
如你们所知，在最古早的日子里，
他们已被烧死在火刑柱上，或被钉死在十字架。①

当然，林特不能念出声，一个人可能因为会德语而被扇耳光，不过征兵办公室肯定会欣赏他的德语发音。毕竟能够坐在征兵办公室里的人不是傻子。就算他们都是傻子，在任何战时法令中，通晓敌人的语言都会被认为是一种优势。林特必须被带走，必须去当兵！毕竟，林特只有四十一岁。

林特环顾四周，周围并没有很多年轻男孩。那边有一位穿着格子衬衫的人，挂着一张饱经风霜的瘦脸，他至少有四十五岁。他感受到有人打量着他，于是转过身来，用忧伤的凹陷的双眼看着林特。可怜的家伙，你怎么也要去前线？为什么你觉得上前线是幸运的？一个身材高大、宽脸盘的家伙推了推他，塞满东西的

---

① 原文为德语，出自歌德《浮士德》。此译文为绿原先生从德语原文直译，见《歌德文集》，人民文学出版社，1999年。

背包撞到了他的脸，甚至将他撞到一边，而那个家伙却浑然不觉。

队伍不安地前进着，扭动着，时而像绷紧的绳子，时而混乱地堵住了街道一侧。手风琴声回响个不停，有人开始拼命跳舞，仿佛要将恐惧锤进鹅卵石的路面。回应手风琴的是一个女人的尖叫声，她再也忍不住，开始哭喊着她的沃夫卡或科尔卡，她对所有人哭喊个不停，而这里的所有人现在还没有缺胳膊少腿，仍是强壮的，仍是汗流浃背，缓缓挪动脚步，仍是喧闹不停。她抽泣个不停，倒在丈夫或儿子的肩膀上，拼命地吸入亲人的气味，借以度过整个战争时期。"我不会让你去任何地方！你离开我是为了什么！亲爱的！""好啦，你这个傻瓜，不要在大家面前让我难堪！"

林特一个人排着队，他早已习惯孤身一人。没有人能猜到他在这个队伍中，这让林特窃喜，就像在……林特犹豫了一下。他已经全然忘却上一次感到快乐是什么时候，也不记得当时是什么事情让他快乐。或如家人们过圣诞节，装饰起漂亮的圣诞树，在门外沙沙作响地放一个诱人的礼物袋，孩子会咧嘴笑起来，我们会觉得这个孩子是快乐的，开朗的，即和拉扎尔·林特战前的心态一样。

林特深深吸了一口莫斯科人行道上温暖的、肉桂味般的气息，有点像姜饼的味道。秋天的莫斯科让人想起它的乡村传统，闻得到苹果、面包卷、新印花布，还有慢慢冷却的浓郁的树叶的气息。没有什么比九月的莫斯科更美丽了。人们对战争在十一月前结束不抱丝毫希望，尽管人们在排队时只会聊起战争。林特却很清楚,到了十一月,一切都才刚刚开始,这样的分析只会用到他三分之一的大脑,不过他并没有干涉人们对战争的热论。林特心想道,让他们说去吧,他们只是普通人。可怜的人,只会反复说起这一件事。最重要的是不能遭到征兵办公室的拒绝。

一辆闪着大灯的汽车从拐弯处灵活地开了过来,停在了人行道上,车身的亮漆使这些未来的士兵目眩。"我的天,这可是辆1935年的'霍奇-853'。"一个男孩在林特身后叫了出来,像是摞起十几个箱子,艰难地保持平衡,终于爬到墙上隐秘的裂缝处,在那儿看到一个裸体女孩。一个真正的裸体女孩。丝绒般柔软,月光般朦胧,在昏暗的浴室蒸汽中隐约可见。

从"霍奇"汽车上下来一个普通百姓很少见到的人——高个子,圆脑袋,面带微笑,穿着国外的粗斜纹西装。目瞪口呆的人们不敢相信自己的眼睛,他们看到他拎着真皮制成的小手提箱,穿着短裤和优雅地包裹小腿的紧身长袜——不,怎么可能有这种袜子。"他妈的资产阶级!"有人在林特身后大声喊道。"对啊,活脱脱的资产阶级!"有人纠正他道:"什么资产阶级。就是外国人,外国记者,要写一篇关于我们的文章。"

这位外国记者离开了那辆不可思议的汽车,走进了排队的人群,脸上挂着非常年轻、非常健康的人才有的非常灿烂的笑容,这样的人每天早上都要吃白面包、黄油,还有略带水分的粉红色的火腿,当然,还要喝倒在浅蓝色卵形玻璃杯中的温牛奶。"他吃得可真饱,活像一头猪!"排队的人看着他,嫉妒地嘟哝道。

他犹豫了一下,然后精准地在人群中找到自己的位置,走到了林特的面前。"您好,"他用最纯正、最美妙、最动听的俄语亲切地说道,"您好,我想问一下,我要报名上前线,但不知道该去哪里排队……"林特还没来得及回答他,一群人立即将他团团围住,拍着他的西装,向他打招呼,像抚摸小狗一样摸着他,七嘴八舌地向他喊叫,想知道这个身穿奇装异服的家伙究竟从哪里来。"他妈的,所以你和我们是一伙的?你从哪里来的?你是将军的儿子吗?将军的儿子也要上战场啊!不,伙计们,我们肯定能打赢这场仗,你看,他应该去开坦克!没错,他可以去开坦克!不,最好是开飞机。我们去轰炸德国鬼子,他们一个人也活不了,都怕得魂飞魄散。你们别这么大喊大叫——小伙子,你叫什么名字?你的裤子在哪儿丢的?""没丢,他从小到大穿的就是这种裤子,他妈妈压根儿没钱给他买长裤!"

这好像一场爆炸,一场解脱的爆炸。之后的几个小时,人群像沸腾了一样——因惊吓痛苦而紧张不已。这个有趣的小伙子在衣着打扮上像阿尔卡季·盖达尔①笔下的小坏蛋,但在其他方面却像个好小伙儿,他似乎释放了人们久久积攒的痛苦紧张的情绪:脓液,恐惧,黏稠的脓血,都伴随着歇斯底里的欢乐爆发出来。即使是在1918年也没有这么可怕过。林特清楚地记得自己在1918年的样子。

"我叫萨什卡,萨什卡·贝伦松!"他的脸在寒风中冻得像赤裸的红屁股,一口气回答了所有人的问题,并试着打开手里拎着

---

① 阿尔卡季·盖达尔(1904—1941),苏联著名儿童作家,著有《铁木尔传》等作品。

的浮夸的皮箱。皮箱里是一把进口的"佐林根"牌剃须刀和两包果仁糖。"吃吧,这是我最喜欢的糖!这种糖就算在柏林都很难买到!我撒什么谎呢?我在柏林住了五年。"

"霍奇"、袜子和短裤的谜团就这样解开了。

萨什卡,即亚历山大·达维多维奇·贝伦松,一个外交官的儿子,一个年轻、正派的傻瓜,充满了天真的爱国主义冲动。他的父亲在战时被召回至克里姆林宫转移重要文件,萨什卡则决定当一名志愿兵上前线。排队的人们张着嘴,听他讲起柏林的街道和咖啡店的故事,萨什卡这个小伙子关注的重点是冰激凌,而头脑简单的人们则想听他讲述女人的事情。"女人在柏林真的可以不穿内裤上街吗?"

"我不知道她们穿没穿内裤。"萨什卡尴尬地承认道。人们感到些许失望,嘀咕个不停。"但是!但是!我看到了希特勒!"萨什卡突然说出这句话,试图挽回尴尬的局面。所有人都陷入了沉默。看见希特勒,这可不是开玩笑。

"他怎么样呢?"一个身材强壮,像是工匠出身,大约三十五岁的男人严肃地问他。

"不怎么样!"萨什卡答道,"样子很寒酸,鼻子下面留着小胡子。我真想薅一撮下来。"

男人说道:"你说,他长得不怎么样?薅下他一撮胡子?就是那个家伙正把我们赶出边境……"

有女人尖叫起来:"有奸细!同志们!我们中间有奸细!我们不能让敌人破坏我们的士气!"

人们忘记了萨什卡的存在，他们围在工匠周围，每个人都在大喊大叫，互相证明清白，有更多人是在向自己证明自己："我们会轻而易举地打败法西斯！"

恐惧的氛围再一次袭来。

萨什卡一脸困惑，手里仍拿着一袋剩下的果仁糖，但再也没有人注意到他。

萨什卡胆怯地问林特："您觉得我会被接收吗？您千万别觉得我很弱！其实我很强壮！我每天早上都会做运动。"

林特不置可否地耸了耸肩，他甚至觉得萨什卡连玩具枪也扛不动。

两个小时后，萨什卡和林特来到征兵办公室的门廊前。林特羞愧得脸色发白，眼睛不知道该往哪里看。办公室的政委面露狰狞，一张窄脸像是用酒精擦过的手术刀，对他说着无聊透顶、冠冕堂皇、令人非常不悦的话："科学家同志，你上战场是去游戏吗？你是想受苦吗？是想为祖国战斗吗？教授同志，你知不知道你自己该穿什么样的盔甲？你得穿上重型坦克的盔甲！你不该去前线，而应该保护好你自己！你想把我送上军事法庭，是吗？你他妈的还想当英雄。你自己不想活了，所以也想把别人拖下水？听我命令：爱上哪去上哪去，滚！马上滚！"

被送去初级指挥官培训班的萨什卡欢呼雀跃，像是过节一样。林特紧紧握住他的手，这是林特有生以来第一次感到自己老了，不中用了。无论是玛露霞还是祖国都不需要他的自愿牺牲，没有人需要。志愿兵们在周围谈天说地，打拳挥手，彼此叫嚷个不停。

他们中的百分之九十将在上前线后最初的几天或几个月的战斗中死去。而萨什卡——亚历山大·达维多维奇·贝伦松将会活下来。

（贝伦松后来成了教授、法学博士、国际法研究所刑法系主任，是众多女人倾慕的男人，是美食家，一生享乐，去世于2009年。即使在八十八岁时，他看起来仍然像一个身材高大而肥硕的被惯坏的少爷。倘若读者不相信我，可以自己去网上搜。）

林特走出征兵办公室，情绪低落，神情憔悴。他来到查尔东诺夫家，他的腿不由自主地将他带到玛露霞身前，就像他的手不由自主地把钱放在叶利谢耶夫食品店的柜台上一样。"请给我布雪蛋糕、蛋白松饼和蛋挞，每样都拿上两个。不，每样都拿五个。"甜美的售货员脸色红润，看起来像一个热辣的、芬芳的、被朗姆酒浇透的女人，她伸出丰满的手指，灵巧地将这些小点心放进一个大盒子里。她用温柔的、带有一丝阴谋的语气说道："您想来点巧克力球吗？有浇糖汁的，也有撒糖粉的。"仿佛她为林特提供了只有上帝知道的热辣禁忌的服务。这位客人很有趣，他面色苍白，身形矮小，露出一丝紧张。店员不难看出他是犹太人，有一定的财力和稳固的地位。林特的穿着很体面，尽管他不再年轻，但也没到老掉牙的程度。他涌上一股本能的快感，看着售货员胳膊肘上动人的小凹陷，欣赏着她以一股紧绷却柔嫩的力量撑起她身上雪白色的、浆硬的工作服。或许是笨拙的，但更多是贪婪和狂热的。林特买了足够十个人吃的点心。"不要了，亲爱的，对不起。

不不不，羊角酥不要了，谢谢。"玛露霞不吃羊角酥。

在林特记忆中，这是查尔东诺夫家里第一次出现这样混乱不堪的场景。玛露霞正同时收拾三个行李箱，努力将查尔东诺夫的针织马甲塞进自己的鞋子和丈夫的文稿间。看到叶利谢耶夫食品店的包装盒，她拍手惊呼，弄掉了马甲。"你疯了吧，列西克！你在这个时候买点心！"林特从地上捡起马甲，灵巧地把它卷成一个卷。"这样就能塞进去了。玛利亚·尼基蒂奇娜，这个时候是什么意思？只有到了冬天才会饿肚子，现在为什么要限制自己呢？您是要搬家吗？还是，就是感到紧张而已？"

玛露霞怀疑地看着林特的眼睛，林特已经是一个八面玲珑的家伙，他有一种矛盾的心态，流露出矛盾的幽默感，对什么事情都无所畏惧，近乎愚蠢。无论是在研究所，还是在莫斯科大学都流传着林特具有传奇色彩的笑话。林特既不重视成绩单，也不看排名。他二十五岁时差点将教学秘书莉季娅·鲍里索夫娜·伊莲科气到中风。这位女士在各个领域（包括人性的愚蠢在内）都具有里程碑意义。据说她掌管着学位论文、科研新秀，甚至连彗星都归她掌管。她的双下巴颤抖是一个好兆头。她和一个高层人士睡觉，这暗示了某种不由自主的、职业的无性恋。很少有人相信在这最高等的领域里也有人追求伊莲科的魅力。

然而，传奇虽是传奇，伊莲科确实像一把扫帚一样撼动了学术界，以至于那些最可敬的、白发苍苍的科学献身者也像顽皮的小狗一样向她献殷勤。不过，林特却不是这样，林特宁愿将莉季娅·鲍里索夫娜无视。然而，有一天，伊莲科在一座礼堂的门口拦住了林特，礼堂里即将举行一场学术会议。

"年轻人，你要往哪里去？"伊莲科的语气不太友好，像是在唱歌，"你好像不是学术委员会的成员，对吧？"

"完全正确，莉季娅·鲍里索夫娜，"林特欣然同意道，"我不是学术委员会的成员，我是委员会的首脑。"

你们怎么想？林特根本没有发生什么可怕的事，只是伊莲科喝了缬草伏特加，在酒醉的放空中永远记住了林特的名字和父称。

不过，这一次林特绝对不是在嘲笑玛露霞，玛露霞没有搞错事情。"你真的不知道我们要被疏散吗？研究所门口早上贴公告了。谢尔盖·亚历山德罗维奇也打来电话，让我赶紧收拾东西。你没有被叫到研究所吗？列西克，你为什么不回答我？你这半天去哪儿瞎溜达了？"林特耸了耸肩，将烤得脆脆的蛋白松饼放到一个盘子里。既然玛露霞不需要帮他收拾行李上前线，至少让她安静地收拾一下丈夫的东西。

"列西克，承认吧，你是不是又去约会了？"玛露霞猜想着，用自己的思维解读林特的沉默，"什么？这一次终于是认真的？"

林特还是沉默不语，玛露霞一瞬间忘记要被疏散，甚至忘记了战争，她急匆匆地沿着神奇的黄砖路去迎接另一个人的心之所爱。她像所有没有孩子的女人一样，喜欢做媒、施洗、替人订婚、送人出嫁、小心翼翼地将沉甸甸的婴儿抱在怀里——总之是要将自己没有实现的梦想付诸无情的现实生活。这是将印花粗布变成节日绸缎的少数几种方法之一，而玛露霞对优质面料有很多了解。

"真可惜,你都没请人家来喝杯茶!谢尔盖·亚历山德罗维奇和我似乎有权知情!"——玛露霞斥责林特,迅速地从他手中接过空盒子,擦掉桌子上细小的碎屑,这些碎屑不配与最普通的苏联瓷杯共存,这些瓷杯在玛露霞的手中似乎变得弥足珍贵……玛露霞站起身,她的身体柔软轻盈,皮肤的褶皱如丝一般柔滑迷人——是的,玛露霞无论何时都散发着魅力,不仅是柔软的嘴唇,还有她连衣裙上的蕾丝袖口和耳垂上的蓝珍珠。这对耳环是林特送给她的——钱从他第一本重要专著的第一笔版税而来。歌德的诗里是这样写的:

> 心神骚乱使他好高骛远,
> 他多少明白一半自己的疯癫,
> 他想摘天上最美的星斗,
> 他想寻地上最高的乐趣,
> 可远远近近
> 满足不了那深处激动的心曲。①

"列西克,你根本没在听我说话!"玛露霞生气了,"我盼望着能抱上孙子。你俩到底什么时候能结上婚?我可不想没等见到孙子,人就先死了。"林特平静地说道:"玛利亚·尼基蒂奇娜,您是不会死的,您不会死的,我保证。"

---

① 原文为德语,出自歌德《浮士德》。绿原译,出处同前文。

林特轻轻地抓住玛露霞发烫的手,贴在唇边,他再一次惊叹于玛露霞手中的香气:阳光明媚,弥漫着稻谷和熟苹果香味的正午时分;令人昏昏欲睡,酷热难耐的阁楼;偷偷摘下成熟的香吻。一切都会变好,一切都会在这一生变得更好,因为我们没有第二次人生。

两小时后,几乎被上司的口水淹死的查尔东诺夫赶了过来,他发现妻子和林特正平静地喝茶。角落里整整齐齐地堆放着各种箱子。玛露霞成功地让林特相信她的手艺并不比叶利谢耶夫食品店的差,许多方面甚至更好。林特一脸笑意地拒绝,桌边小心翼翼地放着一个盘子,留给查尔东诺夫的点心一点点变干。这不是玛露霞做的点心,因为玛露霞找了各种理由,把她自己做的五块点心全吃了。

1941 年 8 月底,研究所里几乎所有人都撤离到了恩斯克市。林特在车厢里晃着脑袋,打着瞌睡,将太阳穴靠在跳动的车窗上,机械地数着走了多少俄里。即使是他,也没有意识到这条路是一去不复返的。

从莫斯科到恩斯克差不多花了一个月的时间。相较于当时每个枢纽站都挤着几十列火车,不得不等上几个小时甚至几天的情况,这不得不说是闻所未闻的速度。几百个车厢像板房一样在一条条死胡同里打着瞌睡,上面满是树根和晾晒的衣物。组织撤离的人在月台上跑来跑去,婴儿声嘶力竭地大哭,女人们因无法忍受这种生活暴怒地争吵，十几岁的男孩肆无忌惮地玩着战争游戏，男人们抽着烟，在碎石路上吐着苦涩的口水，被长时间的期待折磨得痛苦不堪。铁路工人跑来跑去，嘴里时不时骂几句脏话，他们汗流浃背，脸上挂着怒气，早就忘了休息、睡觉、家庭和小点心。纠结和抱怨是没有用的，人民铁路委员会的政委拉扎尔·莫伊谢维奇·卡加诺维奇的手下非常了解他的脾气。政委的心如钢铁般坚硬，不喜开玩笑，他经常说每一场灾难都有它的名字、父称和姓氏。战前就是如此，现在更不能温柔。每个人都明白，玩忽职守不再被判处监禁，而是直接就地枪决，在路堤下，在尚未收割的田地里，在没有及时开赴前线的火车后面。

然而，研究所的撤离则是特事特办，当局计划在恩斯克市部署一个大型军工联合体，以为军队提供所需的一切，这个计划当时正在严整地进行。在这个省级小火车站（恩斯克1937年才成为行政中心，并在这一年举行了庆祝活动，这与现在的历史课本所言并不一样），一列满载首都精英的火车停在了恩斯克，并受到一个规模庞大、个个精明强干的代表团的接见。科学家们稀里糊涂地被塞上卡车，送往新的大本营，查尔东诺夫和其他领导则被送到市委开会，他在卡车开走的最后一刻带走了林特，并在接待方领队的耳边说了些话，这个可怜的胖子惊出一身冷汗，心头立即涌起一股敬意。正当一行人即将被带到餐厅时，林特像一个要被带去睡觉的孩子一样反抗，可是，反抗是徒劳的，他被友善地推进一辆"GAZ-M1"小汽车，圆形后视镜闪过玛露霞的身影，她留在月台上，身边是一群慌张的女人、尖叫的孩子和凌乱的包裹。

人们总是最后才想到家人，总是这样。

"看在上帝的分上，别反抗了，拉扎尔。"查尔东诺夫疲惫地说道，他的牙齿咯咯作响，小汽车无情地颠簸，恩斯克的马路永远糟糕透顶。"首先，我们不会总这样，还有，相信我，玛露霞一个人能照顾好自己。"

胖子领队回过头，将身体探出后座，对林特和查尔东诺夫说道："不用担心！每个人都会在二十四小时内安排妥当。这是政委的命令，我们必须完完全全遵守！"

可以肯定的是，研究所人员的妻子们没来得及骚动，一群狂热的士兵便前来迎接她们，这些士兵对上前线满怀憧憬，却不得不在大后方做着该死的一切。他们立即排成两列，将首都的女人们（其中有些还很漂亮）引上汽车。玛露霞走到一位面色红润的圆脸军官面前，那军官系着脆响的皮带，宛若一束节日里的花儿。士兵将查尔东诺夫家的行李放进了私人卡车（院士无论在哪里都受到尊敬！），准备将玛露霞带到新的住处，健谈的尉官司机两次对玛露霞讲起他简单却勇敢的生活。尽管时间、地点和听众都一样，但尉官司机却说了两个截然不同的版本，不过这两个版本有一个共同点，即主人公坚毅地克服了所有障碍，获得了半个王国（"八米长的独立居室"）和一个美丽的公主（"我的娜塔莉娅，您真该见见她，她用一只胳膊就能把我举起来！"），天知道他还有什么美妙的福利。

沉迷于故事的玛露霞完全错过了恩斯克的风景，直到卡车停在一幢阴森的三层楼旁才回过神来。玛露霞送给尉官司机一袋枕头糖("我要把糖送给娜塔莉娅,她一定会很高兴的,她可喜欢甜食啦!"),尉官司机一个箭步跳下车,将玛露霞也扶下了车。"这是您的住处。利霍宁,把行李带到二楼!小子,不要拖拖拉拉,别把行李搬坏了!"玛露霞走上曾经富丽堂皇的大理石楼梯,满怀好奇地走进了公寓楼。

公寓里的走廊又长又暗,左边有一个房间,右边有两个房间,一定有一个是厨房,没错,一定有厨房!

"玛利亚·尼基蒂奇娜,皇家住宅已提供给您使用!"尉官司机一边报告,一边一个接一个地打开所有房门,显然为恩斯克的好客传统自豪不已。"所有日用品都在拐角的柜子里,如果您想雇人做家务,房子里也有贮藏室……请您小心,不要摔倒了。这里还有一对儿童雪橇,我们一开始想把房子里的所有东西都扔掉,但后来想想还是算了,也许查尔东诺夫同志有孙子,反正,雪橇板是好的,为什么要扔掉呢,我们想着你们也有可能空着手从莫斯科搬来这里。何必要为这种生活琐事分心呢?最好是马上准备好一切,这样就可以全力投入正事。为了前线,为了胜利!您说是不是?"

玛露霞奇怪地沉默下来,她点了点头,环顾这间房子,这间房之前一定经过前主人的悉心收拾,之后因为某件可怕的事情被匆忙遗弃,这一点很明显,可这不能问,不仅不能问,问了也没用,因为问了就得有人站出来承认罪行,包括这个戴着中尉肩章的小伙子也逃不了干系,精美的窗帘成了孤儿,受惊的橱柜装满了孤独的瓷器,还有……有什么可列举的呢。而她,玛露霞,在这件事上也有罪。当然,她也有罪。可这一切又该怪谁呢?

玛露霞走到铺着绣花布的桌前,像盲人似的伸出手指在桌子上摸索。凸起的玫瑰花与雏菊交替出现,光滑的表面,链缝的边缘,这是一整个冬天辛勤地赶夜工才能织出来的桌布,丝线闪着光亮,仿佛能看到绷紧的食指上磨出的茧,顶针——懒人才用顶针,这位女主人显然没有用顶针。她多大了?现在在哪儿?她的孩子们呢?他们能活下去吗?或者,他们有没有被赦免?

"玛利亚·尼基蒂奇娜,您是不是病了,是不是需要看医生?我这就去叫医生来!"尉官司机同情地问道。玛露霞的脸泛着蓝灰色,宛若受到了重大的打击,她消极地摇了摇头。

"您可以走了,科利亚。我没事,一切都很好,谢谢您。您走吧,您还有公务在身,剩下的就交给我吧,好吗?帮我向娜塔莉娅问好。"

科利亚中尉顺从地听着。

"我会的。但您真的不要紧吗?"

玛露霞用尽自己的最后一丝力气,挤出了一个微笑。

"唔,那好吧,"尉官司机松了一口气,"那我们就不打扰了,如有照顾不周,我们深表歉意。利霍宁,我们走!"

利霍宁没有了手提重物的烦躁,他一声不吭,跟在长官后面,拖着沉重的步伐向门口走去。门砰地响了一声。然后从楼下的大门又传来一声巨响。玛露霞再次环顾房间,意识到墙角的红架子原先是用来放圣像的。现在那上面摆着一个坏掉的收音机,它可能会骗过别人,但骗不了玛露霞,她立即认出了废弃的神龛,意识到这是一个天使的聚居地，屋子里摆着一条干净的长凳，上帝在屋子里走来走去，时不时坐下来，休息一下，看看周围。这房子的前主人肯定是个商人，毫无疑问，这一家人离开得匆忙，一定是某个昏暗的早晨，眼中噙着泪，嘴里念念不断地诅咒，就这样匆匆地离开，女主人时不时地回头，声嘶力竭地号叫，她当时可能在为一些小事感到遗憾，或是衣服没缝完，或是为客人准备的银质杯托一次都还没用过，它们一生都待在柜子里，徒劳地等待节日的到来……玛露霞立刻想到了她自己，她衣衫不整，战战兢兢，在深夜里被人从丈夫身旁拉走，她甚至还看到丈夫努力挤出一个微笑与她告别，刮得乱七八糟的灰胡子不停地颤动。

上帝啊，这一切什么时候才能结束？可怕的生活什么时候才能结束？

上帝默不作声，仿佛躲在落满灰尘的收音机天线后面（但就连上帝都难以在收音机里找到藏身之所，广播的声音太响，苏联情报局的报告太可怕），玛露霞艰难地跪下身，向坏掉的收音机愤怒而热切地祈祷，仿佛她这辈子从未向任何人祈祷过。

窗外的恩斯克从昏暗变成深蓝（恩斯克比莫斯科天黑得更早，也比莫斯科更冷，这时毕竟才九月底），玛露霞感到膝盖一阵酸疼，她的腰也因长跪而火辣辣地痛。是时候起来做点儿晚餐了，她翻遍了行李，找到此前在一个车站里弄到的一些麦片，她从来不会让丈夫饿肚子，即使在内战时期也不会，现在更不会。上帝啊，宽恕吧，您还要聆听别人的心声，您已经很久没有看到我了。

原谅我，亲爱的，我将事情弄得一团糟。

原谅我,你听到了吗?

原谅我吧。

玛露霞站起身,战战兢兢地走到厨房,拨弄灯的开关——恩斯克没有停电,而她离开莫斯科时,莫斯科已经完全停电了,玛露霞坐在车里不停地回头,不停地望向家里的窗——她在窗上贴了自己画的十字架,嘴里不停地说再见,直到汽车转弯。

厨房里空荡荡的,寂静得可怕。就像玛露霞害怕别人的东西一样,它们也害怕玛露霞陌生的双手,它们颤抖着,畏缩着,像动物一样爬到远处的角落,爬到安全的暗影中。必须对每一口锅说话,抚摸它颤抖的一侧,宛若抚摸一只受伤的被遗弃的小狗,并将它驯服。玛露霞搅拌着麦片,将锅重新摆正,一边喃喃自语,一边盖上毛巾抓住锅柄,小心翼翼地盖住盖子。这些不再是祈祷,而是纯粹的巫术,是每个女人都熟悉的巫术,这种巫术可以追溯至上帝尚未出生、词语尚未形成的远古时代,那个时代只有纯粹的不受任何玷污的爱。玛露霞用尽全力召唤巫术,仔细听着外门会不会在走廊里咔嗒作响。她觉得只有丈夫回来才能恢复一切意义和秩序,才能驱散恐惧,才能驯服密集的、几乎是三维的黑暗。这套公寓需要一个主人,即便是像她愚蠢的谢廖沙那样的主人,可查尔东诺夫左等不回,右等不回,玛露霞不得不关上炉火,准备在密不透风的窗边坐一整个晚上,摆出一副永恒的等待之姿。无论过了多少个世纪,等待丈夫的女人都是一样的姿势。

整个公寓也沉默了,只是偶尔轻叹一口气,仿佛它正在适应玛露霞。偶尔从外面飞来一只鸟,停在窗台上,用它尖利的小爪子刮着铁皮,在夜里发出震耳欲聋的声响。玛露霞在心里说服自己,她觉得这只是鸽子,普通的鸽子。可是根本没有什么鸽子。当一只不存在的大猫像寂静的影子一样在走廊里闪过时,玛露霞再也忍不住,哭出了声。

因为她再也没有抵抗的力气了。

查尔东诺夫直到天将亮才回来,他没有刮胡子,累得像喝醉了似的,甚至连林特也累得什么都注意不到。有时候,玛露霞会觉得,他们俩只是全身心投入到他们的科学玩具中,甚至连战争都感受不到,这四年的战争岁月,所有的恐惧、报告和无休无止的排队全落在玛露霞一个人肩上。林特在查尔东诺夫家附近获得了一套不错的公寓,可无论玛露霞怎么劝他搬到一起住,他都不同意,始终固执地拒绝。玛露霞伤心地想,她的列西克已经长大了,不再需要她了,假若林特搬过来,日子过得就会轻松许多;林特会让事情变得简单,她的列西克能驯服任何鬼魂,她的列西克并不相信牛鬼蛇神,但列西克天不怕地不怕的乐观却也让玛露霞非常不安,比如这一次。

不过,林特有时候也会在查尔东诺夫家过夜,一切似乎又回到了往常,一家人在欢乐的餐桌上度过愉快的夜晚,玛露霞也没有再看到什么猫,她觉得这间公寓变得温暖、宁静,充满阳光,对所有人而言都和从前一样,除了对她而言。除了对她。林特会在早上亲吻玛露霞的手,而后走出公寓,一路上与查尔东诺夫讨论事情,他们的良心里装着一亿两千万枚炮弹和地雷、一万五千七百九十七架飞机和数不过来的牺牲者,可玛露霞的良心里没有这些,两人匆匆走下楼梯,有说有笑,活像两个男孩子,玛露霞站在门槛上看着他们,而在玛露霞的身后,是孤独的、漫长的、安静到令人警觉的整整一天,是所有家务活都填不满的整整一天。

与此同时,恩斯克正以一种可怕的速度发展起来,这座城市接收了一拨又一拨从西边撤离过来的人们,他们来自运输业、制造业等各行各业。仅1941年7月至11月就有五十家大型企业撤离至恩斯克。苏联一共有大约九百万人被疏散。试想一下,大约九百万!恩斯克市变得拥挤不堪,数以万计受到惊吓、被迫背井离乡、因疲惫和战乱躁动不堪、绝望得发疯的人们来到这座城市。恩斯克出现了灾难性的住房短缺,每个人都得挤着住,以前住四个人的地方,现在似乎突然就能轻松容纳十个人了。

玛露霞赶到市委办公室,喊道:"四个房间里只住着两个人,第一书记同志,您不觉得这太多了吗?您不觉得这不公平吗?"第一书记甚至没听完她的话,便向玛露霞挥了挥他剩下的唯一一只手,他的另一只手自内战以来便在上乌金斯克的某处腐烂,现在或许已只剩白骨。"亲爱的,带着你的怪毛病见鬼去吧,国家在打仗,而你却不知道你到底想要什么。你要知道,国家有的是房间。房间对你来说多了,对院士来说却是刚刚好。我不会干涉查尔东诺夫同志,我也不打算和你商量,我根本不在乎你是他的妻子,我们这个时代,妻子都……"

然而,这句话的结尾卡在已然关闭的门缝中。玛露霞走出市委大楼的门廊,门廊两侧不是石柱,而是两个满身积雪的士兵。

玛露霞喃喃自语道："我是怎么了，我这辈子从来没征求过别人的建议或许可，但是在这里却得畏首畏尾，啊，神父，让我做一件好事吧，让我亲吻你的肩膀吧。难道我真的老了吗？唉，世道变了。"

玛露霞像年轻时一样迅速又灵巧地围上一条浅灰色的披肩，那披肩是如此精致，与天空的灰色融为一体，她匆匆走在街上，鞋跟在人行道上留下星星点点的印记。等着瞧……玛露霞狂热地想着，但她不明白究竟是让谁等着瞧，也不明白自己究竟还能做什么。上帝啊，这可怎么办呢？

玛露霞走着走着，转了个弯，又转了一个弯，忽然之间，她已不知道自己究竟身在何处。这里是恩斯克的一个尚未被开发的无人居住区。这里是某条漫长、空旷、麻木的街道，血腥而近乎黏稠的阳光沿街飘荡。没有阴霾，没有脚步声，没有人声响动……有那么一瞬，玛露霞觉得，似乎所有人都死了，只剩下她自己一个人，只得永远徘徊在这座一片死寂而没有血色的城市中，没有一丝救赎的希望。

寒风刺骨，寂静无声，只有最是纯洁、最是一尘不染的白雪在脚下吱吱作响，玛露霞没有立即意识到雪声与她的脚步声之间细微的错落，仿佛一个已不受打扰、已不再疼痛的孩子，却仍在继续大哭……她停了下来，雪地顿时静默，可孩子的声音却更清楚。我疯了，玛露霞心想，感到一种愉悦的解脱。她脱下连指手套，用尽全力地捏住手腕——在那个敏感的地方，有柔软的、富有弹性的脉搏。

哭声没有消失，仍然虚弱地蜷缩于她脚边的某个地方，令人厌恶，宛如一只奄奄一息的流浪小动物，不能直接抛弃，但捡回家却也办不到。毫无疑问，那是一个冻僵的孩子，在1942年2月恩斯克的街头哭个不停。玛露霞再次环顾四周，匆匆走向轻柔的哭声，她弯下腰，仿佛闻着什么气味，却没有注意到她把一只手套掉在了雪地上，那是一只红色的小手套，看上去像是一朵半开的花，或者说，像一只死去的红腹灰雀。

人们说，军人和恋人不会生病，这一定是在说谎。因为拉扎尔·林特在1942年2月至少一半的日子里都在有失体面的、令人痛苦的感冒中度过，无论是爱情还是战争，都丝毫没有减轻感冒带来的痛苦。假若他是与妇女和小孩一起站在机床旁边也就罢了，毕竟车间直到1943年才有暖气供应，在这之前，人们只能在巨大的、充满回响的、非人的寒冷环境中一连工作几个小时，那简直是人世间没有的冷，轮班结束时，仿佛一切都感觉不到了，感觉不到生命，感觉不到疲惫，甚至感觉不到空气的存在。只剩下空虚的、冰冷的空间向后延伸，回溯至创世的第一天，至宇宙大爆炸，甚至延伸到上帝面前。还有饥饿，极度的饥饿。他们必须得供应整条前线，即使心里想着胜利，饥饿感也占到绝对的上风。

不过林特并没有挨冻，除了从家门口走到汽车的那一小段路之外。他也没有挨饿，虽然没有腌菜，但也能吃饱，他们的口粮非常好，与前线士兵的口粮并无二致，他们没有被亏待过一分钟，感谢上帝,为了养活这些最好的科学家,一定有一大批人被掠夺。总的来说,这个国家的行为虽简单粗暴,却出人意料地理性,宛若一个垂死的巨大生命体——遵从生命规律,将可以省去的系统一个接一个地关掉,只为挽救最重要的心脏和大脑。顺便说一句,大脑是倒数第二个关闭的,就算牺牲大脑也要挽救心脏。当然,这是惊人的壮举。惊人,可怕,非常和谐的壮举。尤其是很多很多人都将自己看作心脏。

可惜,这样的哲学结论并不能让林特少流点鼻涕,鼻涕从林特充满隐蔽角落和空旷回声的宽大鼻孔中流出,林特羞愧地呻吟,他用光了所有的面巾纸,在意识到感冒的严重程度后,他开始撕床单,一个角一个角地撕下,发出清脆的嘶啦声。并且,他意识到得做点别的事情以缓解病情。头痛得不轻,茶已经不管用了,阿司匹林也不管用了,因此他们派了一个医生来照顾林特,医生担心他患上肺炎,不惜花上大价钱购买一种稀缺的噬菌体,防止这荣耀的智慧之光就此熄灭。林特想让她离开,甚至不让她每天进屋超过一次。"尼娜·谢尔盖耶夫娜,我理解你在一个行将就木的人床边哀悼的愿望,但是,抱歉,我还想多活几年时间。"

女医生在抱怨几次之后,忍了下来,仍是每天早晚两次去看望林特。顺便说一句,她非常漂亮,身材瘦小,鼻子灵巧,眼底抹着精致的妆,微微有些浮肿,典型的彼得堡女孩。林特很喜欢她,尤其喜欢她那双出人意料的、几乎是男人一般的大手,她的手从不会尴尬,这与她本人的性格迥然不同。"拉扎尔·约瑟福维奇,让我再检查一下。"林特顺从地掀开衬衣,露出干瘪的肚子,露出一大片延伸到腹股沟的毛发，他在女医生灵巧敏锐的手指间感受到一股火热和非凡的活力。可惜，该死的流感令林特的嗅觉彻底丧失，她或许很好闻，一定带着一丝寒凉，是凉爽的、粉红的、光滑的，和玛露霞的嘴唇一样。

玛露霞不在身边，这就是林特没能痊愈的原因。玛露霞在林特生病的两周里一次也没有去看他，一次也没有。

这太奇怪了，为此寻求合乎逻辑的解释没有意义，而在林特看来，从来没有不合逻辑的解释。在之前，无论林特得了什么小病，都会令玛露霞的温柔和同情的神经产生痉挛。并不是说玛露霞会大惊小怪，绞着双手，甚至一连几个小时坐在发烧的病人床边。她只是会快步走进房间，踮起脚尖，吱嘎一声打开窗——"列西克，听听这条新闻。还躺什么啊，坐起来吧，我们现在要喝碗肉汤，聊聊八卦。你根本想象不到，库尔纳科夫谈了女朋友，我的天，那可是个金发碧眼的姑娘，她的胸能摆下二十二个人的餐桌。"

"是研究生吗？"林特立马打起了精神。

"哪儿呢，是服务员！"玛露霞眉飞色舞，像加糖一样在汤里海撒胡椒粉，并且用勺子叮当作响地搅拌，"朗道已经嫉妒得要吃自己的领带了。"

"玛利亚·尼基蒂奇娜，他不打领带的。"

"那就是吃凉鞋，"玛露霞顺着林特的话继续说下去，"他那双破旧不堪的凉鞋。列西克，他怎么能那样对自己？你也是一个天才，可你无论什么时候总是穿着锃亮的鞋子。好啦，别用那种受了伤的小鹿的眼神看着我啦。把汤喝了吧，一会儿就凉了。"

林特笑了笑，喝下了火辣辣的胡椒肉汤，身体感受到体温计的水银在弹性的抽搐中恢复正常。他在玛露霞身边可以忍受一切——忍受截肢、酷刑，甚至死亡。但这一次，林特真正生病的这一次，玛露霞不知为何却没有来。她每两周才给林特打一个电话，尽管她知道林特得了重感冒。玛露霞叹口气，问林特还需要什么，但不知为何，电话那边传来的语气是快活的，仿佛林特是个已遭到她厌倦的仰慕者，她只是连忙把林特应付过去，好回到家里的客人身边，回到音乐，回到喧嚣，回到圣诞树的橘香中。

林特也会给查尔东诺夫打电话谈工作，但查尔东诺夫只是在连接不稳的沙沙声和吱吱声中嘟哝着什么，根本听不清楚。

在这样的情况下，林特怎么可能会好起来？

根本不可能！

不过，到了三月初，尽管恩斯克市霜冻肆虐，林特还是振作了起来，恢复了健康。更确切地说，他是厌倦了装模作样，厌倦了用一本在恩斯克买的二手书《口鼻咽喉气管病理及治疗指南》（医学博士马克西米利安·布雷斯根著，应用医学杂志出版社，圣彼得堡，喀山大街44号，1897年，书中附插图）中随便翻到的临床表现吓唬女医生。尽管是战争年代，但他对旧书的热情始终没有消失，就像他对玛露霞的爱没有消失一样。

林特早已为这种专一陷入久久的痛苦。

不过，林特不能再躺在床上喝茶了。他的身体毕竟很硬朗，他在婴儿时期就通过了自然选择的严酷考验，小谢伊捷缅努赫镇的统计数据不会骗人，在那里，每两个孩子只有一个能活过一岁。况且还有很多工作等着他做。林特用超强的意志力战胜了流感，而玛露霞却不知道他已痊愈。

林特一个人熬了一星期，这很难，非常难。一星期后，他来到了查尔东诺夫的家。

他按了按门铃，敲了敲门，无人应答，这让林特感到一种与玛露霞永别的错觉，感到刚萌芽便转瞬即逝的遗憾，遗憾他的一切准备都付诸东流——新发型，熨好的长裤，还有藏在大衣下的惊喜：1942年2月的鲜花。即使在和平时期，在冬天的恩斯克获得鲜花也是不可能的，但是实验室助理在窗台上养着一棵大天竺葵，林特在那里摘下了几小朵，几乎只有胸花大小，可那毕竟也是花，而且是鲜活的花。现在，这些花行将徒劳地死去。

林特又敲了敲门，期盼着一个奇迹。门突然应声而开，里面飘来公共场合才有的喧嚣和腥臊，这在玛露霞的家里是不可能有的，令林特一度以为自己不是敲错了屋，就是走错了楼层。

门口站着一个瘦小的、令人讨厌的九岁男孩，他剃着光头，显然是为了干净才剃的头，不过剃头对这个小子来说并没有什么用，因为他仍然浑身肮脏，更准确地说，他已脏到洗不干净的程度。令林特无法忍受的是，他身上穿着一件女士上衣，胳膊肘和肚子闪着油渍的亮光，那是一件又薄又结实的针织料做的淡蓝色衣服，林特一眼就认出那是玛露霞的衣服。林特与亿万男性不同的地方在于，他懂女人的衣着好坏，至于玛露霞的衣服，他更能一眼就认出。林特可以毫不费力地列出自1918年11月他第一次见到玛露霞起她穿过的所有衣服。那是玛露霞的衣服,和这个长着大耳朵、用流氓般无礼的眼神盯着自己的家伙没有任何关系。在南方,这种小孩往往被叫作狗崽子,每个星期六都要挨顿打,只是为了确保他们不干坏事。他们该在每个星期一也挨顿打。

"干什么的?"男孩摆出一副懒洋洋的轻蔑嘴脸问道,他是如此精准地模仿了一个邪恶而危险的成年人,以至于林特想象到一个疯狂的场景:逮捕、流放、玛露霞穿着靴子走在泥泞的路上、扭曲的门闸嘎吱作响、牧羊犬在尘土中又是跳又是叫嚷,还有一群不知廉耻的当地人闯进玛露霞精心收拾的门房。

林特感到自己的阴囊因愤怒而紧缩,而后是颧骨和太阳穴附近的皮肤,他抓紧自己的后脖颈,整个人摇晃起来,开始像妇人一样说起胡话:"我肯定会知道的,他们一定会说出来,谁敢这么做?谁敢碰玛露霞?是谁他妈的敢动手!这不可能,完全不可能。"当然,与下层社会一样,上层社会里也有很多傻瓜,事实上,林特几乎没遇到过几个聪明人,也没遇到过几个说人话的人,至于不卑躬屈膝,不同流合污的人则是屈指可数。不过从来没有人能干涉林特。没有人能干涉他,这是一条林特和任何傻瓜都清楚的公理,正如人们清楚林特与傻瓜的区别一样。

每个人都清楚这一点。

林特是独一无二的。有才华,有能力,头脑灵活的聪明人有很多。他们有希望被培养出来,但不会是天才,不。

再也不会有什么天才。

再也不会。

林特小时候就知道这个道理，他感到一个巨大的暗影笼罩在他的天赋上，那巨大的暗影仿佛是一个独立的、沉重的、没有生命的物体。林特并不习惯这个，并不习惯，可是他没有选择。

"玛利亚·尼基蒂奇娜·查尔东诺娃在哪里？"他严肃地问男孩，仿佛在问一个成年人，男孩瞬间没了精神，向后退了一步，张开钱包似的嘴巴，突然用响亮的乌克兰语对整间公寓大喊：

"姆霞奶奶！姆霞奶奶！有一个大叔找你！"

公寓最里面的某个地方传来一个欢快年轻的声音。是玛露霞。

"列西克，是你吗？我就知道是你。帕福卢沙，看在上帝的分上，把拉扎尔·约瑟福维奇带到厨房，把门关上，外面风很大！"

林特松开了被他抓住的小家伙，像着了魔一样响应着玛露霞的召唤，差点被绳子和木塞绊倒，天知道这里发生了什么？

玛露霞在厨房忙得不可开交，厨房里升腾着一股蓝色蒸汽，玛露霞脸蛋绯红，头发凌乱，浑身湿漉漉的，她的手在巨大的锌槽里为一个小婴儿洗澡，小婴儿一声不吭，小到林特差点没看见。另一个看起来大一点的幼儿坐在角落里的一口搪瓷锅上，紧紧地抓住把手，神情专注地看着前面，连林特都能看出，这个动作很难，需要控制好才不会摔倒。

"你好啊，列西克！"玛露霞神采奕奕地说道，"我很高兴，你终于好起来了！不不不，你别过来，你感冒了，卡秋莎的肺不好。"

林特并不愿意接近这个活生生、赤身裸体的人类幼崽，他停在门口，环顾这个混乱不堪的浴室兼洗衣间，问道：

"玛利亚·尼基蒂奇娜,您是抢了一个幼儿园吗?"

这时,坐在搪瓷锅上的小男孩绷紧脸,摆出一副恶狠狠的表情,突然得意地叫出了声。玛露霞用毛巾擦洗着那个冷漠赤裸的佛像般的女婴,然后发出林特没听过的咯咯笑声,去照看另一个小家伙。她抬起小男孩沉重的屁股,脸上露出林特很少见到的喜悦,确保一切井然有序(林特闻到一股扑面而来的臭味,忍不住皱了皱鼻子),一边用报纸擦小孩屁股,一边说着话:"你为什么哭呀,科留什卡,你看看,你多棒呀,我们要把这些擦干净,把卡秋莎的屁股洗干净了,现在该洗你的了。我们就会有一个粉嫩干净又香喷喷的小屁股,给小屁股透透气,它会快乐的……"

科留什卡被即将拥有的干净的小屁股诱惑住了,乖乖闭上了嘴巴,但被忘在一旁的卡秋莎开始大哭大闹,不仅是大哭大闹,还将身上的湿毛巾乱扔,像癫痫发作一般在水槽里猛砸,周围到处都是白色的肥皂泡。

玛露霞直起身子,痛苦地握紧双手,她无法将自己一分为二,却恨不得这样做。

"列西克,你照顾一下卡秋莎好吗?毛巾搭在那边的椅子上。"

林特坚定地回答:"对不起,我不会这样做,我也不希望您这样做。她显然是发疯了,而且有可能具有传染性。我不明白这到底是怎么回事?你们是不是被一些白痴利用了?谢尔盖·亚历山德罗维奇能允许吗?我现在就给他打电话……"

玛露霞厉声说道:"没有人利用我俩,是我自己做的。老百姓都睡在防空洞里,在大街上生孩子,可我们却住公寓……你也住

第三章 拉扎尔

公寓……"她愤怒地盯着林特,"我没想到你会这样!卡秋莎不会传染,会传染的是你!出去吧,别让我在这里看到你。等你学会好好做人再回来。"

林特笑了笑,他紧紧咬着嘴唇,笑得很勉强。

"玛利亚·尼基蒂奇娜,您恐怕得等上很久。不过,我走了,如您所愿。最后,希望您能幸福。我只是觉得可惜,圣者的角色根本不适合你。"

林特走了出去,他气得浑身发抖,朝着一只沉默、敏捷、毛茸茸的猫踢了一脚。"真脏,还养了一只猫!"玛露霞蓬头垢面,脸颊上泛起红点,她笨拙、用力地为尖叫的卡秋莎擦洗,搓起一团团泡沫。卡秋莎已被完全洗干净了,看着玛露霞穿着披肩,手里握着报纸,侍弄着在灶台上煮的粥。

"这个臭小子,唉,"玛露霞喃喃自语道,她咽下自己的眼泪,或是肥皂水,"唉,你想想看,卡佳①,他这个臭小子!说我们会传染人……也不看看自己是个什么鬼样子!"

几个小时后,玛露霞在走廊里发现了那束几乎蔫死的天竺葵,她花了很多工夫挽救这束花,直到它重现活力。她将天竺葵放到一个玻璃杯中,将杯子放在高高的架子上,小孩子绝对碰不到。过了两天,服软的林特来到玛露霞的家中认错悔改。

事实上,这是两人第一次,也是唯一一次争吵。

---

① 卡秋莎的昵称。

林特在与玛露霞和解之前弄明白了这些不同年龄的小孩究竟是怎么一回事。被胁迫的查尔东诺夫本人也对新的家庭状况相当震惊，他立即向林特承认道："玛露霞在大街上遇到一名被疏散的妇女，她有两个小孩，后来又遇到一位——你可能不信——也带着两个孩子的妇女……于是家里变成了一个类似于家庭幼儿园的地方，现在她每天在街上寻找小孩，照顾他们，那些孩子的母亲则在工厂生产前线所需要的一切。因为工厂要三班倒，孩子们的母亲一直在上工，所以孩子们一直在家里，拉扎尔，家里就像疯人院似的，简直乱套了，无法无天。满屋子都是尿布和大便，小孩的尖叫声昼夜不停。可是玛露霞的想法怎么能改变？"

林特点了点头，这是他这辈子第一次感受到了对查尔东诺夫的同情，两个人终于站到了同一条战线上，两个人都被家庭抛弃，都有着共同的心声，这让林特感到一种奇异而近乎陌生的亲情的温暖。这种感觉是毛茸茸的，是闷热的，就像穿上羊毛衫却感受不到它的存在。林特不知不觉摸着查尔东诺夫身上那件早在战前就已略有磨损的夹克，心生一丝懊悔之意。查尔东诺夫没来由地一下子失去了妻子，失去了宁静的生活，失去了整洁的衣服，他开始啜泣，林特不得不再次聆听查尔东诺夫颤抖的、苍老的抱怨。

"拉扎尔，别再对人行善了，不然你会和她一样的。"

玛露霞却感到十足的幸福。她一辈子都感到幸福非凡，即使在最为艰难困苦的时刻也是这样，因为她生来如此幸运。对玛露霞而言，幸福始终意味着爱，直到七十三岁的年纪，在战争年代的大撤退中,她终于明白,可以不只是爱自己,爱家人,也可以爱陌生人,换句话说,只有陌生人才应该爱,因为爱是让陌生人加入自己人行列的唯一方法。

这一切都始于恩斯克市那条被白雪覆盖的陌生街道,玛露霞后来笑着说,迷路能让你找到你一生都在寻找的东西。她已不记得当时是怎么想的,她匆匆走过死气沉沉的房屋,顺着一个孩子隐隐约约的哭喊声找去。她期盼着能找到谁?一个弃婴?一个奄奄一息的幼儿?另一个非亲生的孩子?——毕竟列西克早已长大,上帝啊,时间过得多么快,多少年华转瞬即逝,人生无定格,无从回到最美妙、最有趣的时刻。

玛露霞在第五条巷子里找到了她生命的最终意义。巷子里有三个人,其中两个人沉默不语,或是不愿意,或是再也不能抱怨,再也不能求助。只有一个人在为生命而战:襁褓里包着一个还看不见,却怎么也不愿死去的小娃娃。小娃娃躺在一个女人的腿上,那个女人像石头一样笔挺地坐在被木板封住的储藏室的门廊上。女人的身旁笔直地站着一个裹着破围巾的孩子,通过他的眼神,通过他紧紧握住母亲冻得红肿的手这一动作,玛露霞一眼就看出那是个男孩。他毫不畏惧寒冷,毫不畏惧。

玛露霞问道:"你在这里做什么?"她诧异于自己问出的愚蠢问题,因为在这场战争中,每个人只剩下了生存或死亡,没有人能做任何别的事情,这两个人只剩下死亡,只有第三个人不甘接受。婴儿从头到脚裹着破布,这无疑是聪明的做法,因为她想活下去。她感受到了玛露霞的存在,立即沉默下来,仿佛完成了拯救的使命，仿佛达到了自己的目的。

玛露霞已经不记得自己是如何将他们三个拖回家里的，她只记得自己一路上凄厉的号哭，她一生中都没有那样哭过，即使在她埋葬父母的遗体时，即使在她意识到自己永远无法生孩子时，即使在小时候弄丢了一颗玻璃球时，她也没有像那样号哭过。她记得那颗玻璃球温热、光滑、明亮，里面还装着一点液体，当时别的小朋友都有一颗这样的玻璃球，只有她没有。妈妈说，活该，谁让她不会看好自己的东西。

或许，阿涅勒还记得这条路上的一切细节之处，但她几乎不会讲俄语，而且她沉默寡言到了死气沉沉的地步。尽管这或许不是天生的，而是命运使然。就连玛露霞也不能明白，上帝是派这位不说话的阿涅勒来考验她，还是在以这个来自比萨拉比亚的犹太人取乐，就像孩子们为了找乐子，折磨着一只痛苦的、流血的、活着的猫。

阿涅勒遭遇过上千件不幸的事情。或许，比上千件更多。她出生在摩尔多瓦的比萨拉比亚一个犹太人聚居的小镇，小镇的名字很有趣，叫法列什特，小镇里的每个人都为这个名字感到自豪。阿涅勒的父母谦逊待人，生活富足，不是虔诚的教徒，他们将这个聪明的女孩送到了当地的中学读书。阿涅勒在学校说得一口流利的罗马尼亚语，在家中则可以切换成意第绪语，但是她说话——甚至是有说有笑！——的时间并不长，因为上帝认为这样不好，于是便接连带走了她的父母——先是摩尔多瓦人出于某些不为人知的罪孽杀害了她的父亲，之后，她的母亲也死了，可能是死于疾病，也可能是因为对丈夫爱得痴情，无从理解天人永隔的意义。

阿涅勒被带进了叔叔家，犹太人是不会抛弃犹太人的，无论日子会变得幸福，还是会变得清苦。可是犹太人并不受欢迎，他们不受欢迎还有许多原因，这个清单太长了，借方与贷方永远无法抵消，因为账单出现的速度如此之快，付款根本没有意义。无论如何，他们都会被驱逐、被烧死，或是被枪杀。阿涅勒的叔叔经营着一家旅店和一间酒馆，那个混蛋将当地人灌成了一个又一个酒鬼，因此酒馆的生意非常繁忙，阿涅勒不得不辍学帮忙：总得有人扫地、洗碗、喂公鸡、喂火鸡。不过，一家人还是幸福的，阿涅勒从来没有饿着肚子睡觉的时候，感谢上帝，这一家人的每个孩子都能吃饱穿暖，他们生活富足，衣服上没有破洞。他们会将破洞的衣服交给旧货贩子，换一点钱，以捐给当地的犹太教堂。

很难说与父母断了联系的旧货贩子扬克尔，和酒馆老板的侄女、曾经的中学生阿涅勒是怎么在一起的，他们没有对彼此说几句话，就这样在一起了，他们意识到他们彼此深爱，是时候找一个媒人了。《摩西五经》上如是写道："耶和华——我主人亚伯拉罕的神啊，求你施恩给我主人亚伯拉罕，使我今日遇见好机会。我现今站在井旁，城内居民的女子们正出来打水。我向哪一个女子说，请你拿下水瓶来，给我水喝，她若说，请喝，我也给你的骆驼喝，愿那女子就作你所预定给你仆人以撒的妻。这样，我便知道你施恩给我主人了。"①

不过亚伯拉罕的上帝又一次找到了他的意义,最终,上帝是可以理解的,这只是戏剧,是小镇版的《罗密欧与朱丽叶》,只不过没有家庭之间的仇恨,因为同最受尊敬的家庭对抗是毫无意义的,一个是法什列特餐馆的老板,一个是失去家庭的旧货贩子,他们来自毫不重叠的两个世界,拥有不同的种姓。是的,犹太人也有自己的种姓制度,有自己的贱民,有普通人拥有的一切,因为犹太人也是人。

阿涅勒与扬克尔被禁止私会,尽管他们从未私会,只有眼神交流。好的犹太青年就该这样,因为其他年轻人都明白他们生活在真正的二十世纪,会无视愚蠢的偏见和顽固的亲戚,私奔到很远的地方。至少要去令人愉悦的敖德萨②,抑或,最差也要去撒满白糖似的,令人感到安闲的基希讷乌③。可阿涅勒与扬克尔却留了下来,她每天中午都到院子里洗刷气味难闻的杯子,他每天中午走到院子门口看着她,只是用他那双愚蠢的、无助的、漂亮的大眼睛看着她。就这样,连续十年,天天如此,无论是周末还是节假日。毕竟,叛逆存在多种形式。十年后,上帝和餐馆老板都厌倦了这部无声的默片,阿涅勒二十五岁了,没有人愿意娶走这个又瘦又固执的傻子,除了扬克尔,没有人愿意娶她。

阿涅勒与扬克尔被允许结婚。

---

① 见《创世记》第 24 章第 12—14 节。
② 乌克兰的第三大城市,位于黑海西北岸。
③ 摩尔多瓦的首都及最大城市。

两人一贫如洗。小两口的日子虽然贫穷,两人却觉得很幸福,扬克尔不仅只能以倒卖旧货为生,而且还是一个笨手笨脚的人,阿涅勒跟他受了不少苦,两人一结婚,阿涅勒立即怀上了孩子,并在预产期生下了第一个孩子伊萨克。"哦,我的孩子,什么都不能把你从我怀里夺走。"阿涅勒又笑着说话了——这是上帝无法允许的。

1940年6月28日,作为和平解决苏联与罗马尼亚冲突的结果,比萨拉比亚回归苏联,8月2日,苏维埃最高委员会召开第七次会议,会议通过了成立摩尔多瓦苏维埃人民共和国的法案。这个结果并不坏,只是时间不对,看看日历便能明白。算术是一门精确的科学,不懂人的情感。阿涅勒甚至没来得及为他们的农民身份感到高兴——现在他们正因身为农民而受人尊敬(阿涅勒的世界充满悖论),1941年6月22日就来了。仅仅过了不到两天,比萨拉比亚被轰炸,扬克尔应征入伍,阿涅勒眼中噙着泪,搂着丈夫的脖子,将她的大肚子紧紧靠在丈夫身上,她怀上了第二个孩子,她希望未出生的孩子能够和他的父亲说再见:"亲亲你的爸爸,伊萨克,亲亲爸爸。"

三天后,阿涅勒一只手抱着儿子,另一只手捂着大肚子,和其他撤离的人一起登上了火车。苏联政府做什么都很快,审判得快,赦免得也快。无数的亲戚(小镇上每个人都多少有点亲戚关系)向那些离开站台出发的人挥手作别。"啊,这就是那傻子,阿涅勒,那个十足的倒霉蛋,她的丈夫也是个倒霉蛋,不过她丈夫好歹是被强行带去参战,而她却自愿前往西伯利亚!"

阿涅勒勉强地挥了挥手，车厢连接处甩动着，肚里的孩子也在动，她害怕得连哭都不敢哭。1941年7月26日，比萨拉比亚被罗马尼亚军队占领，根据当时的说法，罗马尼亚军队没有遭到任何抵抗，恰恰相反，他们受到了当地群众的热烈欢迎，罗马尼亚人就这样一点一点地清理了被苏联玷污的土地。所有留在法列什特的犹太人都被赶到了巴尔蒂，并在一处山沟里被随意而仓促地射杀。包括阿涅勒的叔叔、扬克尔的父母、只剩一只眼睛的丽芙卡和她的孩子们，还有傻胖子什穆利克。总共三百一十一个人，都被打死了。全部。没有一个活下来的。

与此同时，阿涅勒在路途中，在车里雅宾斯克附近的某个地方，生下了一个小小的脾气暴躁的女孩，阿涅勒生完孩子便一言不发，于是家里唯一的男人，七岁的伊萨克，给妹妹起了一个名字——克拉拉。伊萨克亲自照顾妈妈和妹妹，因为妈妈和妹妹可能会忘记她们需要吃饭。更准确地说，只有妈妈会忘记吃饭，因为克拉拉在想吃奶的时候会哭得非常大声。伊萨克本不会在恩斯克迷路，只是因为妈妈忘了他们要去哪里，然后一家人就迷路了。"玛莎妈妈，太好了，您找到了我们。"伊萨克叫玛露霞"玛莎妈妈"。而玛露霞叫他"伊萨奇卡"或"小伊萨"。他是个聪明的孩子，能在很短的时间内学会很多东西，只是他的性格很严肃。阿涅勒也始终沉默不语。不过说实在的，她能说什么呢？

阿涅勒寄住在查尔东诺夫家后几天，瓦莉娅也来了，瓦莉娅是伊萨克带来的，而伊萨克刚刚在查尔东诺夫家安顿好，便主动揽下了家里的很多担子，或是为了生存，或是他真的需要做事情，不然的话，激励会消失，他存在的意义也就消失了。小克拉拉要吃奶，可沉默不语、饥肠辘辘的阿涅勒没有多少奶水，她的奶水稀薄、发蓝，甚至散发着苦味，没有办法的玛露霞只能派伊萨克去市场买牛奶。她将查尔东诺夫的毛皮大衣的袖子剪掉，为伊萨克做了结实的毛皮靴子。"这双靴子穿不坏，而且很暖和。"她如是称赞自己的手工，并将钱塞进伊萨克的手套深处。手套是她的，钱当然也是她的，伊萨克明白这一点，他比玛露霞更懂钱的意义，甚至，他比任何人都懂钱的意义，穷人是世界上最好的金融家，因为他们不得不总是计算手里的钱，计算的结果通常是负数。

一小时后，伊萨克从市场回来了，小心翼翼地将两个冻住的冰杯放在桌子上。在恩斯克只能买到冰冻的牛奶。伊萨克吸着鼻涕，脱下手套，将找回的一沓零钞递给玛露霞，尽管她给的是正好买一升牛奶的钱。"我没有偷东西，我只是讨价还价。"伊萨克平静而坚定地说道，尽管玛露霞不会怀疑他，甚至不会问他为什么多找了钱，因为倘若非此不可，她自己也会去偷，上帝啊，倘若非此不可，她甚至会不假思索地杀人。

她接过伊萨克递过来的零钱，放到一个小盒子里。这个盒子以前放在餐具柜最上面。"现在我把钱放在这里，因为放顶上你够不着。等你下一次去市场，你需要多少钱就拿多少钱。只是不要一次买那么多那么重的东西，好吗？""为什么？"伊萨克不明白。玛露霞认真地解释道："会累死人的，我可没办法把它们拖回来。"

他们俩都笑了，就这样，买菜这件事交给伊萨克负责，很快，伊萨克不仅熟知市场的情况，还知道所有卖菜大妈的名字，并且毫无忌讳地讨价还价，即使是那些最顽固的农妇也会在震惊中向伊萨克屈服。"奥莉娅婶婶，您看，如果牛奶要卖二百七十戈比一升，我要一升半，那就是二百七十除以二再加上二百七十，但我还要买土豆，瞧您说得，一公斤土豆怎么会卖一百六十戈比呢？那边的阿加莎卖我一百五十戈比，而且比一公斤还要多，但她的牛奶不好，您的牛奶是最好的，不不不，我要一升半牛奶。一升半牛奶倒在杯子里是两杯半，但您给我倒上三杯吧。"

顺便说一句，伊萨克的俄语说得很好，丝毫没有受人取笑的口音，如果一家人在外漂泊流浪的时间很长，那么孩子一般都有不错的语言能力。"列西克，你愿不愿意辅导一下伊萨克的学习？他很有天赋，他在脑子里计算比我在纸上算还要快，我相信你也不如他算得快。"林特却回答道："不，我不想辅导他，我也不想和阿涅勒说什么意第绪语。玛利亚·尼基蒂奇娜，您到底是因为什么觉得我会说那种野蛮人的语言？您知道我小时候说什么语言吗？我小时候根本不说话，因为没有什么可说的，也没有人陪我说话。还有，不要把您的伊萨奇卡交给我，真是的，他根本不行，他长大后只会当一个商店老板，就像他注定要成为卖货的一样，没错，就是这样。"

（但林特错了。小伊萨奇卡长大后成了苏军少校，成了优秀的指导员。因为他太多次被出生所在地记录夭折，以至于上帝竟不知道该怎么处理他，便让伊萨克的性命顺其自然，并由此向好的、正确的道路上发展。）

伊萨克在查尔东诺夫家的第四天将瓦莉娅从市场上领回了家。或者说,瓦莉娅是自己跟过来的,伊萨克紧紧握住她女儿的手,三人一同行进。伊萨克非常认真,非常负责,非常成熟。

玛露霞打开家门,伊萨克说道:"玛莎妈妈,这是埃利娅·图里亚耶娃,她不相信您有一架立式钢琴。她说这是不可能的,她说我在撒谎。可是我没有撒谎。可以给她看看钢琴吗?"

玛露霞仔细打量这个六岁的女孩,女孩穿着一件剪裁得正合适的大衣,大衣上有几颗成人衣服上才有的大号纽扣。她的脸宛若一个洋娃娃,可爱,圆润,非常顽皮。这对伊萨克来说可不是什么好兆头。

一个女人站在两个孩子的身后,她已累得筋疲力竭,看不出到底多大岁数。战争年代中的她看上去像四十几岁的中年妇女。

她对玛露霞说:"对不起,看在上帝的分上,抱歉,请让这个男孩给她看看她想要的东西,不然的话,她……"女人朝着小女孩摇了摇头,"她根本停不下来。她会比任何时候还要任性。我因为这事儿打过她,可我知道,这根本没用。"

"为什么要打她呢?"玛露霞问道,"给她看看不就好了吗?进来吧。"她欠着身子,让他们进了屋,"我不想听到什么'等一下'或'我在楼梯上等'的话。楼梯上很冷,厨房里有茶。那架钢琴是别人的,多年前的事了,承蒙您的原谅。"

女人笑了笑,以示感谢,忽然之间,她变得年轻了好多,看上去最多也就二十三岁。她的鼻尖像鸭嘴般略微上翘,两颗门牙之间露出一道缝儿,很是可爱。

女人尴尬地说道："我叫瓦莉娅，瓦莲京娜·图里亚耶娃。这是我的女儿埃利维拉①。我们是沃罗涅日人，被疏散到这儿的。我们住在河边。"

玛露霞点了点头，看着伊萨克跪在地上帮小埃利维拉脱鞋。埃利维拉这个晶莹剔透、些许陌生的名字很适合她，这个名字与鼓起的小嘴和细细的一对小眉毛很是匹配，又与她允许伊萨克讨好自己的那种欢愉的冷漠呼应。究竟是谁教会伊萨克成为一个有修养、细腻、成熟的大人呢？没有人教他。查尔东诺夫直到现在还不知道怎样帮女士脱外套，而小男孩伊萨克，已经为六岁的小埃利维拉将外套脱了下来，伊萨克的动作娴熟，小心翼翼，充满了温柔，宛如不掉一片花瓣地打开一束鲜花。他从哪儿学来的？不知道……

瓦莉娅注意到玛露霞的目光，拉了拉小埃利维拉的羊毛连衣裙，它和外套一样精致，有口袋，有腰带，还有一道精美的褶饰。

瓦莉娅解释道："这是我缝的。我在战前读过技校。我为自己，也为孩子缝衣服。我还有一个小儿子，他叫斯拉维克。我也缝东西卖，您知道，现在这个世道，填饱肚子并不容易。顺便问一句，您有没有什么想缝的？我要价不高。"

玛露霞想了想，说道："倒是想给伊萨奇卡缝点儿什么，唔，我再想想吧，好吗？"

伊萨克又拉了拉埃利娅的胳膊，带她去看那架钢琴，那架钢

---

① 埃利娅的大名。

琴就放在里屋，静静地等待着前主人的归来，但玛露霞还不知道究竟能不能和刚认识的人说起这架钢琴。生活会揭示一切的。

埃列奇卡[①]整天整天地待在查尔东诺夫家里，直到深夜才离开，瓦莉娅为了将女儿接走，不得不在夜里，在可怕的马路上走很久，更可怕的是，当埃列奇卡被接走时伊萨克的眼神……

查尔东诺夫下班回家后，发现生活还没有向他完全展示其狡诈的一面，感谢上帝，查尔东诺夫再也没有大办公室，家里添了阿涅勒、伊萨克和克拉拉，又加了三个人——瓦莉娅、埃列奇卡和刚满一岁的斯拉维克，白天还会有五六个孩子来家里，若是他们的母亲要去上第二班和第三班，这些孩子还要在家里过夜……

或许这样的生活也还不错。是啊，的确还不错。

不过，奇怪的是，短短几天内，查尔东诺夫家里的人亲近到好像他们一直生活在一起那样，他们遭遇着共同的不幸，即该死的战争，无终的战争仿佛将他们的命运粘合在一起，粘成了一坨结实的、怎么也敲不碎的水泥。埃列奇卡和伊萨克总是在杂乱的走廊里玩堆积木，他们的头上总是顶着各种绒布或羊毛毡，有浅色的，有深色的，染着油渍，揉得皱皱巴巴。

"你要往哪儿放？你没看到它要倒了吗？"埃列奇卡愤愤不平地说道，她聪明灵动，不像玛露霞刚开始认为的那样难相处，只是有点任性，还倔强得出奇。埃列奇卡的直觉很准，这个二层的

[①] 埃利娅的昵称。

积木塔楼倒了下来，伊萨克内疚地叹了口气，他重新开始搭建，他的动作在埃列奇卡面前变得笨拙。如果埃列奇卡始终坐在伊萨克旁边，伊萨克的耐心能够持续上百万年。埃列奇卡的眉毛是浅色的，她面露愠色，辫子里梳进一条染成蓝色的绷带，而不是丝绸的发带（伊萨克的耐心确实能够持续上百万年，因为埃列奇卡和伊萨克，即我的母亲和父亲，仍然在一起，当我的父母走在回家的路上，父亲仍然会牵着母亲的手，母亲仍然会对父亲管理家事的方式抱怨个不停……）。

心怀不满的瓦莉娅总是与阿涅勒争吵个不停，或者，更确切地说，阿涅勒永远只躺在自己的房间里，躲在墙后，面容憔悴，眼神空洞，沉浸在只有上帝知道的震耳欲聋而悄无声息的独白中，瓦莉娅则愤怒地站在厨房的柴火堆上嘟囔个不停："我生了两个孩子，我受够了在孩子身后擦屁股，我自己有两个孩子了，我他妈的为什么还要给别的孩子洗尿布？埃利娅，把小家伙们带过来，克拉拉饿了，斯拉维克肯定也饿了。"

伊萨克和埃列奇卡出现在了门口：伊萨克抱着埃列奇卡的弟弟，埃列奇卡抱着伊萨克的妹妹，他们没有把谁是谁的负担分得那么清楚，说实话，瓦莉娅也没有。一切只是因为这场战争。瓦莉娅大声反抗，而阿涅勒宁愿默然哀叹。

玛露霞仔细看着瓦莉娅怎样给孩子们倒热牛奶，当然，瓦莉娅不会给自己的儿子多倒一滴，切土豆也一样，埃列奇卡和伊萨克得到的土豆是一样大、一样重的，瓦莉娅信奉的是正义，伟大的正义，正义的大天使是愤怒、力量和咆哮。"玛利亚·尼基蒂奇娜,您的这个阿涅勒根本没病,您要知道,她只是不想干活!什么?躺着吧,就让她躺着吧。我丈夫说,总会有傻子去干活的……"有那么一瞬间,瓦莉娅迷迷糊糊地想着在散兵坑中寻找她心爱的儿子,但她马上又会振作起来,玛露霞这辈子从没遇见过像她那样毫不妥协又毫无信仰的人,然而,瓦莉娅那一双通红的、斑驳累累却仍然灵活的手的确很能干,瓦莉娅的手比别人的更灵巧,能把事情做得比别人更好,她能用士兵的包脚布缝出一件节日里的盛装,能烤出圆圆鼓鼓的橡树籽馅饼,也能给张牙舞爪的孩子一记响亮的耳光。可是,瓦莉娅也要求别人同她一样干活灵巧,心地诚实,但别人并没有像她那样的专注,普通人根本跟不上她的节奏,普通人只能放弃身后的一切,只能向前看,即便如此也无法注意到身前的一切事物。而在瓦莉娅看来,无论如何都要做到前后兼顾,并要得出合适的结论。瓦莉娅在任何方面都努力做到极致,无论是在工厂做工、做饭还是缝纫。她编织售卖一些可爱的小东西,比如内衣的蕾丝花边,年轻的姑娘顽固地将它们穿在丑陋的衣衫里面,那些衣衫已同她们一起衰老了。令玛露霞过意不去的是,瓦莉娅定期向玛露霞支付房费,用瓦莉娅的话说叫"住宿费",但当瓦莉娅意识到交给玛露霞的钱都被用在自己和孩子身上时,她开始为查尔东诺夫一家人干活,包括为新来的孩子们缝衣服、洗澡,就这样,玛露霞的晚年过得很清闲,伊萨克负责买菜,埃列奇卡负责照顾两个小婴儿,查尔东诺夫发明了炸弹,并将粮票和粮食带回家。阿涅勒则默默地为大家祈祷,或许,她在为一家人受苦受难。

到了晚上，餐桌上至少有七个人，这还不算刚出生的克拉拉，她安安静静地睡在摇篮里。每个人都报告着这一天都做了些什么，瓦莉娅负责将孩子们的食物分成等额的分量。玛露霞的眼眶一湿，她看到伊萨克将自己盘子里最美味的食物偷偷放到小埃利娅的盘子里。水壶里冒出温柔的蒸汽，查尔东诺夫一边看报纸，一边安抚着吃饱后昏昏欲睡的斯拉维克的小脑袋。……这就是幸福，这就是很多人想不到的幸福，因为没有人相信，幸福就是这样充满烟火气息，幸福就是这样简单。

有时候，列西克也会过来，幸福就会变得完美无缺，近乎一个球形，每个人都只听列西克讲话，甚至小克拉拉在列西克的面前也不会大喊大叫，对她而言，拉扎尔是非常吸引人的长辈，一家人聚在一起再好不过，可惜，列西克来得太少了，可惜，列西克只是来看玛露霞的，他每次都只是来看玛露霞的。

查尔东诺夫从桌子旁缓缓起身，将沉重的斯拉维克交给玛露霞，他庄重地邀请林特去"吸烟室"，即楼梯间，因为"家里有这么多小孩，抽烟是不合适的……"玛露霞甚至不必继续说下去，从她的眉宇间就能看出，所有反驳她的人都会被当成一只坏猫踢出去，查尔东诺夫没有试图反对，甚至，恰恰相反，他令人感慨地找到了现实情形的好处所在："不，拉扎尔，现在我明白了，妻妾成群也是有意义的，家里有这么多可爱的女人，完全不用担心刷碗添柴，女人们会把这一切做得很好！"

可是，事实上，查尔东诺夫无聊极了，可怜的老查尔东诺夫特别怀念过去的日子，过去的日子里，他自己取木头烧柴以免玛露霞将手划伤，过去的日子里，他站在玛露霞身边，和玛露霞一起用洗碗布刷盘子，过去的日子多么美好，甚至干净的盘子也在查尔东诺夫的手中美妙地歌唱。而现在，查尔东诺夫再也不能和玛露霞共度良夜，两个人再也不能静静地聊天，聊起那份最珍贵的、只属于他们两个的回忆。

"我们坐在一起从凌晨一点聊到三点，我拿着书，你拿着刺绣，我们注意不到黎明悄然来临，我们注意不到接吻如何停止。"林特思考着查尔东诺夫所说的过往，说出了别人的诗句。帕斯捷尔纳克的《秋》写于之后的1949年，正是1949年将会发生林特从十八岁那年，即1918年起便努力不去想的那件事——尽管他每天都在想，从早上睁眼到深夜沉睡都在想。不、不，这永远不会发生，永远不会……玛露霞不会死，一切都不会改变，永远、永远、永远都不会改变。

1944年7月。恩斯克的夏天热得不同寻常，像是熟透了的浆果，几乎每天都有几百个转移到恩斯克的人离开这座城市，回到故乡，感谢上帝，他们能够回家了。到了晚上，那些留在恩斯克的人走在华丽而繁忙的大街上，醉心于不寻常的炎热，醉心于尘土的气味，醉心于即将来临的胜利。面包的供应日益充足，每扇窗里都传来收音机里富有磁性的男中音：7月3日，白俄罗斯第一、第三集团军所部完全解放明斯克市，7月13日，解放维尔纽斯市。政府广播的声音被"里奥－丽塔，里奥－丽塔，狐步舞曲再次响起,多么希望今晚能持续一整年!"①的歌声淹没,在马雷克·韦伯②的指挥棒下,情侣们在改编自狐步舞的西班牙快步舞曲中累到不行,当然也有两位女士在一起跳舞,但倘若你闭上双眼,就很容易想象自己不是在和一个普通的女伴跳舞,而是在和最亲爱、最喜欢、期待已久的那个人跳舞。他们闭着眼睛旋转、旋转,疲惫不堪,但很快乐。

从前线传来的不再是战死的讣告,而是信件和电报,上面写着4号见,爱你,吻你……或者说,讣告并没有减少,只是此前没有什么好消息传到恩斯克,不过现在有好消息了,人们纷纷前来看一看、摸一摸收到信件的幸运儿,宛若前来膜拜创造奇迹、向他们传播快乐的偶像。不过最重要的是,阿涅勒也收到了前线传来的信,扬克尔在信中答应自己会在七月底来恩斯克接走阿涅勒和两个孩子,他受了重伤,不过好在完整无缺,感谢上帝,他没有缺胳膊少腿,他还活着。

玛露霞、瓦莉娅,还有从沉默的虚无中苏醒的阿涅勒,无一不为这封珍贵的信大哭一场,之后,三个女人团结在一起,比皇帝凯旋还要兴奋,准备着大日子的到来。家里的所有东西,包括孩子们,都被收拾得干干净净,玛露霞准备用五条面包和两条鱼做一顿空前丰盛的晚餐,而瓦莉娅从储藏柜里找到了一块战前的蓝色天鹅绒布,火速为阿涅勒缝了一件新衣服,有束腰,有褶饰。瓦莉娅嘴里衔着别针咕哝道:"我和你讲,现在我要在衣服的胸前

---

① 二十世纪三四十年代流行于苏联和欧洲的舞曲《里奥-丽塔》的歌词。
② 马雷克·韦伯(1888—1964),美籍小提琴家,乐队指挥,创作了《里奥-丽塔》。

打褶子，我们必须在前面加点什么，不然他会说我们在这儿饿着你了。"瓦莉娅说着说着，落下了眼泪，她看到阿涅勒的眼睛，那是一双大大的、灰蓝色的、睫毛宛若天鹅毛的眼睛，阿涅勒轻轻抚摸她的肩膀，两个女人抱头痛哭，她们已经在心中原谅彼此，再无责怪。

那是幸福的眼泪，是未来很多天里最后的幸福之泪。

小斯拉维克在 7 月 20 日死了。事情是这样的，一家人等待着扬克尔在 7 月 27 日回来，玛露霞做起了果酱馅饼，她如往常一样派埃列奇卡和伊萨克去树林采浆果，树林的边缘长满了鲜红、一碰就碎的覆盆子果。为了不让三岁的斯拉维克在家里捣乱，大人们将他交给埃列奇卡和伊萨克照顾，并特意叮嘱两个孩子一定要好好照看斯拉维克，埃列奇卡和伊萨克看着小斯拉维克从灌木丛中摘下了一颗浆果，并放进嘴里。只是一颗浆果，足以要了斯拉维克的命。

第二天早上，斯拉维克发烧了，瓦莉娅厉声呵斥她任性的儿子没有跟在哥哥姐姐的身后，瓦莉娅到死都无从原谅自己这一次发脾气。傍晚，斯拉维克的病情加重，五天后，玛露霞跪在病床旁，机械地将毯子塞到斯拉维克慢慢变硬、仿佛变成塑料质感的肉体之下。瓦莉娅坐在房间的一角，像疯子似的摇头晃脑，每一次呼气都会发出高亢的、海鸥鸣叫般的号哭，这不是女性的哭声，也不是人类的哭声，可她就是这样哭的，上帝啊，她哭出来会好受些。

不知从哪里走来一个护士,看上去并不年轻,她已经习惯了生离死别。男人死了还不够,就连小孩子也要被埋葬。护士搂住玛露霞的肩膀,说道:"亲爱的,我们走吧,去找医生,我们要在死亡证明上签字,你别着凉了,他,他再也不会挨冻了,他已经筋疲力尽了,你看,把他带走的是痢疾,这个可怜的小家伙。"护士漫不经心地将"痢疾"这个词故意拖了长尾,如同一个文盲在一群聪明的、受过教育的人中间生活了多年,以至于不知不觉地模仿他们一切浮于表面的、滑稽的说话做事风格与习惯。

"我们走吧,让妈妈和他告个别。"

玛露霞悻悻地站起身,她全然没有意识到自己的手指仍紧紧地握着毯子,她想把毯子盖在斯拉维克身上,至少还能让他暖和一阵子。上帝啊,他还那么小,那么可爱,那么活泼,脸颊上长着一对小酒窝。即使隔着血淋淋的泡沫状呕吐物和便溺物,他闻起来仍有新鲜面包和煮牛奶的气息,还有一点点花香味,那种花在路边很常见,那是很小很小的花,氤氲出淡淡的紫色,但玛露霞无论怎样也想不起来这种小花叫什么名字,无论怎样也想不起来。

"Baruch atah Adonai, eloheinu melech ha-olam, dayan ha-emet。"[①]房间里传来一个美丽低沉的声音,带有某种不食人间烟火的力量,散发着古老王国和炙热黄沙的气息。玛露霞注意到原来是阿涅勒,阿涅勒在斯拉维克病重的五天里始终坐在病房的

---

① 希伯来语:上帝,你是我们的神,是宇宙之王,是真正的审判者。——原注

一角，盯着虚空。她突然站起来，"嘶啦"一声，从胸前撕开了新衣服，可怕的噩耗降临之时，阿涅勒正穿着它在镜子前漫不经心地来回踱步。"Baruch atah Adonai, eloheinu melech ha-olam, dayan ha-emet."她坚定地重复着，瓦莉娅、玛露霞，甚至连已经沉默下来的护士都明白了，原来她是在与上帝说话。

大卫王站了起来。

撕破了他的衣服。

对别人而言并没有用。

8月初，扬克尔从前线回来带走了阿涅勒和两个孩子。阿涅勒仍然穿着那件被撕坏的衣服，直到7月30日斯拉维克下葬后才将衣服缝好，她紧紧地抱着玛露霞和瓦莉娅，轻轻吻了吻正在啜泣的埃列奇卡的小脑袋。悲伤万分的伊萨克将林特给他的礼物紧紧抱在胸前，那是一份珍贵的礼物，直到许多年以后，伊萨克进了军校才体会到它的奢侈。

玛露霞说道："阿涅勒，给我写信吧，还有你，伊萨奇卡，看在上帝的分上，给我写信吧……"痛苦的眼泪呛得玛露霞连连咳嗽，阿涅勒每个月向查尔东诺夫家写一封信，直到她在1975年去世，她的信很长，上面写着很多事情，且通篇都是古怪的语法错误，邮递员每月一次将阿涅勒的来信准确地送到查尔东诺夫家，直到1949年。1949年之后，邮递员先是将信送到查尔东诺夫家，然后再送到林特家，林特再将信小心翼翼地带到墓地，并将这些未拆封的信放在玛露霞墓地的灰色十字架旁，十字架的阴影下，是荒谬的、一点也不像本人的查尔东诺夫半身像，还有斯拉维克小小的墓碑。

没有人碰这些信，甚至出没于墓地的乞丐也不会碰，他们只是从墓地里拿走祭祀的蛋糕和糖果，顺便说一句，这些都是非常好的食物，拿走它们不是罪过，而是为了纪念灵魂。阿涅勒寄来的信渐渐泛黄，被恩斯克的雨雪浇灌，渐渐膨胀，渐渐枯萎，变成泥土，变成灰烬，滋养发芽的小草。每个月都会有新的信件放在上面，玛露霞和阿涅勒的对话仍在继续，这是两个女人之间无声的对话，她们两个——一个沉默了大半辈子，而另一个，早已撒手人寰。

扬克尔将家人带走的一个星期后，瓦莉娅收到了一份阵亡通知书，甚至不能叫阵亡通知书，仅仅是一份通知，上面写道："在……的英勇解放战役中，您的米哈伊尔·图里亚耶夫失踪。"瓦莉娅眨了眨眼，她记不得一个字，不明白上面写的是什么，她将通知递给玛露霞，玛露霞惊恐地呜咽一声，双手紧紧捂住了嘴。

"怎么会这样，瓦莉娅？别想不开，他们可能搞错了。不管怎样上面写的是失踪，还是有一丝希望，不是吗？"

瓦莉娅的内心在这些日子里已变得坚硬。她平静地说："玛利亚·尼基蒂奇娜，我为什么要想不开呢？"她的孙子、前任丈夫的儿子还有现任丈夫都很爱她（现任丈夫当然很爱她，只是酒喝多了会耍点酒疯，但谁没这样过呢）。"这就是命运。如果他已经战死，我自杀又有什么意义呢？我得准备离开这里，回到沃罗涅日，沃罗涅日已经解放快一年了，报纸上说，那里的经济正在恢复。还有，米沙①的亲戚都还在那里，他们没有被安排撤退。我想，或许他们还活着？如果我能去帮帮他们，他们的日子多少能好过一点。"

玛露霞明白了一切，她没有再劝瓦莉娅，也没有让她留下。她在月台上对瓦莉娅说："你走吧，别担心，我会照顾好斯拉维克的。"仿佛斯拉维克就在月台上玩耍，温暖而真实的小不点儿，身覆虚幻的车站尘土。玛露霞没有说谎，令查尔东诺夫不安的是，玛露霞几乎每天都去斯拉维克的墓地，她不会落泪，也不会带玩具，她只是尽可能多地待在那里，这样斯拉维克就不会感到害怕。

查尔东诺夫很了解妻子的性格，他对妻子充满同情，也为心底隐秘的窃喜而责骂自己，战争即将进入尾声，家里的幼儿园已自动解散，他和玛露霞又能共度两人世界了，他们又会形影不离，如胶似漆。可是，当科学界的泰斗们一个接一个地回到莫斯科时，玛露霞却拒绝回到莫斯科，她以1918年拒绝去英国的口吻拒绝道："我哪儿也不去，如果你想走就走吧。反正我就待在这里。"

当然，查尔东诺夫也留在了这里，他带着一丝屈辱，去拜访了刚成立的苏联科学院西西伯利亚分院院长斯科钦斯基院士，之后，查尔东诺夫得到了他这个级别的科学家应有的一切。这位科学家在晚年失去了理智，自愿在偏远的西伯利亚度过余生。玛露霞对他说："别抱怨，我们在这里会过得很好，你看着吧。"

---

① 米哈伊尔的昵称。

他们在恩斯克近乎是农村的郊区买了一幢老宅，老宅看起来又大又笨重，壁炉不停地冒着烟，不过这里再也没有鬼魂，也没有苦痛的回忆，没有自己的不堪之痛，也没有别人的思念之苦。玛露霞又忙活了起来，拉扎尔·林特每天晚上都会来查尔东诺夫的新家，当然，他也留在了恩斯克，莫斯科学术界对此议论纷纷，但没有人反对，因为查尔东诺夫与林特两人正在进行一项严肃的研究。更准确地说，是林特正在进行研究，但科研有其自己的原则，与逻辑、字母顺序或良知相悖，导师的名字往往出现在学生的名字之前。不过林特并不在乎这个。他清楚地知道查尔东诺夫、科研和自己的价值。他很明白什么是最有价值的。

战争在不知不觉中结束了，玛露霞甚至没有准备一顿庆祝的晚餐，她只是换了桌布，在桌子上放了三杯伏特加。酒杯与盘子碰在一起，发出轻柔又悲伤的声响，玛露霞偷偷擦了擦眼泪，两个男人嘴里一边咕哝着，一边伸手拿餐桌上的面包。一切都结束了，四年的痛苦，结束了！而在前方，又是一个四年。

战后，一切重归安静，重归闲适。玛露霞在厨房忙里忙外，查尔东诺夫写着一本又大又无用的书，他悲哀地意识到自己仍在咀嚼自己多年前老掉牙的思想，而林特突然着迷于现实世界。他爱上了试验场测试、长途旅行、盖章文件和冰冷无声的消息报。他突然发现，无懈可击的学术结论在试验中获得了欢乐、多重、坦率的实质。棕褐的草原上，士兵挖着战壕，狭小的指挥所充满某种特殊的军营气息，混着酒味、汗味和旧皮革的气息，正是军旅生活的各种味道。烟草、火药，以及一种尤为愚蠢的欢乐，那是准备好为了祖国这个抽象而模糊的概念而奉献出自己唯一的、具体的生命的欢乐。

试验期间,林特什么都喜欢,他喜欢肉罐头粥——煮到完全没有味道,因此有很强的饱腹感;他还喜欢用大杯子喝酒(下酒菜是"军官柠檬"——一种新鲜的去皮甜洋葱);他也喜欢那些军官,那些军官骑在灰色的战马上,身形健硕,为人友好,性格开朗,脖子红红的,透出一种乐观的精神,不管是杀人还是喝酒,总是愉快地、乐意地、微笑着去做。他们也很喜欢林特,军官们在试验场上喜欢所有的"工匠",也就是制造者,这些人会来到试验场,操控亲手做出的东西,军官喜欢这些人是因为他们总能带来很多酒,所有参加试验的人都以真诚的热情开怀畅饮。

一句话,他们像是孩子。孩子和傻子。

不过,"工匠"也各不相同,有人喜欢炫耀,有人接受不了木板搭成的旱厕,有人像大一新生那样在开枪时呕吐,有人为了不去参加庆祝活动声称自己长了溃疡。林特没有向别人炫耀,没有摆出科学博士的架子,而是在餐桌上与别人一同放声大笑,从来不忘向每个人分发他随身携带的几瓶稀有且昂贵的东西,比如亚美尼亚白兰地,或是奖杯形状的杜松子酒。

友好的氛围在酒精的驱使下升温。一位青年中尉被踢伤,因为他在无意冒犯的情况下一口咬定林特是犹太人。"这个混蛋,他必须要学会理解别人。"遗憾的是林特此前从未发现这类惯例。他喜欢有趣的场景,喜欢再一次信服"自己人-外人"这一超越种族、超越信仰的评判标准。林特曾不止一次地确信,幽默感、道德倾向、饮酒方式，甚至是体味，这些特点比公民身份或染色体组更为重要。这是合乎逻辑的、正确的、公平的见解。倘若按照这种逻辑，世界上便不存在，也不可能存在孤独的人。只有尚未认出自己同类的人，才不得不与陌生人一起流浪。

不知何故，林特的心头一热。

林特越来越喜欢战争，这一点很奇怪，因为一场战争刚刚结束。不过，话说回来，为下一场战争做适当的准备也是必要的。拉扎尔·林特终于和真实的人待在一起，共同做着真实的事情，一种真实感在他的心中油然而生。林特越来越不情愿回到查尔东诺夫家，他再也不像从前那样在早上反复考虑该穿哪件衬衫（并且思考玛露霞的看法），该擦哪双鞋子。他甚至说起了脏话，试验场中的每一个命令或短语都带着点脏话以增加趣味，宛若关心孩子的母亲在苦味横生的药中加入某种甜味剂，并哄骗发烧的孩子吃一勺。小宝贝，吃一勺吧，吃一勺就好。

"拉扎尔，你现在闻起来像司务长。"拉拉一脸诧异地说道，她是拉扎尔·林特众多不加掩饰的情人之一。

林特的身体瘦削，富有弹性，一条皱巴巴的床单遮住了他的腰，在他黝黑、近乎橄榄色、有时更像庄重的古铜色的皮肤的衬托下显得特别白。他懒洋洋地问道："怎么说？"

"还能怎么说，闻闻你的皮带和小老弟就知道了。"拉拉从床上爬起来，粉嫩的手摸索着鱼水之欢时脱掉的桃红色睡衣。

林特笑了起来。只有上帝知道他有多么孤独。为什么他总被外人看作自己人呢？

1949 年 7 月下旬和整个 8 月，林特都在塞米巴拉金斯克[①]度过，他做着一件令人振奋的事情——参与研制苏联第一颗原子弹。查尔东诺夫由于年事已高和其他可以理解的原因留在了恩斯克，他非常想去塞米巴拉金斯克，并且毫不掩饰这种心情。

"你这样折腾自己是为什么呢？"玛露霞轻声责备道，"反正他们也不会把你带走。你也只能在炸弹前撒点沙子。沙子哪里来的？从你身上掉下来的。别生闷气了，也别再说'要是二十年前就好了……'之类的鬼话。赶快把烟掐了，你一分钟之前刚抽完一根！也许布尔什维克没有你也能过得去！走吧，去帮我把乌头菜绑好。"

查尔东诺夫乖乖地将沾满唾液、刚抽了一口的烟掐灭在烟灰缸里，跟着妻子走进房前的花园。"见鬼了，这叫乌头菜？我还以为这些是百合花！"玛露霞笑着说："百合花？你到底知不知道我们现在在西伯利亚？你知不知道我们生活的星球叫地球？要是我不告诉你，你说不定会有别的错觉。"查尔东诺夫难以置信地摇了摇头，他当然知道自己生活在地球上，可是乌头菜……"你确定这不是百合吗？"玛露霞笑得更大声了，其实，说不定她也可以种百合。她的园子里郁郁葱葱地开着各种花儿，有的伸到了墙外，吸引着路人们的眼睛，邻居们羡慕地乞求玛露霞："玛利亚·尼基蒂奇娜，求您帮我种一下吧，就种一棵，您的手很灵巧。"玛露霞用手指刨开恩斯克贫瘠的土壤，将花种下，捆好花茎，仿佛为发

[①] 指塞米巴拉金斯克基地，位于哈萨克斯坦，曾是苏联一处主要的核武器试验基地。

育不良的幼苗注入了力量。

每个人都喜欢玛露霞，每个人都喜欢她，甚至，鲜花也喜欢玛露霞。

8月26日，清晨，玛露霞被突如其来的刺痛惊醒，查尔东诺夫静静地躺在她身边，宛若孩子一样熟睡，他的表情是那么委屈，那么可爱，激起了玛露霞无限的柔情和爱意。窗外放着黎明前送来的牛奶，牛奶瓶湿漉漉的，窗外安安静静的，只有郊外的清晨会如此安静。玛露霞听到有人赤脚走过门廊的声音。她记得，斯拉维克已经离开五年了。五年了，他已到了上学的年龄。赤脚走路的声音戛然而止，仿佛他站在门口，不敢敲门。

玛露霞心里念叨着："去吧，可爱的小家伙，我很快就来了。"那双小脚听话地离开了。惊醒的鸟儿开始啼鸣，查尔东诺夫在被子里继续安然沉睡，又是充满速度与动力的一天，又是嗡嗡作响，充满光辉，继续行进的一天——早餐、牛奶、揉搓的面团、墓地、花园、出现在丈夫的书稿旁的一杯浓茶——"谢谢你，亲爱的，我自己来就好。"玛露霞将她温柔的嘴唇贴在丈夫早已光秃的头顶。悲伤一生，乐观一生，这或是耻辱。感谢上帝，感谢这杯茶，感谢丈夫，感谢他这么多年没有将自己抛弃，感谢他像鸡妈妈一样将自己保护在羽翼之下。

两人在吱呀作响的木制露台上共进晚餐，查尔东诺夫整个夏天都想把露台围上保温棚。"玛露霞，你应该和工人谈谈，他能听你的,秋天就要到了,天也越来越冷,我不想再听到你咳嗽,也不想让你感冒。"查尔东诺夫递给妻子一条柔软的披肩,这条披肩与老两口一起经历了太多风浪,玛露霞感激地披在身上,将脸颊贴在丈夫的肩膀上,他们坐在一起,就这样坐了许久,谈着无关紧要的事:列西克夏天不在家真令人难过;这次的馅饼比上次的好吃得多,打两个鸡蛋就够了,用不着打四个鸡蛋;九月份就到了腌菜的时节,在莫斯科,人们在九月份还穿凉鞋,而在恩斯克,九月已然是冬季。

"你想不想念莫斯科?"

"不,我只要和你在一起,就不会想别的。"

毛茸茸的飞蛾悄无声息地飞来,扑向粉色灯罩中散发出的柔艳之光,然后落在桌布上,发出柔软的花瓣敲打地面的声响,它们被烧灼殆尽,却又欢愉备至,因疼痛和爱丧失理智。两人的对话继续进行,没有间断,宛如小猫令人安适的呼噜声,直到茶炉里的开水被喝完,直到恩斯克初秋的黄昏紫渐渐变成无尽、寒冷和充满乡土气息的凝夜黑。

他们走进卧室,躺在彼此的怀中,如同六十年婚姻生活里一个平常的日子。玛露霞从未后悔与这个男人在一起,没有一天,甚至没有一分钟后悔过。

"我爱你。"查尔东诺夫喃喃自语道,他久久不能安眠,慢慢地打开几扇心门,在半睡半醒的门槛上笨拙地保持平衡,因为如果听不到誓愿的第二部分,如果听不到回应,他便无法入睡,玛露霞终于温柔地回应道:

"我爱你。"

这就是他们六十年来每天晚上听到的最后一句话,也是每天早上听到的第一句话,从他们在"尼古拉皇储"号游轮的第一个蜜月之夜开始便一直如此,每天晚上,河水轻盈地溅跃,如花一般的影子轻轻飘荡在船舱的天花板上……

半夜,一阵刺痛惊醒了查尔东诺夫,如同玛露霞昨天早晨被刺痛惊醒那样。他吓了一跳,立即明白了什么。夜空一片漆黑,床头柜上那只金属耳的闹钟在他看不见的地方嘀嗒作响,他的手仍然放在玛露霞的胸口,他仍能感受到玛露霞的睡衣散发出阵阵香气,氤氲在他的脸颊四周,但玛露霞已然离世。

已然离世。

查尔东诺夫没有说话,他也无法出声,他躺在玛露霞的身旁,直到天亮。他不敢乱动,以免打扰到妻子。玛露霞娇小的身躯蜷缩成一团,仍然温热,温热了许久许久,这是生平第一次查尔东诺夫用体温给予玛露霞温存,而不是玛露霞给予他。直到黎明时分,直到查尔东诺夫的手臂被压得疼痛难忍,他才允许自己动一动。

他悄声说着:"我爱你,我爱你,你听见了吗?"

玛露霞沉默不语,查尔东诺夫将额头靠在她一动不动的背上,簌簌地落下了眼泪。

04

加洛奇卡
Галочка

加林娜·彼得罗夫娜十七岁前过着娇惯奢华，令人陶醉的幸福生活。她的脸颊绯红，娇嫩的脖子上系着鲜红的领带，摇篮边上堆放着苏联小孩金色童年的象征——明亮的、略显花哨的赛璐珞制品，有点像苏联父母放在婴儿浴盆中的小玩具，以缓解小孩子适应洗澡的痛苦。

加洛奇卡[①]的父亲（彼得·阿列克谢耶维奇·巴塔洛夫）是区党委会的官员，他的个头很矮，长相滑稽，后脖颈上长着一缕毛发，胡须长长的，修得很整齐，从一只圆耳朵延伸到另一只，秃头像镜子一样亮。他心眼实在，很是善良，无法完成最基本的行政功绩，也无法真正进入共产主义大天使的光辉阵营。他不得不耐心地在狭小的办公室里坐上一整天，把一堆堆毫无意义的文件堆在桌角，晚上六点十五分，他会准时坐在家里吃晚饭，穿上一件熨好的睡衣，天真、愉快、头脑空空。

---

① 加洛奇卡，以及后文中的加留尼娅、加利娅均为加林娜的昵称。

红色的甜菜根在罗宋汤里冒着热气，彼得·阿列克谢耶维奇拿起叉子，叉起一块厚实多汁的沙丁鱼，拿起闪闪发亮的水晶杯一饮而尽。冰冷的伏特加在他的喉咙里咕噜咕噜地响，加洛奇卡笑着说："再喝一杯，爸爸，再喝一杯！"彼得·阿列克谢耶维奇细细地闻了闻气味浓郁的鱼肉，顺滑地，咕噜咕噜地喝下了第二杯，他向心满意足的女儿眨了眨眼，并将勺子放进了热气腾腾的罗宋汤中。加洛奇卡的母亲（伊丽莎白·瓦西里耶夫娜·巴塔洛娃）故作责备地摇了摇精心梳洗的头，故意将圆酒瓶从桌子上拿走，因此彼得·阿列克谢耶维奇从没喝过第三杯。总而言之，一家人生活得很不错。

　　苟活在伟大（也是唯一的）政党臃肿的躯体之中并没有给彼得·阿列克耶维奇带来任何尊重、任何勇气、任何荣耀，不过，这些东西与收益相比不值一提。彼得·阿列克谢耶维奇获得了不菲的收入、足够的粮食和一套体面的红砖房公寓。公寓很宽敞，宽敞到可以让加洛奇卡在她自己的房间里做她喜欢的事情。窗台上养着一株多枝龙舌兰，屋子里摆着不牢固的书架，床上摆着一只棕色的玩具熊。白天，玩具熊打开柔软的胳膊，做出一个拥抱的姿势；到了晚上，它贴着加洛奇卡滚烫的脸颊，轻轻地吹着她蓬乱的、湿漉漉的鬓发；它赶走了那些悄无声息、长着红脸、失魂落魄的怪物，这些怪物往往在午夜之后悄然而至，扇起看不见的黑色翅膀，坐在床边，吞噬小孩子的梦。小孩子的梦是朦胧的、欢乐的、粘牙的，如同面包店附近那些衣着鲜艳、好斗的吉卜赛女人售卖的棒棒糖，五戈比就能买一根。

加洛奇卡从小就是一个聪明伶俐的高个子女孩，她从不懒惰，成绩册上密密麻麻地写满了明亮的"五分"，即满分。所有这一切（加上她的母亲在隔壁学校担任教导主任）为加洛奇卡提供了班花的稳固地位，班花这一身份在特定的年龄前与腿长或肤色并没有直接关系。不过加洛奇卡到了十六岁就已经摆脱了可笑的婴儿肥，并将自己的身材塑造得轻盈圆润，仿佛是在车床上用某种金色、细密且极其稀有的合金冲压而成。加洛奇卡红色的发辫上闪着蜂蜜色的微光（加洛奇卡总是用她的虎牙咬辫子，她的牙齿一点也不像苏联人的牙齿），一双透明的蓝灰色眼睛蕴藏着暴风骤雨，她的鼻梁挺高，一对小酒窝长在晒黑了而略显粗糙的脸颊两侧……巴塔洛夫家的楼梯外总是藏着几个惊慌失措的戴着耳罩的男孩，他们心里想的并不只是偷偷抄袭加洛奇卡的数学作业。

另外，加洛奇卡从小在学校参加各种各样的演出活动，一股新的声浪从她圆润的胸中升腾而出：那是低沉厚重、令人兴奋、充满激情的女低音，闪烁着珍贵、艳丽、红宝石般的温暖。很快，加洛奇卡被选为独唱歌手，她在节日音乐会上穿着裹住大腿的可爱紧身裙，走上舞台，带着孩子般的期盼伸长脖子，用痛苦沙哑的中音颂唱着蒸汽快车，唱着"勇敢起来，同志，步调一致"的愚蠢歌曲，高尚的大厅里开始如夜店般响起不雅的欢呼声。

不过加洛奇卡真正的成名歌还是《敌人的旋风》。革命歌曲的第一个音符响起，加洛奇卡在最低的声部发出清脆的大舌音，如同一颗颗正在翻腾的红球，主席台的领导们顿时寂静无声，涌起不知为何激动的心潮。直到全部演出快结束之时，他们才暂时离开罪恶的甜蜜，这意味着他们错过了诗意的蒙太奇、水手们的舞蹈，以及瘦小的少先队员们表演的体操——这些少先队员在列宁的革命事业中行将练就一身坚不可摧的肌肉。

关于加洛奇卡这个前途无量的女孩的消息传到了共青团区委会，一个年轻、极富责任心的傻瓜立即将电话打到加洛奇卡家中，出于私人的目的希望为疲惫不堪的领导层提供款待。直接拒绝他的提议是不合理的，好在是加洛奇卡的爸爸接到了电话。他的桌上散乱地堆着《星火》杂志，他正喝着浓郁的覆盆子茶，撰写着措辞合适的通知。彼得·阿列克谢耶维奇在仔细听了这位年轻团干部的发言后，对他说了几句空洞无用的话，这些话宛如一种暗号，一种无形的语言信息，一个卧底可以通过这种暗号认出另一个更为隐秘的同伙。

年轻人发现居然遇到了自己人（还是区党委的人，职位比自己还要高！），他连忙语无伦次地回应几句，丢掉了沾着手汗的听筒，听筒中突然散发出一种可怕的、活生生的、禽兽般的仇恨，仿佛世界上没有了苏联，也没有了二十瓶一箱的伏特加，只剩创世第五天如地狱一般的天空，大地上生活着拖着长尾巴的远古动物，一只剑齿兽在巢穴中露出危险的獠牙，后面跟着一只刚出生的通身光滑的小剑齿兽。

彼得·阿列克谢耶维奇小心翼翼地将听筒放回摇摇晃晃的三角桌，一连几分钟盯着挂在墙上的画——克拉姆斯柯依的《无名女郎》，直到想象完施加于这个无耻的亵渎者的一切酷刑。彼得·阿列克谢耶维奇想象这个家伙被阉割、被肢解、四肢被打断、嘴巴被撕裂并扭曲成可怕的角度，最后扭动一下身体、咽下最后一口气之后，他走进厨房，将杯中的茶一饮而尽。茶已经凉了，茶汤上漂着一层油汪汪的薄膜。他坐在厨房中，蜷缩着身体，用手指敲着干净的绒桌布，直到下班的妻子用钥匙拧开门锁，恩斯克的冷风从门缝里钻进屋中。

　　晚上合唱团排练之后，加洛奇卡回到家中，她穿着羊皮大衣，脱下靴子，发出嗒嗒的声响，一股霜粉色的冷风钻进了公寓。"爸，妈，我回来啦！"加洛奇卡在厨房里找到了父母。两人并排坐在桌旁，安静而忧郁，仿佛在守灵——每个人都悼念着逝者，伤心欲绝的寡妇将缬草酊滴入伏特加中，随之缭绕起一丝丝绿色，而后变得浑浊。不过加洛奇卡最害怕的不是沉默，也不是父母莫名悲伤而紧皱的脸庞，而是厨房的气息。到了晚餐时间，熟悉的厨房里却没有出现土豆淀粉味的蒸汽，也没有出现大锅里咕嘟咕嘟炖肉的香味。厨房飘荡着无菌、空洞的空气，犹如被鸣响的杀菌灯照亮的手术室。桌子上只有一个盘子，盘子里放着几个即使是在夏天也不可能在恩斯克买到的苹果，那是通身鲜红色的苹果，亮得不大自然，显然是来自遥远的进口世界，那个世界里没有毛毛虫，没有灰腐病，没有被霜冻折磨的树干，也没有呻吟的果树。

　　发生了什么？加洛奇卡没有问出声。她感受到一只陌生、柔软的爪子按压着心脏，那柔软的爪子仿佛缩成一只拳头，轻轻地抚摸心脏，并将它拽到太阳穴，拽到微红的黑暗中，那是加洛奇卡的灵魂藏匿之处，她的灵魂是微小的、褶皱的、模糊的，宛如冰冷玻璃上的吐息，但仍活着。

伊丽莎白·瓦西里耶夫娜开口说话，她的声音宛若站在讲台上时一样清脆："加林娜，你长大了，你已经是共青团员了……"

加洛奇卡不解地眨了眨眼，浓密的睫毛随之颤动，彼得·阿列克谢耶维奇不高兴地皱了皱眉。

"等等，孩子妈，你说得太离谱了。你看，女儿……"他从盘子里取出一个苹果，抵住下巴，用力咬了一口，香浓的果汁立即飞溅到妻子和女儿身上。之后，他将咬了一口的苹果放在桌布上，咬痕朝上，汁液从咬痕流下，露出残缺的金绿色的果肉。彼得·阿列克谢耶维奇又从盘子里拿出一个红苹果放在旁边，新苹果在桌子上投出一道圆形的粉红色光圈。

"女儿，你选哪一个？"

加洛奇卡试着猜了一猜，光滑的额头上挤出一条柔软的皱纹（这是成人纹的痕迹，预示着即将到来的、普通人的不快乐的生活），她伸出手，去拿那个完整的苹果，突然明白了什么，哽咽一声，大哭起来，她冲进自己的房间，冲向玩具熊，那只熊已陪伴她多年，在与魔鬼的战斗中失去了一只耳朵，不过它仍然时刻做好准备，准备好为加洛奇卡做任何事情。

二十分钟后，饺子的香味轻轻地飘进她的房间，那是母亲之前包的小饺子，曾在冰箱里冻得像玻璃一样硬，现在慢慢地，在沸腾的面汤中，变成了柔软半透明的面皮包肉馅。伊丽莎白·瓦西里耶夫娜走进女儿的房间，冬天，女儿的房间中是蔚蓝的夜色，她坐在加洛奇卡身边,将脸靠近趴在床上的加洛奇卡,爱抚着女儿温暖的后背,加洛奇卡仍抽泣个不停。"加留尼娅,我们去吃晚饭吧。"

加洛奇卡将脸埋在玩具熊肚子上,不开心地摇了摇头,她吸着鼻子,再一次哭出声。伊丽莎白·瓦西里耶夫娜温柔地重复道:"走吧,加留尼娅,爸爸在等我们呢。"加洛奇卡仿佛被母亲的爱抚吸引,从湿漉漉的玩具熊肚子上爬到母亲的膝盖上。她又哭了,不过此时,加洛奇卡的眼泪是轻盈、晶莹的少女之泪,她的鼻子不红了,眼睛也不肿了,她的脸神奇地变了模样,一种略带悲伤的柔和的女性光芒自内部将她的脸庞照亮,事实上,全世界的男人都为之而生,他们为之奴颜婢膝,散尽家财,并发动了几个世纪的战争。

伊丽莎白·瓦西里耶夫娜吻了吻加洛奇卡圆圆的小脑袋,肥皂遮不住加洛奇卡的体香,奥伦堡披肩的怪味也遮不住,加洛奇卡在冬天不戴帽子,而是系那条奥伦堡披肩。母女俩走进餐厅,与彼此和解,与这个世界和解。餐厅的灯亮了许久,水壶一次又一次沸腾着发出嘶嘶的声响,烤盘飘出覆盆子果酱浓郁的香气。巴塔洛夫一家三口在餐厅里畅所欲言,时不时打断彼此,对不久的将来期待万分。他们的将来仿佛化作茶炉的蒸汽,以半透明的轻盈姿态从餐桌飘向空中。

那只玩具熊张开肥硕的爪子,独自躺在加洛奇卡昏暗的房间里,听着餐桌上隐约传来的谈话声,感受着加洛奇卡慢慢地一点点离开自己。加洛奇卡的眼泪在玩具熊柔软的肚子上渐渐干枯,在泛旧的绒毛上隐约留下几道条纹，临近午夜时分，加洛奇卡满怀兴奋地走进房间（她在晚上仔细刷牙，秩序和卫生比什么都重要！），脱下衣服，安然睡去，发出鼾声，玩具熊依然陪伴在她身旁。

玩具熊一直坚持到清晨，它积攒最后的力量，等待着恶魔的到来。它已经准备好与恶魔决斗。不过恶魔并没有来，玩具熊安静地躺了许久许久，生怕碰到加洛奇卡沉重、火热而有些湿润的手。那是熟悉的手。玩具熊目光呆滞，眼中的两片长方形天花板开始慢慢变亮，加洛奇卡翻了个身，不安分地伸出胳膊肘，将玩具熊推到地上，玩具熊发出了短促、奇怪、近乎抽泣的人类的声音。

早上七点，床头柜上的闹钟发出阵阵尖叫声，一切都结束了。伊丽莎白·瓦西里耶夫娜站在门后问道："加留尼娅，你起床了没？"加洛奇卡双脚踩在地板上，脚后跟撞到玩具熊填充着锯末的一动不动的躯体，以温柔、困倦而快乐的声音回答道："起来啦，起来啦！"她站了起来，跨过死去的玩具熊，蹦蹦跳跳地去洗脸。

昨天的事情过后，加洛奇卡退出了合唱团，也退出了所有的学校社团，家庭重归平静。况且，即便没有音乐会，即便没有不友好的人，这个春天也令一家人有些担忧。加洛奇卡就要毕业了，她即将破茧成蝶，摇身一变，成为一名大学生。恩斯克的所有大学被一所一所地放到无形的天平上。天平的一侧是正确的选择，意味着拥有光明的未来，拥有坚实、明亮的职业阶梯，走到第五层就能拿到别人走到第二十层才能拿到的工资数额、走上人生巅峰，还意味着拥有夏天（每个夏天！）去加格拉[①]度假的凭证。加洛奇卡本人则坐在天平的另一侧，垂下轻盈的双腿，即使是朴素的棉丝袜也遮不住双腿的美丽。天平的中点径直刺入加洛奇卡父母的心脏。啊，巴塔洛夫夫妇即将带领他们唯一的女儿奔赴未来的幸福，与巴塔洛夫一家血淋淋的痛苦相比，高尔基笔下的丹科受的苦难算得了什么呢？

　　加洛奇卡有些想去女孩多的师范专业，但伊丽莎白·瓦西里耶夫娜只是愤愤不平地挥了挥手，她的手在教师岗位上饱经风霜，不过仍旧很温柔。"为了别人家的傻子糟蹋自己的孩子，我绝不允许这样做！"彼得·阿列克谢耶维奇问了问有经验的老同志各个专业的前景，决定将加洛奇卡送到当地的理工学院，不过不是送去学国防专业（国防专业意味着她要在某个秘密的办公地过一辈子，甚至连保加利亚也去不了！），而是将她送到了和平的给水排水系。"这个国家的污水够你处理两辈子了。别担心，工作环境很干净，你将会穿着白大褂，坐在设计院的办公室里，或者桑·桑内奇会把你带到自来水公司上班。我保证，你只需要去上学，接下来一切都会进入正轨。"

　　加洛奇卡像是做梦一样，合上了泛着灰色的眼皮，仿佛在弯曲的睫毛末端看到了一栋亦真亦幻的海市蜃楼公寓，公寓里有一

[①] 位于阿布哈兹黑海沿岸的一个度假小镇。

扇巨大的窗户，直通地平线，海面上闪闪发光，大海上飘着一个小小的亮点，那是一片孤独的、迷人的船帆，伪装成一件白大褂，正在一点点消失。她惊讶地看到几个勇敢诚实的人，那些人的额头光亮，令她大受鼓舞，他们正靠在绘图板旁，说实话，在加洛奇卡的幻想中，这些绘图板更像是艺术家的画架，不过这并不重要，并不重要，因为房间里突然出现了……啊！最高尚、最有责任感、最聪明的人出现了。年轻的斯特里热诺夫出现在加洛奇卡的视野中，他的眉毛扭曲得可怕；在第二枪被枪决的革命者亚瑟·利瓦雷斯（绰号牛虻）[1]出现了，他的脚步蹦蹦跳跳……加洛奇卡模糊地看到了放映的电影：克留奇科夫、梅尔库里耶夫、卡多奇尼科夫[2]……加洛奇卡此前未曾错过任何一部电影的首映仪式，她钟爱灰荧幕中充满柔情的阴影，这种热情在不久的将来或许会变成现实中的人类之爱。

当然，加洛奇卡此时只能从一个年轻少女抽象、近乎立方体的象征中看到这种爱情：窃窃的私语、小声的呼吸、热切的目光、共同的创造性劳动，以及两个道德崇高的人物无性而庄严的融合。但是，加洛奇卡因低等雌性动物的本质，只能准备好在吱吱作响的弹簧床上进行湿漉漉的战斗，准备好为了薪水拼命地工作，准备好迎接生育多个孩子幸福的恐惧，总之，加洛奇卡准备好了这一切，准备好了让任何时代和社会制度下的女人永垂不朽的一切。

---

[1] 出自爱尔兰作家伏尼契的小说《牛虻》，主人公本名亚瑟·伯顿，后改名费利斯·利瓦雷斯。
[2] 以上三人都是苏联演员。

然而，数学、物理与俄语阻碍了她通往成熟家庭和幸福未来的道路，它们皱着眉头，表情阴沉，像从通风口中爬出来的暴徒，准备好用芬兰刀刺伤一个戴着羊皮帽的父亲和他生活不能自理的兄弟，并且时不时地在敌占区游荡。如果说和数学或俄语很难达成协议，至少可以恳求其同情，设法以某种方式溜走，溜过隔壁的小巷，后背沾满房子外的蜘蛛网和墙灰；而物理却是沉默的、顽固的、不可理解的，正因如此，物理很可怕。

巴塔洛夫夫妇知道加洛奇卡对物理一窍不通，于是聘请了一位物理老师辅导她，这位物理老师是著名的、杰出的、与首都大学遥相争艳的恩斯克大学的研究生。巴塔洛夫夫妇自己对上大学没什么奢望，他们满足于一切目光短浅、行事谨慎的人都会说的那句充满爱意的谚语——"小鸡啄米，一粒一粒地来"，加洛奇卡在中学毕业后、大学入学前变得更加迷人，她像极了一只小鸡，即使是手忙脚乱也尽显可爱，尤其是她看书时小脑袋（脸蛋儿泛出丝绸似的红色）快速倾向课本的动作。

这位研究生瘦瘦高高的，一双眼睛透露着绝望，宛如恶魔饥饿时的眼神。他每周来巴塔洛夫家两次——周一和周四，负责为加洛奇卡提前讲授污水处理的课程（一切在厨房里的伊丽莎白·瓦西里耶夫娜的暗中监督下）。伊丽莎白·瓦西里耶夫娜担心老师和学生之间爆发出意外的情愫，于是每隔一段时间就找个荒谬的借口，来加洛奇卡的房间看一看。不过，伊丽莎白·瓦西里耶夫娜的担心是徒劳的，因为这位研究生有些瞧不上可怜的加洛奇卡，以至于两人都沉浸在学术的痛苦之中，以至于每小时十个卢布的学费并没有起到应有的效果，加洛奇卡只是顺从地紧贴在桌子前学习，努力让自己的脑子学进一点难懂的胡克定律。

一个年轻的、不熟悉的男人的出现使加洛奇卡迷失了方向，甚至忘记了中学里学过的内容。这位研究生捂着脑袋，以愤怒的脚步如圆规般丈量了加洛奇卡房间的面积。"您还没弄懂吗？这可是最基础的知识！固体的绝对拉伸变形量与其所受外力成正比，比例因数等于变形物体的刚度！"加洛奇卡匆忙写下这些毫无意义、令人生畏的文字，并偷偷地用眼角的余光看着发狂的老师，看着他将手伸出老式毛衣的袖子。毫无疑问，这件毛衣早该洗了，可是，他手臂上隆起的青筋不仅让加洛奇卡无法集中注意力，甚至让她无从呼吸。加洛奇卡不安地拨弄脖子上法兰绒衬衫的领口，时不时地向老师恳求般地抬起湿漉漉的睫毛。绝望的研究生抓着自己的脑袋，他的头发乱七八糟，也早该好好洗一洗了。他深深地吸了一口"贝洛莫尔"牌香烟，拼命地将烟抽完，仿佛受到了谴责，直到烟蒂浸满了苦涩的唾液才将烟卷从嘴里拿出。他的手指上沾满了黄色的烟渍，令加洛奇卡非常不安。

终于，时间到了。伊丽莎白·瓦西里耶夫娜又给了研究生十卢布和一个苦涩的微笑，她关上了门，并立即命令加洛奇卡开窗通风，毕竟，他尽管生活在苏联时期，尽管接受过高等教育，但体味像野生动物园一样臭。加洛奇卡厌恶地打了一个冷战，从椅子上站起来，打开那扇关得严实的窗，一切焦虑与不安都已烟消云散。那位研究生对她而言仿佛根本不存在了，无论是作为一名令人不安的异性，还是作为普遍意义上的一个人。

在确定加洛奇卡像教会的学生一样背熟了物理教科书之后，研究生满怀轻松地回到了他的学校，四十年后，他依然向同事们讲起那个迷人的傻瓜分不清重量和质量的故事，逗得同事们捧腹大笑。至于加洛奇卡……加洛奇卡仅过了一天就忘记了质能等效二分法的所有内容，忘记了老师拗口的名字（赫尔曼·基里洛维奇），也忘记了她对老师复杂而模糊的情感。

加洛奇卡做好了准备，如果说她不是做好了准备上学，那么她一定做好了准备恋爱。

很难说巴塔洛夫夫妇到底因为什么激怒了上帝，加洛奇卡没能进入父母想让她去的学校。一切已是徒劳，已是徒劳：老巴塔洛夫迎合耶稣会的召唤，找寻他可能动用的一切关系；伊丽莎白·瓦西里耶夫娜情绪激动，将神秘主义与教学结合在一起，或是天刚亮就将睡梦中的女儿叫起来做试题，或是为了女儿得到保佑，半夜走进浴室，面对沾满灰尘的通风栅进行痛苦而无声的祈祷，一跪就是几个小时。尽管加洛奇卡做出了很多努力，尽管研究生一连几个月对她进行了严格的训练，可是完全没用。加洛奇卡虽然对物理学一无所知，不过她还是能够迅速、巧妙、不假思索地回答出中学里学过的问题，就像杜罗夫角落里的一只兔子，以同样单调的热情出现在玩具鼓上，出现在倒置的桶上，甚至出现在《战争与和平》的最后一章中。

似乎，一切都在预料之中。加洛奇卡穿着最朴素的苏联服装参加入学考试，白色的棉布下隐约透出一丝肌肤的颜色，这正是勤奋、积极、纯真的少女的形象。一条光滑的、卷曲的辫子搭在后背上（考试前一天不能洗头！），前额和鬓角上最轻柔的头发也别上了粗糙的黑色发卡，加洛奇卡的睫毛弯垂，手掌心紧张得出汗，左脚跟下放着一枚金色的五戈比硬币，沾着一点汗渍。五戈比硬币能带来考试的好运，不过仅仅将好运寄托于一枚五戈比的硬币是远远不够的。

加洛奇卡没有一门科目不及格，尽管所有的考试都通过了，但每门课的分数并不高，她的总分依然没有达到录取的分数，仅仅是一分之差！她在录取名单中没有找到自己的姓名（或许是印错了？别推我！），这是加洛奇卡生平第一次体验到复杂而屈辱的自卑感，这种感觉对于职业运动员来说很熟悉，有时他们与记录之间的距离只有区区一厘米，但就是这一厘米，将多年来无休止的魔鬼训练化作一抹灰烬。最让人难过的不是不努力训练，而是对手的四肢长一厘米，这是无故的恩赐，是上帝赐予的，不求回报的恩赐。这就是世界上最残忍、最不公平的事情。

巴塔洛夫一家陷入了绝望，不过其原因实际上并没有那么令人绝望，毕竟，加洛奇卡没有生病，没有死，没有生下私生子。她甚至不需要去部队服役，因此，从理论上来说，她只是荒废了一年，并没有损失太多。然而，彼得·阿列克谢耶维奇却经历了一次心绞痛发作，伴随心律失常、冷汗和可怕的濒死感，不知为何，这种恐怖的感觉与轻微的心绞痛直接相关，仿佛灵魂住在主动脉附近的某个地方。伊丽莎白·瓦西里耶夫娜泪流满面，眼皮早已肿胀，带着从救护车上下来的医生走进家门，加洛奇卡坐在床边，抽泣不止，紧紧攥着父亲蜡黄的手，仿佛回到了五岁刚松开父亲的手时一样，只是，这时松开父亲的手更令人害怕。彼得·阿列克谢耶维奇低声说道："没事的，我的女儿，别哭了，一切都会好起来的。"他自己也快要在自己的甜蜜温柔中流下眼泪，"爸爸会好起来的，你会看到的。"加洛奇卡点了点头，她相信父亲，因为父亲从来没有骗过她，这是一家三口待在一起的最后几个月，也是这个家庭存在的最后几个月。

十五年后，退休的巴塔洛夫独自一人死在了巨大、沉闷的肿瘤研究所中——他死于直肠癌，而伊丽莎白·瓦西里耶夫娜早在一年前就离开人世了。或许，他们不是神仙眷侣，但他们在今生今世都离不开彼此。彼得·阿列克谢耶维奇徒劳地抓着医生们的袖子，那些苏联医生如同异教徒的神灵。他声嘶力竭地喊道："请给我的女儿打电话，护士同志，我求你们了，请打给我的加洛奇卡，我就要和她说再见了。"护士们将巴塔洛夫的钱收进口袋，点了点头，只是再一次为这个住在第三病房里的讨厌老人更换了床单。没有人愿意给他的女儿加洛奇卡打电话，除了肛肠科主任——一位令人尊敬的主治医师。加洛奇卡在电话另一端讲着冷冰冰的话，以至于可怜的科主任在医生休息室里不得不喝下伏特加茶缓解情绪。"你给我记住，我没有什么父亲，从来没有。你这个老混蛋，如果你再打电话过来，我就把你活埋了。我希望你能明白我在说什么。"

科主任明白了一切，所有人明白了一切，之后，巴塔洛夫忍受着巨大的痛苦，在病房里安静地死去，在可怕的孤独中死去。他的遗体没有被带走，这位从前的区党委领导人的遗体被切割成一块又一块用于医学研究,令好奇心强的年轻学生兴奋的是,这是战胜癌症和心梗的希望之种,将要赐予全人类健康、活力和永垂不朽的共产主义。

天知道彼得·阿列克谢耶维奇的灵魂去了哪里,或许,他的灵魂正在女儿的大公寓一角呜咽,偶尔在深夜时分偷偷溜到女儿的床边,看看她可爱、平静的脸庞。加洛奇卡一直很美,并在三十二岁的年纪长成了一个真正的美人,身材高挑,脸型漂亮,透露着一丝慵懒。当妻子为他生下唯一的女儿加洛奇卡时,彼得·阿列克谢耶维奇也是三十二岁,他将妻女从医院接回家中,妻子将一个包裹严实且万分珍贵的襁褓紧紧抱在胸前。伊丽莎白·瓦西里耶夫娜也是三十二岁,人生中点的年纪。她在生下加洛奇卡时受了不少苦,只是说说都觉得可怕。感谢上帝,加洛奇卡一切安好。"睡吧,我的女儿,睡吧,我亲爱的女儿,睡吧,爸爸会做出点什么,你会看到的。"

"又来了,厨房里的盐又撒了一地。"女仆在清晨一边抱怨,一边灵巧地用扫帚将地扫干净,"我跟您说,这个家里一定有家神。要为家神洒一些圣水。"加林娜·彼得罗夫娜懒洋洋地说:"哪有什么家神,真是个笨手笨脚的傻子。"她像孩子一样小心翼翼地抿一口咖啡,抱怨道:"咖啡凉了。那么,上周把库兹涅佐夫家的盘子打碎的也是家神吗?"女仆悻悻地沉默不语,人们说加林娜·彼得罗夫娜是婊子,是母狗,但她开的报酬很高。人们还说加林娜·彼得罗夫娜的父母去世的时候,她不仅没有参加葬礼,甚至连一滴眼泪都没掉,她肚子里的不是心,而是石头。加林娜·彼得罗夫娜推开杯子，皱了皱眉，走进卧室，用温热的手指将细腻的雪花膏融化，轻轻地揉进皮肤。她并不内疚，也不想觉得内疚。没有人处在她的位置上还能够原谅父母，没有人能做到，任何时候也没有。

万幸的是，巴塔洛夫夫妇赶紧为考试失败的女儿找了一条出路。出院后，彼得·阿列克谢耶维奇再一次向他能联系的所有人打电话，在听完并说出一大堆不必要的寒暄之后，他直入正题："你想一想吧，亲爱的，她只差一分！"——"好吧，我确保加洛奇卡能去大学，不过不是以大学生的身份，而是以化学系实验室助理的身份，她也能接触到给水排水系的老师。"彼得·阿列克谢耶维奇对女儿说："加留尼娅，你在学校要好好努力，你会习惯的，你会做好自己的，明年你就能正式入学了。你只需要知道该给谁留下好印象，不要白白浪费时间……"伊丽莎白·瓦西里耶夫娜拉了拉女儿的白色衣领，它仍散发出学生时代的味道。一家人满怀紧张地迎来了第一个工作日，这可不是开玩笑，加洛奇卡甚至没来得及吃早饭，煎饼泛着红色放在桌子上变凉，可惜了母亲提前一小时起床，并在两口铸铁的平底锅前忙乱了整整一个早上。"好吧，那至少喝杯茶吧，加留尼娅。""妈妈，我来不及了，要迟到了。"加洛奇卡在伊丽莎白·瓦西里耶夫娜的脸颊上飞快地亲了一口，整理了一下百褶裙，急忙跑出家门。

恩斯克温暖的八月已然过去，到了十月，加洛奇卡已经适应了系里的生活,她已允许自己对系里的学长们大呼小叫,学长们很快就注意到加洛奇卡身上的所有优点。"你自己去看电影吧,斯维特洛夫,你们小组来过之后我发现缺了三个蒸馏瓶,别以为我不知道你们在宿舍里自己制酒。我要去告诉尼古拉·伊万诺维奇!"斯维特洛夫被难以接受的拒绝(和百分之百的猜疑)羞辱到,他带着少女心杀手的名声离开了实验室。加洛奇卡漫不经心地看着他离开,她的嘴唇——温暖,光滑,明亮,像极了小檗果糖,仍然保持着说出尼古拉·伊万诺维奇的口形。尼古拉·伊万诺维奇。尼科连卡。科留什卡。果沙。[①]加洛奇卡因幸福的满足叹了口气,一阵柔和的微风穿过理工学院沉闷的走廊,飘来一丝苹果的芬芳。

加洛奇卡最终坠入了爱河。坠入了幸福。

这场幸福持续了四个月零三天。

尼古拉·伊万诺维奇·马什科夫瘦瘦高高,性格害羞,他是化学系的助手,说实话,他的等级没比负责准备上课需要的试剂、清洗实验室玻璃器皿的加洛奇卡·巴塔洛娃高多少。不过对加洛奇卡而言,马什科夫宛如上帝一般——无限成熟(马什科夫二十五岁,加洛奇卡十七岁),拥有无限智慧。尼古拉·伊万诺维奇负责实验课,他有时甚至会帮他那位身材肥胖、呼吸急促的导

[①] 以上三个名字都是尼古拉的昵称。

师列辛斯基代课，吵闹的学生们会在课上满怀兴趣地认真听马什科夫讲话。加洛奇卡完全知道这件事，因为她正透过钥匙孔看着实验室里发生的一切。偷窥没有什么好羞愧的，甚至，是可以做的，也是她要做的事情。

尼古拉·伊万诺维奇非常英俊，英俊到令人难以置信——明亮的眼睛，金色的头发，微笑的面庞，在加洛奇卡看来，尼古拉·伊万诺维奇就是节日里出现的列利——古代婚姻与爱情之神，是一切俄罗斯民间故事的化身，正是她童年时无限的遐想——群妖、山蛇、勤劳的瓦西里萨，还有英俊的伊万诺夫王子[①]。尼古拉·伊万诺维奇不是别的，就是伊万诺夫王子。

不过事实上，马什科夫并不是什么王子，加洛奇卡痴迷的目光中的金发和蓝眼只不过是俄罗斯中部的平庸长相，马什科夫的眼睛有时显出的是老鼠般的灰色。尼古拉·马什科夫来自一个平平无奇的工匠家庭，他总是穿着皱巴巴的廉价西装，凹陷的脸颊上还留着青春痘的痘印，五年之后就会谢顶，十年之后会荣升为助理教授。对加洛奇卡而言，马什科夫鼻子上的油光似乎也是神圣的象征，象征着马什科夫在她毫无经验的少女心中迅速而奇妙地获得了至高无上的地位。加洛奇卡尴尬地笑了笑，用纤细的手指捻着辫子，马什科夫也向她投去微笑，马什科夫的微笑很漂亮，真的是很漂亮，嘴巴宽大，透着欢乐，有点像坏小子，像十岁的小男孩，他的牙齿白白的，一颗虎牙凸出了一点点，加洛奇卡很

---

① 出自俄罗斯民间童话《青蛙公主》。

是喜欢这颗略带孩子气的有趣虎牙。

两人甚至没说上二十句话,但是,当然,马什科夫也爱上了加洛奇卡。加洛奇卡知道,并深切地感受到了这种爱意,宛若人们在海滩上闭着眼睛感受到太阳丝一般顺滑的爱抚。加洛奇卡在柜子前整理着化学实验器材,她没有回头,就感受到马什科夫走进办公室——空气变得不同,变得清脆,像水晶一样温柔地颤抖。

起初,两人只是远远地互换小心翼翼的微笑,几乎没有交流。之后,马什科夫开始帮助加洛奇卡整理散乱的书籍(她在家里花了不止一个小时练习一个最不经意的动作,即在不经意间用屁股将一摞摞放整齐的书撞到地上),马什科夫在实验室里多待了半个小时——就是加洛奇卡整理书桌和器材的半个小时。马什科夫成熟又坚强,加洛奇卡稚嫩且毫无防备,不知是谁邀请谁一起走到车站,不过,谁邀请谁,有什么不一样呢?

这绝对是最美妙的约会,两个守护天使折下翅膀,确保一切都安排得恰到好处。公交车在恩斯克空旷乏闷的街道上神秘地消失,秋夜在一层轻霜中咯吱作响,如同光滑的蓝色牛皮纸折了四折。加洛奇卡向马什科夫投以微笑,她的微笑穿过睫毛,穿过光秃的树枝,穿过亮起的街灯。"让我来背您的包吧,女孩子怎么能背这么重的东西呢。"马什科夫的手指泛红,因干裂而粗糙。只需一秒,马什科夫就拿过了加洛奇卡的包——它在他的手中宛如玩具。月光洒在柏油路上,人行道上冻住的痰仿佛变成了宝石,变成白色的月光石、绿色的缟玛瑙与褐色的铁矿石结晶。马什科夫一路上滔滔不绝地说着话,以至于他自己都被关于科研生活的冗长独白搞得糊里糊涂，加洛奇卡更是连一半都听不懂……不过，加洛奇卡还是极富同情地沉默着，适时地捋捋散乱的头发。她的身上散发着微红的柔光。

"我到家了，尼古拉·伊万诺维奇。谢谢你送我回家。"马什科夫停了下来，看着这幢三个单元的五层楼，从现在开始，这幢楼将成为他宇宙的中心。马什科夫喃喃自语道："真快啊！我的意思是，真好。"加洛奇卡又笑了笑，从马什科夫的手上接过了她的包。加洛奇卡走到楼门口，连忙从口袋里掏出一面小镜子，欣喜地发现秋霜只冻红了她的脸颊，没有冻坏她的鼻子，她的鼻子一点儿也没红。她的嘴唇也很柔嫩，没有起皱，额头上的痘痘被贝雷帽完美遮住了。加洛奇卡收起镜子，笑了笑，飞速跑上楼，留下哒哒哒的脚步响。

第二天，马什科夫又一次送加洛奇卡回家，第三天，第四天，接连一周……都是如此。他们每一次都不约而同地走一条新的路线，路线越来越复杂，他们走得离加洛奇卡的家越来越远，像是在恩斯克的地图上画出了一个个蜿蜒的看不见的圆环。十五分钟不紧不慢的路程慢慢延长到半小时，再到一小时，直到恩斯克稀疏的街灯一盏一盏亮起，用颤抖的光线记录两人在傍晚时分幸福的散步。马什科夫从前不习惯远足，散步令他瘦了不少，他时不时地在课上发出孩子气的幸福尖声。而加洛奇卡……加洛奇卡宛若正午的太阳一样闪耀着纯洁的光芒，把加洛奇卡看成刚恋爱的女孩甚至都会让她感到难为情。

无处不在的办公室大婶们悄声议论着这段令人嫉妒的浪漫和

不受允许的关系,不过她们很快就闭上了嫉妒的嘴巴。两人对视的眼神并没有什么出格的,或是不合时宜的地方,他们的爱情将要走向婚姻的殿堂,走向婚姻登记所,惊扰这一对恋爱中的青年无异于告诉笨小孩世界上没有圣诞老人,袋子中的礼物都是酗酒成性、收入无常的隔壁邻居米沙叔叔送的,他只是一个钳工,一个二等卫生技术员,一个永远的单身汉。这群办公室大婶又发了几句牢骚,回想起自己匆匆已逝的青春,而后都热心地转向工会里一位刚刚离异的女人,她正企图破坏另一个家庭。马什科夫和加洛奇卡被抛在了一边。他们甚至没有注意到周围的各种流言蜚语,和流言蜚语恰恰相反,他们之间的感情是那么正确,那么纯粹,他们甚至连接吻都不曾有过。

这种感觉令人愉悦,既荒谬又动人,如同两周大的小狗长着粗壮的爪子,肚皮却还是粉红色的。加洛奇卡和马什科夫两人都不知道下一步该做什么,加洛奇卡是真的不知道,马什科夫只是不着急。他已是成年人,行事正派得体,况且,正如别人说的那样,他与加洛奇卡谈恋爱是认真的,他并不急于将恋爱中的对象引向婚姻登记处,而是不想错过任何一个细节,任何一个路口,任何一个眼神,乃至任何一个角落。这个天真的马什科夫希望能与加洛奇卡过上长长久久的幸福生活,因此,他要提前当好主人翁,提前记住一大堆故事,这将帮助他克服柴米油盐之中无从避免的无聊,还能给子女,甚至是孙子孙女讲出无穷无尽的故事——"我当年就是在这里和你奶奶第一次接吻。我当年就是在那家妇产医院把你带出来,哦,你刚出生的第一周哇哇哭个不停,让我和你妈妈不知所措,不知该做什么才好!可怜的女孩,哭了很久……后来就容易多了,玛舒尼亚刚出生的时候,妈妈就像侍弄一个娃娃一样侍弄她,只是为了好玩。好吧,当你有了第三个孩子,就什么都学会了……"

马什科夫想要拥有一切,拥有别人拥有着的一切,甚至,他想要更多:想要一场婚礼,想要为加洛奇卡戴上头纱,想要拥有一场喧嚣的宴会,想要众人齐声喊着"苦啊!"[①],想要腼腆的拥吻,想要混杂着冷菜和肉冻的幸福气息。他想要小孩,越多越好,这样就能在晚上走到熟睡的孩子身旁,把他们背起来,为他们唱着蒸汽火车的童谣。马什科夫想与加洛奇卡睡在同一条毯子里,一起吃早点,一起接待朋友,一起煮红菜汤,他负责洗洋葱、切土豆,加洛奇卡永远不用负责倒垃圾,他也不介意负责洗碗,尤其是在退伍之后,他根本不在乎要洗多少个盘子,无论是五个还是五百个,他不会在乎。这就是他对加洛奇卡的爱,以至于他还没告诉任何人,没有向加洛奇卡解释一切,没有带她见父母,就已经盘算着怎么和住房委员会的人打交道。与此同时,他也在收集介绍信,以便能够加入苏联共产党。马什科夫是一个优秀的苏联小伙,他真诚地相信祖国和党能给他和加洛奇卡安排一间单独的公寓。当然,不是现在,也许是十年后,但一定得是单独的公寓。至于现在,可以一起挤在一间小房子里,也可以一起住在父母家里。最重要的是,要在一起。

[①] 俄国婚礼的习俗,人们在婚礼上齐声对即将喝交杯酒的新人喊"苦啊!"。

毋庸置疑，马什科夫非常想和加洛奇卡在一起，加洛奇卡聪明机智，脸庞圆润，一头金发，过着阳光明媚、充满芬芳的日子，这样的加洛奇卡谁不想要呢？不过也正是因此，马什科夫并不着急，他让自己做一些畅想，畅想自己彬彬有礼地坐在精心布置的节日餐桌前，像受过高等教育的知识分子一样端坐。此外，苏联小男孩从小被灌输的道德观，决定了马什科夫对他所爱的女人具有了一种非常特别的行事风格，一种朴素的、美丽的、近乎是骑士般的禁欲主义。结婚前对未来的妻子只能行以尊重，这是一种考验，也是最重要的启蒙阶段，只有经受住所有诱惑的胜利者才能得到一匹马、半个王国，以及解开公主内衣扣的神圣权利。公主的棉质内衣样式简单，说不上好看，散发着不正常的、痛苦的性感。

加洛奇卡对马什科夫这位"苏联版少年维特"关于性的痛苦一无所知，不过她凭直觉感知到马什科夫正站在一个非常重要的门槛上，她甚至与更有经验的闺密分享了她的疑虑，不过事实上，她们与加洛奇卡一样天真，都对爱情一窍不通。在加洛奇卡闺密们的眼中，男人无一例外，都会在心里盘算着怎样能在一个黑暗的墙角抱紧一个女孩子，而且男人只会想一件事，那就是性。加洛奇卡耸了耸肩，闺密们所说的是一个无可争辩的论据，证明她的尼科连卡比其他男人都好。

当晚，伊丽莎白·瓦西里耶夫娜在睡觉前走进女儿的房间。加洛奇卡穿着睡衣，站在穿衣镜前，正打算用蕾丝罩做一个类似头纱的东西。蕾丝罩很难被叠出规则的褶皱，加洛奇卡红着脸颊，忙活了好久，一会儿这样，一会儿那样。伊丽莎白·瓦西里耶夫娜像老太太似的叹了口气，走到女儿身边，帮女儿梳好浓密又凌乱的发辫。母亲轻声说道："用发夹把它夹住就可以了。"加洛奇卡尴尬地点了点头，她与母亲在镜子前站了几秒钟，两人的身影在三面镜子里同时映出，同时因光的错觉、变幻或命运而倍增。有什么关系呢？粗糙的白蕾丝罩为加洛奇卡的美丽带来了一种难以捉摸的、西班牙式的、略带悲剧色彩的、完全是异域的意味，而伊丽莎白·瓦西里耶夫娜静静地想道：女儿到底最像谁呢？加洛奇卡看上去像父母，眉毛像爸爸，鼻子则像奶奶，愿上帝保佑孩子奶奶的灵魂，但很明显，他们都是遗传学的垃圾，都是流水线生产出来的，而加洛奇卡是货真价实的手工制作的产品，被丝质纸紧紧包裹，放在一个凉爽的盒子中，只有举行盛大宴会时才能拿出来，没有将手洗干净是绝对不能触碰的。她漂亮得令人不由自主屏住呼吸，令人钦佩，令人崇拜到欣喜若狂。

"加留尼娅，他是个好人吗？"伊丽莎白·瓦西里耶夫娜轻声问道，加洛奇卡紧咬嘴唇，坚定地点头，简陋的头纱从她的头上飘落，像天使一样悄然坠地。"好吧，愿上帝保佑。"伊丽莎白·瓦西里耶夫娜喃喃自语着走回了厨房，走到丈夫身边，丈夫正在桌旁喝晚茶，手中握着一份《真理报》。伊丽莎白·瓦西里耶夫娜忧伤地说道："别佳，我们的存折里有多少钱？办婚礼够不够？"

"你说什么呢？婚礼？什么婚礼？"彼得·阿列克谢耶维奇目瞪口呆，差点将口中的茶吐出来，但伊丽莎白·瓦西里耶夫娜只是摆了摆手。

"一场普通的婚礼。要有手风琴,要有见证人。该有的都得有。孩子爸爸,我们的女儿长大了。可我们却没有意识到这一点。"

巴塔洛夫夫妇决定在一周后见一见未来的女婿,这一周里,仿佛整个世界都在躁动不安,至少巴塔洛夫一家的世界是这样。伊丽莎白·瓦西里耶夫娜将房间里的家具整个挪了一遍,重新粉刷了天花板,提前准备了足够整整一个机步连和一大群逃荒者食用的食物,甚至还在理发馆做了一个荒谬的巴比伦发型,价目表上对应的文字是"永久烫发"(为了完成烫发,她不得不在一个笨重的装置下连续坐很长时间,装置压得她的肩膀近乎顶不动脑袋,头发上绑着一个个卷发器,每个卷发器上都连着一根电线!)。加洛奇卡找裁缝量身定做了一条新裙子,不是用其他衣服改的,而是一条崭新的蓝色圆点双绉连衣裙,灯笼袖,裙长及膝。裁缝师看着伊丽莎白·瓦西里耶夫娜的眼睛,承诺将在周六把裙子做好,并且一丝不苟地遵守了承诺。

彼得·阿列克谢耶维奇曾一度隔绝这种歇斯底里的心理状态,不过到了星期三,他也忍不住了,这是他第一次回家比平常晚了三个小时,而且喝得酩酊大醉,浑身散发着难闻的酒气。

"你还跑出去寻欢作乐,给女儿丢脸!"伊丽莎白·瓦西里耶夫娜冲丈夫大喊,巴塔洛夫一反常态,跑去洗手间,对着马桶狂吐不止。

彼得·阿列克谢耶维奇醉得路都走不稳,解释道:"孩子妈,我是去办事了,我去找格里戈里奇了,你知道的,我是去找他商量事情。"

格里戈里奇是巴塔洛夫的老友,一个受人尊敬的肃反工作者,他是一个痛苦的酒鬼,一个孤苦伶仃的老光棍。伊丽莎白·瓦西里耶夫娜将虚弱的丈夫拖进厨房——去忏悔。然而,她的担心是徒劳的,根据克格勃(前国家安全部,再之前是内务人民委员部、国家政治保安总局、肃反委员会,还有一切旧俄安全部门)的可靠消息,加洛奇卡选择的人,即尼古拉·伊万诺维奇·马什科夫,是苏维埃人种的典型代表。工人出身,无产阶级,苏共党员。伊丽莎白·瓦西里耶夫娜如释重负地哭了,从餐柜上拿下一瓶伏特加。彼得·阿列克谢耶维奇抽搐着,打着嗝儿,跑回洗手间继续呕吐,伊丽莎白·瓦西里耶夫娜双手颤抖着拿起酒瓶,喝下了瓶中的生命之水,宛若喝下了缬草酊。

万众瞩目的星期六顺利地过去。星期一,加洛奇卡以未婚妻的身份去上班。万岁,同志们!这是真诚的欢呼。当然,巴塔洛夫夫妇并不打算让女儿在成年之前嫁人,并没有理由把女儿匆匆嫁出去。婚礼被定在明年秋天,在加洛奇卡十八岁生日(明年三月)之后,在明年初夏则要……彼得·阿列克谢耶维奇说出父母的嘱托和警告,马什科夫连连点头。当然,加洛奇卡首先要上大学,高等教育是必要的。最后,马什科夫同意帮着找一些能办事的人帮助加洛奇卡入学,并承诺辅导加洛奇卡学习,尽管加洛奇卡对自己即将被录取一事没有丝毫怀疑。不过伊丽莎白·瓦西里耶夫娜听到"辅导"这个词,不由得抿了抿嘴,加洛奇卡脸红了。

马什科夫角落中不安分的灵魂立即坠入地狱般的渴望深渊。然而，没有人注意到他的灵魂，这就是所有先辈、所有农民的命运，他们的使命只是为即将到来的收割做准备，至于饱餐一顿的，则是另外的人。

霜冻降临于整个十二月，不是恩斯克的霜冻，不是令人厌恶的苦寒，这对获得父母祝福的恋人在晚上仍然在积雪覆盖、咯吱作响的大街上漫步，马什科夫是多么喜欢加洛奇卡的白手套，特别是左手的那只，上面有一个小洞，他可以亲吻从洞里伸出的粉色细嫩的小手指。但除了亲手指，执拗的马什科夫并没有更进一步，仿佛未婚妻的身份让加洛奇卡更加纯洁，更加不可亵渎。

翘起的睫毛，轻盈的呼吸，夜莺般的颤音，都成了徒劳。加洛奇卡甚至从母亲那里偷来"红色莫斯科"牌的化妆品，她天真地希望布罗卡尔公司生产的"皇后之花"牌香水（这种香水巧妙地假装成一个实打实的苏联产品）能将未婚夫从建设共产党支部的康庄大道上引向她自己，不过，加洛奇卡的小心思并没有成功。马什科夫闻到香水浓重的气味，一连打了三个喷嚏，并为这三个喷嚏连声说了三遍对不起，而彼得·阿列克谢耶维奇闻到了女儿身上令人难以忍受的康乃馨、鸢尾花和依兰的混合香味，痛骂了女儿一顿："小毛孩子，你到底是怎么想的！居然从你妈妈的包里拿东西！不要想着拿别人的东西。你马上就要结婚了，你的丈夫将会给你买'红色莫斯科'，等到那时候再往身上一桶一桶地泼香水。"加洛奇卡敏感地掉下眼泪，砰的一声关上了门，不过，仅仅过了一个小时，她就与父亲和好如初了。

其实，加洛奇卡当时是幸福的。那些日子里，所有人都是幸福的。

崭新的 1959 年行将来临。马什科夫心猿意马地上着课，他总是忘记自己应从哪里开始讲起，时不时被一些基本概念弄得晕头转向，学生们羡慕而友善地交换着眼神。每个人都知道，爱使小性子又漂亮的加洛奇卡已经成了马什科夫的未婚妻。晚上，巴塔洛夫夫妇头挨着头，热切地讨论着该为女儿准备什么嫁妆：手巾（挂在厨房里）、床单（亚麻的，要裁得合适，还要做上记号）、做衣服的面料（羊毛的），还要为加洛奇卡做一件崭新的春秋两季穿的大衣。一家人开始了激烈的争论，因为加洛奇卡想要一件连帽款的格子大衣，但彼得·阿列克谢耶维奇认为那种款式是反苏维埃的，伊丽莎白·瓦西里耶夫娜则在心里数着酒杯的数量，盘算着应该邀请谁，不该邀请谁。

总之，每个人都像是被泡在无关工作的事情中，被泡在反苏维埃的市侩习气和小市民需求的浓郁而温热的肉冻里。人们期待着长假、做客、圣诞树、文化宫舞会，以及平日里少有的无穷尽的快乐生活。加洛奇卡感到好笑的是，一位非常著名的学者（加洛奇卡没记住他的名字）12 月 25 日将在理工学院做公开学术报告，尼科连卡信誓旦旦地要加洛奇卡和他一起去，"这是一位伟大的思想家，一位真正的天才，更重要的是，他是我们的同时代人。你难道不想听爱因斯坦的讲座吗？"

"什么？爱因斯坦还没有死？"加洛奇卡吃了一惊，充满疑惑地问道，"我们在读中学的时候就知道爱因斯坦已经去世了，或许，不是爱因斯坦来做讲座吧?"

"你是我的幸福,"马什科夫将嘴唇埋进加洛奇卡的头发,温柔地说道,"要是你知道你是我多么大的幸福,那该多好啊!"

加洛奇卡心里乐开了花,故意吓唬他一下:"嘘!你个疯子!别人都看到啦!我们去找你的爱因斯坦吧。我们去吧。只是,你得坐在我旁边,你得把他说的所有东西都翻译成俄语给我听。要不然我会睡着,你也会觉得尴尬。"

"我可不会尴尬。"马什科夫诚实地说道。

"要是我开始打呼噜了,那可怎么办?"

"不管怎样我都不会尴尬的。"

"你快走吧,"加洛奇卡严肃地命令道,"要不然你就迟到了,学生们都跑了。"

"我巴不得学生跑了呢,"马什科夫回答道,"让他们跑吧。这样咱俩也能跑,跑去电影院。你想看电影吗?"

"想啊,"加洛奇卡说道,"你去哪儿我就去哪儿。去爱因斯坦的讲座也行。"

马什科夫点了点头,将舞动的、令人眼花缭乱的、幸福的世界扛在肩上,匆匆忙忙地上课去了,留下加洛奇卡一个人在实验室里收拾那些易碎的实验器皿,有时这些器皿会从她的指尖滑落到地上,发出清脆的声响,泛出五彩斑斓的光。加洛奇卡叹了口气,灵巧地用扫帚将某个烧瓶的碎片扫到簸箕中。这些日子里,她打碎了不少东西——预示着——幸福,幸福,幸福。

可是,从1958年12月25日早上开始,一切都陷入了某种不同寻常的状态。首先，加洛奇卡睡过头了，上班迟到可是一件尴尬的事情。然后，人们期待已久的讲座从下午一点推迟到了三点半，这样一来，加洛奇卡无论如何也去不了了，因为她得为夜校的学生收拾好实验室，好吧，为什么还要在新年前收拾实验室呢？加洛奇卡不能与未婚夫一起坐在礼堂中，不能与他肩靠肩，膝并膝，肘碰肘——那一定很有趣，讲座期间，大礼堂会像电影院放映电影一样把灯关掉，还是不关灯？即使不能在讲座上相邻而坐也没关系，聪明的尼科连卡在先前排了两个多小时的队，买到了电影《我亲爱的人》首映式的票，座位很好，在最后一排。如果马什科夫还是犹豫不决，那么加洛奇卡一定会主动，毫不迟疑。只要马什科夫拉起她的手，她就会转过身来，管它屏幕上放着什么电影，管它电影院里的灯是不是亮着，将身体转向马什科夫才是最重要的……

"唉，怎么又打碎东西了！"加洛奇卡懊恼地叫出声，蹲在无辜的玻璃碎片前。一阵轻柔的敲门声响起，加洛奇卡头也没抬，略带生气地说道："我在收拾实验室呢。"

"又犯错了？"马什科夫笑了笑，蹲在加洛奇卡身边，说道，"小心点儿，别扎破手指。"

加洛奇卡摇了摇头，一缕长发俏皮地挠着她被晒黑的柔软脸颊。两人蹲下时一样高，这是加洛奇卡第一次发现马什科夫的嘴唇离得那么近。不知为何，加洛奇卡脑中播放的安全教育之如何处理玻璃碎片一课立即停止。并且，所有勇敢的处理方案在她的脑中飞速溜走。加洛奇卡的脑袋热腾腾的。

"你确定没有受伤吗？"马什科夫焦急地问道，他本想拉着加洛奇卡的手站起来，但他突然失去平衡，手掌一不小心碰到了她的胸部。

两人站起身，一言不发，肩挨着肩，脸涨得通红，加洛奇卡的呼吸沉重了，她兴奋地咬着肿胀光滑如糖果一般的下嘴唇，并立即感受到甜腻的气息。突然，加洛奇卡周围的一切都快速地抽动，如同有人欢快而随意地撕扯着整个世界，她突然看到了头顶布满灰尘的天花板和挂着拉瓦锡画像的墙壁，可她清楚地记得拉瓦锡刚刚在她身后百无聊赖地看着她。加洛奇卡看到马什科夫颧骨上几根奇迹般地躲过了剃须刀的胡须，这时她才想到接吻时要闭上眼睛，因为只有在不喜欢彼此的时候才会睁眼睛接吻。加洛奇卡害怕地闭上了眼睛，但整个世界继续嘈杂地撕裂、抽搐、跳动，与她的心跳合上了拍，加洛奇卡的心脏不知怎么掉到了肚子里，跳得越来越快，越来越快，跳得猛烈，跳得炽热，就在加洛奇卡快要失去知觉的时候，突然感受到身下有一个坚硬的东西，她睁开眼睛，猛地推开了马什科夫。实验室乖乖地停止了非法的旋转。坚硬的东西是加洛奇卡坐的桌子（她怎么坐上去的？什么时候坐上去的？为什么坐上去？），马什科夫脸红得令加洛奇卡差点没认出来，他颤抖着双手，为加洛奇卡系上大衣的纽扣，大衣口袋染上了酚酞，红得像浆果破裂的汁液，肯定洗不掉了，妈妈会责怪的。

"加利娅，"马什科夫惭愧极了，他望望这儿，望望那儿，仿佛陷入了既可怕又可耻的境地，"对不起，我不应该这样，可是……"加洛奇卡以为他要哇的一声哭出来。马什科夫解释道："我只是进来一下，告诉你别走，等我讲座结束……"他伸出手，试着为加洛奇卡系上扣子，但马上又将手缩了回去，脸更红了。

加洛奇卡从桌上跳了下来，迅速地整理好大衣。她转过身，看着墙上的拉瓦锡，在她的记忆中，拉瓦锡的画像头一回显得那么生动。

加洛奇卡平静地问道："院士就要到了吗？"

马什科夫回答道："再过十五分钟就到了。你生气了，对吗？我不想冒犯你，真的，可是……我爱你，你甚至不知道你有多可爱。我很爱很爱你。我知道，我们不用着急……"

加洛奇卡依旧平静："不着急什么？你真得快点走了。你自己说的，院士过十五分钟就到了……"

加洛奇卡忍不住了，她哈哈大笑起来，笑得弯下了腰，一头雾水的马什科夫也笑了起来，起初是犹疑地笑，而后，他和加洛奇卡一同放声大笑，仿佛通过一个看不见的插座与加洛奇卡连通起来，当两人最终都大笑起来时，周围的世界变得清晰，变得简单，变得美妙，并且，在打铃之前还有足够的时间再接一次吻，那样缓慢地、温柔地、小心翼翼地……只有第一次接吻是这样。

他们接吻了，吻了整整十五分钟，甚至更久一点。

马什科夫终于离开了实验室，这已是他第三次尝试离开，可谁能在这样的情形下径直转身离开呢？马什科夫解释道："不会很久的，真的，你待在这儿别走，该死的讲座，我不去不行，我得在楼下与拉扎尔·约瑟弗维奇见一面，可要是我早知道……我绝不会……"

　　加洛奇卡笑了笑,说道:"你走吧,走吧。我哪儿也不去,就在这儿等你。"

　　马什科夫离开了实验室,砰的一声将门关上。加洛奇卡连忙梳好凌乱的辫子,拿起扫帚清扫之前摔碎的器皿,她在想自己打碎的是烧瓶还是蒸馏瓶,不过这有什么不一样呢。扫帚像是有生命一样溜过加洛奇卡的指尖,加洛奇卡感受着嘴唇和脖子上的吻痕渐渐淡去,听到远处传来沉闷的敲击声,像是木头打在棉花上的声响。一声,又一声。加洛奇卡没有马上反应过来,扫帚已在地上一动不动地躺了许久,有人正在敲门。

　　她喃喃自语道:"好奇怪,这个傻瓜,他又回来了。"

　　加洛奇卡用最饱满的声音欢快地喊道:

　　"亲爱的,门开着呢!"

05
加林娜·彼得罗夫娜
Галина Петровна

加林娜·彼得罗夫娜（她不再是加洛奇卡，不再是小女孩，也不再是加留尼娅）怀孕期间面容憔悴，身体浮肿，眼泪时不时地流出，流到锁骨之间最柔软的凹陷处。她的眼泪不知为何没有继续向下落，宛若在无形的、坚固的薄膜上戛然而止。加林娜·彼得罗夫娜咳嗽个不停，而且是边哭边咳嗽，这可吓坏了被派来观察治疗她，保护天才林特珍贵之种的第四总医院医生。

然而，一切医学上的担忧都是不必要的：十九岁的加林娜·彼得罗夫娜非常健康，健康得令人发指，完全没有被医生所言的痛苦孕早期呕吐所折磨，血压一点也不高，吞食生石膏或吞食垃圾桶秽物的欲望一点也没有。她的肺很干净，喉头呈现出完美的粉红色，形状像教堂的圆顶，可以作为范本向学生展示。因此，咳嗽奇怪得令人担心，医生们还是决定给加林娜·彼得罗夫娜开药方：萝卜汁加糖（每日三次，每次一茶匙）。

没有人猜得到，加林娜·彼得罗夫娜其实根本哭不出来。

不过，加林娜·彼得罗夫娜还不知道自己哭不出来，她拖着自己臃肿的肚子，表现出顺从的惊恐，她的肚子肿得金黄，肿得光滑，一动一动，很是可怕。加林娜·彼得罗夫娜不敢用手碰肚子，有什么可碰的呢！每当换衣服的时候，她会闭紧眼睛，不敢直视肿胀的子宫，里面正怀着一个和林特相比长相更加丑陋，体毛更加浓密，成分更加复杂的胎儿。

距离预产期还有三周，加林娜·彼得罗夫娜甚至梦见从自己肚子里生出无穷无尽的纸带（林特会说那是莫比乌斯带），上面写满了林特歪歪扭扭的签名，随着一阵急促的低语，这些签名从纸带爬上她赤裸敞开的双腿，加林娜·彼得罗夫娜倏然惊醒，尖叫声惊动了整幢大楼。林特尽管半梦半醒，却也比思维迟钝的普通人更聪明，加林娜·彼得罗夫娜咯咯地打着嗝儿，林特灵活地检查着加林娜·彼得罗夫娜身下的床单，而后快速、仔细、小心翼翼地摸了摸她的孕肚，仿佛那根本不是肚子，而是一只因受了伤而害怕绝望的小动物，能结结实实地咬上他一口。

床单没有湿，加林娜·彼得罗夫娜肚子也没有痛，她坐在床上，坐在蓬松、湿皱的枕头和毛毯中间，一会儿打着嗝儿，一会儿打着哈欠，尽管经历了不可想象的八个半月，可她仍是那样健康，那样给人诱惑：皱巴巴的衬衣圆领中藏着一对圆润的乳房，奶白色的膝盖在月光下闪闪发亮，嘴唇因炎热和惊恐而微微浮肿干裂。甚至她那隆起的巨大肚子也与这个生育的节日相得益彰，散发着新鲜汗水、苹果，还有即将分泌的母乳的气息。女医生早在几个月前就从加林娜·彼得罗夫娜口中听说了林特的旺盛性欲，即刻禁止了林特与加林娜·彼得罗夫娜有任何性生活，所以林特只是咕哝了一声，停下已由暗中探索变成公开爱抚的手，从床上站起身，去给女医生打电话："奥莉加·伊万娜，抱歉这个时候给您打电话，不，我想，她还没开始生，只是……您在说什么？好吧，您的意思，我说，按照您的意思做，按照您认为合适的方式做。"

奥莉加·伊万娜爬进离她最近的救护车，并在半小时后赶到科学院公寓楼，救护车在楼前转了一圈。"为什么我们不打起精神？接生的手提包在哪里？我们的动力在哪里？我们要像飞机试飞员一样动起来！"不一会儿，她将一边笑一边打嗝的加林娜·彼得罗夫娜抬进了产房，抬进了为党和其他对祖国有用的权贵指定的产房中。

林特矮小，干瘦，看起来既像一只用后腿直立的毛茸茸的老狮子，又像年轻的埃及神灵，他被留在冰冷的窗前苦苦等待，并用悲伤的眼神目送妻子离开（她没有转身，没有转身，还是没有转身）。救护车扭动着又粗又大的红眼尾巴驶出了院子，林特面无表情地计算出被雪覆盖的圣诞树顶和铁栅栏条交错的图案后，回到了卧室——这是偌大的公寓中除办公室外唯一可以睡觉的地方。尽管没什么可担心的，但林特的心里仍感到不安，或是早已习惯抓着少妇的乳房入睡，或是因为加林娜·彼得罗夫娜早上总是想办法挣脱他的束缚，爬得远远的，爬到床边，所以林特往往一个人醒来，伸出空虚的手，宛若城市里的乞丐，痴呆的老头，企图通过势必滑落的裙摆抓住生命。

这种感觉是难受的，每天早上都会难受整整一分钟。不过，林特作为一个成熟且诚实的人,深知这种痛苦是正确的,同样也是成熟且诚实的,当他和心爱的女人躺在一起,宛若顺滑又灵巧地叠在一起的两只碗,享受着刻骨铭心的欢愉,怎么可能安睡一整个晚上呢?就是这样,早上的痛苦平衡了夜晚的欢愉,甚至让夜晚的欢愉更加尖锐,以此保持世界的总体和谐,这是《旧约》的数学,是神灵奖惩分明制度下真实而精准的计算,小数点后第一百个数值才会让林特偶有怀疑。在玛露霞死后,林特甚至在精神上从未说出"爱"这个字。从未。现在,这个字已不是铭刻在石碑之上,而是一个并不精确的定义,这样的定义为林特所厌恶。

他将脸埋进凌乱的床。枕头上散发着细腻浓郁的气息——那是加林娜·彼得罗夫娜胴体的气味,她的胴体细腻得金黄,湿润得粉红,她的体味在十个月里变成了林特的体味,变成了他生命的延续。一个男人会离开他的父母,走向他的妻子,两人再孕育出新的生命。那气息中混合着某种令人不安的——腐烂、肮脏、油腻的沼泽的气味,这是加林娜·彼得罗夫娜噩梦的留存,是肾上腺素的气味,詹姆斯·惠特·布莱克[①]将因开发这种气味的 β-肾上腺素受体阻滞剂获诺贝尔奖,人类将会因此松一口气,并意识到由沼泽气味带来的遗传学可怖之处,只是沼泽的气味很像我们害怕的味道。不过这已是很久之后的 1988 年。一整天,林特在脑中回顾此前的工作——公式碎片、问题、空白处粗略的旁注——试图以此助眠,至少这样可以抵挡他对妻子可怕的兽欲。

---

① 詹姆斯·惠特·布莱克(1924—2010),苏格兰医生和药理学家。

"哺乳动物习惯睡在一起，这是自然现象，也是生物学现象。"林特对自己解释道，他打起瞌睡，慢慢释放他那不朽的、不安分的、不被自己承认的、好战的、武装到牙齿的半无神论者的灵魂。灵魂冲了出来，冲到将它吸引却也令它痛苦的地方，那是柔软的、光滑的、无形的，却在黑暗中闪闪发亮的地方。灵魂在医院的走廊里稍作徘徊之后，准确无误地找到了加林娜·彼得罗夫娜所在的病房，她饮下大量的无毒益母草酊和缬草酊，但仍是惊恐万分，甚至打不出嗝，只能仰头平躺，干涩的双眼紧紧盯着天花板，用尽全身的力气试图驱赶那些叽喳作响的字母。

林特的灵魂立即缩成一团，变成一只治愈的小猫，依偎着加林娜·彼得罗夫娜的心，轻轻地发出呼噜声，令她的一切烦恼与恐惧迅即消失，削去了那些字母细小的针齿，将它们赶到房间角落，任其无力地嘶鸣。这间医院的病床是极其先进的，床下布满了杠杆和旋钮，可以瞬间将病床改造成舒适的椅子或手术台。病床微微晃动，天花板曾经又白又干，充满敌意，此时变得潮湿，开始旋转，离加林娜·彼得罗夫娜越来越近，而她开始慢慢地沉浸在天花板中，一切与宁静的，只承载着和平与爱情，爱情与和平的摇篮曲越来越近……

有什么人以某种母亲般的、无性的、无尽怜惜的姿态，用温热的手抚摸着她的额头，抚摸着她被汗水浸透的头发，令惊恐万分的加林娜·彼得罗夫娜终于安静地入睡，没有做梦，没有恐惧，而在恩斯克的另一端，拉扎尔·林特在睡梦中默默地流下了眼泪，一直哭到第二天早上，直到加林娜·彼得罗夫娜终于止住未曾流出的眼泪。

清晨，一阵疯狂的闹钟声将一切复原——加林娜·彼得罗夫娜、林特，还有林特的灵魂，他的灵魂散发着医院的气味，因守夜疲惫得融化。一切如同平常一样沉闷，只是，林特在空荡荡的床上伸出的手第一次没有令他痛苦。他的枕套被泪水浸透，他从床上爬起，在镜子前剃须，看着自己布满皱纹、微微发蓝的面庞，一丝尴尬涌上心头，他甚至苦涩地想自己是不是已经老到了在睡梦中流口水的年纪。

上午，他没有去办公室，而是去了医院，在路上买了半个中心市场的东西：苹果、自制奶渣、长满斑点的柠檬，还有蜂蜜——蜂蜜充满了庄重镇静的气息，从里面将这个平庸而又黏稠的罐子装饰成一盏闪烁的灯，还有，最重要的是，林特还买了温室栽培的新鲜黄瓜，这在十二月是前所未见的。

"拉扎尔·约瑟福维奇，您这是干吗呢？您这是在骂我们，好像我们会让病人挨饿一样！"病理科主任愤怒地叫嚷道，她绕过瘦小的林特，在另一边忙来忙去，"病房在右边，请吧。"

不过林特只是耸了耸肩，仿佛他早就知道路一样，转弯，再转弯，心提到嗓子眼儿，那扇心心念念的病室之门就在他的左手边。

加林娜·彼得罗夫娜坐在床上，安稳地睡着，她的脸颊光亮，散发着宁静的玫瑰色光芒。

"这就是我们的美人！"这句话科主任几乎是唱出来的，仿佛是她亲自用最柔软、最新鲜、质量最好的黄油将林特年轻的妻子打造了出来。林特将包裹放在床头柜上，在加林娜·彼得罗夫娜脖颈和肩膀之间柔软的凹陷处吻了一下，其实，林特本想亲吻她的嘴唇，但这并不重要，他起身对加林娜·彼得罗夫娜说道："如你所想，亲爱的，这里的医生都信誓旦旦地保证一切都会很好，一切都会很完美。"加林娜·彼得罗夫娜甚至没有点头回应，她看着眼前的空气，眼神变得僵硬。林特刚走进病房，房门就好像瞬间被关上，林特甚至以为自己听到了一声轻柔但脆响的咔嗒声，仿佛一片无形的帘布随即落下，令他看不到房间里的一切，只看到令人窒息的亮斑和颤动的珠影。

十二月的阳光疲惫地爬进了窗，湿湿的，带着点浮尘，几乎没有一丝生气，它用迟缓的爪子抚摸着加林娜·彼得罗夫娜的头发，床头柜上的黄瓜从袋子里伸出来，那些黄瓜长长的，样子不太自然，像是塑料的模型，却散发出浓浓的气味，散发出与冬天迥然不同的春日气息。林特环顾四周，寻找病房里的医生护士，但科主任趁林特不注意走出了病房，留下尊贵的林特独自面对怀着孕的十九岁妻子，以及那些无从解决的问题。

林特再一次问道："你真的还好吗？"他对着医院的枕头、洒落的阳光，对着生活，乃至对着他自己发问，只是听不见加林娜·彼得罗夫娜的回答。林特伸出手，笨拙地试图抚平她的头发：在林特年轻的时候，女人耳根旁松散的鬓发对他而言是诱惑。那曾经是林特的青春，现在是加林娜·彼得罗夫娜的青春。两人的年龄相差了近半个世纪。他是怎样下定决心的呢？他希望得到什么呢？他想欺骗谁呢？

加林娜·彼得罗夫娜摇了摇头,像是驱赶赖在厕所里怎么也赶不走的苍蝇。

这是一种无可奈何。这是——无可奈何!

"林特同志,请不要担心,"林特的司机同情道,司机是个小伙子,刚开始从事专职司机的工作,显然还不太会和人打交道,他接着说,"女人怀起孕会失去理智,等您的妻子把小儿子生下来,一切就会好起来,您会看到的。"

林特半信半疑地摇了摇头,说道:

"您觉得,是个儿子?"

"是啊,不然呢?"小伙子顺嘴一答。林特在半小时后到达办公室,一边扑哧扑哧地笑,一边擦干眼角的泪花,嘴里喃喃自语:

"机灵鬼,真是个机灵鬼,是啊,不然呢,亲爱的米哈伊尔·尼基蒂奇,你好啊,我等一下再给你签字,我现在只想对你说件有趣的事情……"

一种意外的喜悦出现在这种笑声中,在研究所惯常的喧闹中,在仪器和文件散发着的臭氧气味中,仿佛儿子的诞生(不然呢?!)可以奇迹般地瞬间改变一切,解决所有问题,并将生活转入林特熟悉却在人生中第一次没能抓住的基调。林特始终受到女人们的追捧宠爱,甚至包括玛露霞,即使那不是林特想要的方式,但玛露霞是很爱很爱他的,而他曾始终觉得那是理所应当的,但他对加林娜·彼得罗夫娜努力的追求却是徒劳。或许,他不应该再追着她跑,不该再向她卑躬屈膝,不该再想着法子讨好她?或许,这只不过是因为怀孕,因为荷尔蒙,腹中生发的种种无意义的突发奇想？或许，她把孩子生下来之后，就将以玛露霞般欢快明亮的眼神看待他？

过不了多久，最多只过了一杯茶的时间，林特就明白这些想法无疑是自欺欺人。茶已饮完，杯底只剩下无法饮下的浓稠糖水（他喝茶时有一个愚蠢的习惯：放五勺糖且不搅拌），一杯茶过后，林特已然明白，一切都是徒劳。他这辈子第二次坠入爱河，仿佛是不幸的捉弄。不，世界还是那个世界，林特不会弄错，世界还是玛露霞的世界，只是没有了玛露霞本人。加林娜·彼得罗夫娜出现在世界上也不是错误，她只不过是一个空洞而又微不足道的生物。不幸的是，什么也没有改变。

预产期前的三周，加林娜·彼得罗夫娜都住在医院。医生们让她待在病理科，以防止发生什么意外，尽管她并没有任何病症，至少当时绝对没有。林特会在早上上班前赶来这里，手里拎着一大堆好吃的，包括糖，还有各种小巧可爱但完全用不上的小工艺品，这些小工艺品发出的声音宛若聋哑人可怜的呻吟。与林特共处是加林娜·彼得罗夫娜一天中最艰难的时刻，但她心里清楚自己必须忍受这五分钟或是十分钟的痛苦，之后就是一整天的轻松。等林特走后，她就会恢复力量，一身轻松地度过一天里接下来的时光：查房、午餐、在氯气味的泳池中游泳、做保健运动。一起做保健运动的孕妇们肚子胀胀的，像皮球一样，很是有趣，这些孕妇一会儿认真地将手臂伸向天花板，一会儿小心翼翼地俯下身体，保健科的护士鼻子尖尖，动作矫健，宛若守护羊群的牧羊犬，最后终于允许孕妇们回到病房。不过，也有些孕妇压根没有走出病房，她们躺在床上，一动不动，以免惊动顽皮又娇弱的胎儿。

加林娜·彼得罗夫娜刚进病房时胆怯而害羞。病房里的每个人对她也报以同样害羞且好奇的谨慎态度，原因有很多，加林娜·彼得罗夫娜并不完全知道。首先，她是这里最年轻、最漂亮的一个，同时她的丈夫年纪最大。其次，她的丈夫地位高得难以想象，且具有压倒性的影响力。不过人们并不羡慕加林娜·彼得罗夫娜，他们只是愤怒地想搞清楚为什么有些人干了一辈子活儿，有些人却他妈的什么也不需要做，甚至根本就不知道怎么干活，甚至根本不需要动嘴吩咐，就有特供的手缝桌布、手工的古斯里琴和巧克力糖出现在他们面前。产科医院的医生们也都是特供的。

当然，产科医院里也有不少富人和名人：有党内高层、大企业家、管理层精英等人的女儿、妻子和亲属，这些上流社会人物宛如最新鲜、最肥美、冒着热气的鲜黄色苏联奶油，浓稠得可以让勺子立起来，不过，就算把这些上流人物加在一起也远远比不上拉扎尔·林特一个人的关系、机会和影响。因为任何一个领导都可能被暗算或撤职，任何一个国企董事都可能会被判处贪污罪和监禁，就算没有这些，他们也会有退休的那一天，尽管养老金在手，但这意味着所有的福利都会有一定的削减。但这些不适用于林特，林特是独一无二的，他迈着小步子，露出令人不快的笑容，梳着不修边幅的犹太式鬈发，拥有高级学术头衔和三个国家奖项，小一点的奖项多得数不清，甚至连林特本人都数不过来。

孕妇们吃得饱，睡得香，很是无聊，便在走廊里说起闲话，说到林特比她大了四十一岁，说到林特这个老男人在她读小学的时候就看上了她，从她小学一年级的时候就开始照顾她，直到她长成一个大姑娘。天哪，还有更过分的闲话！"她在林特家里掀开了自己裙子，让林特这个孤独的中年男人根本无法拒绝，在那之后，她很快便写好了证词，甚至把证词交给了警察，当时她还没有成年，拉扎廖西奇不得不掩盖罪行，被迫和她结婚，但我和你讲，她怀的孩子不是他的，我知道得多一点，我丈夫是拉扎廖西奇的同事，我丈夫说那件事发生时拉扎廖西奇趴在他肩膀上大哭，没错，大哭特哭！"

加林娜·彼得罗夫娜从病房里走了出来，脸颊上洋溢着青春的光芒，些许带着一点点害羞，孕妇们看到她，立刻窜到病房的角落，压低了声音继续说着闲话：他虽然是院士，但他连一件家居服都没有为妻子准备，所以她还只能穿着医院的病服走来走去。"简直是傻瓜！"加林娜·彼得罗夫娜看着她们，眼中透出一丝忧伤，她拿起被消毒剂漂得发白的公用纱布，紧紧裹住肿胀得疼痛不止的乳房。林特带来的精心包好的绒布袋和丝绸袋仍旧堆在床头柜上，那些袋子谁也没动过，而林特每天带来的点心，感谢上帝，感谢祖国的科学院，都会被那些满脑子心眼儿、贪婪得像虎狼一般的护士们拿回家。加林娜·彼得罗夫娜本可以将点心分给室友，但她一个人住单间，也一个人面对折磨，面对命运。

一周后，人们习惯了加林娜·彼得罗夫娜，加林娜·彼得罗夫娜也习惯了妇产医院，甚至开始好奇而小心翼翼地走出病房。

最有趣的地方是吸烟室——那是一段楼梯,配着两个痰盂,吸烟室里总有来自人工流产科的几个活泼开朗的女士,自1955年以来,她们每年要庆祝五六次废除苏联中央执行委员会和人民委员会关于禁止堕胎的法令(这条法令曾于1936年6月27日生效)。这些堕胎者喜欢刺激的庆祝方式,她们抽着昂贵的香烟,邀请加林娜·彼得罗夫娜加入这种简单的快乐中,仅仅几天之后,加林娜·彼得罗夫娜便不再为烟卷和脏话面露愠色,再后来,她克服了咳嗽和厌恶,知道了"莫斯科"牌香烟和"三套车"牌香烟之间究竟有什么区别,甚至学会了如何吸食带有棉芯过滤嘴的"公爵夫人"女士烟。

"小妹妹,你不该挺着大肚子的。"一位女士对加林娜·彼得罗夫娜说。她向大家讲述了一个毛骨悚然的故事,说有一个女人在怀孕的时候抽烟,接着说了一堆骇人听闻的细节,加林娜·彼得罗夫娜只记得她说香烟的烟雾会让胎儿在身体内窒息,医生会用钩子把死胎拽出来。从那天起,加林娜·彼得罗夫娜开始主动地按时抽烟,就像服用唯一能够挽救自己生命的药物一样,尽管她已不需要救赎,但她仍视其为珍重之事。钩子并没有吓到她,就让钩子钻进来吧。让肚子里的孩子死了就行,管它是窒息还是怎么着,总之别让它生下来。总之不能生下林特的孩子。这实在太不公平了。

总是向别人索要香烟是不合适的,加林娜·彼得罗夫娜开始从那些为高级病人准备氰化钾或干净麻绳的护士手里买烟,一盒烟一百个改革前的旧卢布。加林娜·彼得罗夫娜喜欢在晚上站在充斥着冰冷气流和幽灵般回响的吸烟室里，抽着一种绰号叫作"山中穷人"的"帕米尔"牌香烟，其杀伤力并不亚于氰化钾。她将睡衣留在了病房里，将拖鞋放在吸烟室门口，并在呼啸的窗前瑟瑟发抖地站了许久，大口大口吸着臭味的烟气，光秃秃的脚底感受着恩斯克没有灵魂的寒冷一点一点地静肃而上，这种寒冷在加林娜·彼得罗夫娜的心中驻留已久。流浪的风在虚掩的窗框中轻轻地号叫，时而向加林娜·彼得罗夫娜抛出带刺的雪花，时而充满怜爱地抚摸她这副温暖的胴体，不过加林娜·彼得罗夫娜没有注意到这些。她宛若巴甫洛夫的狗，大脑枕叶被切除，在空间里彻底迷失，为满足某个虐待狂的好奇心丧失视觉和听觉，却顽强地沿着无形的圆圈爬行，一次又一次回到快乐、正常的人类生活的最后一个节点。

她本来要和尼科连卡结婚。

不。

她不能去想尼科连卡。

不能。

总之，从前的事情不能想太多。去年新年前夜，尽管假期将近，但大礼堂中座无虚席，弥漫着理工学院里糨糊、灰尘和毛靴缓缓解冻的气味。每个人都像疯了似的叫嚷着，渴望着能听上一位院士的讲座，加林娜·彼得罗夫娜没有记住这位院士姓什么，为了在她的记忆中留下痕迹，现在这个姓氏被印在了她的护照上，对于长相甜美、头脑空空的傻丫头而言，这是一个极好的教训，想不出更好的教训了，对不对？那天，加林娜·彼得罗夫娜没有去听讲座,因为她要整理实验室,或许她还打碎了一个烧瓶,或是打碎了蒸馏罐?那时的她只是一个接一个地打碎了公家的实验器皿,那时的她相信这些会带来幸福,不过她不知道,人们说的幸福根本不会降临于她。

尼科连卡走进实验室,他们第一次接吻……

不,不是尼科连卡,好吧,求求上帝了!

父母的事情也不能想太多,她想到那块为婚礼保存的白绸亚麻布,那匹亚麻布像肥皂一样,又丝滑又结实,只要裁下几米,放在胸前,房间中央就会立即出现一个穿着婚纱的小精灵。那匹布一定还在她爸妈衣柜里的某个地方,慢慢地痛苦地消解,为了不再想这些事情,为了不再想这些像皮疹一样令人痛苦、令人瘙痒的小事,加林娜·彼得罗夫娜摇了摇头,又点燃一支"帕米尔"牌香烟。一晚上抽一包烟。她本来想抽两包烟,但她开始吐出苦涩的泡沫。胎儿并没有窒息,而是在肚子里欢腾地伸着胳膊腿儿,他舒服地躺在肚子里,双手放在脸颊之下,紧闭着眼睛。加林娜·彼得罗夫娜在清晨离开吸烟室时面色苍白,冻得失去知觉,但肚子里的孩子似乎并没有受冻。

这是怎么回事呢?加林娜·彼得罗夫娜体内的怪物愈发快乐,而她自己甚至连感冒都不曾患过。

但是,即使是在加林娜·彼得罗夫娜蹑手蹑脚地从打瞌睡的护士身旁走过,好不容易爬上病床时,她的灵魂仍然兴奋,一次又一次地撞上无形的障碍物,喘着粗气,呜咽着,试图爬向更远的地方。加林娜·彼得罗夫娜的灵魂仿佛只剩下生前最后几分钟,那一幕场景如此深刻地铭记在她的记忆中,仿佛那一刻她真的要死掉:幸福,狂乱,嘴唇因初吻而充血,她蹲在实验室玻璃器皿折射出的细碎彩虹色光影中,这时后门敲响,她喊道:"门开着,亲爱的!"她不由自主地跳了起来,打开门,确信是尼科连卡从无聊的讲座中跑了出来,再也不要与她分开,直到她死去,不,甚至要更久——生生世世永不分离。

林特在同一扇门前站了许久许久,不过是在另一边。他露出一丝安静的忧伤,认为这件事无疑是合情合理的,只是非常不公平,因为那一天没有任何征兆,没有丝毫暗示,也没有某股最轻的力量抽动神圣的绳索,譬如"小傻瓜,起床吧,接下来发生的可能是你一生中最重要的事"之类的话。或许,那不仅仅是你的一生中最重要的事情。可是,没有任何暗示,整个世界沉默了,林特直到讲座的最后才以身体不舒服为由离开礼堂。他总是很讨厌这种公开的讲座,尽管他讲得很好,不费吹灰之力就能抓住所有听众的注意力,甚至能让五岁的小孩都听明白。可是为什么要在五岁的小孩身上浪费时间呢?"就算我在讲座上一边吹口琴一边跳舞,他们也什么都不懂。""求您了,拉扎尔·约瑟福维奇,我们求您了,只需要四十五分钟,学生们便会铭记一生。""你的那些蠢学生无疑会有很好的生活,如果他们会为这种无聊的事激动。不过,我答应,我答应,只是别再缠着我了。可我绝不想听你们说什么'之后一起喝一杯庆祝一下'之类的话。我很忙,别浪费你们的经费了。还有,千万别派人在门口接我。我还没有失去理智,不会莫名其妙地迷路。"

可是，他的确迷路了。

事实上，他们不顾林特的种种要求，还是提前派了人去学院门口迎接尊贵的林特，以便光荣地护送这位伟大的思想家来到需要他的听众面前。但马什科夫的唇已触碰到加洛奇卡的唇边，时间和理智便统统被抛到九霄云外，因而林特一个人在空荡荡的门廊耸了耸肩，走进响着回音的前厅，前厅的墙壁铺着大理石，像极了坟墓。他向右转了一个弯，又转了一个弯，发现自己宛若处在暗黑的森林——无尽的走廊，数不清的门，门上写着一个个复杂的编号，十五号教室旁边的房间没有挂牌，旁边的房间上挂着一个神秘的牌子"442-M"。

林特面露愠色，嘟囔道："这些混蛋，什么都弄不好，连走廊都这么乱七八糟。"

没有挂牌的门后仿佛有什么声音回应着他，仿佛命运在句子的结尾放置了一个震耳欲聋的句点。林特在理工学院的暗黑森林中振作起来，找到了一条路线。他礼貌地敲了敲油漆早已脱落的门板。

"门开着呢，亲爱的！"门内传来少女温柔的回答，美妙的大舌音颤得动人，门打开了，林特宛若回到了十八岁。林特十八岁那年在疲劳、幸福和阳光下几乎失去知觉——那束光细密地洒落在视线中，而视线中是年轻、面露微笑的玛露霞，她两只手梳理着头发，站在光落下的地方。

加洛奇卡在化学实验室中没有找到嗅盐，她打开窗，让这个面色苍白的老人坐在椅子上。恩斯克的冰霜犹如准备好决斗而死的野蛮人,在林特的脸上狠狠拍了一巴掌。针状的雪粒在空中飞舞,冷却了加洛奇卡红润的脸颊,蒙上了马什科夫散乱的头发。马什科夫在理工学院门前徒劳地跑来跑去,寻找着迷路的院士。冰冷的小路诡谲地潜伏在雪地之下,令马什科夫一个趔趄摔倒,屁股在冰冷坚硬的地面上弹出一个响。狼狈的马什科夫如所有摔倒的人一样试图站起身来,忽然之间,他从几乎无法承受的幸福最深处看到了一切——焦黄色的天空、小小的弯月;理工学院的建筑宛若童话中的城堡,一扇扇窗发出火焰般的光芒;老街灯上挂着蓬松的霜,雪花飘荡在乳白色的夜光下,变软,消融,如同加洛奇卡的唇。刹那之间,所有这一切编织成一幅前所未有的、清晰美丽的图画,仿佛揭示出某些伟大到无用的秘密,而后突然模糊,颤抖,又热又咸的湿气升腾而起,马什科夫羞愧地发现自己正坐在冰冷的沥青上号啕大哭,像个小孩子,像个傻瓜,他吸了吸滴水的鼻子,露出一个愚蠢又无比幼稚的大大微笑。

"或许,您需要救护车?"加洛奇卡关切地问道。当然,这个老头看起来令人相当讨厌,骨瘦如柴,满脸皱纹,一头凌乱的灰发,不过,苏联女孩被要求尊重老人,或者说,老人在这里总是受到尊敬。

"谢谢您,不需要。"林特礼貌地回答,拉直了外套,露出勋章的绶带,但又立即为此鄙视自己,以至于他的颧骨嘎吱作响,"请您告诉我,你们的两百零四位听众在什么地方?"

"所以您也是来听讲座的!"加洛奇卡笑了,林特将视线从她的脸颊移开，以免失明或流出眼泪。她的脸颊白皙滑嫩，带有弯曲乳白色纹路的嘴唇宛若婴儿的唇一样透明。我的新娘，你的口中吐露蜂房中的蜜糖；蜂蜜和牛奶就在你的舌下！① 永远喝下去，欢愉地呻吟而出，这样便能够至死幸福。我亲爱的新娘，就像一座私有的花园，就像一口紧闭的井②，被一个人锁起来，再被另一个打开。上帝啊，她多么像玛露霞啊！不，不是像玛露霞，她比玛露霞更好。

加洛奇卡觉得一个闯进实验室的人至少能为她无聊的工作增添乐趣，她没有注意到林特的心理活动，继续说道："每个人都特别期待这位院士的到来，那种场面仅次于莫斯科剧院来巡演时排的长队。"

林特点了点头，以示同意，以他的名字进行炒作的往往是那些无知且令人心生不悦的家伙。

加洛奇卡继续说道："讲座一定很无聊，还是别去了吧。"她继续做自己的事情，并在心里责备自己不知从何而来的挑剔情绪。又老又丑难道是他的错吗？

林特叹了口气，说道："恐怕没有我讲座就不能开始。"说罢站起身，而加洛奇卡意识到自己搞错了。这位老人很可能不是来送孙女的（第一版猜测），也不是来汲取知识的（第二版猜测，这个版本发展于苏联女孩的坚定信念，即所有革命前出生的人都是文盲和没有思想的白痴，尽管苏联当局给这些人配发了算术玻璃

---

① 出自《圣经·雅歌》第四章第十一节。
② 出自《圣经·雅歌》第四章第十二节。

珠、伊里奇牌灯泡和识字课本）。

加洛奇卡兴奋地猜道："您一定是他的助手，帮助他做实验的，对不对？"

加洛奇卡想象着马戏团的竞技场，想象着身穿布满星星的大斗篷的魔术师，想象着看似弱不禁风的林特将某种地狱里才有的药水倒入一个神秘的装置中，危险的电弧便在两个水晶球之间发出可怕的嘶嘶声。林特也在想象着同样的场景，那一刻，是两人一生中第一次一致地思考，也是最后一次。林特笑了起来，露出大大的牙齿，宛若有人迅速地转动起吱吱作响的骨齿轮。加洛奇卡再一次感到不适，仿佛和一些巨大而可憎的虫子共处一室。

"我带您去吧。"加洛奇卡干巴巴地说道，在林特的眼前露出她那件彰显青春的紧身长衫，扣带上系着一颗有趣的圆形纽扣，她的小手攥紧了插进口袋中，粗糙的白色亚麻布上，一条深蓝色的折痕时而向左，时而向右，从纤细的腰肢一直伸到臀部，干净得令人神魂颠倒。加洛奇卡走在前面，而林特的眼中只有加洛奇卡，忽视了昏暗的廊灯，忽视了焦急拥挤的听众，忽视了理工学院院长阿谀奉承的颤抖红脸——理工学院院长拉着林特的袖子走向早已安排好的宴会厅，宛若一个孩子试图说服大人去看他幼稚且无用的玩具。这一幕始终萦绕在林特的脑中，甚至在二十三年后，八十一岁的林特临终之前看到的不是母亲，不是上帝，不是漫长的人生路，甚至不是玛露霞，而是那件飘动在走廊的白色长衫，和那条随意地垂在脖后的淡红色发辫，以及加洛奇卡快速整理衣摆的动作——仿佛是要拂去粘在上面的令人不快的东西，拂去林特迷恋的目光，拂去他的生命，拂去他本身。

加洛奇卡始终没有回头。

林特始终没能追上她。

夜晚，同往常一样，尼古拉伊奇来到林特的办公室，他精心打扮了一番，像是为了公事而来，但如若不是紧急情况，谁也不敢打扰伟大的林特。"出版社寄来了重印合同，我已经检查好了，您只需要签字就可以。"尼古拉伊奇突然打住话头：林特下巴搁在膝盖上，蜷坐在沙发的一角，宛如一具瘦小干瘪的木乃伊，苦涩的眼神静静地盯着前方。这是尼古拉伊奇第一次看到林特无精打采，没有坐在办公桌前，天哪，尼古拉伊奇之前从未注意到过这个该死的沙发！

"拉扎廖西奇，您是怎么了？"尼古拉伊奇发现自己的声音变得如此不受控制，他心想：工作在掌控之下，一切都井井有条，只是林特没有照顾好自己，这家伙，我应该让他去检查身体的，不管他有任何借口。但当林特尚能跳上办公桌哈哈大笑，说俄罗斯只有两个人能跳上办公桌，一个是他自己，另一个是普希金时，你无法不服从这个顽固的家伙。尼古拉伊奇，你要不要试试看？我可跳不上去，我吃了太多黄油煎土豆，无论如何，我在这儿的工作不是像猴子一样跳到桌子上。我可不这样做。让他在自己的高位上随心所欲吧，我们能做到走在地上不摔倒就可以了。

林特没有回答他，仿佛没有听到，或是没有听懂他在说什么，甚至没有注意到尼古拉伊奇已经来了。可毕竟林特向来把尼古拉伊奇当作家人一样对待，两人会坐在餐桌旁，一句废话也不多说，他们的相处从无嫌隙，林特会起身迎送尼古拉伊奇，节日互赠礼物，两人一同喝进不知多少瓶伏特加，说过的话数也数不清，身为院士的林特从未轻慢他。

"拉扎廖西奇，亲爱的朋友，怎么了？是心脏不舒服吗？"

"拉扎廖西奇"这个称呼是尼古拉伊奇的发明，尽管他可以说出拉扎尔·约瑟福维奇正确的发音，但他并不想，就像不想对林特由"您"改称"你"，尽管林特纠正了他许多次。尼古拉伊奇想用其他的方式，就像把"缅希科夫"说成"明谢尔察"一样①，"拉扎廖西奇"这个称呼只存在于他们两人之间，且他们能够明白彼此，从而建立一种亲近、温暖且不失尊重的关系，这是一种难以承受的友谊之重，重到令尼古拉伊奇时而感到窒息。尼古拉伊奇第一次想到"拉扎廖西奇"这个称呼的时候没敢喊出声，只是在嘴里咕哝，并做好了被林特训斥甚至痛击的准备，但林特听到"拉扎廖西奇"这个称呼后只是大笑。尼古拉伊奇很喜欢看林特大笑，他甚至愿意为此卖力地跳起哥萨克舞，不过"拉扎廖西奇"这个称呼就像很快跳到别人身上的跳蚤一样，后来研究所和学院的人都叫他"拉扎廖西奇"，只不过是偷偷地叫。只有尼古拉伊奇敢当面叫林特"拉扎廖西奇"，并以最好的朋友和跟班的身份拼命

---

① "明谢尔察"是彼得一世对其亲信缅希科夫的昵称。

第五章　加琳娜·彼得罗夫娜　211

守护这种特权。

尼古拉伊奇想像摸小孩子那样抚摸林特的额头,但在最后一刻放弃了,只是抚摸着林特瘦得皮包骨的肩膀,轻轻捏了捏,像是在检查肩膀是不是好好的,林特从呆滞中回过神来,愧疚地笑了笑:"啊,尼古拉伊奇,你这个胆小鬼。"——"胆小鬼"这个称呼也是外号,也是他们俩之间的称呼。他们之间还有很多奇奇怪怪的称呼——"别那么傻,我还活着呢,我这不挺好的嘛。不过你几乎猜到了关于心脏的事。"

"是刺痛?还是压痛?"尼古拉伊奇认真地问道,努力显出公事公办的态度,但他感受到一股恐惧将林特的心脏紧紧攥成一个有辱尊严的冰疙瘩。

"有刺痛,有压痛,还有酸痛,胆小鬼。这种难受根本停不下来。尼古拉伊奇,我想,我爱上了一个人。你能想象吗?我都这么一把年纪了!"

尼古拉伊奇默默地走进偌大的厨房,厨房久久没有别人踏足,除了尼古拉伊奇,没有别人在里面做饭或是收拾房间。几分钟后,尼古拉伊奇走了出来,手里拿着一个不知是谁送给林特的托盘,那托盘像任何一个量产的俄罗斯工艺品一样丑陋。丰满的彩绘花朵上面是一瓶伏特加、几个擦过的酒杯,还有打开了一点的黑鲱鱼罐头,那是尼古拉伊奇放在那的,以备不时之需:林特可能在半夜睡醒,并且想吃点东西,谁知道呢。尼古拉伊奇将托盘放在沙发上,坐在林特旁边,倒满酒,将酒杯强塞进林特冰冷的手中。

尼古拉伊奇几乎用命令的语气说道:"唔,你现在说吧。"这是尼古拉伊奇生平第一次对林特说"你"。现在是时候这样称呼了。

第二天,临近下班的时候,加洛奇卡匆匆地将化学药品收进柜子里,她心想,尼科连卡可能已经在门前等着了,他可能把冻得通红的手放进薄大衣的口袋中,这家伙总是忘记戴手套,不过没关系,他就快有新大衣和新手套了!这时,一个矮壮的男人迈着安静的步伐走近加洛奇卡,从他的面相上看,像是刚搬进城里的农民,他的眼神倔强、聪明,带着一丝狠劲儿,像是幼年被皮靴踢断肋骨的狗。那种眼神,加洛奇卡一生都不会忘记。

"是加林娜·彼得罗夫娜·巴塔洛娃吗?"男人小声问道,灵巧地抓住她浆过的白大褂的肘部。加洛奇卡点了点头,感觉双腿倏而无缘无故地发软,额头温暖的鬈发下,一颗颗清澈的汗珠像露水一样渗出。"请跟我过来。"

此后,再也没有人叫她加洛奇卡·巴塔洛娃。

一辆黑色的"伏尔加"牌轿车,车窗结着冰霜,车里却还是闷得像个棺材,安静得没有一丝声响,加林娜·彼得罗夫娜吓得连哭都哭不出来。忽然之间,她在屈辱的汗水中停止了颤抖,而是像啮齿动物那样狠狠地磨牙。她恐惧到了极点,那种恐惧只有在濒临死亡的时候才能感受得到——混乱、发热、发冷、冒汗、括约肌不自主地放松。即使是巨熊和饱经风霜的男人在这种情况下也会尿裤子,不是因为胆小,而是因为身体拼命摆脱一切阻止他们战斗或逃跑的因素。加林娜·彼得罗夫娜没有这样,不过只是因为她逃避现实的意识边缘令她相信这只是一个荒诞的梦,只是儿童书中的一页,只是一个可怕的食人魔化作英俊的鬈发小伙子将她拖进巢穴罢了。加林娜·彼得罗夫娜小时候很害怕那页书,她从来没仔细看完那幅插图中的所有细节,便吓得一边大叫,一边把头埋在父亲温暖的膝头。可现在该怎么办呢?爸爸说不可能回到过去,所以一定有什么事情弄错了,一定有什么事情弄错了!1941年出生的加林娜·彼得罗夫娜是个十足的小傻瓜,她只在很小的时候无意听到过家人说起旧时代的只言片语,战后,一切都变得不再那么可怕,尽管父亲有时抱怨称给予老百姓过多的自由是徒劳的,再然后,斯大林死了,每个人都哭得很伤心,甚至父亲也哭了。加林娜·彼得罗夫娜想说话,想问清楚她要被带到哪里,但口中说出的却是"啊哇哇"。坐在加林娜·彼得罗夫娜身边的小个子男人向她抛出了一个难以捉摸的眼神,并命令司机将空调暖风开大一些。沉默的司机面无表情地按下某个按钮,一股新鲜的人造热浪冲进了车内。

汽车在一座巨大的铅灰色小楼前停了下来,小楼上的阁楼和圆圈浮雕很是显眼,加林娜·彼得罗夫娜已做好最坏的打算,却惊奇地发现那是一幢住宅楼,铸花的铁栅栏后面,几位带着小孩的妈妈正聚精会神地堆起胖胖的雪人,孩子们的叫嚷声在大地的霜冻中响得清脆，一盏盏街灯缓缓地流泻着宁静幽暗的光，眼前的种种景象充满爱意，它们在恩斯克并不常见。小个子男人喘着粗气，将加林娜·彼得罗夫娜扶下"伏尔加"牌汽车，司机拎着大包小包，与他们一起走过院子，小个子男人自然而和蔼地对所有人点头，以至于本要找机会呼救逃跑的加林娜·彼得罗夫娜在一瞬间平静下来。似乎他们真的搞错了。或是他们正在拍电影，是这样吗？人们说，导演谢尔盖·格拉西莫夫要来恩斯克拍摄电影《静静的顿河》，也许在大街上，或是在理工学院，或是在某个音乐会上，他们发现了我这个好演员。加林娜·彼得罗夫娜想象自己即将要向这位伟大的导演高唱《敌人的旋风》，想象自己出现在海报上，嘴角微微上扬，甚至对眼前的一切投以简单的无所畏惧的微笑。小个子男人看了她一眼，哼了一声，显然是对还是共青团员的巴塔洛娃的智力和情商有所判断。加林娜·彼得罗夫娜差点没忍住向他吐舌头，不过她还是克制住了，舒适的电梯吱吱作响，将一行人送上了四楼，然而，真正可怕的事情才刚刚开始。

  小个子男人用钥匙打开一间公寓的门，点了点头，打发走了提行李的司机，然后将加林娜·彼得罗夫娜带进空荡荡的房间，那是餐厅，但一看就知道根本没人在那张拥有十二个座位的大桌子上吃饭，除了角落里乱七八糟地堆着一些文件夹和书籍之外，房间里几乎什么也没有。又高又窄的窗也是光秃秃的，无人打理，恩斯克的夜色透过这没有窗帘的窗降临于此。加林娜·彼得罗夫娜乖乖地坐在椅子上，她紧张得几乎一动不动，双脚在深色的木地板上摩擦出刺耳的声音，这刺耳的声音短促、突兀、毫无生命力，在她的耳边久久回荡，仿佛化作她的尖叫。

小个子男人不知从哪里找来一块平平整整的灰桌布，一会儿打开壁橱，一会儿打开柜子，不慌不忙地端出两个人的晚餐，并将餐巾折好，摆在盘子上。这是加林娜·彼得罗夫娜这辈子都没吃过的美食，小个子男人说个不停，语调平和，语速很慢，声音也很轻柔，仿佛在向一个愚蠢的小孩解释一项艰巨的任务，他每说出一个字，吓得一动不动的加林娜·彼得罗夫娜的脸色就多了一分苍白，直到最后变得均匀，变得漂亮，几乎变成橄榄的颜色。当餐桌摆好，香槟放到水雾缭绕的小桶中，精美的盘子上摆上各式各样的水果，加林娜·彼得罗夫娜便明白了她本人、她的父母还有尼古拉·伊万诺维奇·马什科夫的命运，是的，就是这样，如果她敢反驳，抗议，表现出哪怕一丝不敬，或是对任何人提起这场谈话——没有人会帮她，无论是上帝，还是魔鬼，还是苏联共产党中央委员会主席，都帮不了她，因为主席本人——尼科连卡，你在听吗？——他本人每年都亲自祝拉扎尔·约瑟福维奇·林特生日快乐，并不是发电报，而是打电话，用他那高贵的手转动拨号盘，只为向林特表示问候和祝愿。

小个子男人问道："小娘们儿，你明白了吗？"他停顿片刻，对加林娜·彼得罗夫娜大发雷霆，肮脏丑陋的粗话一句接着一句，加林娜·彼得罗夫娜半句也听不懂，就算听懂了又能怎样呢。她只是不明白拉扎尔·约瑟福维奇·林特是何许人也，但她浑身上下都明白这个问题根本不能问，加林娜·彼得罗夫娜再一次颤抖起来，紧张到大脑彻底空白。

"很好，很好。"小个子男人说道，语气出人意料地欢快。他从果盘里拿出最大的橙子，灵巧地将它塞进口袋。"吃点维生素吧，对身体好。"他近乎亲切地建议道，说罢便无声地离开了房间，宛若微小的恶灵，却也暗示着无限的危险。他将加林娜·彼得罗夫娜一个人留在偌大的餐厅中，让她在那张装饰精美的大桌子旁坐了将近两个小时。她吓得一动也不敢动，甚至不敢靠在椅背上，以致后背的肌肉紧张得僵硬。两个小时的恐惧令她感到眩晕恶心，令她很想吃下眼前一大串葡萄中一颗紫红色的、晶莹剔透的、圆滚滚的、像少女乳头一样的葡萄。可她却不敢吃。尽管她此前从来没有吃过葡萄，从来没有。

房门咔嗒一声响起，加林娜·彼得罗夫娜已经没有力气好奇她将看到谁以及接下来会发生什么。她唯一有力气做的就是将腰背再挺直一些，这就是林特第二次看到她时她的样子——害怕的眼神，苍白的脸色，尴尬地坐在一张不舒服的椅子上，穿着毡靴，双脚向内微扣，围巾搭在脑后，像是玛露霞生前系过的一样，软软的，似乎因老化而褪色。小个子男人没有让她脱外套，加林娜·彼得罗夫娜仍然穿着皮大衣，只是解开了扣子。加林娜·彼得罗夫娜让林特吃了一惊，因为他根本没想到自己这一不太体面的愿望能够实现，他愣了好几秒，将目光停留在加林娜·彼得罗夫娜敞开的皮外套和按在胸前紧攥的拳头上。忽然之间，她露出一丝温柔活泼的喜悦，仿佛她也和他一样一直等待着这次会面。仿佛玛露霞真的回来了，仿佛美梦成了真。

林特走向她，张开双臂，加林娜·彼得罗夫娜迫不及待投进了他难以置信也同样迫不及待的拥抱中,她靠在林特身上,将鼻子埋在他肩膀的某处,她的笑声与颤抖的眼泪一同喷涌,她抱紧林特,温热的体香令他摇摇晃晃,几乎晕厥过去。她咕哝着什么,他没有听清,只是看到她可爱的小脸蛋上挂满了泪。当他最终亲吻那晶莹多汁的嘴唇时才忽然意识到,她是在急促地喘息着说话,那不是零碎的音节,而是整个句子:带我走吧,救救我,我求求你,求求你,救救我,上帝啊,还好你来了!

又过了一个小时他们才将加林娜·彼得罗夫娜带回家。她一声不吭,洗过了澡,用林特的梳子梳了头。林特在浴室尴尬而匆忙地洗梳子时对自己叹息道——唉,我老了,头皮屑连到了一起,像结痂一样,不过,没事,就这样吧,会好起来的,这个尼古拉伊奇,我实在想不到他是怎么说服她来的,这家伙,应该给他点奖励,想办法给他争取一个嘉奖。

加林娜·彼得罗夫娜什么也没有吃,也什么都没有喝,那张摆在房间中央的漂亮桌子仍没有人碰过,为自己不合时宜的风光而羞愧。林特说着恭顺的充满歉意的话,想把一切都解释清楚,加林娜·彼得罗夫娜没有抬起长长的湿润睫毛,她低着头,也说着道歉的话。不,不,根本没有人强迫她,恰好相反,她对此很高兴……她陷入了沉默,脑中翻来覆去,无形的手疯狂地摸着仿佛沾上眼泪的冰冷石墙,不,不,她不能走另外一条路——他一边说尼科连卡会被抓起来,被用刑,一边将浸油的鲟鱼块放在盘子里；一边津津有味地吃着鲟鱼，一边告诉她将会发生什么。

加林娜·彼得罗夫娜吞了吞口水，抬起头，一双漂亮的蓝眼睛看着林特："我只是等得累了，不小心打瞌睡了，您进来的时候我还没清醒过来，您知道吗……就是这样。真的对不起，昨天我没有认出您……我今天来就是想道歉的。您可能觉得我很傻，对吗？"

林特就像一个叶轮狂转的风车，他的语言开始混乱，甚至他自己都不知道自己在说什么："加林娜·彼得罗夫娜，您想什么呢，想这些七七八八的干吗？"林特叫她加林娜·彼得罗夫娜。而她想到了尼科连卡，尼科连卡和她妈妈一样叫她的小名"加留尼娅"，他嘴唇的动作像是要轻声吹口哨，又像要轻柔地亲吻。妈妈！加林娜·彼得罗夫娜刹那间抱住这个救命的念头，妈妈会想出办法把她救走！可是，这是一个徒劳的希望，不过，有几个希望不是徒劳呢？

加林娜·彼得罗夫娜看到走进餐厅的不是她预想的野兽，而是一位理工学院的老人，她此前认为的院士的助手，她高兴得几乎失去了知觉，总算出现了一个认识的人，一个和她说过话的人，就算只有几分钟的时间，她也要让他帮忙，就像一个苏联人帮助另一个苏联人一样，因为在加林娜·彼得罗夫娜的世界观中，邪恶永远是匿名的，即便一生中只说过一次话的人也会成为同志，可以帮你打倒坏人。而老人是成年人，是有经验的人，无论按照苏维埃法律，还是人类的伦理，都有义务组织群众伸张正义！但老人却开始用他那滚烫、流着口水的大嘴亲吻她，她惊声尖叫，老人将她放开，嘟哝着说这是一场误会，再一次说出那个可怕的名字：拉扎尔·约瑟福维奇·林特。老人将名字重复了两遍，加林娜·彼得罗夫娜才明白过来，他是在介绍自己。

她清醒过来，琢磨了一下自己的处境，在几秒钟之内找到了解决问题的唯一办法——这种速度对林特本人而言也是一种荣耀，他在自己的公寓中见到的不再是一个被吓哭的小女孩，而是一个虽有些迟钝却异常友好的美人，虽有些尴尬，但还是可以继续聊下去。这是多么大的奇迹。对尼科连卡的担忧使加林娜·彼得罗夫娜的大脑全速运转，以至于她在接下来的好几个月里对他曲意逢迎，宛若一只离开巢穴的小心翼翼的椋鸟，只是与椋鸟不同，加林娜·彼得罗夫娜是真的受了伤，并且准备好不惜一切代价保证不让尼科连卡，她的尼科连卡受到伤害。上帝啊，倘若能让尼科连卡一切安好，那么，她根本不在乎自己身上将发生什么。

没有人猜到之后会怎样，林特没有猜到，加林娜·彼得罗夫娜的母亲也没有猜到。她的父母立即将她抛弃，让她无助，心碎，乃至自生自灭，加林娜·彼得罗夫娜从林特住处回到家中的第一秒就感受到了这点，她看到了父母无声且闪躲的眼神。谁也没有问她为什么这么晚才回来，以及去了哪里。加林娜·彼得罗夫娜走下黑色的"伏尔加"牌汽车时清楚地看到母亲迅即将厨房的窗帘拉上，窗帘上红白相间的格纹非常清楚，但有点歪斜。几年前，母亲教她用缝纫机在缴获来的、非常稀有的"辛格尔"布料上缝出字母，而加洛奇卡还无法完全理解如此复杂的动作组合：双脚平稳地踏动踏板，双手向不同的方向移动布料，布被光亮的针飞速刺穿，发出动听而又危险的鸣响。忽然间，一切都安定下来，一切回到原位，包括闪闪发亮的圆线轴，妈妈高兴地说："做得漂亮，女儿，你以后嫁人了，就要给家里缝各种各样的东西了，等等，我现在教你怎么用钩针，你到时可以为家人钩织小餐布，如果你有耐心的话，你甚至可以织出一片大桌布。"加洛奇卡点了点头，因为妈妈从来没有骗过她。大人是不会说谎的，对自己的孩子更不可能说谎，永远不会背叛孩子。只可惜，这些话就像织桌布一样，也被证明是假的。

加林娜·彼得罗夫娜快步上楼，用钥匙打开了门，顿时发现自己的希望已经落空，焦急的情绪涌上心头。小个子男人已经来过了，从父母飘忽的眼神中可以看出，从厨房角落缬草滴剂刺鼻的气味可以感受得到，一定是父亲刚才在那儿抿着嘴唇，数着缬草滴剂的滴数："三十一、三十二、三十三……给，孩子妈，你也喝一杯吧，别哭，这不是什么坏事，毕竟他是一个受人尊敬的人，他还没有老到可以煮汤的地步……"加林娜·彼得罗夫娜脱下外套，一声不吭地回到了自己的房间。从那以后，她再也没有和父母说过一句话，再也没有。

加林娜·彼得罗夫娜第二天没有去上班，之后她也没有去，或许可以说，她之后就没有上过几天班。晚上，林特过来了，干瘦，机灵，喷了香水，带了一束茶色的玫瑰送给未来的岳母，那束玫瑰几乎和他一样高，他还带了一整套酒送给未来的岳父，一脸尴尬的彼得·阿列克谢耶维奇·巴塔洛夫生平第一次闻到软木塞和进口伏特加无菌的纯净味道。第二天早上他并没有宿醉头痛，尽管除了伏特加,他还喝了上等的苏格兰陈年威士忌,香气和味道与马尿一样,还有一种圆瓶装的利口酒,看起来像是用酒精稀释的苏联炼乳。"别害羞,孩子妈,再喝一杯吧。这酒很甜。"伊丽莎白·瓦西里耶夫娜尴尬地发出咯咯的笑声,将杯中酒一饮而尽,在辣得发肿的嘴前飞速挥手,站起身,跑进厨房,将匆忙中做了一半的小蛋糕塞进了烤箱。

加林娜·彼得罗夫娜坐在桌边,低着头,只是偶尔轻轻一笑,几乎让人察觉不到,她的笑完全是机械的,几乎是不由自主的肌肉紧张的结果,就像一只被钉在试验台的青蛙,任由电流一次又一次穿过自己。林特递给她一个天鹅绒的盒子,盒子里装着一个漂亮的金戒指,那金戒指简单小巧,镶嵌着一颗不大的蓝宝石,却显得纯净典雅,以至于一眼就能看出这枚戒指的贵重。加林娜·彼得罗夫娜试着将它戴在中指上,有点紧,妈妈小声建议:"戴在无名指上。"加林娜·彼得罗夫娜抽泣着起身离开桌子。林特看着她离开,他的眼神是贪婪的,是带着一丝怜爱的……林特清了清嗓子,把该对未婚妻父母说的话都说了一遍,承诺一定会给她幸福。

考虑到新郎的年龄和地位,一家人决定低调行事,一周后,加林娜·彼得罗夫娜在一家人的默许下,搬进了林特的家中。尼古拉伊奇提着一个小木箱,里面装着傻女孩的各种衣服。尼古拉伊奇在她父母家中很快也成了不可或缺的人物,就像在林特家中一样。

第二天早上,加林娜·彼得罗夫娜走出卧室,衣冠不整,目光呆滞,她看到桌上的护照是一本崭新的红色护照,翻起来有吱吱的响声,在婚姻登记一栏上盖了一个略带污渍的印章和一个新的姓氏。她在护照的第一页上读到了"加林娜·彼得罗夫娜·林特"这个名字,突然笑出了声。她的一切都被夺走了——名字、婚礼、头纱、喜宴、宝宝的第一步,爱人的最后一息。她的整个生命都被夺走了,什么也没剩下。

加林娜·彼得罗夫娜在一种奇怪、病态的恍惚中,度过了这突如其来的非自愿婚姻的头几个星期,尽管这与之后的婚姻生活几乎没有什么不同,无论从夫妻亲热的次数来看,还是从他的温柔与她的讨厌来看,这种婚姻都是糟糕的,而最难以忍受的莫过于蜜月。她没有梳头,穿着皱巴巴的睡衣,在空荡荡的公寓里一连几个小时徘徊(林特并没有心思去收拾五个房间,加林娜·彼得罗夫娜也不去收拾),她一会儿将脑袋靠在窗户上,一会儿靠在书堆旁,一会儿趴在桌上,就像一个等待重新上弦的玩具。她在等待。她会为每一声窸窣的响动而发抖,宛若一个确诊的神经症患者。

林特越来越迷恋年轻的妻子,坦率地说,他将工作和科研抛在脑后,他想尽可能晚去研究所一会儿,索性只在午休时间去看一眼,然后尽可能早回家。加林娜·彼得罗夫娜每天的主要活动就是听房门的动静,听听门上的英国锁是否有响动,没有,感谢上帝,他还没回来。可林特还是回来了,无论加林娜·彼得罗夫娜希不希望他回来,快乐、活泼、可怕的林特还是回来了,他将好吃的东西放在桌子上,整理口袋时发出沙沙的响声,累得叹口气,在走廊上脱下他那双丑陋的像土地精似的靴子,将两只手放到她的衣服下面摸起来,一开始慢慢地摸,然后越摸越使劲儿。加林娜·彼得罗夫娜心生厌恶,浑身冒汗,可汗水的芬芳令他更加狂热。林特总是不等到进卧室就和她亲热,所以整间公寓里都好像沾满了肮脏的黏液,即便是加林娜·彼得罗夫娜一个人在家,她也无从在这些无形的痕迹中找到能待的地方,这里有过,那里也有过,那里还有。当然,卧室里也有,在那张偌大的床上。每天如此,早上,晚上,有时甚至在半夜。半夜是最糟糕的,因为她根本没有时间准备好,只能任由自己陷入一个又一个噩梦,无法醒来,也无法叫出声。在林特的触碰之下,加林娜·彼得罗夫娜一瞬间会如毛毛虫一样僵住,而后再像毛毛虫一样软下来,没有死掉,反而变得特别柔软光滑,林特天真地觉察到了这一点,但只是把这当作一种娇羞的同意,为此更加热情。无论是日常生活,还是行使性欲,他从没为任何女人如此努力过,从来没有。他认为这足以使两个人欢愉。而加林娜·彼得罗夫娜在床上从未说过一句话,也从未试图推开他。当然,"这会使两个人欢愉"是一个可悲的借口,即便林特意识到这一点,他也不会做出任何改变,或许,林特压根儿就没意识到这一点。

唉,林特的聪明并没有触及人类生活中几乎不用言说的简单规律。他单身的时间太久了,只看到查尔东诺夫夫妇的婚姻幸福的一面,根本无法在自己的家庭中复制同样的奇迹。不过加林娜·彼得罗夫娜对丈夫不止心生恨意,更有恐惧。她无法忍受林特,就像有些人害怕蛇、蟑螂,或是普通得不能再普通的东西,比如浑身半透明的小鸡宝宝啄开蛋壳，伸出脑袋的场景。这只是一种"林特恐惧症"，痉挛性头痛、食欲不振、恶心、盗汗、不自觉地抽搐——兴奋的林特视其为另一种痉挛，但不，这是十足的恐惧！

林特睡着的时候会不由自主地用意第绪语说梦话："亲爱的小家伙……"他自己也不知道自己怎么会意第绪语的，大概，即使在婴儿时期，人们身上也蕴藏着无限的温柔，这种温柔是母性的，是与生俱来的。"亲爱的小家伙。"加林娜·彼得罗夫娜悄悄地从床上爬起来，步履蹒跚地走进浴室，使出浑身的力气洗澡，洗到手指肚皱巴巴，被热水泡得发白，滚烫的热水泛起涟漪，卷曲的淡红色发绺在水面上漂来漂去，遮住她饱受折磨的瘀伤的乳头，遮住学术圈子里这场偌大的耻辱。用"耻辱"一词来形容再准确不过。

恩斯克的冬天稍有缓和，冻土变得泥泞，春天行将来临之时，林特带着年轻的妻子前去为玛露霞扫墓。城外仍然寒冷，刺骨的寒风犹如流浪汉歪斜的门牙中吹出的口哨，抽打着加林娜·彼得罗夫娜的脸，她穿着旧的皮大衣（没穿丈夫送她的新大衣，甚至没打开包裹看一眼），看着林特在一座埋在雪里的土丘边摸索。他没注意到自己踩在了另外两座坟墓上，一座属于一个闷闷不乐的老头，另一座属于一个小孩子——他的坟墓甚至连照片都没有，只有灰色的结霜的墓碑石，加林娜·彼得罗夫娜看到上面刻着斯拉维克的名字和两个日期，严格界定斯拉维克生命的起止。

加林娜·彼得罗夫娜冷漠地认为这个小家伙是他的亲戚，她的眼睛是灰色的，冰冷的。林特用手掌温暖着玛露霞冰冷的瓷像，小声说着话，尽量不让别人听到："亲爱的，我为你带来了儿媳妇。你一直想着这件事，你还记得吗？"玛露霞的瓷像是笑着的，眯着眼睛，眉毛是浅色的，头发也是浅色的，简单地扎高了，耳朵上戴着小小的珍珠。那是林特的珍珠。查尔东诺夫曾告诉他玛露霞是戴着它们被埋葬的。

林特又一次抚摸着已经解冻的土丘。加林娜·彼得罗夫娜吸了吸鼻子，瞥了瞥在远处咆哮的"伏尔加"牌汽车。司机躺在温暖的驾驶室里，正在打瞌睡，如同任何一位富有经验的专职司机一样，每当车主下车离开，就算身处核爆中心也会立马睡着。林特说道："走吧，你被冻透了。"他摸了摸加林娜·彼得罗夫娜的脸颊，加林娜·彼得罗夫娜不由自主地抽搐了一下，连忙转身离开。"没事的。"林特嘟哝道，跟着妻子沿着墓地小径离开，尽量不踩到她小小的、圆圆的、迷人的脚印。"没事的，会有好起来的一天，会有不缺食物的一天。"玛露霞总是这样说，但没有任何结果。他触碰到的加林娜·彼得罗夫娜的脸颊比已经去世的玛露霞的瓷像更为冰冷。

几个月后，阴霾稍稍消散，加林娜·彼得罗夫娜一点点地适应了自己的处境，就像人能适应监狱和军营生活一样，能适应每天八点到十一点的训练，能适应在蜂鸣器前起立，能适应匍匐前进，能适应衰老，能适应一切，直到生命以该有的方式结束——即以死亡的方式结束。当然，这不是内在的生命造就，而是外界的环境所致。即使在监狱也有人活得好好的。而加林娜·彼得罗夫娜至少有足够的食物和温暖的衣服鞋子保证温饱。加林娜·彼得罗夫娜大部分时间沉默寡言，从不离开家门。她甚至不接父母打来的电话，只是默默走到一边，将听筒交给一脸困惑的林特，林特则老老实实地履行一个女婿的所有职责，直到加林娜·彼得罗夫娜斩断与父母的一切联系，不过那是后来的事情了，那是很久之后。而现在，加林娜·彼得罗夫娜就像从伤寒感冒中初愈一样，缓慢而无力地重新学习每天都要做的简单的事情——梳头、刷牙、按时吃饭，偶尔打开收音机，听一听牛奶产量或粮食收成的新闻。她甚至熨了熨自己的短衫，并诧异地发现胸前的骨扣几乎再也扣不上了。

窗外早已响起春天的雨滴声，麻雀在经历一整个冬眠之后，又开始飞来飞去，发出叽叽喳喳的叫声。打开的小窗几乎无法容纳四月的天空，院子里，一个行动迟缓的保姆急匆匆地追着一个胖男孩，那个胖男孩已经瞥见了下一个崭新的水坑。轰！保姆整个身子栽倒在地上，胖男孩恶狠狠地笑着，立刻跳进他的水坑里，激起冰凉的波浪，宛若一艘弯曲的小船，满载着几公斤的欢乐，满载着生鲜市场中的里脊肉和热牛奶。门响起砰的一声，加林娜·彼得罗夫娜第一次没有退缩，她转过身，仍然感觉到自己的嘴唇上挂着奶油般的微笑，尽管自己并不适应。然而，门口站着的并不是林特，而是更糟糕的尼古拉伊奇，他将一个文件夹攥在胸前，自从那次令人难忘的见面以来，尼古拉伊奇就像一个经验丰富的朝廷官员一样，从来没有让自己和加林娜·彼得罗夫娜单独待在一块儿。两人见了面，一句话也没说，他们本来就没什么话可说。

加林娜·彼得罗夫娜收起微笑,匆匆离开了房间。尼古拉伊奇阴沉地跟在她身后。这个老家伙只花了一秒钟就明白加林娜·彼得罗夫娜在几周之后才意识到的事情,而林特是最后一个意识到的。她的光芒从前是细腻的,但如今却浓密得如蜜糖一般。黑暗而甜蜜的阴影装饰在加林娜·彼得罗夫娜的眼睛下面,和她微微上扬的嘴角旁边。那件短衫将将盖住她的乳房,而她的乳房中正爆发着无形的力量,就像夏天松软柔韧的圆形蘑菇为冒出地面而挣裂沥青的那种力量。

加林娜·彼得罗夫娜怀孕了。

林特在塞米巴拉金斯克地区一个尘土飞扬的试验场度过了1949年夏天。天气炎热异常,人们精神紧绷,试验高度保密。人民在黑暗中聚集在一起,等待着国家安全委员长贝利亚[1],等待着世界末日和十灾[2]的降临。包括核物理学家库尔恰托夫[3]在内的所有人都不相信"RDS-1"原子弹会爆炸,美国人早已开始对这枚原子弹动歪心思,因此,为了以防万一,人们做好了最坏的打算,尽管在林特看来,最坏的情况就是核爆炸本身。他确信"RDS-1"原子弹百分之百会爆炸:"同志们,你们可以百分之百确定它会爆

---

[1] 拉夫连季·贝利亚(1899—1953),1941年起任苏联国家安全委员长。
[2] 《圣经》中耶和华降临在古埃及的十个灾祸。
[3] 伊戈尔·库尔恰托夫(1903—1960),苏联核物理学家,主导了苏联原子弹计划。

炸的，这是个数学问题。"物理学充满了惊喜，而数学中一切都很精确，数学是可以完全信赖的学科。

自 8 月 27 日以来，就再也没有人睡觉，根本睡不着。贝利亚亲自来到试验场，他的体型很胖，但他的举止却出乎意料地轻松，几乎可以用优雅来形容，这是胖人中成功人士的特征。林特很喜欢他，正如预想的那样，贝利亚聪明而务实，很认真地聆听报告，这是出色执行者的基本素养。他表现得也像一名执行者，并不傲慢，大多数时间是在解决问题，而不是在制造问题，他小心翼翼地假装自己是在这里观摩的，而负责解决问题的是科学家同志。

林特纠正道："这里主要解决问题的是设计师同志，因为从纸面上看一切都是正确的，他们正确的工作才得以保证一切以最好的方式进行。"

贝利亚客气地问道："拉扎尔·约瑟福维奇，您觉得进展如何了？"他不停地用手帕擦拭着额头和脖子，哈萨克斯坦的热天将贝利亚折磨得痛苦不堪。

"不知道，不过我觉得会和预想的不太一样。"林特说道，"部长同志，我们去散步好吗？唉，明天试验场就要不复存在了。"试验场很大，足足三百平方千米，修建了崭新的铁路、桥梁、房屋和道路。这是一座只为毁灭而建的城市，然而，这座城市与别的城市并没有什么不同。天色渐暗，骆驼和牛悲惨地嗥叫，它们尽管不懂数学，也能感受到这是它们的最后一夜。远方传来人们的呼喊声，行进的士兵欢快地歌唱，野战厨房里飘出熏肉的香气。

贝利亚突然问道:"您为什么要放弃担任这场试验的技术指导?"

"哦,拉夫伦蒂·巴甫洛维奇,饶了我吧,当那个官儿得到处跑,到处签字盖章,太无聊了。就算是物理学家卡皮察那种傻瓜也会拒绝当这个官儿。最好让库尔恰托夫来担任,他比我们年轻,也有十足的雄心。"

贝利亚有理有据地说道:"拉扎尔·约瑟福维奇,您也只比他大两岁而已。"他试图跟上林特的脚步,喘着粗气,"天哪,别这样跑,我的心快要跳出来了。"

林特说道:"不会跳出来的。"说罢放慢了脚步,让这个有趣的胖子跟得上。他是如此可爱,为什么每个人面对他都不寒而栗呢?林特接着说道:"两岁差得可远了。当库尔恰托夫还在吃他妈妈的奶,我已经上学了,已经读物理学家克拉耶维奇的书了。就让他当领导吧。"

两个人都笑了,笑得很欢快,与当时的场合有些不相符。

第二天早上,即1949年8月29日早上七点,苏联成功完成首颗原子弹核试验。玛露霞在三天前去世,他们不敢让林特分心,没有告诉他玛露霞去世的消息。林特和地堡里的所有人一起跳起来欢呼,拥抱在一起,庆幸自己还活着,大喊大叫,什么也没察觉到。没有想法,没有预感,他就像一台计算器,只是一个负责计数的愚蠢混蛋。

林特直到九月底才回到恩斯克,玛露霞坟前的花已经腐烂,细密的秋雨夹着粗糙的冰粒,抽打在他的脸颊上。查尔东诺夫仿佛瞬间老了一千岁，弯下身子，摇着头，不停地试图将泥冢歪斜的侧面铲直，双手微微地颤动。

林特看不下去了，说道："谢尔盖·亚历山德罗维奇，放下吧，让我来。"

泥土，滑溜溜的，油腻腻的，永远堵住了玛露霞的嘴巴。

查尔东诺夫艰难地说："拉扎尔，以后把我埋葬在这里，在她身边。"说罢又忍不住落泪，白胡子拉碴的脸颊皱得可怕。四年之后，也就是1952年，查尔东诺夫也去世了。林特无法承认自己为此对查尔东诺夫充满了鄙视和憎恨，即便他陪伴渐渐痴呆的查尔东诺夫到生命的最后一刻。查尔东诺夫应该跟随玛露霞死去，和她一起死去，甚至代替她死去。他和查尔东诺夫都应该如此。

另一方面，林特有一个绝好的机会，就连上帝也觉得他不会放弃的机会。核试验前一天与贝利亚的谈话在林特看来是微不足道的，但事实证明，这并不是一场政要与小科学家之间的普通谈话。玛露霞去世的几个月后——十一月，从莫斯科打来了一个电话。电话是某个科学院的教授打来的，是林特认识的人，但那是八竿子打不着的人，林特没有将他像山羊似的声音与某张面孔联系起来。这个电话是一种控制，一种警告，这个可怜的家伙奉命向林特传达上面对其没有回到莫斯科一事表示不满的事实。"不过，顺便说一下……"林特毫不客气地挂断了电话。

约费是第二个打来电话的。林特灵魂深处永远是一个瘦骨嶙峋、无家可归的孩子，或因如此，林特对科研、对生活中的人都没有多少尊重，但约费是个例外。约费是一位老师，不是神圣意义上的老师，而是最简单的，教育学意义上的老师。约费不会瞧不起弱者和穷人，他在这一点上和犹太人一样，也和玛露霞一样。此外，约费也是一位出色的理论家，林特清楚地记得1922年他在约费测量晶体真实强度的课题研究中度过了最快乐的时光。因此林特没有放下听筒，而是很高兴地与这位老人聊着天，老人的头顶上聚集了一团反世界主义运动的阴云，很快就爆发出真正的硫黄之火。约费被免去了苏联科学院物理技术研究所所长的职务，这个研究所是约费在1921年亲自从一个小部门扩建而成的。约费开玩笑地说，如果他们不承认这个部门的成立，他就要光着屁股跑几次学术委员会了，显然，约费对当局对他们进行选择性忽视的态度感到些许不满。

不过1949年初冬的这通电话并不是为了抱怨，约费在电话里说道："拉扎尔·约瑟福维奇，我请求您，我坚持请求您回到莫斯科，您不会白来的！"林特认真聆听着在莫斯科等待着他的职位和工资（完全是无聊的），以及极具诱惑力的近期科研计划清单。"阿布拉姆·费奥多洛维奇，这一切都非常非常诱人，我感到受宠若惊，您一直在不厌其烦地说假话，好像没有我你们就做不了这些了。可是，说实话，我为什么要为这些去莫斯科呢？我在这里也能很好地工作，感谢上帝，邮政系统还在运转，虽然沙皇时期的邮政系统运转得更高效一点，但现在的也不是不能用。如果有什么非常紧急的事情，我们也可以派人送信嘛。"

约费轻哼了一声，但因为怀疑电话有监听，他没有冒险警告林特，只是在电话里道别："拉扎尔·约瑟福维奇，照顾好自己。"

整个晚上，林特不安地收拾他的旧帆布行李袋：四件衬衣、一个杯子、一个勺子、几双羊毛袜、记事本，还有玛露霞的照片，和他平常携带的行李一样。林特从衣柜里拿出一条比较平整的裤子，在手里掂了掂，突然笑出声，自言自语道："去你的吧。"他迅速换上衣柜里最好的西装，那是专门在会议和颁奖典礼上穿的定制西装，雪白的衬衫凉爽而令人愉悦地紧贴着他的肩膀，优雅的领结灵巧地固定在正确的位置上。他将玛露霞的照片塞进了外套的内袋，将护照也塞进了内袋，并将不必要的行李袋踢到了床下。

凌晨三点，门铃响动，林特打开门时已经穿戴整齐，他穿着一件同样是定制的精美大衣，大衣的毛领和林特自己微微被霜冻打湿的光滑卷发几乎一模一样。林特喷着皇家香氛古龙水（玻璃瓶是绿色，瓶盖是红色，标签是白色），古龙水散发着庄重的香气，仿佛它是林特的副手。而湿羊毛、熏肉、甜腻的滑石粉的味道，某种难以捉摸的、英姿飒爽的军官气质，则与来访者吱吱作响的肩带、与林特剃得光滑的脸颊和崭新的衬衣，以及当时的情景本身达成某种和谐。德国空军飞行员对这种古龙水的喜爱是有道理的，林特留存这瓶通过某种血腥的手段到达他手中的香水也是有道理的。

门外，像一个木马桶般一脸阴沉的少校看到面前的绅士，一脸错愕地行了个军礼，尽管事实上他本要再按一次门铃，然后用那只使惯了镰刀锤子的拳头砸门。少校的身后是几个满脸倦容却依旧站得笔挺的士兵。

"是来搜查的吗？"林特微微鞠躬，礼貌地摆出一个邀请的姿势。

少校面露不悦，就像一个听到自己最喜欢的童话故事被歪曲的孩子一样，嘟囔道："不是。我接到送您出发的命令。"

林特说道："那就走吧。"他戴上软皮手套，那副手套是1935年诺贝尔物理学奖得主詹姆斯·查德威克爵士在战前从伦敦寄来的。林特几乎轻快地蹦跳着，第一个走下楼梯。

林特在漫长的夜间路程里一言不发，为什么要说话呢？专车在恩斯克的街道上拐了几个弯，驶出城外，审讯的气息已然消失，而当军用机场塔台的灯光在前方闪烁时，未经审判或调查的处决也随即不见，林特心中仍闷闷不乐，只是因为十二月初的恩斯克找不到纳博科夫笔下长满稠李的山谷，没有它就无处谈起纳博科夫《枪决》一诗中的行刑队。在冰冷的、摇晃的、咆哮着的飞机上，没有什么可谈的，没有什么人可以搭话。坐上飞机，意味着去莫斯科，逻辑就是这么简单。理性使人无所畏惧，而情感却是一个杀手。

林特想到了玛露霞，模糊而欢乐地回忆起玛露霞撩起头发的场景，回忆起她训斥他姗姗来迟，训斥他又带了礼物。"列西克，你这样是干吗呢，又带了大包小包，像个强盗似的！我从没听说过用配给票派发鲑鱼的情况。已经是1922年了！鲑鱼早已被官方认定为沙俄政权的封建残余之物。你是从哪儿搞到的？"林特回答道："玛利亚·尼基蒂奇娜，是我偷来的。""列西克，别这么说自己，你是个好孩子，你的额头上写着呢。"林特尴尬地摊开手，因为没什么好说的了，鲑鱼的确是他偷来的。

实际情况是这样的，林特从一个愚蠢而肥胖的紧张兮兮的资产阶级商人手里得到了鲑鱼，作为交换，林特给了他一张画得潦草的永动机图纸。"看，这里随便放个炉子就可以，小孩子都能做得出来。""不加油的话它能放电吗？而且还能源源不断地放电？"商人疑惑道，隐约觉得自己被狠狠地骗了一把，却仍不明白究竟是怎么回事。"不会停的，永远都不会停的。"林特承诺道，说着将一条肥美的鲑鱼装进袋子里。商人仍然半信半疑，眼睁睁地看着鲑鱼被林特带走。林特信誓旦旦地说："我在图纸上写了我的地址，如果机器坏了，把它拿来修。"他留下的地址是真实的地址，只不过不是他的，而是莫斯科残疾儿童研究所精神科教授吉洪·伊万诺维奇·尤金的地址。尤金曾是查尔东诺夫一家人的老朋友，是一个聪明的知识分子。只是，当时尤金和查尔东诺夫一家人的关系不再那么好。

玛露霞用发夹将没抒好的头发夹起来，笑了起来，温柔地说道："过来，列西克，让我亲你一口。"二十二岁的林特心在狂乱地跳，四十九岁的林特心也在跳着，突然，查尔东诺夫的声音响起："她死了！"林特打了个寒战，从睡梦中醒了过来。飞机呼啸着准备降落，城市的灯火在夜色中闪烁，离飞机越来越近。林特用干枯的手掌擦了擦眼泪。莫斯科到了。

一辆缴获来的奔驰汽车在机场等待着一行人，这些专用的奔驰车是司机们的新玩具。勤务兵一言不发，将林特交给另一个沉默的士兵，车门砰的一声关上了。空荡荡的街道一闪而过，现在，莫斯科时间还不到凌晨四点，尽管他们从恩斯克起飞的时间也是凌晨四点，在飞机上至少待了五个小时。这是个优雅的物理笑话，是时差与适当的飞机时速共同作用的结果。林特使劲儿揉了揉胡子拉茬的脸颊，他不能刮胡子，顿时觉得当初换上的正装白费了。林特突然发现自己一点也不想念这座城市，尽管他从1941年之后就再也没有回过莫斯科。没有玛露霞，一切都失去了意义。

奔驰汽车停在夫斯波利巷①的一座豪宅旁，这座豪宅显然出自某位杰出的建筑师之手。林特翻遍了他的记忆，想起这幢建筑的设计师是某位姓埃里克松②的人，但林特想不起他的全名了。一个身材高挑的年轻男人，穿着骑兵军服改成的精致便装，将林特带进了书房，书房里只有一盏灯、一张桌子、一个书柜、一个沙发，和一块厚实的窗帘。林特直到坐在椅子上，才意识到自己已经累得不轻。

门悄悄地开了，有人走了进来。

林特闭着眼睛说道："您好，拉夫伦蒂·巴甫洛维奇，您可以算一算您在我身上花费的燃料和费用……"他用手指在空中比画了一下，接着说道："这些大头兵和飞机的费用，就要花上一千多卢布。亚历山大·贝尔早在1876年就发明能够远距离传输声音的电话了……"

贝利亚打断了他："拉扎尔·约瑟福维奇，很多人告诉我，你是个十足的疯子。但即便是疯子也会害怕某些事情。相信我，我知道我在说什么。"

---

① 莫斯科中央行政区一街巷。
② 阿道夫·埃里克松（1862—1940），瑞典裔俄罗斯建筑师，新艺术运动的代表人物。

林特睁开一只眼睛，再缓缓睁开了另一只，打了个哈欠。

林特抱怨道："我困死了。"贝利亚站在窗边，穿着一件熨过的白衬衫，满怀期待地看着林特，天色已亮，仿佛不是十二月的黎明，而是七月的正午。林特一脸懊恼，因为他的衬衫已经被压出了很多褶皱，要是能洗个澡该有多好。

林特承认道："拉夫伦蒂·巴甫洛维奇，当然了，我也有害怕的事情，我当然也并不是疯子。"

"那你为什么拒绝回莫斯科？简直愚蠢。我们准备好了创造一切的科研条件，毕竟莫斯科是首都，是科学研究的最前沿。"

林特耸了耸肩。

"科学研究不是一个地理概念，莫斯科并不在科学的最前沿，科学没有最前沿地区。科学在颅骨里面。"林特用手指敲了敲脑门儿，自己也放声大笑，活脱脱像一个呆头呆脑的留级生。

"然而，你到底为什么不来呢？"

林特简单地解释道："我在恩斯克有了一个心爱的女人。"

"你在撒谎！"一股怒气涌上贝利亚的脑袋，令他满脸通红，"你在撒谎！你在恩斯克有一大堆头脑简单的女人，其中一半还是我送到你家的！"

林特说道："谢谢您！您的品味很不错，我不是挑剔的顾客，不会一边吃着饭一边骂厨子。我没在和您谈妓女的事情。我是真有一个心爱的女人。她就在恩斯克，我不会离开她的。"

"那就把她也带到莫斯科，这有什么难的嘛！"贝利亚的心绪平复了不少。

林特静静地说:"我不能把她带过来。"

贝利亚刨根问底地问道:"她结婚了?但这也可以解决。"

林特的语气变得更加平静:"这不是能解决的事情。拉夫伦蒂·巴甫洛维奇,您要知道,她结婚了,而且,她已经去世了。"

林特站起身,急切地环顾四周。

"洗手间在哪里?"林特突然问道,惊觉自己即将泪流满面,号啕大哭,即将大叫着用拳头猛捶地毯,因为这不公平,太不公平了,他为这些混蛋奉献了一生,呕心沥血地为他们发明了该死的炸弹,不是一枚,而是上百万枚,有炮弹,也有火箭弹,为了他们该死的炸死了无数人。可他们连玛露霞都复活不了。连玛露霞都复活不了啊!假若他们不想救,林特会逼他们救!但他们做不到,谁也做不到。濒临崩溃的林特心想:为什么我没有成为医生?为什么我没有成为生物学家?我肯定能想出办法。如果细胞凋亡是生物学的程序,那么一定有办法逆转,或者……

贝利亚连忙说:"在走廊的左手边。拉扎尔·约瑟福维奇,不用担心,你会看到我们能想出办法。"

当然,他们并没有想出什么办法,不过他们的早餐还是不错的,有上等的咖啡和热乎乎的小蛋糕。但贝利亚拍了拍自己的大肚子,悻悻地说道:"医生不让我吃这些。医生才是我们国家的害虫和刽子手!"

林特笑了,他觉得贝利亚根本没有在开玩笑,根本没有。

晚上,林特坐上了同一架飞机,回到了恩斯克,一点儿也没浪费时间。再也没有人打扰林特了,没有人给他打电话,也没有人再劝他回莫斯科了,林特第一次感受到在这样一架没有灵魂、沉闷却叫人陶醉的国家机器拉着的马车里打滚儿是多么容易,多么愉快。国家将整个研究所交给林特,并答应了他另找别人负责行政这一放肆的请求,行政找到了,苏维埃的专职主任,他病态、狡猾、几乎神经质,却能够设法得到研究所需要的所有东西,无论是卫生纸,还是刚刚在纽约或慕尼黑制造出的最先进的设备。当然,弄到卫生纸要困难得多。

林特的生活越来越好,也越来越布尔乔亚,仿佛他生活的地点不是苏联,仿佛他是瑞典国王的密友,住在斯德哥尔摩附近的某个别墅。出版专著、再版专著、科研进展、获奖……斯大林时期最后的奖项几乎都落在了林特手中,他获得了一套五居室的公寓,那几乎是强行塞给他的,尽管林特只是要求继承查尔东诺夫的房子:"要这么多房子干吗用?反正我每天都要去查尔东诺夫家两次。"高跟鞋的咔嗒声一响,查尔东诺夫身边立刻出现了一名护士——仿佛一只大猩猩似的全天候工作的女人,她像插上电的机器一样灵巧而亲切地执行她的关怀功能。查尔东诺夫沉浸在寂静的悲痛中,并不在乎,但林特松了口气:失去了玛露霞的查尔东诺夫十分无助,流着口水,蓬头垢面,令他无从忍受。

研究所的管理层出现了一些变动。与林特公开拒绝的大公寓一同出现的是尼古拉伊奇。他甚至不是像某种家中的精灵一样出现的,而是像破布上的老鼠一样自然产生的。[①] 一个晴朗的

---

① 十七世纪初的比利时科学家海尔蒙特主张自然发生论,认为破布加谷粒能够自然产生老鼠。

日子，林特从研究所回到家，发现公寓的天花板全刷成了白色，弥漫着新鲜潮湿的石灰味儿，一个穿着老兵棉衣的矮胖男人，滚圆的脑袋，光着脚，长得很结实，正忙着捡起地板上弄脏的旧报纸。

他对林特说"您不必担心……"而不是"您好"，仿佛他在向林特打报告而不是打招呼，"我提前把所有有斯大林照片的东西都收拾好了，不会引发多余的事件。"他仿佛一个刚学了一首复杂长诗的勤奋小孩，用很严肃的语气说出了"事件"一词，把林特逗笑了。

他问道："什么？不会引发什么？"

"他们不会为了这个开枪，林特同志。"小伙子诚实地说道，这表明他也清楚自己必须直接参与这场暴行。可能怎么办呢？命令就是命令！他的手在屁股上蹭了蹭，站在林特身前，光秃秃的粗脚跟敲了一下地板，打了个立正，报告道："近卫军中士瓦西里·尼古拉维奇·萨莫霍夫向您报到。"小伙子的眼神很冷酷，他的眼睛颜色宛若玛露霞腌的酸黄瓜，都是令人胃口大开的绿色。林特立刻喜欢上了这个小伙子。

事实上，瓦西里·尼古拉维奇·萨莫霍夫身上并没有多少近卫军的影子，只有厚脸皮和固执，若是连这两点都没有，在部队中连最小的功绩都无从实现。而且，尼古拉伊奇没有在正规军服过役，也没有参加过真正的战斗，不过他曾在反间谍部服役过一年，那是贝利亚的反间谍部门，不是阿巴库莫夫的，很多人分不清这两个部门，以及隶属于海军反间谍办公室的库兹涅佐夫反间谍部，不过尼古拉伊奇显然不会去海军那边。①用不完的照明弹、锋利的匕首、吃不完的口粮都无法打动尼古拉伊奇，因为他怕水。他不只怕水，还怕得不到提拔。

尼古拉伊奇出生在一个叫叶尔班的村庄，听到这个铿锵的名字，你能想象到的一切与尼古拉伊奇的出生相比都显得苍白无力。他没有智慧，没有才能，没有良心，没有廉耻，甚至缺乏母爱，母亲在一个错误的时候给予了尼古拉伊奇生命，并在尼古拉伊奇对母亲产生记忆之前撒手人寰。不是病亡，而是死于无节制的酗酒。叶尔班几乎每个人都喝酒，喝不动了就呆坐在院子里。叶尔班这个村子不算小，气候极寒，有愤怒的女人和愤怒的狗，愤怒的暴风一年四季在小路上咆哮，将张口呼吸的行路人推到一边，将尘土和谷壳抛向天空。萨莫霍夫家族虽然人多，但被认为是一家蠢蛋，即使在叶尔班村也是臭名昭著的醉鬼之家和流浪者之家。尼古拉伊奇在生命的头十五年里经历了诸多不幸，足够狄更斯和陀思妥耶夫斯基写出一系列封面上印有粗野面孔的小说。

很久之前，大概是尼古拉伊奇母亲去世之前，抑或更早的时候，萨莫霍夫家族的日子要好过一些，他们有一间小屋，不知道是谁建的，但很牢固。应该是某个祖辈尽其一生的成果，不过萨莫霍夫家族没有留下家谱，一家人在酒的迷雾中意识不到时间，也意识不到他们自己的存在。尼古拉伊奇的父亲老萨莫霍夫喝了

---

① 维克托·阿巴库莫夫（1908—1954），曾任苏联国家安全部部长；尼古拉·库兹涅佐夫（1904—1974），苏联海军高级将领；贝利亚见前注。三人分别领导过二战时期苏联的三个反间谍部门。

好多年的酒，几乎没有清醒的时候，他的肝脏或许会令任何一位医生大吃一惊，不过叶尔班村哪儿有什么医生呢？老萨莫霍夫有十二个孩子（都是儿子），其中只有七个活过了婴儿期，年长的几个已经能和父亲在酒桌上喝得有来有回。尼古拉伊奇是最小的儿子，他出生于1926年。

尼古拉伊奇在贫困中长大，不是新教式的贫困：每个人都为一分钱的收入而努力劳动，仍然有时间、有勇气刷洗厨房的地面，用砖灰将铜壶擦得锃亮——而是可怕的、肮脏的、绝望的、挥之不去的俄罗斯式贫穷，人们喜欢尖声抱怨上帝，但同时对上帝怀有深切的企盼，在上帝面前刻意露出破烂不堪的衣袖，露出同样破烂不堪的灵魂。一个人或许为了一个煮土豆或一双鞋要与情同手足的兄弟展开血腥的战斗，这很达尔文，或者说很符合达尔文最成功的理论。尼古拉伊奇患上了地狱里的孩子可能感染上的所有疾病，老鼠疮将他折磨得瘦弱不堪，上嘴唇始终挂着鼻涕，不过后来证明尼古拉伊奇是一个具有惊人力量的变种人，他幸存了下来。是苏联当局提供了一些救助，因此尼古拉伊奇对苏联当局充满敬重是有理由的。一位叶尔班村的女老师将他带进了学校，尽管这位老师早已不再同情，不再好奇，但仍坚持履行着她的公民义务。学校里很温暖，也有免费的食物。只要砍些木柴，或用红抹布擦地，门卫就允许他在学校里过夜。门卫总是喝自酿的酒，每次都喝得满脸通红，不过他很温和，不像尼古拉伊奇的父亲在短暂的清醒之后，便毫无理由地愤怒，并将孩子们一通暴打。

学校里挂着一张斯大林同志的照片，尼古拉伊奇看着他蓬松的小胡子、光亮的额头、温柔的眼睛里闪着的欢乐光芒，感受到了疲惫的朝圣者历经千辛万苦终于抵达圣地的感受。斯大林同志给予他光明、力量、亲情，还有爱，尼古拉伊奇此前从未体会过这种爱，不过这份爱并没有离他而去，尼古拉伊奇仿佛初次见识磁极的罗盘指针，浑身颤抖，伸手争取这份爱，并且相信它是自己生命里的全部。尼古拉伊奇坚定地相信斯大林无所不知，坚定地相信斯大林知道自己这个来自叶尔班的小鬼，并会给予他全心全意的关照，以至于他能够感受到千里之外的关心和痛苦，他担心斯大林同志彻夜未眠身体吃不消，为不能打电话过去而感到自责羞愧。叶尔班没有电话，没有任何通信设备，甚至连电报也没有。谁用得着这些呢？除了斯大林同志，还有谁用得着呢？

为了斯大林同志，尼古拉伊奇滴酒不沾，为了他，尼古拉伊奇每天早上只喝井水，为了他，尼古拉伊奇在学校里积极地帮助村里酒鬼的儿孙，为了他，尼古拉伊奇从十岁起就在集体农场工作，即使是休息日他也从不休息，只是为了攒钱，为了凑够路费离开这该死的叶尔班村，去莫斯科见斯大林同志，让斯大林同志看到瓦西里·萨莫霍夫一切安好，事事如意，还要让斯大林同志看到他完整的裤子、套鞋、皮夹克，以及口袋里的证书。

当然，这是爱最高级的、最纯粹的表现，这是儿子对父亲的爱，是圣子对圣父的爱，也是人类对上帝的爱，这种爱本身即是上帝，即是光明与希望。倘若尼古拉伊奇早五百年出生，世界上就会多出一本伟大的祷告书，甚至可能多出一位永垂不朽的殉道者或圣人。没人知道别人的十字架有多沉重。小萨莫霍夫在叶尔班一直生活到十五岁，他没有护照，没有公民的权利，尚未成年，一贫如洗，孤独无依，除了斯大林同志，再也没有人爱他。

不过，他绝望无声的祈祷终于被听到了，战争开始了。

显然，当局并没有让尼古拉伊奇当上志愿军，他们认为尼古拉伊奇只是个小鬼，甚至不配为祖国和斯大林牺牲，他没有愤怒，没有怨恨，而是将他遭受的屈辱小心翼翼地放进小猪存钱罐中，以便日后有一天可以打破它，将屈辱同态送回给每一个人。尼古拉伊奇行动灵巧，早已习惯原始的生存方式，他先是想办法扒进了一趟运送士兵的军用列车，而后又钻进一趟运奶牛的货运列车，经历了几个月无休无止的停留、等待和转移之后（完全逆着数百万人次疏散后送的洪流前进），终于到达了莫斯科喀山火车站的月台，他身无分文，却也成熟了不少，学到了一身乞讨和偷窃的本事，但眼神里那股准备为国牺牲的火焰却仍在燃烧。他告诉见到的第一个巡逻队，宣称自己是来保卫斯大林的。巡逻队员面面相觑，将这位没有护照、两眼放光的男孩送到了内务人民委员部。

这是尼古拉伊奇人生中的第一件幸事。

他的第二件幸事是遇见了林特院士。

坦率地说，内务人民委员部地区部门的工作人员并不乐意看到尼古拉伊奇出现在他们面前。部门负责人科瓦尔丘克同志是个英俊魁梧的乌克兰人，圆肩圆屁股，活像一尊希腊青年的雕像，穿着蓝色的制服和马裤，不知为何，他像是吃了败仗一样，尼古拉伊奇的豪情壮志在他身上丝毫没有体现出来。当时，内务人民委员部正处于一种难以描述的混乱状态，混乱并不是战争造成的，而是因为一场高层的动荡。1941 年 7 月 20 日，根据最高苏维埃主席团法令，苏联国家安全委员会并入内务人民委员部，尽管在不久之前的 1941 年 2 月 3 日，同一个最高苏维埃主席团将苏联内务人民委员部拆分成内务部和安全部。将一半权力让给梅尔库洛夫①的贝利亚又重新成了头儿，整个部门进行了大刀阔斧的改组，而来自前线的报告和越来越多的通谕只会让部门越改越乱。

内务人民委员部颁布了追究战时散布令民众恐慌的谣言的法令，颁布了在俄罗斯苏维埃联邦社会主义共和国城镇组织地方防空力量的法令，颁布了组织德军后方游击的法令，等等等等。法令多到压得委员部成员宛若处在水深火热的地狱之中，科瓦尔丘克同志只能想办法左右逢源，取悦所有的上级领导。这些人就该被送上前线，而不是一个个地拉帮结伙搞关系。不过科瓦尔丘克本人并没有被派去前线。

科瓦尔丘克仅用了四十秒钟就看穿了尼古拉伊奇的来意，立即清楚他不是一个危险分子，只是一个在世界边缘受苦受难的邋遢小伙，可能是一个朝圣的傻子，也可能只是饿坏了。尽管男孩大声说自己十八岁（无疑是绝望的谎言），但让他参军也是不可能的，苏联人民委员会关于孤儿安置的法令仍在各个行政部门盖章，等待 1942 年 1 月 23 日的正式出台。

最简单的方法是应用 1941 年 11 月 17 日颁布的另一个新法案，该法案赋予苏联内务人民委员部对犯了反革命罪行和危害苏联秩序

---

① 弗谢沃洛德·梅尔库洛夫（1895—1953），苏联政治人物，贝利亚的心腹。

的危险罪行的犯罪嫌疑人采取措施的权力,当然,措施是直接枪决。科瓦尔丘克心里将瘦到前胸贴后背的尼古拉伊奇放在了涅墨西斯①的天平上,从桌子上拿起一卷报纸,用丝滑的男高音唱着说道:"来吧,孩子,吃点东西吧。"无论是莫斯科还是该死的服役,都抹不掉科瓦尔丘克与生俱来的乌克兰民族的柔情。尼古拉伊奇大口咬着黑麦面包,面包上盖着一层厚厚的猪油,足足有手指那么厚。科瓦尔丘克说道:"这来自日托米尔②,我妈妈做的。你妈妈还在吗?"尼古拉伊奇将面包吞下,低着头,摇了摇头,他没有母亲,只有破烂的裤子,只有颧骨上长长的睫毛留下的影子。科瓦尔丘克像女人一样叹了口气,他曾有一个爱笑的儿子,也长着同样的睫毛,1936年,猩红热夺走了儿子的生命,从发病到死亡不到一周。葬礼结束后,妻子回了父母家,去了乌克兰,临走前对他说:"彼得罗,我不能再看到你了,也不能再看到你那该死的莫斯科。"就好像有人问过他到底喜不喜欢莫斯科,就好像他可以有选择。

尼古拉伊奇吞下了最后一块油腻的粗纤维,舔了舔手指,快速地打量四周,像动物一样。

尼古拉伊奇说道:"让我留在这里给您擦地板好吗?还有擦窗户。"他根本不知道还有什么别的感谢方式,他没有受过什么像样的教育。科瓦尔丘克看了看被踩脏的地板,脸色和悦了起来。

"好啊,那你赶快收拾!"科瓦尔丘克欣然同意,"赶快收拾,我去趟仓库。小子,你给我瞧好了,如果你逃跑,我会立马开枪

---

① 希腊神话中的报应女神。
② 乌克兰城市。

打死你。"

尼古拉伊奇没有逃跑，他成了内务人民委员部地区部门的儿子，他得到了足额的口粮和免费的制服。等到胜利日来临，他已经长成一个大人，已经成为内卫部队总局的中士。萨莫霍夫中士和从前一样，仍然没有受到像样的教育，不过他已不再傻傻地到处乱跑，也不再努力去爱和去保护斯大林同志。对万民之父神圣的爱从他的身上消失了，随之一起消失的是青春痘和孱弱的体格。尼古拉伊奇成熟了许多，壮实了许多，赚着丰厚的薪水，熟练地掌握了一切秘密行动的要领，如果没有特工，任何重要的高层机构都无从存在。尽管只有十九岁，他已经成为一名出色的特工，狡诈、顽强，没有一丝柔情。可科瓦尔丘克同志却成了内务部法令的受害者，他已在三年前被枪决。

尼古拉伊奇几乎不记得他了。

当然，林特清楚，分配给他的瓦西里·尼古拉耶维奇·萨莫霍夫不是男仆，不过，这与男仆有什么不一样呢？一个做事高效的聪明间谍，要比那些断手断脚只会歌颂祖国的伤兵好上一百倍。林特家里的大事小情被尼古拉伊奇掌管得井井有条，宛若细心的农民精心调教之下不会乱响乱颤的四轮货车。尼古拉伊奇很有趣，哄别人开心有一套办法。林特觉得自己与他有某种奇怪、模糊的血缘关系，这或许是出于命运的相似，只是彼此尚不知晓，抑或是某些生物化学方面的事情，可能是因为某些基因组合是相似的，或是某些氨基酸是一样的。毕竟，如若仔细思考，人与人之间的一切感情只是鸟嘌呤核苷酸蛋白的激活，只是信号分子的化学反应罢了。

唯一让林特有些许不高兴的是尼古拉伊奇对加林娜·彼得罗夫娜的态度。"你是怎么回事，尼古拉伊奇，你给我说实话，她对你做了什么？"林特的语气如同训斥一只淘气的大狗，尼古拉伊奇也像狗一样，转过脸不答，皱着眉头，眼神中透出一丝嫉妒。"别愁眉苦脸的，打起精神来，去看看我们都有什么了，床安排好了吗？"林特轻轻揉着尼古拉伊奇的脖子，尼古拉伊奇点了点头，说道："最好的床，落叶松做的，躺十个孩子都不会塌。"

"我干吗要生十个孩子？生那么多干吗？小子，你也觉得第一个是儿子吗？"尼古拉伊奇自信地回答道："肯定是儿子。"加林娜·彼得罗夫娜的肚子很是白净，隆得很高，宛若吞下了一个均匀的地球仪。只有女孩才会吸收母亲的美貌，怀着男孩的母亲总是变得更美。林特勉强保持着狼狈的笑容，想到妻子发烫、略带汗咸味的孕肚，想到妻子屈从于自己时闭上眼睛的场景，想到她身体之中活泼、强烈、湿润的温热，以及与之完全相反的，纤嫩、淡粉、总是冰冷的乳头，宛若春日纤弱早熟的覆盆子，让人想去采摘，想用嘴唇触碰。

无所不知的尼古拉伊奇叹了口气，说道："她很快就会回家了，请您耐心等待。医生说，孩子将在一月底出生。"

1959年1月31日，加林娜·彼得罗夫娜生了一个儿子。生孩子对她来说并不难，像小猫生崽儿一样容易，从她第一次宫缩，到助产护士抱出一个浑身像李子一样紫的皱巴巴的婴儿并用粗哑的嗓门儿喊出"是个儿子！"，只用了三十分钟，其中包括她从吸烟室摇摇晃晃地走出来花的十分钟。孩子看起来很丑陋，不过还是比林特好看一些。一天后，孩子第一次被送到母亲身边喂奶，加林娜·彼得罗夫娜却向医护人员大发脾气，只要小孩一碰到加林娜·彼得罗夫娜的乳房，她就会剧烈地抽搐。医生们到处奔忙，试图排除癫痫病的可能，不过，加林娜·彼得罗夫娜只是对喂奶厌恶。她突然安静下来，只是断然拒绝给孩子喂奶，还把一罐漂亮的浓缩奶油砸到了护士身上。这是风暴的预兆，恩斯克关于它的传说后来变得像苏联作家帕维尔·巴若夫笔下的童话故事一样可怕和色彩纷呈。不过加林娜·彼得罗夫娜同意挤奶，经过一番讨论后，一家人决定将母乳挤在奶瓶里喂奶。加林娜·彼得罗夫娜的奶水很多，足以喂养另外两个嗷嗷待哺的婴儿，一个是某大型国防企业主任的孙子（主任的女儿是个奶水少还特爱哭的傻瓜），另一个是迟来的、珍贵的、父母企盼已久的孩子，孩子的父亲曾为执行命令在地牢里射杀过不幸的人，一连几十年祈求上帝的宽恕，直到他们久久企盼的后代终于降生，小女孩的脸像月亮一样白，长着小小的眼睛，舌头永远伸在外面，放不进嘴里。妇产医院里的每个人都同情这个弱智的孩子，并劝说孩子的父亲将她交给国家福利院抚养，可孩子的母亲（不年轻，不漂亮，没有未来，没有奶水）温柔地抱着女儿，一抱就是几个小时，就算打死她，她也绝不会将女儿抛弃。

除了动作麻利的护士，没有人去看林特的儿子，甚至他的名字也是尼古拉伊奇起的。林特迫不及待地将加林娜·彼得罗夫娜接回了家（一刻也不耽搁），除了喝水和滤奶，他几乎不让她离开卧室。尼古拉伊奇笨拙地摇着沉重的、哭个不停的婴儿:"让他叫鲍里克吧。"他隐约回忆起叶尔班村的人们将品种最好,血统最纯正的山羊叫作鲍里克。

于是,拉扎尔·林特和加林娜·彼得罗夫娜的儿子叫作鲍里克。

很难想象,这个谁也不爱的孩子被轻视成这样。

林特对父亲的身份不以为意。这种冷淡一定是来自亚伯拉罕,亚伯拉罕生下以撒,以撒生下雅各,雅各生下犹大(以此类推,这种冷淡在十三代以色列人的无数个家庭中代代相传),犹太人爱子的基因在林特的血液中减弱殆尽,犹如陈旧无用的精神行将消失。或许,林特将所有的热情都给了加林娜·彼得罗夫娜,这种热情从他六十岁开始愈来愈炽烈,而十九岁的加林娜·彼得罗夫娜自己也还是个孩子,甚至比刚出生的孩子还要脆弱。那个小东西每天要换尿布一百次,用如此用力的号啕表示要吃奶,他明显是坚不可摧的,用撬棍都无法伤害它,试都不要试。

加林娜·彼得罗夫娜不爱儿子,这完全可以理解,甚至可以原谅,但那毕竟是活生生的婴儿,那毕竟是无助的婴儿,他需要照顾,就像她照顾实验室里的老鼠一样,仅仅因为她是苏联人,意味着她有道德,不是该死的法西斯分子。加林娜·彼得罗夫娜小心翼翼地抱起鲍里克,为他裹上襁褓,轻轻揉着他的后背,让他打出嗝儿，但除了沉闷和疲惫，什么也感觉不到。同所有的新妈妈一样，很多事情她还不会，也完全无法应付：奶瓶必须煮沸消毒，奶必须挤出来，尿布必须漂洗得干干净净，正反两面都要熨烫。加林娜·彼得罗夫娜的体重下降，变得憔悴，变得瘦弱。夜里，她跑到婴儿房，一待就是几个小时，聆听鲍里克安静的哭声，和任何一位普通母亲并无二致，只是，她心中幻想的不是小孩睡得更久，而是索性不要再醒来。林特会像一个幽灵般走进婴儿房，他的身影在清晨前的昏暗中泛着蓝色，看起来像个不真实的影子。"不能再这样了，你会把自己折腾死的。我们雇个保姆吧。"尼古拉伊奇早已提了好多次建议，说他已经有了保姆的人选。加林娜·彼得罗夫娜固执地摇头。"唉，你使什么性子呢？"加林娜·彼得罗夫娜不希望尼古拉伊奇再派一个女特务，他自己每天来上百次就够了——他安静，可怕，像个吸血鬼，掌管着家里的大事小情，时不时盯着加林娜·彼得罗夫娜的眼睛，嘴角微微一笑，仿佛在说："小娘们儿，还记得我对你的劝告吗？"加林娜·彼得罗夫娜当然记得。

"够了，别哭了，亲爱的。"林特走近她，用皱巴巴的干燥手指爱抚她的脖子，爱抚她的脸颊，仿佛用某种特别难以理解的方式听到妻子体内涌出的沉重泪水。"很快就会好起来的，你会看到的。我们去睡觉吧，孩子醒了叫起来，我们就睡不着了。"加林娜·彼得罗夫娜顺从地点点头，但仍是一动不动，感受着丈夫的手指顺着她的锁骨滑下，越滑越低，滑到水罐一般沉重的乳房。林特对妻子从来都不是安慰而已。"还是说，现在不是睡觉的时候？既然我们俩都还醒着……"林特喃喃自语，他的手狂乱地移动，熟睡的鲍里克咕哝着，仿佛在戏弄他的父亲。加林娜·彼得罗夫娜感觉到婴儿的摇铃刺入她的腿间，显然，那是她自己不小心弄掉的。她看着慢慢变亮的天花板一跳一跳地抽动，她觉得，或许自己不应该期望丈夫和孩子死去——她的丈夫，她的儿子，这两个陌生而令人不悦的存在。或许为了解决一切问题，该消失的不是他们，而是她自己。

护士卓耶奇卡将她从自杀的心思里拯救出来（加林娜·彼得罗夫娜曾认真地思考过自杀，就像女主人冷静沉着地切掉炖汤的鸡脑袋那样），她在卫生部的号召下，每周都会满怀热情地拜访林特的妻儿。卓耶奇卡矮矮胖胖，爱傻笑，是个彻头彻尾的傻瓜，而且还是一个性格非常活泼的傻瓜。她将自己稀疏发白的发辫编成一个篮子，里面装满了各种各样迷信的思想，她喜欢四处插手，尤其在没有人需要她的地方。不过，卓耶奇卡也很擅长自己的工作，最爱哭的婴儿在她的检查下也不会大声哭喊，只是扭动着粗壮的小腿，发出动人的哼叫声。卓耶奇卡对鲍里克的健康状况感到满意，根据卫生部的指标，他长高了，也变重了，囟门没有提前闭合，胎便的黏稠度和气味也符合标准，只是，加林娜·彼得罗夫娜令卓耶奇卡感到困扰。

加林娜·彼得罗夫娜越来越沉默，空洞的眼神盯着地板，动作迟缓，仿佛比其他人慢上十秒钟，犹如一个全副武装，被绳索紧紧拴住，在满是淤泥的水底大步前进的潜水员。毫无疑问，这是产后抑郁症的特征，这种病不及邪恶之眼或独身者王冠的一半有趣，后二者在她脑中与新生儿黄疸以及某种严重畸形症状高度吻合。因此，她找了一个合适的时机，将加林娜·彼得罗夫娜拉进厨房，苦口婆心地对林特十九岁的妻子说她的家谱受到了一些诅咒。卓耶奇卡睁大那双湛蓝如瓷球般的双眼，时而拍拍加林娜·彼得罗夫娜的肩膀，时而拉起她的胳膊，并对她说："祖上一定有人为你托过梦，并在你耳边说过悄悄话。他们是嫉妒的，他们对任何事情都会嫉妒，嫉妒你的美貌，嫉妒你的财富，他们能把蜡烛倒着点燃，甚至能给活人写追悼词！"

卓耶奇卡极具表现力地扬起眉毛，两条眉毛几乎扬到了她的后脑勺，不过加林娜·彼得罗夫娜仍然像一条从水中捞出许久的大鱼，几乎一动不动。这令卓耶奇卡有些难过，因为即使是最顽固的人也会在听见倒燃的蜡烛时感到惊讶。加林娜·彼得罗夫娜对卓耶奇卡所述摇晃枕头抖出镜子碎片以免其带来厄运的故事漠不关心，卓耶奇卡说镜子碎片若是被放进床被枕头里会为人们带来可怕的灾祸。她也不想给孩子受洗，以免让孩子哭闹，还是让他安稳地睡吧。

这时，感到一丝不悦的卓耶奇卡从袖子里掏出她最珍贵的王牌。加林娜·彼得罗夫娜站起身，小凳子吱吱作响。她的嘴唇慢慢变得红润，宛如心脏病患者从撒满滑石粉的褐色氧气袋里获得了复活的空气。

加林娜·彼得罗夫娜紧紧握住卓耶奇卡的双手，问道："您说的是真的吗？"

卓耶奇卡愤愤不平地说："我有什么理由说谎呢？"卓耶奇卡

的确没有从她这些毫无意义的事情中获得什么好处，除了道德层面的满足。

"用对列宁的忠诚发誓！"加林娜·彼得罗夫娜要卓耶奇卡用自己知道的最具诅咒意义、最幼稚、最毛骨悚然的誓词发誓，这个誓言起源于操场上学生们的游戏，以及少先队的歌曲。

"我用对列宁的忠诚发誓！"卓耶奇卡大声说道，一边说，一边在自己身上划了十字。

加林娜·彼得罗夫娜缓缓点了点头。托儿所里，鲍里克大声号哭，尼古拉伊奇的声音在他身边像黄蜂般嗡嗡作响，尼古拉伊奇是极度忠实的仆从，在他看来，这个孩子是林特的新财富，尽管娇弱，尽管烦人，但对林特而言却无比贵重。加林娜·彼得罗夫娜听到了尼古拉伊奇的声音，露出了一种清新的、信任的、略带孩子气的微笑，在卓耶奇卡的记忆里，这是加林娜·彼得罗夫娜第一次笑。

"我只是不想让任何人知道。可以吗？"

卓耶奇卡同情她，点了点头，说道："其实很简单，请您靠过来……"加林娜·彼得罗夫娜恭顺地侧耳倾听卓耶奇卡的耳语，感到阵阵痒动，卓耶奇卡的唾液在加林娜·彼得罗夫娜的耳边泛起细小的泡沫。

"没人能想到这个，不要担心。"卓耶奇卡说完了最后一句，并满足于自己的神秘人设没有受到损害。

没人能想到这个，这种做法的有效性和精确性会为任何一个间谍赢得荣誉。一周后，司机带着加林娜·彼得罗夫娜和鲍里克去了诊所,由神经科医生进行检查,司机同往常一样在候诊大厅门口打起瞌睡,因为加林娜·彼得罗夫娜告诉他至少要等一个小时。加林娜·彼得罗夫娜快步走进候诊大厅,把胖乎乎的儿子交给八面玲珑的卓耶奇卡,穿过诊所,从后门离开,卓耶奇卡预约的出租车早已等在那儿。整整一个小时后,加林娜·彼得罗夫娜坐着同一辆出租车回来了,带着孩子进入诊室,将孩子交给神经科医生认真检查,检查完毕,她抱着孩子走出诊室,敲打着林特的"伏尔加"轿车的挡风玻璃。打鼾的司机猛地醒来,闭上嘴巴,揉了揉迷瞪的眼睛。加林娜·彼得罗夫娜用出人意料的口气简短地吩咐道:"回家。"这时司机才终于醒过来,看着后视镜里年轻的女主人。不管怎么说,她是个美丽动人的女人,还有个漂亮的臀部,如同母马的臀部一样。院士不傻,尽管他是犹太人。而加林娜·彼得罗夫娜是傻瓜。她要把自己的一生都花在一个老男人身上,那些青春岁月再多的钱也换不来。加林娜·彼得罗夫娜皱了皱眉头,仿佛能感觉到这些想法。它们黏糊糊的,如同废墟里的蜘蛛网。"看路。"她冷冰冰地吩咐道。司机乖乖地转移了视线,觉得后座上坐着的仿佛是另一个人。

的确是这样。1959年4月,加洛奇卡·巴塔洛娃彻底消失了,取代她的是加林娜·彼得罗夫娜·林特。

多年以后,加林娜·彼得罗夫娜回忆起结婚第一年发生过的事情时只会一笑了之,她当时是多么害怕,多么迷茫,她在家中被监视,她迷信尼古拉伊奇无所不能,在她看来,尼古拉伊奇是一个私人所有的恶魔,几乎是撒旦的化身。在尼古拉伊奇面前,加林娜·彼得罗夫娜甚至不敢去想任何重要的事情,她认真地觉得尼古拉伊奇这个殷勤的文盲,这个本质上的走狗,能以某种方式渗透她的思想。

当时在出租车上,她害怕得几乎失去知觉,因为她相信事情一定会暴露,卓耶奇卡和鲍里克一定会被发现,警察即将在前面的拐角出现。卓耶奇卡一定把地址搞混了,因为出租车司机在恩斯克郊区绕了很久,抱怨自己从没听说过这个该死的地方,加林娜·彼得罗夫娜差点打算折返。没过一会儿,出租车开到了城市的尽头,在乡间小道上前进,转弯,再转弯,停在一幢小房子外。出租车司机不确定地说道:"看起来是在这里。您认得吗?"

这幢房子很旧,与周边的景色并不搭调,它有两层,有一个宽敞的玻璃露台,整幢房子坐落于一座寒冷空旷的花园深处,似乎因自身的脆弱而感到羞耻。没有高高的围墙,没有用链子拴住的乱叫的杂种狗,连菜园也没有,只有一条湿漉漉的鹅卵石小路,光秃的树枝密密麻麻地交错在一起,金属栅栏刷着金色的油漆,顶端铸着一个个小铁球。这幢房子是那么孤独,东边是恩斯克和周围破旧的村落,西边是成片成片的松林,此时,四月的森林静穆、通透,宛若一泼墨水洒向细腻而潮湿的天空。

出租车司机熄灭发动机,下了车,点上一支烟,承诺道:"去吧,姑娘,别害怕,我在这等着你。你也不可能骑着鹿跑了,我明白!"加林娜·彼得罗夫娜踩着地面上的冰块,沿着小路匆匆走到阴冷潮湿的门廊，她敲了敲门，没有注意到旁边的门铃。她的心怦怦直跳，如同考试临近的学生，又如终身大事行将临近的新娘。她心想：要是这次没用，我就去上吊。

门开了，开门人嘲讽地说道："真是个傻孩子。"

门槛前站着一个身材高挑的女人，穿着一件令人惊叹的厚丝绸睡袍，上面绣着几条腾飞的龙，好像几朵奇异的花。那几条龙闪着金铜色的光芒，女人头上浓密顺滑的卷发也泛着同样的光芒。

"什么？"加林娜·彼得罗夫娜惊恐地问道。

"我说，你是个傻孩子，我亲爱的。"女人曼声重复了一遍，嘴角微微上扬。她的牙齿圆润、洁白、光滑，好似电影演员的牙齿；她的脖子也同样圆润、洁白、光滑，一条金项链带着沉重的金坠，钻入睡袍长长的领口，钻到紧实、成熟、饱满的胸部。她的耳环也是同样的沉重，带着成串的坠子，拉得又大又柔软的耳朵微微下垂。女人身上散发着香气，几乎是食物的香气，她优雅、丰满、闪耀，看起来就像一棵喜庆的新年枞树。

加林娜·彼得罗夫娜仿佛突然在远处看到了她自己——穿着皱巴巴的旧大衣，衬衣上有干牛奶的点点污渍，凌乱的辫子被黑色橡皮筋匆匆扎起，有那么一瞬，加林娜·彼得罗夫娜渴望穿上那位女人的同款睡袍，戴上同款耳环，渴望自己也长着那双笑眼上挑得高高的、完美拱起的眉毛。

女人称赞道："现在，你心里想的是正确的。来吧，进来吧，不然我的夹竹桃就挨冻了。"

加林娜·彼得罗夫娜走进宽敞的门厅。门厅昏暗而庄严，椅子上绑着蓬松的坐垫，旁边放着一个沉重的衣架，加林娜·彼得罗夫娜看到一件色彩非常鲜艳的狐皮大衣，大衣通身红色，衣领是一片又大又蓬松的银狐皮。眼前的场景令加林娜·彼得罗夫娜困惑不已。

她喃喃自语道："抱歉，我一定是把地址弄错了，我想找神婆。"

女人平静地说道："我就是神婆。"说罢又笑了起来，女人的笑声爽朗又年轻，清楚又可怕，宛若用锤子敲打木琴的金属键。

奇怪的是，林特是唯一一个没有注意到加林娜·彼得罗夫娜心绪大变的人。无论是发脾气，还是任性，还是像癌症一般迅速生发的懒惰，都没能削弱林特对她的爱慕之情，事实上，林特甚至没有问过她究竟发生了什么。到了二十岁的年纪，加林娜·彼得罗夫娜变成了一位真正的淑女，衣着风格变得雍容典雅，她喜欢上了所有翻毛的大衣，拥有了全心全意崇拜她、对她卑躬屈膝、并在精神上亲吻主人肩膀的女仆，并且，她开始对贵族的生活方式和着装打扮心生某种近乎恋物癖般的钦佩。加林娜·彼得罗夫娜拥有的不只有管家和专属司机，好几十人围着她的心情、梦境乃至月经周期转：皮草商、厨师、珠宝商、裁缝、医生、研究生、教授，都是有家室有孩子的成年人，他们的生活自为年轻的加林娜·彼得罗夫娜服务开始就改变了。

加林娜·彼得罗夫娜不再是小女孩了，今后，人们只能通过她接触到林特院士的身体，或是电话，或是档案，或是灵魂。发表文章、选择主席团人选或参会者、接见谁或不接见谁，都要由她说了算，她为此浪费了大量的精力和金钱，那些可都是真金白银！林特的资金开始流动，宛若融化的冰川开始搅动。加林娜·彼得罗夫娜将丈夫几乎所有的斯大林奖奖金都花在了修缮公寓上，不过林特还没来得及注意到他的奖金变成深色橡木和美纹桦木做成的古典家具，他又获得了列宁奖，如同魔鬼大手一挥，将他的资产又翻了一倍。

一切都像神婆所说的那样。加林娜·彼得罗夫娜花得越多，她获得的钱就越多，她就越来越忙碌，也就越来越能忍受日常生活的苦难。这是一笔公平的交易。护士卓耶奇卡没有说谎。加林娜·彼得罗夫娜首先在她身上试了试神婆的话能否应验。那场诊所之行一周后，护士卓耶奇卡再次按计划造访林特一家（她准备好了许许多多个问题），但开门的不是加林娜·彼得罗夫娜，而是为鲍里克雇的保姆——一个年纪不轻、长着小胡子的中年女人，她是加林娜·彼得罗夫娜雇佣的无数仆人中的第一个，加林娜·彼得罗夫娜学会了雇佣仆人，解雇仆人，就像农妇挑选土豆那样，轻率又灵巧地将烂土豆或小土豆扔在一边。卓耶奇卡也被加林娜·彼得罗夫娜以同样的方式扔到了一边，只需一个电话，就能让可怜的卓耶奇卡被赶出第四总医院这个享有盛誉的天堂，并永远流放至偏远的小诊所，一辈子为号哭的无产阶级后代接种预防致命疾病的疫苗。加林娜·彼得罗夫娜为她从这件微不足道的小事中感受到的快乐而惊喜。复仇当作一道冷菜更好吃,这是十足的谎言。热菜才能更好地满足饥饿的肚子,当你毫无原因,毫不愤怒地行使毫无意义的复仇时,便会觉得更加美味,仿佛你就是上帝。

神婆也说过这样的话。

加林娜·彼得罗夫娜用很短的时间便将房子改造得富丽堂皇,她在好的事情上有着某种出乎意料的天赋,这与她对人的冷漠截然不同,只是在装修房子这件事上,重要的不是装修的原因,不是设计图,而是装修的结果。即使是跳蚤市场中寻来的破烂,在加林娜·彼得罗夫娜的手中也有了意义,变成了稀有的古董,她总是要对那些东西的历史刨根问底,对于一个并不知道自己想要什么的年轻女人而言,这是一种罕见而珍贵、几乎是不可思议的品质。一些呆头呆脑的老收藏家走进林特的家,细细把玩那些陀思妥耶夫斯基的小雕像,尼古拉伊奇只是抱着头,加林娜·彼得罗夫娜则开始喜欢在沙发上一连躺几个小时,翻看厚厚的艺术期刊,晃着她那双完美无瑕、精心雕饰的粉红色圆头高跟鞋。林特亲吻她光滑的脚时,几乎激动得眼泪都要掉出来,指甲上涂着厚厚的大红色指甲油,鲜嫩得像一颗颗小浆果。每周一次美甲,每周两次美容,每天早上做造型,穿上低跟的拖鞋和绣着龙的丝绸睡衣。加林娜·彼得罗夫娜有七件丝绸睡衣,一周七天,每天穿一件。

新来的保姆是一个木讷的村妇,顺从地回应着尼基蒂奇娜这一称呼(正确的父称是尼古拉耶夫娜,姓名加父称是娜塔莉亚·尼古拉耶夫娜，轻飘飘的，令人晕乎乎的，几乎没有希望的名字，就像浴室窗后一根柔软的普希金式树枝），并用颤抖的手整理着加林娜·彼得罗夫娜的衣服。保姆一会儿收拾衣服，一会儿占卜，一会儿向她的摩尔多瓦神灵祈祷，她，娜塔莉亚·杜普利舍娃，曾是一个流着鼻涕、光着身子、佝偻着腰、一无所知的傻子，如今她站在宽敞的主卧室，理着柔软撩人带蕾丝的衣裳。

这些柔滑的丝绸衣裳，外面冰凉，里面闪着火热的静电，丝绸紧贴着大腿，抚摸着修长的腰肢，抚摸着一排鹅卵石般凸起的椎骨。这些半透明的不雅内裤，即使是穿着后的，即使布料上沾着黄斑和白带，即使沾上了老学究的精液，仍然散发着年轻胴体微妙隐秘的生命气息，这断断续续的花瓣般的香气中夹杂着粉红色进口肥皂的香味，加林娜·彼得罗夫娜命令保姆在衣帽间的所有抽屉都放上香皂。内衣呢？蕾丝边，细肩带，宛若敞开的篮子般将饱满紧实的乳房裹在里面，用力将滚圆明亮、大头针似的，又如一滴鲜血般的乳头摁进去。

尼基蒂奇娜·尼古拉耶夫娜摇了摇头，赶走了邪恶的想法，将衣服翻了个面，在接缝处叠好，并用嘶嘶作响的泡沫清洗了整整一天。一只尼龙袜躺在卧室的地上，另一只被扔在书房的阳台上，珍珠扣掉了下来，刀叉上沾满冷凝的油脂，书上落满灰尘，衣柜上也落满灰尘，地板上也是，沙发也一样……仿佛这完全不是工作，而是令人小腹抽搐的忙乱假期。加林娜·彼得罗夫娜指着随手乱扔的衣服和皱巴巴的床被，对满心觉得不能听懂自己说什么的尼基蒂奇娜·尼古拉耶夫娜命令道："每天换床单，两面熨烫，无论如何不要给床单染色，你明白我的话吗？重复一遍！"

日子一年一年地过去，平顺、丰盈、无忧无虑而空虚。林特又获得了一枚奖章，鲍里克不知不觉在襁褓中长大，变成了一个可爱的胖男孩。除了保姆，没有人关心鲍里克长出的第一颗牙齿，也没人关心他迈出的第一个步伐，然而，反复无常且总是不满的加林娜·彼得罗夫娜很快便解雇了她，重新雇了一个保姆。加林娜·彼得罗夫娜开始在家里开派对，并认识了城市里所有她需要的人（剩余的要么是她不需要的人，要么不是人），她先是喜欢上了钻石，后来又喜欢祖母绿，再后来又喜欢上了钻石，她觉得钻石是"百搭"的，祖母绿则需要合适的情绪，也需要合适的衣服。

1964年，加林娜·彼得罗夫娜在二十三岁的年纪再一次陷入忧郁，她已结婚五年，丈夫已六十四岁，什么也没有改变，时间宛若静止一般，她并没有变老，因为她与林特之间巨大的年龄差距不会也不可能得到弥补。林特永远比她大四十一岁。神婆曾对加林娜·彼得罗夫娜说："如果你的院士死了，那么一切都将变得不同，但你不可能下得去手，所以什么也别做。"她能做什么呢？难道能在深夜用枕头闷死他？林特仿佛不会死去，甚至停止了衰老，瘦小丑陋的他仿佛吸食着加林娜·彼得罗夫娜年轻的血液。

于是，一个昏暗的春日初晨，加林娜·彼得罗夫娜走进林特的书房，将丝绸睡衣的腰带紧紧围在圆滚滚的腰上，向林特宣称自己想回学校学习。林特振奋起来："好极了，这是个好主意。亲爱的，你做出了正确的决定，我举双手赞成。我们是平等的，你不利用我们的关系才是罪过。"加林娜·彼得罗夫娜笑也没笑，任由林特的趣话悲惨地吊在空中，变得愚蠢、平淡、无趣。"亲爱的，你想学什么呢？"林特大胆地忽略了尴尬的停顿，毕竟，家庭生活不是简单的笑话，玛露霞也曾以最粗暴的方式令查尔东诺夫焦头烂额。当然，这是一个可悲的借口，但他别无选择。加林娜·彼得罗夫娜面露不悦，说道："我要进理工学院读书。"林特满意地点了点头："啊，那意味着要学习物理和数学，这两门学科总是令不及格的同学头疼。现在我们得吃透这两门学科！"

林特不知从哪里掏出一个笔记本，放在桌上，他蹲在椅子上，像极了小孩子。他飞速地在空白页上写写画画，然后像纸牌魔术师一样笑嘻嘻地将笔记本扔给了她。而加林娜·彼得罗夫娜只是对这些字扫了几眼，吐出一声"怪玩意儿"，她早已习惯林特涂鸦般的字迹，但不幸的是，她早已将这些知识忘得一干二净。"来吧，亲爱的，"林特深情地催促道，就像当初轻轻地将她推进医生办公室那样，"题目很容易的。"

林特不只是从自己的角度觉得这道题很容易，他曾为全苏联少儿物理奥林匹克竞赛测试题目难度，该竞赛在1962年刚刚启动。如果林特认为小朋友们对某道题要思考一分钟以上，那么这道题就会因难度过大而被排除在题库之外。不过正因如此，被选中的题目并不多，因为让院士专家思考中小学的物理公式并不容易。林特瞥了一眼乌木钟上昏暗的指针，不知不觉过了三分半钟。然而，一切将与1918年完全不同，当时林特和查尔东诺夫互相传递笔记本,共同解决难题,那是熟悉、欢乐、誓言、信念和承诺的一切。林特没好气地笑了笑:"几乎是做出来了,至于怎么验算则是另一回事。"加林娜·彼得罗夫娜听到他的笑声,脸涨得通红,突然恶狠狠地涂毁林特写下的题目,愤怒地将纸撕得粉碎。

"这是怎么回事?"加林娜·彼得罗夫娜愤怒地问道:"我说了,我想入学,我不想玩这些傻子玩的玩具。"所有仆人都早已习惯了这种嘶哑而愤怒的声音。

林特一脸困惑地从椅子上站起来,试图挽住妻子的胳膊。加林娜·彼得罗夫娜挣脱了他,走出房间,响亮地将房门一摔,如同甩了一个清脆的耳光。

秋天,林特搞来了一张大学毕业证("给水排水"专业设计工程师文凭),毕业证是蓝本的(红本就不需要了,真的!)[①],上面写着加林娜·彼得罗夫娜·林特出生于1941年,她在恩斯克理工学院学习的时间恰好是结婚后的五年,这本证书上所有的数字和字母都是真真实实、不可怀疑的。

恩斯克地区克格勃负责人谢德洛夫将军向林特责备道:"拉扎尔·约瑟福维奇,你太惯着你妻子了。"没有谢德洛夫将军的证明,林特根本不敢造文凭的假。偶尔冲供养你的手咬上一口,甚至吐一口痰,都是再正常不过的事情……林特非常清楚这一点。

"这不是她要求的,是我自己要这么做。"林特试图辩解,但这样的解释无疑是苍白无力的。

---

① 苏联时期,每门课程成绩均为优秀的毕业生可获得"红本"毕业证,其他毕业生则可获得"蓝本"毕业证,这一传统一直延续至今天的俄罗斯。

"这更糟糕！"将军大声训斥道。谢德洛夫将军身材高大，长得很像英俊的歌剧演员，留着旧式的小胡子，这种造型令他看起来有点轻率，甚至有点滑稽。事实绝非如此。谢德洛夫将军并不愚蠢，几乎可以说，他是一位军事天才，而且在两性关系上也相当有野心。"不能给予女性自由的意志，因为她们根本驾驭不了。"谢德洛夫将军告诫道，同时他感受到林特已经听够了他的告诫，于是转移了话题："听说你的妻子是一个大美人……"

林特敏锐地捕捉到了这个微妙的停顿，于是盛情邀请谢德洛夫将军到家中做客："不，不是什么正式的场合，只是朋友聚会而已。"

谢德洛夫将军带了一箱二十年的亚美尼亚"奈里"酒，他在林特家里表现得极富魅力，宛若真正的骑兵，尽管他喝了不少酒，但制服一点也没乱，仍然极有感情地唱着与他外表相称的经典情歌，并向在场的所有女士依次致敬，包括在厨房里忙个不停的保姆，导致一盘羊羔肉伴着一声热情的尖叫被摔在了地板上。谢德洛夫表现得是那样完美，不久之后他便经常出现在林特的家中，七年后的1971年，加林娜·彼得罗夫娜终于忍不住，向谢德洛夫将军询问公民尼古拉·伊万诺维奇·马什科夫的命运究竟如何。

倘若认为她早已忘却尼科连卡，那就太过愚蠢了，怎么可能忘却！起初，加林娜·彼得罗夫娜被尼古拉伊奇吓坏了，她不敢打电话给马什科夫（也不敢去学院），甚至不敢承认自己的生活中曾有马什科夫这个人。加林娜·彼得罗夫娜咬住颤抖的拳头，以免绷不住大哭一场，或许，父母已经把一切都告诉了马什科夫？

可能吗？他们敢吗？只要她乖乖听话，尼科连卡就不会被牵连，幼稚的恐惧、幼稚的承诺、用床单和自己的头发编成绳子从被施了魔法的城堡里逃出来的幼稚幻想。这些想法在她怀孕之后彻底消散，如今她已无处可逃，如今她已被玷污，挺着大肚子，变成罗圈腿，再也配不上童话里的王子。

神婆曾说过："忘了吧，不要再回到过去，你无法改变过去的一切，那里只有尸体。"显然，神婆使用了心理疗法。

但有时，尸体是最难忘却的。

"亲爱的，您说的是尼古拉·伊万诺维奇·马什科夫？"谢德洛夫将军朝天花板翻了翻白眼，在心里记下。他与大多数安全官员一样早已变得偏执，不相信文件，不相信人，甚至不相信自己。这是职业病，和理发师和服务员的静脉曲张是一样的。"我们能找到他，如果你需要，也可以把他带来。你想要活的还是死的？"加林娜·彼得罗夫娜笑了起来，轻轻拍了拍谢德洛夫将军的嘴唇，手镯发出温柔的响声。加林娜·彼得罗夫娜已经三十岁，三十岁是健康、青春、美貌的巅峰，位居高处的婚姻给她带来了别人一个世纪都无从得到的快乐，同时也教会了她一些为人处世的手段，她能够自由走进任何一个情报部门。至少，加林娜·彼得罗夫娜是这样想的。"亲爱的，不用把人送来，我只是好奇。"

将军亲吻着那只将他勾引的手，亲吻着一根根手指，亲吻着一节节指节，这样的场景在一二三四月都发生过。加林娜·彼得罗夫娜早在两人相识之初就试图勾引他，虽然没有成功，不过他们还是成了要好的朋友，以至于将军有时后悔自己表现得过于风流，过于高雅。这是什么鬼差事。

"加琳娜·彼得罗夫娜，您是一个非常漂亮的女人，但请您把扣子系上好吗？"当时谢德洛夫将军的语气如此坚定，加琳娜·彼得罗夫娜立刻就清醒了过来。

十月的傍晚已很寒冷，但将军的"伏尔加"汽车却很暖和，甚至有些闷热，将军亲自开车，他从来都是亲自开车，他不相信任何人，所有的耳朵都是多余的，因为总有敌人在监听，就是这么老套。加琳娜·彼得罗夫娜身上的白兰地香水味使车窗蒙上了一层薄薄的雾，宛若流出的眼泪，她的双乳——已育的年轻女性又大又圆又重的双乳，在昏暗的汽车后排泛着白光。她生下了一个孩子，哺育了甚至不止一个孩子。一条条蓝色的静脉隐藏在薄嫩的皮肤下，延伸到粉红色的乳头。

"为什么？"她闷闷不乐地问道，慢慢地系上衣扣。

"加琳娜·彼得罗夫娜，因为您已经结婚了。"

"谁都他妈的结婚了，谁都有情人！为什么我不能有？"

加琳娜咬住嘴唇，不让自己哭出来，一种羞辱感莫名油然而生。

"因为不是每个人都嫁给了林特院士。"

将军点燃两支烟，并将一支递给了加琳娜·彼得罗夫娜，尽管他曾受过专门的训练，可他的手还是诡异地颤抖，下体在裤子里肿胀得令人痛苦。加琳娜·彼得罗夫娜深吸一口烟，烟卷噼啪地闪出明亮的火焰。

"而你……"谢德洛夫将军突然将称呼换成了"你"，"甚至我，和林特比起来什么也不是。这话可能不好听，但这是事实。你的丈夫为政府做的事情是你我无法想象的，所以我不会让你破坏他的幸福。别再问了，你不可能有情人的，这是我的职责，你冷静点儿吧。总之，你要记住，之前有人监视你，但显然，他们做得很糟糕。不过他们之后会好好看着你的，我也会。"

加林娜·彼得罗夫娜又深吸一口烟，缓缓地，优雅地将烟摁在"伏尔加"轿车的后座上。烟头将人造革烧焦，发出难闻的臭味，留下一个可怕的、凹凸不平的伤口。将军大笑着打开了车窗。

"亲爱的，你可真烈！"将军兴高采烈地说道，"我教你开车吧，好不好？开车是一种自由，你会相信！等开到一百二十迈，什么烦恼都没了，真的！"

加林娜·彼得罗夫娜眨了眨眼，也笑了起来。

"那你教我吧。"她说道，也将称呼换成了"你"，充满嘲弄地补充道，"亲爱的。"

一个星期后，谢德洛夫将军带来了马什科夫的消息，尽管他搞到这些资料只花了一个小时。事实证明这个尼古拉·伊万诺维奇·马什科夫只是一个无名小卒。加林娜·彼得罗夫娜接过薄薄的文件夹，嘴角微微上扬，似乎她已完全不在意。

"喝点咖啡吗？我来煮。"她说。

谢德洛夫将军笑了笑："不要了。你看看文件吧，别担心，他没有犯任何罪。"

加林娜·彼得罗夫娜又笑了，不过这次不同，这次的笑容带着一丝痛苦。谢德洛夫将军决定继续监视她，以防万一。他打起精神，像年轻人一样迅速跨越一层又一层楼梯。过去的联系就是过去的伤口，沉默一百年，便被带进坟墓了。

谢德洛夫将军还没有离开楼梯，加林娜·彼得罗夫娜就已经知道尼科连卡哪儿也没去，他没有被定罪，也没有被流放，甚至没有搬到另一座城市。这些年来，他安分地住在恩斯克的一间两居室公寓里（位于特鲁多瓦亚第二街14-1号，12号公寓），这间公寓是国家分配给他的……加林娜·彼得罗夫娜站起身，在房间里转了一圈，又坐了下来。正是1959年，她结婚的那一年……啊不，她被献给林特的那一年，尼古拉·伊万诺维奇·马什科夫以极快的速度成功通过了副博士学位论文答辩（没有任何污点），获得了对口的工作，即化学与天然化合物系教研室副主任的职位，不过不是在理工学院，而是在大学，这是巨大的跃进，也是社会阶层的跃迁。现在，他与妻子，图书管理员娜塔莉娅·伊万诺夫娜·马什科娃，以及两个女儿，八岁的大女儿安娜和四岁的小女儿叶卡捷琳娜住在这个地址。

原来，马什科夫与加林娜·彼得罗夫娜的父母一样，都被收买了。加林娜·彼得罗夫娜合上文件夹，试图想象尼科连卡的妻子，想象他的房子和他的两个女儿，但她只看见餐具柜玻璃上模糊的倒影。餐具柜里摆着十七世纪俄国的银边玛瑙杯，还有各种银、玛瑙、镀金的雕饰品。最近一段时间，她开始收集彼得大帝时期的餐具，地方已经不够用了，还要再找一个柜子，最好是用一整根木头做的，加林娜·彼得罗夫娜想道。她并不觉得很痛苦，这令她自己也很惊讶。

林特望向餐厅。"亲爱的,你最近忙不忙?他们送了我莫斯科大剧院巡演的票。《天鹅湖》倒不算什么,但他们说舞蹈家普利谢茨卡娅会亲自登场。你想去看芭蕾吗?"加林娜·彼得罗夫娜微笑着点了点头,她是那样温柔,出乎林特的意料,因为她一直不喜欢芭蕾。"芭蕾很棒,我当然想去了,我们的座位是最好的吗?来,我们到时候不醉不休!"

林特笑开了花,飞快地吻了吻妻子,像小鸟啄食那样,然后像小鬼一样飞速消失了。加林娜·彼得罗夫娜的目光跟着丈夫,不由自主地用手臂擦了擦脸颊,擦掉了湿湿的泪痕。

她现在要做的,就是等待他的死亡。

但现在她至少会享受等待的乐趣。

1971年至1979年对加林娜·彼得罗夫娜而言,即使不是一生中最幸福的九年,也是她一生中最宁静的九年。苏联——或者说,加林娜·彼得罗夫娜的苏联——前所未有地富裕、自信、辉煌,宛若一个无忧无虑的绅士,喝多了酒,尚未料到他没走出几条巷子,精美的皮大衣就会被小混混们扯掉,他只能穿着内裤在寒风中悲惨而羞耻地奔跑,鼻子撞破了,血溅得满身都是。即使是无所不知的林特也猜不到结果是这样。

林特去学院的频率越来越少,更多的时候他居家办公,不过这没有令加林娜·彼得罗夫娜感到不悦,她对古董餐具、古董家具和各种珠宝首饰有着愈来愈浓厚的兴趣，之后又迷上了收藏书籍，在恩斯克，收藏书籍这种事没有比林特更好的顾问了。他们甚至搞了一个在中午进行的仪式，加林娜·彼得罗夫娜用赫列勃尼科夫（不是那个自称地球主席的维列米尔·赫列勃尼科夫，而是第一商会诚信的莫斯科商人伊万·彼得洛维奇·赫列勃尼科夫，他在塔甘卡附近的施维戈尔卡开设的珠宝工厂闻名全俄）亲手打造的大银杯将茶送到丈夫的办公室，林特将那些让他烦了一辈子的文件推到一旁，一边与加林娜·彼得罗夫娜聊天，一边吃午饭，而加林娜·彼得罗夫娜会吃掉她带进书房的所有饼干。

"吃吧，吃吧，亲爱的，我很高兴你胃口这么好。当然，应该要收戈卢比斯基[①]的书，他的《俄罗斯教会史》在革命前就不好搞到手了，现在更是稀有，更不用说这还是四卷本的！书的品相怎么样？狐斑不要紧，这可以修复。你要知道，戈卢比斯基是莫斯科神学院的教授，是一个德高望重的老人，但他的命运也非常不幸。他与波别多诺采夫[②]辩论了一辈子，他年老的时候失去了视力，但他始终很善良，而且善良得不同寻常。"林特陷入了沉思，想起了玛露霞的声音，她的声音仿佛温暖的铃声，不是没有灵魂的银铃铛，而是林地里长在茎秆上的小花铃，里面是淡紫色和粉红色的绒毛。林特向加林娜·彼得罗夫娜讲起了玛露霞关于戈卢比斯基的故事，戈卢比斯基曾经拜访过老皮托夫拉诺夫一家，那

[①] 叶夫盖尼·戈卢比斯基（1834—1912），俄罗斯历史学家。
[②] 康斯坦丁·波别多诺采夫（1827—1907），俄罗斯法学家和教育家。

时玛露霞还没有嫁给查尔东诺夫。

"天哪,那时候我还没有出生!"

加林娜·彼得罗夫娜耐心地等着林特说完这冗长的抒情故事,她对戈卢比斯基的命运并没有那么关心,而只关心那套书的装帧品相究竟怎么样。林特回过神来,回到了装帧品相的话题,就这样,他们总能聊上一个多小时,直到加林娜·彼得罗夫娜终于想起她还要去理发店或裁缝店。有时,她会在出门的时候亲吻丈夫。这与普通的家庭多么相似,很容易误认。

加林娜·彼得罗夫娜比之前温和多了,她不再对仆人那么专横,不再那么容易发脾气,也很少有可怕、无聊、干巴巴、响雷般的歇斯底里,不过她还是偶尔会大喊大叫,也会摔东西,只是没有摔过值钱的东西。她几乎是幸福的,只是她从来没注意到这"几乎"二字。总的来说,她过得很不错,任何琐事都是可以解决、可以接受的,譬如她最喜欢的耳环掉进下水道,抑或鲍里克仓促的婚事。

鲍里克在父母的心中比不上一件家具。"天哪,这个破花瓶是哪来的?啊对,是雷西科夫一家送来的。"与一切教育学和人性的规律相反的是,鲍里克长大后是一个好人,尽管有些懒散,但心理治疗师对他没有丝毫兴趣。这个例子表明,优渥的家境对孩子灵魂的损害要比无望的贫困要小得多。如同鲍里克的父母对他漠不关心一样,鲍里克对父母也同样漠不关心,这个养尊处优的孩子被迫与他几乎不认识的人共享一个家,因此这种漠不关心是开朗的、礼貌的、轻微惹人讨厌的。他既没有继承林特的才能,也没有继承加林娜·彼得罗夫娜的相貌，不过他继承了父亲灵巧的手，鲍里克大部分时间都待在自己的小屋里粘帆船模型，那模型漂亮又脆弱，如同干枯的蝴蝶。

有时鲍里克的小伙伴们到家中做客，小伙伴们与他一样，都是善良、懒惰、富有、被惯坏了的男孩子。他们就世界的未来和冷战进行过许多次激烈的争论，他们也听美国的唱片，并交换传阅不同政见者的手稿，这些手稿大多是丑恶的，不仅应该被封禁，把它们烧毁也是应该的。这些都是可爱的男孩游戏，也是青少年自由思想的接种剂，没有这些，就几乎不可能摆脱苏联贸易代表和随员的悲惨命运。

鲍里克以不错的成绩完成了中学学业，或许加林娜·彼得罗夫娜甚至连他读几年级都不知道，然而这个成绩足以让他进入大学的机械工程专业，他的姓氏和父称令恩斯克任何一所高校的招生委员会都眼前一亮。林特甚至根本不需要给谁打电话，事实上，林特也没打算这样做。

大二结束的时候，鲍里克把一个体格瘦小、满脸尴尬的女孩带回了家，并告诉父母他打算马上结婚。加林娜·彼得罗夫娜打量着这个女孩子，女孩穿着廉价的连衣裙，戴着塑料耳夹，垂着睫毛，扎着一条黑色马尾辫。

"你怀孕了？"加林娜·彼得罗夫娜直截了当地问道。

她抬起头，眼睛像流浪狗一样红。她好像就是一条无家可归的流浪狗。

"没有。"她回答道，并补充了一句："对不起。"

加林娜·彼得罗夫娜问道:"那为什么要结婚呢?"她的心中窃喜地认为自己无论是微微扬起的眉毛,还是小腿上的长袜都比这个连自己的青春都管理不好的小丫头强上百倍。女孩的指甲被啃得乱七八糟,鼻梁上的皮肤干燥得脱落了几丝碎屑。

"妈妈,'爱'这个词对你来说是毫无意义的吗?"鲍里克皱着眉,沉重地看着她。加林娜·彼得罗夫娜第一次意识到自己生下了一个男人,一个真正的、成年的、长满汗毛的、手臂暴起青筋的男人。出于某种原因,这种想法令加林娜·彼得罗夫娜十分不适。

"闭嘴吧。"加林娜·彼得罗夫娜的语气平静却不失嘲讽,"我跟你等会儿再谈,新郎。"鲍里克猛然扭过头,仿佛被打了一记耳光。加林娜·彼得罗夫娜转身面向女孩:"你们要在这里组建一个家?还是你已经有大房子了?如你所见,这里并没有太多地方。"

小女孩环视客厅,脸红了。

"我住在宿舍,"她轻声说道,"现在和室友住。但结婚会有单间。"小女孩的脸更红了,补充道:"可以有单间的,他们说了,鲍里亚① 在院长办公室问了。"

加林娜·彼得罗夫娜讽刺地应和道:"我们的鲍里亚多么精明能干。这事干得多出名。祝你们好运吧,什么也别说了。"

鲍里克再也忍不住,站起身,将他的小丫头从椅子上拽起来,如同将外套从衣架上拎走一样。

---

① 鲍里克的昵称。

"我们走吧,"他说,"走吧,这里不能待了。她简直是疯了,我爸也疯了。来之前我就和你说过。"

女孩乖乖走到门口,什么也没问,就连疑惑的表情也没有,鲍里克握着她的小手,手指信任地紧紧交织在一起。尽管他们什么也没说,但步调出奇地一致,显然,这是爱情,当然是爱情,没有私欲,没有理由,甚至没有意义。就连加林娜·彼得罗夫娜也明白这一点。

"别指望我能认你的这条母狗!"加林娜·彼得罗夫娜大喊道,房门砰的一声关上了。他们走上了婚姻的道路。

林特直到第三天才发现儿子不在家。

晚餐时,他接过一盘鸡肉浓汤面,问道:"鲍里克走了?还是怎么回事?"

加林娜·彼得罗夫娜不悦地回答:"不,他结婚了。"

"唔,那就好,"林特用勺子搅拌着面条,淡淡地说道,"这也太烫了!食物的温度应该等于人类的体温,得是三十六度六,不多不少,这样才能被身体消化。"

加林娜·彼得罗夫娜迎合地笑了笑,停止了思考。她无法忍受丈夫这种所谓的"聪明言论"。

过了一个星期,又过了一星期,鲍里克还是没有回来,不过加林娜·彼得罗夫娜丝毫不担心。忠诚的谢德洛夫将军时不时地向她报告儿子的情况:他们办理了结婚登记,在宿舍里得到了一个夫妻间,在课堂上庆祝了婚礼。"你想什么呢,说真的,那个女孩并不坏。她不是荡妇,是个孤儿,父母双亡,她在学校表现得也不错,也有社区服务的记录。接受她吧,接受她会让你感觉不错。我甚至不打算再关注她了。"加林娜·彼得罗夫娜很生气,说道:"好吧,我不想再听到关于她的任何消息。"谢德洛夫将军耸了耸肩,说道:"理解他们吧,你可能要花上一段时间才能弄清楚他们的想法。"

鲍里克和他的新婚妻子在一处建筑工地上度过了他们的蜜月,持续了整个夏天。九月,他们回来了,瘦了一大圈,也晒红了,不过他们很开心,因为他们从建牛棚的活计里赚了两千卢布,这对他们而言是梦幻般的一大笔钱。鲍里克去了一趟父亲的研究所拿了五百卢布。鲍里克信誓旦旦地承诺道:"爸爸,我会还给您的。只是别告诉妈妈。"林特摇了摇头,半是同意,半是不同意。父亲在鲍里克的眼中已经非常非常年迈,而且不知何故表现得异常拘谨。

这笔钱交给了合作社。两千五百卢布对一间小型三居室公寓而言已是绰绰有余。新房交付于新年之前,新年假日因此变得热闹倍增。不出人们的意料,幸福的大三学生鲍里斯·拉扎列维奇·林特兴奋地抱着年轻的妻子跨过新公寓的门槛,尽管公寓空无一物,却是属于鲍里斯·林特自己的。前来做客的是本科生和研究生,一群快乐的苏联傻瓜,他们伟大的国家正缓慢而庄严地走向垂死挣扎。他们热烈地吼叫着,将苏联香槟喷向天花板。专门为新年这一天而租来的电视机播放出亲切的声音:"新年快乐!1980年快乐!"鲍里克准备了很多吃食,保证每个人都有足够多的凉菜和炖鸡肉。他们本想做奥利维亚沙拉,但青豆怎么也弄不着。让沙拉见鬼去吧，他们仍然难以置信地幸福。

"你们打算拿那个小房间做什么？布置成办公室？"一个喝得醉醺醺的学生问道，一边说，一边试图将烟灰弹进杯子里，但每次都落在自己的裤子上。鲍里克既开心又有些发窘，对上了妻子的目光。她微笑地点了点头："来吧，现在你可以说了。"

鲍里克坚定地说："这个小房间以后是儿童房。"人们欢呼得更大声，跳得更大声，就这样，新的一年来到了，新的力量，新的幸福。一顶廉价的学生帽被抛来抛去，最清醒的那个人被派去买热乎乎的伏特加，他们像是被踢了一脚的球，跳跃着向前进。到了早上，气氛更加高涨，他们唱起马卡列维奇和维索茨基[①]的歌，随着录音机跳舞、亲吻、摇晃、大笑，直到早上六点天快亮时才离开。

鲍里克在最后一位客人离开后关上了门，看着他们指定为卧室的房间。在小床上，她正安静地睡着，那是他的妻子，是他的爱人，是他的阳光，是他的幸福。她的手轻轻地按着她的肚子。鲍里克脱下外套，盖住她的腿，眨了眨眼，走进厨房洗碗。冰冷的水带着锈色，他心想，水管工也是人，他们也要过年。如果生的是男孩，就叫作……不，不要给他起名字，不会生男孩的。鲍里克眼神坚定地望向天花板，仿佛本能地感知到上帝就在那儿。他祈祷道："我想要一个女儿。"他很高兴自己有生以来第一次知道该请求什么。"恳求上帝，让我得到女儿，让我得到莉多奇卡。"

---

① 两人都是俄罗斯歌唱家。

水龙头发出声音，吐出一股滚烫的水。鲍里克微笑着点了点头，神情欢喜，仿佛真的得到了回应。

1980年6月，莉多奇卡·林特出生了。

06
莉多奇卡
Лидочка

莉多奇卡身体内并没有寄生虫，但加林娜·彼得罗夫娜对这个女孩失去了兴趣。加林娜·彼得罗夫娜很快发现，这个五岁的孩子不仅是一个沉重的十字架，而且出奇地令人不适。又不可能将莉多奇卡用纸包起来放在很远的衣柜里，因为加林娜·彼得罗夫娜并不想听到撕破紧身衣的声音和别的各种各样的动静。儿科诊室里动听的安抚之语令莉多奇卡忍不住东张西望。"哦，您的孙女多好啊！啊，加林娜·彼得罗夫娜，她的眼睛和您的一模一样。"

不过加林娜·彼得罗夫娜并不需要一个孙女，因为她才刚满四十四岁，而从外表来看她连三十五岁都不到。更重要的是，莉多奇卡的眼神，她的习惯，她快速的转头动作，甚至连收托盘的动作都与拉扎尔·林特一模一样……加林娜·彼得罗夫娜守了四年的寡，几乎忘了丈夫在她心中激起的厌恶，她仇恨地看着拉扎尔·林特在一个活泼可爱的女孩身上重现，仿佛噩梦一般。他眉头下的眼神、他的笑容、他的双手、他的指节、他手腕上凸起的骨头、他的神态乃至偷偷抚摸她大腿的动作,纷纷重回加林娜·彼得罗夫娜的记忆,仿佛最不可防备,最能让人有触电感的肘部关节被叩击。

"别靠近我,你会把衣服弄皱的!"

可怜的莉多奇卡吓得缩回了伸出的手,也缩回了探出的脑袋,用黑洞洞的可怜眼神看着她,那眼神和林特简直一模一样。上帝啊,当然不能去责怪孩子,但加林娜·彼得罗夫娜本人又有什么罪过呢?

把鲍里克养大要容易得多,不过当你十九岁的时候,任何事情似乎都更为容易。鲍里克很习惯独立生活,但莉多奇卡还没来得及脱离父母的爱,本能地依附于加林娜·彼得罗夫娜,就像动物的本能一样,将她抚慰的不是某句话,而是亲切的侧影,是熟悉的气味,是温暖的呼吸,但这一切加林娜·彼得罗夫娜都没有,这一切也断然无法用钱买到。保姆们像当年照顾小鲍里克一样傲慢、迟钝,她们只是帮莉多奇卡擦屁股,确保她嚼东西的时候闭上嘴巴,以收取一定的佣金,但保姆们完全不爱这个小女孩。总的来说,根本没有人爱她,莉多奇卡渐渐明白了这一点。

或许,她并不是明白了,一个五岁的小女孩能明白什么呢?她只是习惯了,就像一朵花从窗台上被移到某个遥远的角落,窗台上有阳光,有温暖的微风,还有蓝色的喷壶,喷壶里面有甘甜清澈的水;遥远的角落与从前舒适的天堂相比令人痛苦难耐,却又没有黑暗到让花能够自行凋谢。最无情的是,对那个天堂的记忆并没有消失，反而越来越多，喷涌出痛苦的力量，莉多奇卡有时会无缘无故啜泣，甚至尖叫，她的尖叫声像锯木头的声音般令人无从忍受。即使是习惯了孩子发脾气的保姆们也无从忍受，纷纷离开了房间，她们更在意的是自己的神经，而加林娜·彼得罗夫娜在莉多奇卡一次尖叫时给了她一记清脆冷漠的耳光。莉多奇卡紧咬着牙，一声不吭。从来没有人打过她，从来没有。

最难受的是没有人和她说话，当然，除了一些最基本的交流：来、给你、躺下、睡觉、别烦我、下车、别碰。妈妈曾给她讲过许多有趣的事情，爸爸也讲过。莉多奇卡回忆起在沙发上坐在父母中间是多么舒服，回忆起母亲温润冰凉宛若牛奶的手抚摸在脸颊上，回忆起她悄悄地从父亲的毛衣上扯出一根多色的毛线。妈妈担心道："你觉得能给我们发疗养证吗？"爸爸笑了："要是不发疗养证的话，我就找当地委员会的人当人质。""谁是人质？"莉多奇卡听到这个词便跳了起来，宛若一只小猫扑向沙沙作响的报纸。"那些堆在衣领后面的家伙。""谁堆在衣领后面？"莉多奇卡惊讶得一动不动，嘴巴张得大大的，忘记了刚刚扯出的毛线。"'堆在衣领后面的人'意思是喝了很多酒却不干正事的人。总之就是好喝酒的人。"莉多奇卡猜道："那么，地方委员会里都是酒鬼吗？""你看，小孩子可什么都知道，我们不会有疗养证的！"

"不，会有的！"爸爸站了起来，但他就像一只被莉多奇卡的绳子抓住的甲虫一样，立即回过头，发出甲虫般的嗡嗡声，提起正在手舞足蹈的女儿："呀！巴尔巴利斯卡，你这个小坏蛋，你干吗要扯我的毛衣？你想让你爸光着身子周游世界吗？"莉多奇卡尖叫着，用力地蹬着小腿儿。"别这么弄她，她会睡不着的。"妈妈责怨地说道，为那件被扯坏的毛衣叹了口气，"看看，你都做了些什么？你是怎么把毛线拽出来的？你为什么要拽毛线？"莉多奇卡喘了口气，一点也不害怕地说道："因为它好看。""确实好看，你看看，这是什么颜色呀？是混色。"又是一个新词儿，又是同样的场景，这样的场景持续到地方委员会的人终于将疗养证交给爸爸。就这样，一家人去了黑海。

半睡半醒的莉多奇卡无法区分记忆与现实，当书本从她的腿上滑落到地上时，她不禁一颤。妈妈在一瞬间消失了，好像她从未来过。莉多奇卡叹了口气，跳下沙发，拿起书，坐在地上，尽量不在翻书时发出响声。加林娜·彼得罗夫娜的家里不允许发出声音，不能跑，也不能跳。莉多奇卡拉下桌布，在餐桌下搭起帐篷，做成一个神秘的暮色巢穴，她感到不同寻常地舒适，幕顶铺满金色的太阳光纹路，蚊虫般的金色尘埃飞舞着。莉多奇卡数着手指头，心中默念着玩球、跑跳、撕掉壁纸、用彩笔画墙、在晚饭前先吃掉一个小馅饼。当然，这些都是不能做的。生活很难，非常非常难。

事实上，莉多奇卡活得像一只名贵的小狮子狗。每天她用晶莹剔透的一套餐具吃四顿饭，在早餐后（早餐有茶、麦片、果酱、热面包、黄油和硬干酪）和午餐前（午餐有牛奶、酥脆的饼干、几个苹果或香蕉），她被带到院子里散步，那是安静的机关大院，带有铁花和尖刺的铁栅栏将大院与现实世界隔开。散步时可以跑上一小会儿，或在吱吱作响的金属秋千上玩，当然，有人在旁边看着,而且不止一个人,而是十几个保姆,每个保姆都以忌妒的心理看着托付给她们的孩子:"看我带的小孩,比别的小孩更壮实,更活泼,更好看。"保姆们嗑着瓜子,互相吹嘘着主人家的财富,还有孩子们的活泼与顽皮。"看看我的孩子!""看看我的!""我的孩子拿这个桶顶在我的脑袋上!"这个小孩子吃得圆滚滚的,穿着进口衣服,吸着鼻涕,试图将一棵泛着秋黄的山楂树连根拔起。孩子们什么都能做,甚至恶作剧也是可以的。孩子们做的好事情往往被保姆忽略,因为好的事情只有寥寥几件而已。保姆们翻遍了橱柜,开始翻冰箱,看看小孩偷吃了什么,偷拿了什么,弄坏了什么。她们鄙视厨师和管家,视他们为仆人和清洁工,她们自己则从不屈尊打扫卫生。她们会因为关于食物的故事兴奋不已,从袋子里拿出吃的,高声呼唤自己的孩子,那些孩子会像小鸟一样张开嘴,吃下鱼子酱三明治、软软的黄油面包和香喷喷的炖猪肉,孩子吃剩下的东西她们自己迅速吃掉,不会互相分享,孩子也不被允许分享食物。"不可以这样做!难道他们在家里没有东西吃吗?"就是这样,这些娇生惯养的官二代和富二代没有在小时候学会做好事,他们要么是在家里傲慢自大、娇生惯养、肥头大耳的小少爷,要么是少言寡语、软弱可怜、堕落无能,还总是体弱多病的权贵后代,和旧俄的少爷相比有过之而无不及,没有一点生存的本能和技能。

莉多奇卡并不喜欢散步。她也不愿意待在家里。剩下的就是看书了:书不会要求或禁止任何东西,她可以和书交谈,想说什么就说什么,尽管只能默默交流。莉多奇卡很快就跨过了所有无足轻重的童年障碍,从楚科夫斯基①笔下纯真的《唉呀疼医生》到普希金笔下迷人狡诈的《鲁斯兰与柳德米拉》,加林娜·彼得罗夫娜思前想后,为了让家里少一些吵闹,决定将书柜交给莉多奇卡。她将莉多奇卡带到牢牢锁住的书柜前,叮叮当当地转动钥匙,将柜门打开,并将钥匙揣回衣兜。加林娜·彼得罗夫娜指了指下层的书架,慷慨地说道:"你可以在这里随便翻,但不可以动上层书架。"莉多奇卡被面前杂乱堆放的宝藏惊呆了,轻轻地点了点头。

就这样,她继承了爷爷的书籍。

当然,这些书并不是拉扎尔·林特富丽堂皇的图书室里的所有书籍,只是那些加林娜·彼得罗夫娜无法分辨价值的廉价二手书。她不敢把这些书扔掉,当然不是为了纪念已故的丈夫,只是因为害怕失算。藏书的潮流几乎和裙子长度和翻领宽度的潮流一样不可预测,人们时而迷恋收藏伊万·德米特里耶维奇·瑟京的出版物,时而突然流行收藏未来主义诗集的第一版,他们为这些壁纸制成的荒诞的小册子付的钱与一个普通的苏联公民购买梦寐以求的罗马尼亚橱柜付的钱一样。因此,加林娜·彼得罗夫娜索性把十九世纪的《尼瓦》年刊、翻得快要散架的代数课本和那些别出心裁的"女性心灵鸡汤"读本放在同一个书架上,心里琢磨着拉扎尔·林特到底为什么需要这些风马牛不相及的书。

莉多奇卡在书柜前的实木地板上坐下,摊开双腿。在与加林娜·彼得罗夫娜共同生活的一年中,她的腿永远失去了婴儿般的

---

① 科尔涅伊·楚科夫斯基(1882—1969),俄罗斯儿童文学作家。

丰满。莉多奇卡六岁了，考虑到她当时的处境，已经可以用"相当成熟"这个词来形容她了。她在伸手之前又问了一遍："真的可以吗？"因为加林娜·彼得罗夫娜随时都有可能改变主意，昨天还可以做的事情可能第二天再做就会被狠狠揍一顿。莉多奇卡懂得这一点，她的情商比同龄的孩子高上太多。加林娜·彼得罗夫娜说道："真的可以，读吧，只是别撕书，也别拿着彩笔在书上乱画。"莉多奇卡再次点了点头，毫不迟疑地从堆得又满又乱的书堆中抽出一本最破旧的书。她拿出了叶莲娜·莫洛霍维茨[①]的《给年轻家庭主妇的礼物——减少家庭开支的窍门》。

莉多奇卡换了一个更舒服的姿势坐在地板上，这本书也已准备好迎接她的阅读。她翻到某个人最喜欢的章节，那里已经被翻过许多遍。她读出了声，宛若在读童话故事，动听的声音中藏着纯洁的笑意："奶油冰激凌的制作方法如下……要取用最新鲜的，不浓稠的奶油，以免成品过于油腻，如果没有奶油也可用全脂牛奶；将蛋黄与过筛的细糖打成白色，与奶油混合，倒入锅中边搅拌边加热，直到混合液变黏稠，但不要煮沸。"莉多奇卡又重复了一遍"但不要煮沸"，当时的她根本不知道冰激凌可以制作，而且是以这样惊人的方式制作。她之前以为冰激凌是在结霜的包装纸里立即变出来的，至少也是在一个迅速发酵的美味华夫饼中变出来的。

莉多奇卡继续读下去，读到了警告："用铲子试试。"她立即翻回去：如果混合物没有干脆地从铲子上滑落，而是像酸奶油一

[①] 叶莲娜·莫洛霍维茨（1831—1918），俄罗斯作家、烹饪家。

样黏稠,这意味着火候到了,可关火搁置,冷却后搅拌,过筛倒入干燥的模具中,盖上纸盖并在冰面上旋转。莉多奇卡忘却了世界上的一切,满脑子都是在冰面上旋转的奶油冰激凌,像极了花滑运动员娜塔莉亚·别斯捷米亚诺娃,她双腿强壮而丰满,戴着装饰夸张的帽子,头发极具弹性,仿佛也受过训练一样。舒适亲切的声音解释了一切:待冰激凌变成像"楚赫纳"稀奶油一样浓稠甜美时该如何擦拭模具的盖子,如何用铲子将冰激凌抹成方形。"楚赫纳"这个词太美了,以至于不需解释它是什么。这是莉多奇卡许许多多个月以来第一次忘却了母亲,也是她第一次感到全然的快乐。

玛露霞读完最后一句,"越是心情愉悦,就越能做好冰激凌,这就是制作冰激凌的全部秘诀",轻轻一笑。这书架是玛露霞的,这本书也是玛露霞的,查尔东诺夫去世之后,林特带走了这个书架。一切都消失了,除了记忆,除了无法消散的笑声,除了这本书。这或许是玛露霞最爱的一本书。现在这本叶莲娜·莫洛霍维茨的著作也成了莉多奇卡最心爱的书。

接下来的六个月里,莉多奇卡只有在洗澡或睡觉的时候才会放下这本《给年轻家庭主妇的礼物》,即便是在睡觉时,这本书仍被放在旁边的床头柜上,因为加林娜·彼得罗夫娜不允许她枕书睡觉。这是非常宁静的六个月,至少对加林娜·彼得罗夫娜而言非常宁静,因为没有人看到莉多奇卡,也没人听到她的声音,莉多奇卡整天坐在椅子上,膝盖间放着那本破旧的书。有时候,加林娜·彼得罗夫娜甚至忘了家里还住着一个孩子,住着一棵自由生长的老榕树，懒洋洋地在客厅一角支起一座冬日花园，显然，它需要更多的关注和照料。

这段田园诗般的生活戛然而止于一个血腥的礼拜天——是字面意义上的血腥。那是一个晴朗、愉悦、寒冷的日子，加林娜·彼得罗夫娜计划在晚上邀请一个熟悉的朋友来做客，因此要在白天收拾好屋子。她朝莉多奇卡命令道："赶快过来，洗手吃饭。"莉多奇卡和往常一样坐在扶手椅上。她抬起苍白的小脸，顺从地点了点头，这时，一滴沉重浓稠、几乎是黑色的血滴落在泛黄的书页上，落在如何制作奶油威化饼的那一页上（成品是卷状的，与茶或咖啡一同食用）。莉多奇卡害怕地伸出手指抹了抹血，突然从椅子上摔了下来，恍恍惚惚地走了几步，随即失去了知觉，鼻血滴到了地毯上，洒到了毛衣上，那是加林娜·彼得罗夫娜的毛衣，那是崭新的雪白山羊绒毛衣，血渍无论如何都洗不掉了。"这个臭丫头怎么搞得这么糟！真是令人难以置信！"这一天不再有客人，这个夜晚也不再愉悦。

十分钟后，救护车到了，尽管莉多奇卡已经恢复了，甚至洗了个澡，不过她还是被送去了医院。医生听了孩子晕倒的情况后，不由分说就要将莉多奇卡带走。"你们这是要干吗！"加林娜·彼得罗夫娜在公寓里跑来跑去，忙着收拾莉多奇卡的东西，她焦虑地发现有很多东西自己根本不知道在哪里，嘴里念叨这该死的保姆，简直是个懒鬼，把事情搞得一团糟，明天就把她开除掉！加林娜·彼得罗夫娜向莉多奇卡质问道："你的长袜在哪里？"医生看上去很惊讶，但转而想到这一切与自己并无关系，毕竟她没有直接咒骂自己。加林娜·彼得罗夫娜把包掉在地上，捡起来，而后又掉到了地上。直到此时，加林娜·彼得罗夫娜才意识到自己有多害怕。

　　星期天的儿童神经科诊室里只有一位体格精瘦、尖嘴猴腮的大夫坐班，他已经忙了一天一夜，该有的礼貌也不再有，这对第四总医院而言非比寻常，在这里，阿谀奉承才是最重要的，取悦病患和家属比治病本身更为重要。这位医生管理着整整三十张病床和一个单人病房，那里住着一个十岁的小男孩，脑炎正在将他带进地狱，治愈已经没有任何希望，前一天晚上，医生整夜守在小男孩的病床前，时不时地检查已然没有多少意义的输液管，心里只想着小男孩的病再加重一些该有多好，这样他就可以被送进重症监护室，被送进天堂，被送去任何地方，这样自己就不会再看到小男孩那干裂的嘴巴，不会再看到小男孩那一对凹陷的眼窝，也不会再看到小男孩疲惫不堪的肉体上那扭曲、跳动的痉挛。他想起入职时的场景。"年轻人，欢迎来到儿科。"他本可以进入口腔科的。但妈妈说过，聪明的人总是在寻找更加温暖的地方。值班医生开始熟练地对躺在诊疗台上的莉多奇卡进行检查，排除了脚跟痉挛的肌肉僵硬症状。"来，让我看看你的眼睛，盯着我的手指，就像这样，张嘴，露出舌头来，真棒，站起来吧，把胳膊张开。闭上眼睛，做一个平衡试验。真棒！"莉多奇卡脸色苍白，甚至没有一丝青色，更糟糕的是她显得虚弱憔悴，就好像她是在地下室里长大，而不是在温暖光亮的屋子里长大的一样。值班医生怀着仇恨的目光看着高挑美丽的加林娜·彼得罗夫娜，她端坐着，一条腿搭在另一条上，亮色的靴子轻轻地箍紧圆鼓鼓的小腿，鞋跟又细又高，没人在冬天穿这样的鞋子，除非下车没走两步就能到达目的地。加林娜·彼得罗夫娜像个贵族夫人，而莉多奇卡像是来自集中营。值班医生在心里骂道：真是个混蛋，这帮人都是混蛋，只想着自己。

值班医生险些把咒骂的话说出声，这把他自己也吓了一跳。他回到座位上，桌上的镀镍器械和玻璃器皿闪着寒光。要是能喝杯咖啡就好了，滚热的咖啡，放上三勺糖。要是再点上一支烟就更好了。

加林娜·彼得罗夫娜不耐烦地问道："医生，她到底怎么了？"她的恐惧和愧疚早已不见，现在，她只是感到不适，只是想赶紧回家，回到温暖明亮的地方，远离这个眼神完全不正常的尖嘴猴腮男人。

值班医生面无表情地回答道："体位性低血压，行动迟缓，情绪压力大，营养不良，您到底有没有好好喂她吃的？有没有带她到大街上走走？"

他终于再也忍不住，挣脱了束缚，只觉得心跳声在耳边咚咚响起，因疲惫和愤怒而轰鸣。加林娜·彼得罗夫娜的脸颊变成近乎抽象的光亮斑点，像胡安·米罗[①]的画作一样。

加林娜·彼得罗夫娜站起身，静静地说："谁允许你对我这么说话的？我会写一封对你的投诉信。到时你立马就得卷铺盖

---

① 胡安·米罗（1893—1983），加泰罗尼亚画家，超现实主义的代表人物。

走人。"

值班医生突然兴奋起来,从椅子上跳起来:"你可赶快写吧,把真实情况写出来。别忘了写你没有回答出我的任何一个问题。孩子得了什么病,你不知道,她打了什么疫苗,你不知道,什么时候打的疫苗,你不知道,头部有伤是怎么回事,你也说不知道!你这种人应该被剥夺做父母的权利,更应该被起诉,你这个混蛋!""混蛋"这个词终于迸发出来,在诊室中恶狠狠地回响,值班医生感到一阵轻松,仿佛从后背上卸下一个沉重难忍的麻袋,里面装着什么微微动弹的腐臭活物。

加林娜·彼得罗夫娜被这番此前从未听过的话吓了一跳,瞪大了眼睛,看着他,一声不吭。

此时,一名护士正通过门缝望向诊室。

她说:"尼古拉·伊万诺维奇,请您立即去三号单人病房。"

"病情加重了?"值班医生问道,护士点了点头。"给重症监护室打电话,我马上过去。"护士又点了点头,随即跑走了,只剩下鞋跟在走廊上踏出的嗒嗒声,这是事情急转直下的信号。这里的医生和护士只有病人快死掉了的时候才会跑,他们觉得其他病人是可以等待的。值班医生用手掌使劲揉了揉脸,捋了捋身上的白大褂,摸了摸莉多奇卡的小脑袋,莉多奇卡站在沙发边上,半张着嘴,胳膊无力地垂着。

"带她去耳鼻喉科看看。"值班医生的语气平静了下来,仿佛刚才什么都没发生,"记得让她做点运动,要不然她会丧失行走功能。再见。"

"再见。"加林娜·彼得罗夫娜机械地重复道。而莉多奇卡张开嘴，突然绝望、无声地大哭起来。

奇怪的是，加林娜·彼得罗夫娜居然没有咒骂任何人，像是吃了一颗疗效显著的定心丸。她感到自责，因为不管怎么说，莉多奇卡都是她的孙女，尽管令她讨厌，令她不悦，尽管与她并不亲密，却是她的亲孙女。她的染色体组的细节，她的血液，都由这个陌生的小女孩继承。当然，加林娜·彼得罗夫娜知道，控制莉多奇卡的心是不可能的，但习惯她、忍受她、适应她是有可能的，加林娜·彼得罗夫娜比大多数人更明白这个道理。无论如何，明目张胆地将这个六岁的孤儿抛弃是件卑鄙的事情，尽管加林娜·彼得罗夫娜多愁善感、娇生惯养、孤独无依、脾气暴躁、生活不幸，但她并不是卑鄙的人。她带莉多奇卡去看了耳鼻喉科，找了一位神经病理学的专家，甚至找了些门路，带莉多奇卡去看一个半地下的私人诊所，用上了极其昂贵的顺势疗法，所有医生都证实了那位值班医生的诊断和建议："要多运动，这样就会有好胃口；要多说话，这样情绪压力就会消失。也别再拼命看书了！"

加林娜·彼得罗夫娜锁上了书柜，但莉多奇卡将那本《给年轻家庭主妇的礼物》搂在胸前，她的姿势是绝望的，没有一丝孩子气，加林娜·彼得罗夫娜摆了摆手："好吧好吧，这本书你可以读，但每天不能超过一个小时。我监督你。"莉多奇卡点点头，眼里含着泪水，感激地露出一个微笑，这是加林娜·彼得罗夫娜第一次在莉多奇卡的脸颊上看见和自己一模一样的酒窝，仿佛有那么一瞬，她看见多年之前自己布满灰尘和蛛网的童年。"想不想一起去马戏团?"加林娜·彼得罗夫娜问道,这句话让加林娜·彼得罗夫娜自己感到很惊讶。她把莉多奇卡拉近一些,近乎感到爱怜,或者说至少已不再感到厌恶。莉多奇卡闻到了令人窒息的茉莉花和月下香的气息——仿佛一束巨大的花束,甚至是一个花篮,花篮底部有一颗刚摘下的黑醋栗正等待着耐心的探险家——然后打出一声滑稽的喷嚏。那是雅诗兰黛在1986年新推出的香水。加林娜·彼得罗夫娜从未错过新推出的化妆品。

尽管她们后来并没有去马戏团,不过这个承诺的甜蜜和温暖令加洛奇卡满怀渴望的心灵满足了许久许久。

体育运动不被允许,加林娜·彼得罗夫娜全然反对女孩划起船桨或锻炼成金刚芭比的模样,女孩就该是女孩的样子。为了让莉多奇卡运动,加林娜·彼得罗夫娜决定为她报一家舞蹈班,当然,她报了最好的,即中央少年先锋队少年宫的舞蹈班,加林娜·彼得罗夫娜无法容忍任何事情与她的想法不一致,即使是芝麻大点儿的事也不行。她亲自开着"伏尔加"轿车送莉多奇卡上了第一节课,考虑到要让新做的大衣第一次亮相,因此她不会认为送莉多奇卡上舞蹈班是一场偌大的牺牲。裁缝师遇到了麻烦事儿,因为她想将外套的下摆做成拖尾,但加林娜·彼得罗夫娜坚持自己的想法,就这样,做出了一件皮大衣,甚至不能叫作皮大衣,而是一件轻薄的渐变色卷毛黑羔皮外套,这种皮来自未出生的羊羔身上,上面有紧致的卷毛。衬里则是由真丝制成,华丽得令人难以置信,具有宫廷的气息。"这样做是不行的,不耐穿!"来自乡下的愚蠢裁缝师苦苦地恳求道,因为只要加林娜·彼得罗夫娜抬手捋头发，或是拉开窗帘，那件如修道服一般密不透风的外套就会突然露出它秘密、焦虑、炽热的另一面，正因如此，这件华丽得不可思议的外套很容易穿坏，几乎像活生生的羊羔一样难伺候。

银狐皮的衣领上沾着一层灰白的霜，衣袖宽大，前胸紧绷，上面缝着两排小纽扣。加林娜·彼得罗夫娜走下车，踩着白亮的雪，发出吱吱呀呀的声响。空气里弥漫着黄昏的气息，那是解冻的气息，又像一刀切开温室黄瓜的气息。少年宫门口等着接孩子的苏联母亲们看到衣着奇异的加林娜·彼得罗夫娜，羡慕地抿了抿嘴，而加林娜·彼得罗夫娜觉得自己要么是一本被遗忘在图书馆长椅上的小说女主角，要么是一幅潮湿、迷人却如此模糊的翻印图片，以至于人们无从记住她第一次在窗边闪现是什么时候。加林娜·彼得罗夫娜用那令人发痒的衣领捂住嘴，呼吸着新鲜的、令人感到微微刺骨的空气，突然觉得自己很愚蠢，很年轻，也很幸福。

"我们进去吧？"加林娜·彼得罗夫娜愉快地对莉多奇卡说道，莉多奇卡顺从地一路小跑跟在后面，她穿着一件笨重的绗缝格子外套，戴着一顶匹诺曹帽，帽子上有一个黄色的绒球，看起来很像一个毛茸茸的柠檬。加林娜·彼得罗夫娜想到自己一定要为莉多奇卡订制一顶有缎带的软皮帽和一件精美的羊皮大衣。莉多奇卡似乎意识到了她的想法，她停下了脚步，弄掉了手套，而后扑通一声，整个身子扑倒在地，只有小孩才会这样。加林娜·彼得罗夫娜叹了口气，说道："好吧，你要自己站起来。"这时她才意识到究竟是什么一直捉摸不定地夺走她的心思,不是鞋跟踩上去吱吱作响的结冰的人行道,而是一位高个子男人——他穿着嘶嘶作响的苏联锦纶防水布夹克,站在少年宫的门口。高个子男人身上有着某种熟悉得令她震惊的气质:没有戴手套,双手被冻得微微发红,轻微驼背,凌乱的金发,衣兜里伸出一顶老土的针织帽。他是来接女儿的。女儿出来了,在门廊前蹦蹦跳跳,小脸红红的,咯咯地笑着,身上穿着黑色的紧身舞服和短短的绸裙,裙摆勉强遮住她圆圆的小屁股,没有一点少先队员的样子。显然,这扇门是向任何一个孩子敞开的。小女孩走出门廊,立即在寒风中冒起热气,宛若一匹热乎乎而满身泡沫的小马,她发出小马般动听的咯咯笑声,扑上高个子男人的脖子,而高个子男人立即将她抱紧,他掀开廉价的外衣,想要将女儿裹得严严实实:"你会冻僵的。小傻瓜,你可想象不到我是多么爱你!"小女孩笑得更大声了,她蹬着紧绷的双腿,从男人的外套下面钻出来,将满脸尴尬的男人拖进了少年宫大厅。一道稠密而有形的灯光在门廊上亮了几秒钟,那是人间之爱的鲜活印记。直到灯光熄灭,加林娜·彼得罗夫娜才意识到高个子男人长得很像尼科连卡。"他带我入筵宴所,以爱为旗在我以上。"[①]加林娜·彼得罗夫娜想起某句令人难以置信的遥远话语。曾经试图遗忘的过往、某种可怕的几乎令人昏厥的疲倦向她袭来,这种疲倦能够褪去颜色,溶解力量,脱掉外套,赶走欢乐,并让美妙的夜晚在一瞬间消失,剩下的只有平庸、熟悉、

[①] 出自《圣经·雅歌》第二章第四节。

无尽、令人难以忍受的生活。

加林娜·彼得罗夫娜明白，自己马上就要晕倒，至少也是大哭一场。她收拾好心情，推着神情满是恐惧的莉多奇卡向大门走去："你自己走吧。在二楼，二十八号房间，保姆一小时后来接你。下了课就待在这里，不要走出楼。"莉多奇卡看着周围的一切，心里更害怕了，她吸了吸鼻子，努力保持镇定，艰难地走向那扇足足有三人高的巨大房门。回到车里的加林娜·彼得罗夫娜嘀咕道："瞧她走路的样子，天哪，干吗叫她学跳舞呢，她或许根本就没有天分。我为什么要受这种罪呢，快让我脱下这该死的外套吧。"砰的一声，一颗扣子顽皮地飞了出去，在挡风玻璃上弹了一个响，掉在副驾驶座位下面的某个地方。

加林娜·彼得罗夫娜直到走进电梯，才终于不再想那个高个子男人，管家为莉多奇卡第一次舞蹈课特意做了馅饼，她冲出厨房，举起沾满面粉的手掌。

"莉多奇卡没有回来？"管家吃了一惊，瞪圆了眼睛，没有发现莉多奇卡。

"那里连不长腿的鸡都收！"加林娜·彼得罗夫娜怒吼道，她烦躁地将翻了毛、爆了皮、完全无法修复的外套扔在地上。"告诉柳夏，晚上六点去接她。还有，看在上帝的分上，别那么大喊大叫，我偏头痛。"

管家还想接着问，但加林娜·彼得罗夫娜只是摇了摇头："滚吧，我都说了！"她猛地关上房间的门，房门差点撞到管家的鼻子，天知道这是加林娜·彼得罗夫娜第几次以这样的方式关门。

加林娜·彼得罗夫娜自己也不知道自己究竟为什么走进林特的书房，里面一切如故：一张大桌子、装满文件的文件袋、他生前视若珍宝的旧皮箱，还有一台他不喜欢使用的带盖打字机。加林娜·彼得罗夫娜不让任何人动这里的东西，因此这里宛若一个洁净无菌的小小博物馆，里面的东西对谁也没有用。拉扎尔·林特就死在书房里的大沙发上，自他死后，再也没有人进入过这间书房。

加林娜·彼得罗夫娜来到桌前，用手指抚摸着木相框里自己的脸庞，照片上的她十六岁，还是一个爱傻笑的漂亮小丫头，这是林特最喜欢的照片，或许是因为她在嫁给林特之后从未笑得这么灿烂。同一个相框里还有一位头发花白的老太太，要么是亲戚，要么是认识的人，加林娜·彼得罗夫娜在二十三年的婚姻生活中从未问过她是谁。现在再去问已然来不及。

加林娜·彼得罗夫娜静静地说："一切的一切，都应该不一样了吧，曾经的我是这个样子吗？"林特沉默着，在大沙发上蜷缩成一团，膝盖抵住满是皱纹的空洞嘴巴，这个姿势和他临终时的姿势，还有他出生时的姿势一模一样。"是你毁了我的一生，是你彻底改变了我。"

加林娜·彼得罗夫娜感觉到眼泪从远方奔涌而来，甚至或许是从童年奔涌而至，林特仍然躺在那里，没有转身，她突然意识到，他没有沉默，在听觉神经的极限处能够将将听到他在喃喃自语，发出一些含混、断断续续却动听的声音，宛若只有在梦中才能听到，每一个词都是浑圆的，都是富有生命力的，仿佛珠子一般串在另一个词上，每个词都是可以理解的，但所有的词连接在一起就变得错乱，变得复杂，变得没有任何意义。

医生充满同情地说道："加林娜·彼得罗夫娜，他活不久了。"从他的眼神来看，他想拍一拍加林娜·彼得罗夫娜的肩膀，但始终没有抬起胳膊。"您去睡一会儿吧，早上我会换陪护的。"

加林娜·彼得罗夫娜顺从地点了点头，但她没有离开，仿佛她无法将自己从这种缓慢、无从自拔、近乎是庄严的痛苦中剥离出来。一位沉默少语的老护士手中的塑料辐条发出温柔清脆的咔嗒声，老式兰茨基尔希钟①（橡木背板，青铜雕饰，镀金指针）也轻轻地嘀嗒作响，林特的呼吸急促得可怕，他喃喃地唱起意第绪语的摇篮曲："很久以前有个故事，那是一个忧伤的故事。"他又重复了一遍："很久以前有个故事。"

加林娜·彼得罗夫娜问道："他说的是什么？您知道他在说什么吗？"

医生说道："不知道，可以说没有任何含义。他的脑细胞可能已经坏死一半以上。您走吧，您不用一直在这里看着。"

加林娜·彼得罗夫娜站起来，这时他才意识到自己已经坐了几个小时，双腿和后背早已麻木。是得睡一会儿觉了，真的要睡一会儿了，或者至少得躺一会儿。她走到门口，语气略显奇怪地问道："他真的不可能康复了吗？"医生内疚地摊了摊手。加林娜·彼得罗夫娜走出房间，在走廊里号啕大哭。

---

① 德国钟表品牌。

"真可怜。"医生对着像狮身人面像一样冷漠的护士说道,"还好她至少开始掉眼泪了,我本以为得给她打镇静剂了。"

加林娜·彼得罗夫娜擦了擦湿润的双眼,深吸一口气,让自己平静下来,却无论如何也忍不住,双手捂着嘴巴,失控地大笑起来。

事情始于1979年。或者说,加林娜·彼得罗夫娜在1979年的时候第一次意识到它。没有人知道林特自己忍受了多久,也没有人知道他有多害怕。林特就要八十岁了,他被授予应得的荣誉,并光荣地退休,但天知道他为什么还要去研究所,不过不是每天都去,而是一个星期去几次,也没有什么特别重要的事情。他仍是聪明得可怕,思考问题的速度丝毫不像老年人,他仍像从前那样监管着无数的博士生和青年学者(用暴虐地压榨来形容更合适些),此外还风风火火地出版了一本专著。

他们结婚已有二十年,但加林娜·彼得罗夫娜仍然尽量不直呼林特的名字。加林娜·彼得罗夫娜走了几十米,感受着崭新的绒裙与臀部巧妙的摩擦,她走进楼门,走进家门,走进房间门,扬起眉毛,显出责备的神情。林特站在卧室的中央,他穿着一件雪白的衬衫,又矮又驼背,衬衫下面伸出两条干瘪弯曲的腿,像小孩的腿一样短小,但表面分布着小孩没有的老年斑和青紫色的血管。铺在床上的是一套熨好的西装,是好看的梅紫色,右边精巧地别着一排小奖章,左边挂着一个分量不轻的绶带。

加林娜·彼得罗夫娜不满地说:"你在干吗呢,我们要迟到了!"

林特抖了一抖,疑惑地张大嘴巴,看了看加林娜·彼得罗夫娜,又看了看他的西装。他的脑袋正在微微颤动,这种颤动别人几乎察觉不到,仿佛一个老化的机器挣扎着挪动地方。

"我们迟到了!"加林娜·彼得罗夫娜重复道。

林特满脸困惑地问道:"去哪儿?"加林娜·彼得罗夫娜第一次在他的声音中听到了恐惧。加林娜·彼得罗夫娜平静却又明显恐惧地意识到,丈夫似乎什么也不知道,不知道摆在面前的是什么,也不知道她生气的原因。拉扎尔·林特的下巴苍老地颓垂,暗黄的眼眸中满是无助的眼神……或许,他连妻子都要认不出来了。上帝啊,他就要八十岁了!需要马上给尼基茨基打电话,利亚里亚说她认识一个神经科医生。可神经与此有什么关系呢?林特或许早就失去了理智,而加林娜·彼得罗夫娜并没有第一时间意识到。

"你怎么了?你不记得了吗?"加林娜·彼得罗夫娜轻声问道,仿佛在和一个狂暴的疯子讲话,这个疯子随时可能抓起一把锋利危险的剃刀,"安德里科夫邀请我们去他家庆祝周年纪念日。车在楼下等了半个小时了。你不舒服吗?或者,我们不去了?"

林特突然欢快地回应道:"别傻了!"愉悦的神态渐渐浮现,他灵巧地穿上西装裤。"干吗不去!安德里科夫家里肯定有很多好吃的,不去多吃点才是罪过。"林特笑得很不正常,更像是在号叫,加林娜·彼得罗夫娜感到恐惧,感到浑身无力,还浑身冒汗,宛如一个被无情对待,被唯一的亲人扔进树林里的小女孩。

"孩子妈,你的粉搽得太多了,像雪人似的。"林特不悦地说道,仿佛是在赶苍蝇,这是绝对不正常的,林特从来没有叫过她孩子妈,也从来没有批评过她,甚至连批评她的想法都没有,加林娜·彼得罗夫娜知道这一点,即使她脸上搽了煤灰,甚至粘着鸡毛,即使粘上粪便,林特也不会批评她的。林特从来不在意这些小事,这是他的优点。

不过,他们在安德里科夫家度过了一个美妙的夜晚,林特甚至比从前更加吸引人,他说着聪明的俏皮话,甚至还和在场的女士一起跳舞,这让加林娜·彼得罗夫娜在心里不止一次地咒骂自己是精神病。接下来的好几个月里,日子再正常不过,但不知为何,加林娜·彼得罗夫娜始终无法平静下来,始终带着一种谨慎又紧张的感觉偷偷盯着林特,仿佛紧紧盯着一只从未见过的,正在沿着某条轨迹缓缓爬行的昆虫,尽管暂时没有危险,可谁知道下一秒钟他的脑海里会闪过什么,他那丑陋、巨大、布满老年斑的脑袋里究竟有什么东西。

不过一切与往常没什么不同,只是林特变得更易怒,吃得更多,也常常有一些突如其来的奇怪想法,这在之前从来没有。加林娜·彼得罗夫娜盯着林特又起一块鲤鱼,先是蘸了辣根,又蘸了茱萸果酱,口中念叨着这样吃会有效激活味蕾。加林娜·彼得罗夫娜心想:"难道他一直这么吃鱼吗?我的天,我和他过了二十年的日子,从来没注意到这个!"

异食癖并不是加林娜·彼得罗夫娜注意到的唯一异样,林特开始嘴角漏饭，不过乐观的林特甚至开始为此嘲弄自己："你看，亲爱的，过不了多久你就得用勺子喂我吃东西了，到时候我拿不动刀，拿不动叉子，然后勺子也会不听使唤。"不过，此时的林特还是可以自己用勺子吃东西的，他拿起勺子，将所有食物盛到汤碗中混合在一起：肉汤、橄榄、柠檬、小土豆，还有管家精心切成小块的小牛排……这些混在一起令人倒胃口的食物被加热到三十六度六，再被扑哧扑哧地送到嘴里，根据林特最新提出的理论，这是吸收食物营养最行之有效的方法。

直到有一天，林特将一杯甜茶倒进盛着匈牙利炖牛肉、炖卷心菜和蒸鸡肉饼的盘子，加林娜·彼得罗夫娜才真正明白了些什么。那天，林特用勺子搅着盘子里恶心的浆液，沉思了一会儿，露出狡黠的笑容，将柏林饼干掰碎，也放进了盘子里。管家悄然画了个十字，走进了厨房。加林娜·彼得罗夫娜咽了一口唾沫，感觉到的不是恶心，而是恐惧。

毫无疑问，拉扎尔·约瑟福维奇·林特，这位集众多名气、奖项、荣誉于一身的苏联科学院院士，开始彻底地，不可挽回地变得痴呆。

然而，这一点尚需证明。林特变得完全失控了，但是他一向不能容忍医生，要说服他接受检查是不可能的，她是不是该叫一辆精神病院的救护车？这是她平生第一次绝望地后悔自己多年以前将尼古拉伊奇赶出了家门，毕竟，尽管他不能强迫林特做什么，至少可以同林特谈谈。可时间已经过去太久了，谢德洛夫将军早在十年前就在某个场合告诉加林娜·彼得罗夫娜，说尼古拉伊奇已经离职，人们说他很爱喝酒，但喝得再多也依然守口如瓶，这才叫真正的训练有素。多年前，尼古拉伊奇一个人在狭小的单人板房里喝得酩酊大醉，随即上吊自杀，上吊之前，他勇敢地点了点头，为自己没有背叛老战友而自豪。他的一生是卑微的，但也是诚实的，他是一个真正的克格勃。

无奈之下，加林娜·彼得罗夫娜将一位精神科医生请到了家里。通过朋友的介绍，她找到了这位教授——一位又胖又圆的教授，长得很像复活节的彩蛋。教授愉快地接受了邀请，他和院士一起喝了两个小时的茶，像猫一样熟练地向林特提出问题，不易觉察地将他带到各种各样的死胡同中，可林特表现得无懈可击，他没有将食物混在一起，并以无愧而轻松的态度打消了医生所有的疑虑。教授为这次访问索要一百卢布，他亲吻了加林娜·彼得罗夫娜的手，并向她保证道："拉扎尔·约瑟福维奇的精神是完全健康的，总的来说，一个真正的天才有权保有一些怪癖，尤其是在他这个年龄。按照我的经验，一切都会好起来的。"加林娜·彼得罗夫娜用裙摆擦了擦手，以示抗议。她给了教授五十卢布，而不是开始说好的一百卢布。这个傻子，他懂什么？

几个月过去了，精神科教授恰巧撞上的那种清醒间歇变得越来越少。林特的睡眠质量开始下降，经常话说到一半就僵住，那张下垂的僵硬脸庞朝着某个只有他自己知道的时空凝望。有一回，他望着窗外，惊讶地说道："亲爱的妈妈，队伍好长啊！"咯吱一声，他打开窗户，兴奋地喊道："嘿，伙计们！都别排队了，反正土豆已经不够了！"加林娜·彼得罗夫娜将薄薄的乳白色纱帘推到一边,发现院子里并没有人,只有一个看门的老大爷握着扫帚,一只红毛的大猫在灌木丛中乱跑。

这仿佛一场缓慢的沉没。林特仿佛踏入了昏黑的死水中,一步一步地,慢慢地,失去了他仅存的最后一点人性,没有人阻止他,没有人为他哭泣,也没有人求他回来。令人惊讶的是,他仍然努力地工作,每天要在办公桌前坐上至少四个小时,有时他会小声说话,有时会大声叫嚷。有一天,他用特别激烈的声音同某个谢尔盖·亚历山德罗维奇争论个不停,甚至用上了集中营里才有的黑话对他冷嘲热讽,加林娜·彼得罗夫娜忍不下去了,她看向办公室,发现林特只是对着钟表讲话。

加林娜·彼得罗夫娜递给前来拜访的研究生一摞林特写满字的纸(如今他的字迹变得更大、更扭曲),她等待着研究生打来电话,惊恐地问她纸上写着的胡言乱语从何而来。然而电话的内容与她的预想完全相反:"多么精彩的计算,令人惊叹!请转告拉扎尔·约瑟福维奇,《等离子体物理学》期刊给他发送了一封感谢电报,编辑对他最新的文章很满意,还有,加林娜·彼得罗夫娜,我想悄悄对你说,这篇文章闻起来有诺贝尔奖的气息!"

加林娜·彼得罗夫娜挂断了电话,看着这位未来的诺贝尔奖获得者,他干瘦,佝偻,拖着步子走过走廊,裹着一件油腻、沾满污渍、分辨不出底色的长袍。他在转身去办公室之前突然跳脚,拍打着他想象中的翅膀,大声叫个不停。此时电话又响了起来,加林娜·彼得罗夫娜拿起余温未散的听筒,静静地说:"去你妈的,白痴。别再打过来了,我受够了。"

鲍里克涨红了脸，像是被晒伤一样，跑出电话亭，对摇晃着婴儿车的妻子说道："我们走吧。"刚出生不久的莉多奇卡被裹得紧紧的，很是可爱，在婴儿车里安然熟睡。"家里没有人，改天再打过去吧。"鲍里克始终没有再打过去。几个星期后，拉扎尔·林特病倒了，不知为何他患上了流感。救护车到达时，他已经烧到了四十度，医生当即提出要住院治疗，但加林娜·彼得罗夫娜拒绝了。训练有素的医生机灵地说道："好吧，鉴于病人的情况和他的年龄，我想我们也可以很容易地组织一个全天候的家庭治疗团队。"

第四总医院说到做到，为林特组建了家庭治疗团队，仅仅十天后，林特的病情好转起来。更准确地说，这场流感像洪水一样开始慢慢退去，留下一些瓦片、碎渣、肿胀的家畜尸体，还留下了可怕、潮湿、腐烂的死亡气息。每天前来拜访这位高级病人的治疗师（当然也是高级的）将加林娜·彼得罗夫娜拉到一边，小心翼翼地问她知不知道丈夫有什么异常的行为。

加林娜·彼得罗夫娜面露不悦地说："他是个天才，他总有些怪癖。您还想要我说什么呢？""首先，您要有勇气。"治疗师说道，他在这一瞬间很佩服自己，"我必须告诉您，拉扎尔·约瑟福维奇·林特似乎患上了阿尔茨海默症。"

1981年12月25日，即确诊阿尔兹海默症的两个月后，林特去世了，他死前的三个星期始终处于昏迷状态，他一直在喃喃自语，说着别人听不清也听不懂的话。林特去世之前，人们已在"仪式"殡葬服务公司的特殊房间里准备好了大花环——由储存在特殊冰箱里的康乃馨编织而成，可能有几千朵，数都数不过来，专门订购的白绒枕也已准备好，而房间的一角，是早已做好的一具带有纯铜把手的棺材，刷着亮色的油漆，几乎令人愉悦，而这口棺材对他的主人而言实在是太大了。

林特的家里可以用嘈杂、拥挤，甚至是热闹一词来形容，就像即将举办一场人人企盼已久的伟大庆典一样。管家摇摇晃晃地端着一大盘开胃点心和三明治，加林娜·彼得罗夫娜比从前更加苗条，更加漂亮，她极为端庄地迎接了一位又一位客人。林特研究所的现任所长带着无数歉意，极其委婉地与加林娜·彼得罗夫娜讨论了葬礼的场景："毕竟这是国家级的事件，当局甚至成立了专门的委员会，您明白的！"加林娜·彼得罗夫娜表示理解，她没有反对在苏军中央大楼门前举行告别仪式，也没有反对恩斯克苏共委员会第一书记名誉出席。人们一个接一个地亲吻她的手，后退一步，用手帕擦拭着眼睛，以示哀悼。但此时林特还没有死，他以一个胎儿的姿势躺着，喃喃自语，语无伦次，仿佛悬停于两个世界之间，悬在一条看不见却十分坚固的细线之上，这种情况持续了很长时间，以至于所有人都对等待产生了厌倦之意，也包括林特自己。

12月25日下午四点，加林娜·彼得罗夫娜走进了林特的办公室，她每个小时都要进来一趟，不过这一次她点头支走了陪护的护士，此时护士正站在房间的一角细细地嚼着一块纪念的饼干。

"你去吃点热饭,我在这里坐会儿。"护士感激地低语着离开了,加林娜·彼得罗夫娜待在这个暮蓝色的房间中,与身体萎缩到几乎消失的丈夫待在一起。"很久以前有个故事。"他不停地喃喃自语,念叨着意第绪语的摇篮曲,"那是一个忧伤的故事……"加林娜·彼得罗夫娜走到窗前,轻轻拉开纤薄的纱帘,外面下着雪,无声无息,寂静而庄严,这样的景色只有在圣诞节才会出现,整个院子,整座城市,乃至整个世界都被这种苍白、生动、真实的光和雪笼罩。喃喃自语的声音突然静息,加林娜·彼得罗夫娜惊恐地环顾四周。四周一片黑暗,空气散发着霉味、某种药味、被病痛折磨得疲惫不堪的老人身体的气息。房间里的一切似乎都挤到墙角紧紧闭上了眼睛,只有拉扎尔·林特躺在沙发上,用疲惫而关怀的眼神看着她。

他轻轻地说:"亲爱的,原来是你。我以为是妈妈在唱歌。"

他轻轻地,吐字准确地唱了一首古老的意第绪语摇篮曲,这首歌比他自己还要古老:"别出声,我的小鸟,别出声,我的小宝宝。"这首摇篮曲,林特用已经不再灵活的僵硬舌头唱了三个星期。

加林娜·彼得罗夫娜不知什么时候跪坐在了沙发旁,震惊地说:"你……你……莫非你……"

"我头痛,"林特一边抱怨,一边将妻子滚烫的手放到自己的额头上,"我摔了一跤,还是怎么了?我什么都不记得了。"

他环顾整间办公室,想坐起来,却发现自己坐不起来。加林娜·彼得罗夫娜开始不由自主地像村妇一样大声抽泣,紧紧咬住抽动的下嘴唇。

"我到底怎么了？"林特固执地问道，忽然之间，他瞪大了眼睛，凝滞了一瞬，仿佛看到了某些不属于他，也不属于任何一个人类的东西。

他明白了。

"原来是这样，"他沙哑地说道，"我还以为我摔了一跤。"

他惊恐地捏着加林娜·彼得罗夫娜的手指，仿佛他是一个小孩子，仿佛她可以帮忙，仿佛她至少可以做些什么，但他立即控制住了自己，放开了她的手。

"没事的，"他喃喃自语道，"没事的，亲爱的，别害怕。你仔细想想，这就是个实验，就是一个很有趣的实验罢了。"

加林娜·彼得罗夫娜想回答他，至少想说点什么话，但所有准备好的话都从她的脑海里飞向了九霄云外，这一刻她已等了很多年，她无数次想象着在他临死之前她会如何诅咒他，告诉他在这长达二十三年噩梦般的婚姻中，她的喉咙中始终有一个可恶的肿块。她将额头埋在沙发边上，痛苦地抽泣，好像要呕吐出来一样。

林特艰难地抬起了手，爱抚着妻子温暖灵动的头发。

"亲爱的，不要哭，"林特轻声恳求道，心中已经不抱任何希望，因为他一生都在向她索取，索取面包，索取眼神，索取爱，索取同情，"我对一切都心怀感激……我很幸福。"他停顿了一下，打起精神说道："你在我的生命里是最好的存在。"

加林娜·彼得罗夫娜泪眼婆娑，抬起了头，额头上留下了沙发的印记，林特感激、温柔、竭尽全力地冲她微笑。

林特说道："亲爱的，我要……回去了。"加林娜·彼得罗夫娜惊得跳了起来，笨拙地为丈夫翻身，好让他躺得舒服一些，吃完东西的护士冲进了办公室："啊，您这是做什么呢，加林娜·彼得罗夫娜，我来就好。"两个女人推推搡搡，争相为林特翻身，而林特的身躯已然在黑暗中枯萎，加林娜·彼得罗夫娜抓住了他滑落的手，那手如羊皮纸般干枯。那一瞬，一切仿佛得到了圣经般的力量，仿佛变得如圣经一般纯粹。

她将丈夫灰色的脑袋放在枕头上，她看着他的眼睛，随即转开视线。

拉扎尔·约瑟福维奇·林特去世了。

当盖好头颅包裹齐整的尸体被抬上担架时，加林娜·彼得罗夫娜遣散了所有人，遣散了出具死亡证明的医生和前来吊唁的克格勃官员，遣散了护士和哽咽不止的女管家，接下来的许多个月里，她第一次完全独自一个人生活。她在偌大的五居室公寓里走来走去，看遍了每一个角落，似乎希望找到什么或者弄明白什么，却一无所获。忽然之间，她发出低沉可怕的呻吟声，宛若垂死的野兽，又如被冷漠的车轮一碾而过的狗（被碾过的腰部之下已完全坏死，灵魂却仍然无法从胸膛之中逃入黎明前的安宁）。她号叫着，摇摇晃晃，不知道自己正在做什么，直到楼下的邻居——一对性格温和的老将军夫妇，开始敲打暖气片的铁管，而后走上楼，一连十几下猛砸家门，门锁被几把斧头猛地砸坏。紧接着又有一些见过面但并不熟悉的人涌进家里，一辆救护车在窗下发出毛驴一般的啼鸣，发出短促的蓝光，驱散那些在昏暗中前来迎接新伙伴的胆怯亡魂。医生摇晃着加林娜·彼得罗夫娜的肩膀，把一杯气味刺鼻的缬草酊推到她面前，将一个闪闪发亮的注射针头整个刺进加林娜·彼得罗夫娜的前臂，如同狠狠地咬了她一口，她疼得号啕大哭起来。整个房间仿佛突然绕着华贵的波西米亚枝形吊灯旋转，仿佛将加林娜·彼得罗夫娜带进了一个孤独的被遗忘之地，而她在这里仍然继续发出同一声调的哀号。

只是现在没有人能听得到她的哀号。

两个小时后，她醒了过来，因为她听到已经去世的林特在她的耳边轻声呼唤"亲爱的"。加林娜·彼得罗夫娜躺了整整一分钟，紧闭双眼，吓得全身浸透冷汗，安眠药令她感到嘴巴又苦又臭，直到她意识到自己做了一场梦，甚至不是一场噩梦，因为她的生命中再也没有噩梦，噩梦已然和林特一同消失，他现在一定已站在天堂办公室的接待处，捋了捋狮子一般的灰发，用小梳子梳掉头屑，咧着嘴，一边笑，一边期待着一场精彩绝伦的辩论之终："亲爱的，即便到了这个时候，我还是不得不就这个问题反驳你……"加林娜·彼得罗夫娜努力想象着太平间的金属桌子，想象着亡夫因衰老而萎缩的身躯被冷漠的病理学专家用大剪刀切开，露出苍白且毫无血色的肉，而那把大剪刀正是管家杀鸡做晚饭的那一把。

直到这时候，加林娜·彼得罗夫娜终于决定睁开眼睛。

她躺在半明半暗的寂静客厅里一张偌大的真皮沙发上，这张沙发被女主人前所未有的关注吓得不敢动弹。加林娜·彼得罗夫娜漫不经心地盯着枝形吊灯，天花板一片漆黑，吊灯一动不动，张开青铜色的腿，宛若一只藏在暗处的大蜘蛛，随时准备扑向吓得瘫痪的猎物。她心想自己明天要拆了这个看着恶心的东西，"明天"这个词在她的脑海中回荡成忧伤、模糊的铃响，仿佛回荡在某个遥远地方的号角，那或许是童年时代里某个厌倦了英雄事迹的小少先队员放下的号角，他看起来如同一个发条耗尽的玩具，抑或一个早熟的天使。

加林娜·彼得罗夫娜晕晕乎乎地想坐起来，服用安眠药之后，世界变得柔软而扭曲，如同一条织了一半的围巾，这时候，她才意识到，客厅里不止她一个人。桌旁，灯罩下勉强流淌出的一摊光亮中，是一个俏皮的脑袋枕着两只大手，原来是一个男护工趴着桌子睡觉，他看起来二十多岁，显然是负责防止加林娜·彼得罗夫娜这位社会地位颇高的寡妇做任何傻事。他的手腕像小狗崽一样宽，袜子在大脚趾的位置有一个明显的小窟窿，像极了新生儿的肚脐眼儿。显然，他是受过教育的，他是脱鞋进屋的，他不敢将脏靴子穿进来，玷污女主人家的地板。

"嘿！"加林娜·彼得罗夫娜轻声说道。

护工打了个颤，晃了晃脑袋，不知是因为惊喜，还是因为年轻，他傻乎乎地笑了出来，像极了鲍里克小时候半睡半醒时的微笑。他比鲍里克年轻，他的妈妈说不定也比加林娜·彼得罗夫娜年轻。护工用力揉了揉眼睛，略带焦急地问加林娜·彼得罗夫娜：

"您还好吗?"

加林娜·彼得罗夫娜回答道:"我还好。"说罢解开了睡衣,一具泛着浅蓝色微光的裸体微微地照亮了房间,"跟我来吧。"

护工咽了咽口水,困惑地环顾四周,仿佛想找一个有经验的长辈,好告诉他这个时候该做什么。

"来吧,来吧,别害怕。"加林娜·彼得罗夫娜嘲笑着说道,她的脸上和胸上洋溢着疯狂而愚蠢的欢愉,一切终于发生,一切终于结束,她终于等到了这一刻。

五分钟后,包括欢愉在内的一切真的结束了,她关上了满脸困惑和尴尬的护工身后的门,除了强烈的想洗澡的欲望之外,她什么也没感受到。他和林特差不多,不,比林特还要糟糕一千倍。

加林娜·彼得罗夫娜在守寡的前六个月里至少换了十几个情人,有年轻的,也有不太年轻的,有粗暴的,有强势的,也有文弱到对世间的一切都感到害羞的,但加林娜·彼得罗夫娜和他们之间并没有发生任何不一样的事情,只有令人作呕的身体纠缠,没有一丝爱,没有一丝温柔,事实证明,爱和温柔充斥在她和林特生活的每一分钟里。但一切都不同了,一切都变得完全不一样。

当加林娜·彼得罗夫娜自以为可怕的故事已然结束时,她发现自己在过去的二十三年里始终觉得自己是一个年轻的、被宠坏的、被人爱着的女孩,而如今她已变成一个再普通不过的四十岁寡妇。当然,不用担心经济问题,只是她开始有双下巴,有很多人想和她一起吃饭或是睡觉,但没有一个人在午夜半睡不醒的时候叫她"亲爱的",没有人记得她喜欢吃的苹果是生脆的,梨子则是熟透的。她吃梨的时候会像小女孩一样舔着被梨汁弄得黏黏糊糊的手指，没有人会觉得她这样很可爱，也没有人会把她当成小女孩了。

加林娜·彼得罗夫娜赶走了这些情人，甚至与为数不多的几个能够忍受她滑稽举动和炫富行为的朋友大吵一架。"你说，我的儿子？这个混蛋想法子躲过了他亲爹的葬礼！"她重新买了衣柜和卧室的家具，买了一辆新车，并且意识到她实际上并没有离开这个家的理由。

这很荒谬，但这是自由。

莉多奇卡顺利到达了二楼的二十八号房间。她走进一扇半掩着的门，看到一个布置了镜面墙的环形大厅，镜面的场景正以某种奇怪的方式反射出来，每个方向，每一个连串的反射都通向危险的无限延长，而在每个无限延长的中心处，一盏越来越小的吊灯像一个黄色的油渍般模糊。拉扎尔·林特说，这是一个非常简单的问题，假若考虑光速，并假设镜面之间的距离是两米，那么吊灯每分钟将反射九十亿次。莉多奇卡半张着嘴，开始数数。林特继续说，一个重要的条件是，观察者必须是完全透明的，以免阻挡光线的反射。

"新来的？"一阵尖锐的声音从身后传来，吓得莉多奇卡不知所措，"你姓什么？"

"林特。莉季娅·林特。"莉多奇卡没有转过身，她努力让自己吐字清晰,就像加林娜·彼得罗夫娜教过她的那样:"你拥有一个值得骄傲的姓氏,所以要习惯发清所有的音节:莉——季——娅——林——特。"

"拉扎尔·约瑟福维奇的孙女?"身后的声音变得缓和,"你为什么要背对我说话呢?"

莉多奇卡吸了一口气,转过身来,原来没什么可怕的,只是一个中年女人,她的锁骨像是被啃光的鸡骨头,小腿像是两个又高又细的玻璃瓶,关节奇怪地扭曲着。

中年女人自我介绍道:"我是'小铃铛'舞蹈团的艺术总监安娜·尼古拉耶夫娜。"她极为关心地问道:"你喜欢跳舞吗?"

莉多奇卡不知所措,不知道该说什么,因为她没有跳过舞,只曾在新年的时候和爸爸妈妈一起围着圣诞树跳简短的圆舞,直到爸爸大笑起来,说道:"姑娘们,别跳啦!我头都要晕了,我们吃蛋糕去!"但加林娜·彼得罗夫娜家里没有圣诞树,也没有人唱歌跳舞,甚至大声说话都不能够。

"好吧,"安娜·尼古拉耶夫娜同情道,她紧紧握住莉多奇卡的手,"我们马上就知道你喜不喜欢啦,走吧。"

二十八号房间的大门打开了。

一年多后,七岁的莉多奇卡学会了"小铃铛"舞蹈团里教的所有舞蹈——马祖卡舞、俄罗斯舞和粗犷劲爆的恰尔达什舞。莉多奇卡的辨音能力十分出色(加林娜·彼得罗夫娜对此嫉妒地耸了耸肩:"这没什么奇怪的,我小时候歌唱得也很好。"),她还有罕见的身体天赋,她的肌肉极其灵活,能够以不同于普通人的维度,甚至按照不同于普通人的频率运动。安娜·尼古拉耶夫娜很喜欢聪明的莉多奇卡,她和其他领悟力弱的孩子不一样,同样的动作向她做一次示范就够了,莉多奇卡从来没有失去节奏,从来没有踩乱步调,任何一个困难的步点都可以轻松地重复,这说明她的能力出众,甚至是天赋异禀。

莉多奇卡的脸色不再苍白,她也不再时常晕厥,现在她的运动量很大,这种运动量足以让别人倒头便睡。她长高了,也更瘦了,不过这种瘦不是病态的瘦。身姿灵活、身材苗条、头发茂盛、眼睛水润的莉多奇卡以后一定会成为大美人儿,或许用不了几年。她长得越来越像拉扎尔·林特,只不过是女版的,但在加林娜·彼得罗夫娜眼中,亡夫的每一个丑陋之处在莉多奇卡身上却变得出奇地美,这让加林娜·彼得罗夫娜感到恼火,感到几乎无从忍受。尽管她们住在同一所公寓,但彼此几乎一句话也不说。不过加林娜·彼得罗夫娜还是尽到了一个祖母的责任:莉多奇卡吃的东西(莉多奇卡的食欲终于好了起来)和她自己的一样,都是最好、最新鲜的;莉多奇卡穿的是精美、昂贵、极富品位的进口服装;莉多奇卡有她自己的房间;并且,最重要的是,莉多奇卡完全是健康的。别的什么都不重要,至少加林娜·彼得罗夫娜是这样觉得。没有人询问过莉多奇卡的意见,就像事实上并没有人问过她究竟喜不喜欢跳舞。不过尽管如此,她还是每周去"小铃铛"舞蹈团三次,从不缺课。

短短几个月之内,她从尚缺经验的后排伴舞跃升至前排主舞,几乎到了舞台最前面,无论是苛刻的观众还是挑剔的舞蹈老师,都无法将目光从她的身上移开。安娜·尼古拉耶夫娜甚至专门为莉多奇卡编排了单人舞《小吉卜赛人》，这支舞中，皮肤黝黑的小姑娘慵懒地弯下腰，摇晃起瘦弱的肩膀，将浆过的色彩鲜艳的小绒裙举过头顶，这种动作有一种深深的不正常感，甚至有悲剧性的色彩，只是没人注意到这一点。"笑一笑啊，"安娜·尼古拉耶夫娜在后台悄声喊道，"我求你了，笑一笑啊。"但莉多奇卡只是像吉卜赛女孩那样将她又细又长的黑眉毛皱得更紧，望着忠实地鼓掌的观众们。她在学校里跳舞时有很长一段时间不笑，她也挨了不少打，当然，不笑也并不是她挨打的唯一原因。再一次跳跃，弯曲的小腿几乎碰到后脑勺，响起了令人陶醉的重低音单声道音乐。结束了，舞蹈结束了。"莉达，鞠躬吧，再来一段，再来一段，答应观众们的要求！"安娜·尼古拉耶夫娜将莉多奇卡看作一个不成熟的舞者，试图再一次将早已汗流浃背的莉多奇卡推上舞台。"我要迟到了！"莉多奇卡拒绝道，但她发现自己已被推到聚光灯下的舞台中央，于是又跳了一段，扭动着臀部和手腕，数着节拍，向观众们投去阴沉的目光。她是真的迟到了，家政课通常在晚上六点开始，保姆会在六点半来接她回家，但现在已经六点一刻，她已经迟到了整整十五分钟！

  莉多奇卡终于被允许离开，她没有来得及换衣服，用手提着舞裙，匆匆跑下了偌大的楼梯，仿佛电影里的灰姑娘，只是绑得结实的舞鞋没有跑丢，没有王子的出现，没有命运的改变。家政课的地点是五号房间，里面的旧锁早已坏掉，一条脏抹布塞住了门上的小孔。莉多奇卡坐在门外的地上，悄悄地将抹布拉了下来。

"地板每周至少要拖一到两次，不可以漏掉任何一个角落，"埃列奇卡阿姨敦厚舒适的声音在耳边回荡，她正在向感到无聊的女孩子们灌输着未来婚姻生活所需的基本知识，"打开窗，拖过的地将会干得更快。"莉多奇卡闭上了眼睛，微笑着，想象着窗户打开，想象着阳光映射在水桶里，想象着拖过的地板上留下的一道道湿润的痕迹。家！她会拥有一个属于她的家！

五分钟后，莉多奇卡站起身，回到更衣室换衣服，出门找接她的保姆，保姆总是迟到，这五分钟属于莉多奇卡，不属于任何人，这五分钟她想象着属于自己的家。"小姑娘，你怎么坐在地上？会着凉的！"一个对任何事情都很关心的陌生女人面露不悦地说道。莉多奇卡顺从地站起身。她正变得越来越听话和开朗，这些品质的联系往往比我们想象的更紧密。埃列奇卡阿姨继续说道："食品应该放在密闭的容器中，还要准备一个带盖的桶放垃圾。"她不知道有个最忠实的学生每周三次坐在门外，但这个学生从来没有完整听完一节课。可以说，莉多奇卡是为了听家政课才去跳舞的。

她提出还想再参加一个兴趣班，但加林娜·彼得罗夫娜根本不听。"难道要我帮你做功课吗？"莉多奇卡惭愧地低下了头，她已经八岁了，已经上了一年学，当然是在恩斯克最好的学校，但她的成绩很一般，英语、数学、音乐都只是及格。"你是拉扎尔·约瑟福维奇的孙女，但你连这么简单的问题都解不出来！"莉多奇卡并不喜欢上学。入学那年的9月1日，孩子们都带着爸爸妈妈、爷爷奶奶，带着照相机，甚至带着摄像机来学校，而莉多奇卡吓得脸色惨白，她的手中捧着一大束新鲜的粉剑兰花，保姆握着她的手，将她交给老师，然后便立即消失去忙自己的事了。"怎么你一个人来，你是孤儿吗？"一个厚脸皮的男生闪着小流氓似的眼神冲莉多奇卡问道，他给莉多奇卡起了"孤儿哈希亚"[①]的绰号，这个像一卷嚼过的纸一样冰冷而黏稠的绰号在相当长一段时间里给莉多奇卡留下了阴影，并让她彻底失去了童年的欢乐。她尽力地忍受，但直到有一天，她再也忍不了了，从床上爬起来，光着脚踩在地板上，去寻找一个公道。

她在餐厅里找到了加林娜·彼得罗夫娜。加林娜·彼得罗夫娜披散着头发，没有化妆，坐在餐桌旁飞速地填写着收据，偶尔猛吸一口烟，将烟蒂放在烟灰缸边缘。

"你怎么还不睡？已经很晚了。"加林娜·彼得罗夫娜幽幽地说道，挥手驱散了层层叠叠的烟雾，莉多奇卡看到加林娜·彼得罗夫娜的鼻子上架着一副眼镜，那是一副黑框的老旧眼镜。这种形象才像是一个真正的奶奶。

莉多奇卡问道："我是孤儿吗？"加林娜·彼得罗夫娜沉默了。"妈妈死了，对不对？"莉多奇卡接着问道。"是的，她死了。"加林娜·彼得罗夫娜证实道。

"那爸爸在哪里？"莉多奇卡不依不饶地问道。

"爸爸去别的地方了。你已经问了好多次了。"

"他是不是把我抛弃了？"莉多奇卡感到一股眼泪在她的鼻子

[①] 出自剧作家雅各布·戈丁的同名戏剧。

深处涌动，仿佛苏打水的气泡，感觉痒痒的。

"过来，"加林娜·彼得罗夫娜把她叫过去，"看这里。"她将收据推到一边，从收据下拿出一个灰色的硬壳本。"这是你的存折，看到了吗？上面写着莉季娅·鲍里索夫娜·林特。爸爸每个月都给你汇一百卢布，存到这里，等到你年满十八岁，这些钱就交给你管了。你还说什么爸爸把你抛弃了呢？"

莉多奇卡心猿意马地看着存折。她对一百卢布并没有概念，她并不关注存折里到底有多少钱，她想知道更重要的事情。

"爸爸为什么不过来呢？"她问道，"他不再爱我了，是不是？"

加林娜·彼得罗夫娜摘下眼镜，揉着鼻梁上像伤口一样红红的凹痕。她的双眼突然湿润，毫无防备。

"去睡觉吧，好吗？明天我把一切都告诉你。"

但第二天，加林娜·彼得罗夫娜将自己打扮得漂漂亮亮，她盘起了头发，一言不发，和前一天晚上戴眼镜的形象截然不同，令莉多奇卡不敢再问她任何问题。一切又变得和平常一样，学校、舞蹈班、旁听家政课，然后又是舞蹈班。

莉多奇卡读完了二年级，读完了三年级，应当说这一年不仅对莉多奇卡而言是重要的里程碑，对整个国家而言也是如此，过去的1989年，整个国家正加速衰落，最聪明、最敏感的群体已经开始为即将到来的剧变而不安。安娜·尼古拉耶夫娜又为莉多奇卡编了一支单人舞，一段她原创的不成熟舞蹈，莉多奇卡不得不在表演时以一种又好笑又尴尬的姿势僵持很长一段时间，但安娜·尼古拉耶夫娜却很满意，满意到她甚至要求见上加林娜·彼得罗夫娜一面，她颠三倒四地对加林娜·彼得罗夫娜介绍了很长时间舞蹈的世界和舞者的崇高使命。

加林娜·彼得罗夫娜开始烦了，问道："您究竟想在我这里得到什么？"

"这个小女孩必须要送到舞蹈学校，她有天赋，很有天赋。"安娜·尼古拉耶夫娜一边焦急地说，一边用双手捂住平坦的胸，她的胸部宛若某种海兽的脚蹼化石。

"您说，她有天赋？"加林娜·彼得罗夫娜拖长了音，不悦地笑了笑，"这对我来说还不够。"

安娜·尼古拉耶夫娜哀求地看着她，仿佛一条小狗。

"您不明白，"她说，"您不明白。芭蕾就是生命。"

"我讨厌芭蕾。"加林娜·彼得罗夫娜重复了自己多年前说过的话，而历史顺应了黑格尔的理论，又一次走向转折，穿过充满悲剧和闹剧的舞台，最后上升到讽刺的维度。

九岁的莉多奇卡刚读完三年级，轻松地在残酷的竞争中胜出，进入了举国闻名的恩斯克舞蹈学校，录取比例是一百五十比一。芭蕾舞班的准入年龄是十岁，但他们为莉多奇卡破了例，这是第一次与林特无关的破例。安娜·尼古拉耶夫娜高兴得好像她自己被舞蹈学校录取了一样（这是一种虚荣的心理，因为安娜·尼古拉耶夫娜在多年前被恩斯克舞蹈学校开除了，这是她一生的痛），作为奖励，安娜·尼古拉耶夫娜带莉多奇卡观看了她人生中的第一次芭蕾舞表演。

芭蕾舞剧《吉赛尔》即将拉开帷幕,莉多奇卡为此兴奋得几乎要晕过去,她穿上了崭新的紧领裙,安娜·尼古拉耶夫娜的双眼在黑暗中放着光,将头凑向莉多奇卡的耳边,低声说起芭蕾舞是一项伟大的事业,说起莉多奇卡的生活将会完全不同。这是事实。舞台的纸板门打开了,一名肌腱发达的芭蕾舞演员从左边的布景中跳了出来,她的脸上挂着几分紧张,仿佛不得不将所有的重担扛在肩上。观众们无精打采地拍着手,芭蕾舞演员扶着薄纱舞裙,高高抬起纤瘦却长满肌肉的腿,纵身一跃,落到木地板上,发出沉重的砰砰响声。从第八排可以清楚地看到她的脖子和腹股沟处的肌腱在伸展,可以清楚地看到她洋娃娃般纤长的假睫毛在热情地颤动。

莉多奇卡紧咬着嘴唇抽泣。安娜·尼古拉耶夫娜为她仔细抄写的课程表令人觉得毫无希望,接下来的八年里,她不会再有时间坐在恩斯克另一端一扇紧闭的门外旁听家政课。"我知道,你会明白这一切的。"安娜·尼古拉耶夫娜抱住莉多奇卡,两个人都哭了起来,为了各自的遗憾。而与此同时,疲惫不堪的芭蕾舞演员内心深处也在流泪,她已经第三千零二十一次在*连续换脚跳*[①]动作上出错了,愚蠢,无能,一无是处的平庸之辈!

从加林娜·彼得罗夫娜的家到舞蹈学校需要坐四十五分钟的车,课程通常在早上八点开始,有时接近半夜才结束。这不难理解,因为未来的芭蕾舞演员除了要学习通识的课程,还要学习包

---

① 原书中的芭蕾术语以斜体表示。

括钢琴在内的很多特殊科目,包括古典舞、双人古典舞、舞台民间舞、传统民间舞、现代舞、表演艺术、体操和化妆。起初,加林娜·彼得罗夫娜不得不在清晨六点钟起床,周末还要忍受莉多奇卡在家里练功发出的声响,几个月后,加林娜·彼得罗夫娜亲自找了舞蹈学校的校长。她已对争论的技巧了然于胸。争论的结果是,尽管学校宿舍已经没有了位置,但恩斯克舞蹈学校一年级学生莉季娅·鲍里索夫娜·林特在距离学校教学楼五十米远的外地学生宿舍里得到了包吃包住的服务。每天吃五顿饭,教工二十四小时值班,医务室配备有理疗设备和隔离间。加林娜·彼得罗夫娜最近在谢德洛夫将军的帮助下开了第二家古董沙龙,她答应为医务室配备全套的新设备,并负责浴室的翻修工作。

加林娜·彼得罗夫娜平静地说道:"我觉得这笔交易是公平的。另外,周末没课的时候我要带她回家。周末她的床位可以让给别人住。"

莉多奇卡走进了窄得像棺材似的小房间,里面放着两张床,铺着被踩坏的小熊地毯,房间里有一扇窗,油漆早已开裂。莉多奇卡本对宿舍满怀憧憬,但很快又失望了,因为这毕竟也不是属于她自己的家。窗边站着一个小女孩,面色苍白,灰褐色的头发盘成发髻,表情小心翼翼,彬彬有礼。小女孩长着猫头鹰似的大眼睛,仿佛集中营里的难民。

"你叫什么名字?"

"莉达。"

"我叫柳夏。"

半年后,全校的人都叫她们两个"柳莉"。柳莉来了。一个是莉达,一个是柳夏;一个姓林特,一个姓茹科娃;一个骄傲,一个好钻营;一个是公主,一个是豌豆。"柳莉,能不能把俄语笔记给我看看?"莉多奇卡看着柳夏,柳夏看着莉多奇卡。她们一起点了点头。圆圆的,光滑的,芭蕾舞演员的小脑袋;头发梳成一个个小辫子,搭在纤细的脖子上;凸起的肩胛骨,校服围裙,绷紧的肌肉和隆起的椎骨关节。"给你们!"柳夏的笔记本在其他同学的桌子上传来传去,而莉多奇卡已经在宿舍里将笔记抄完了,她的俄语成绩和数学成绩都不好。不过她有柳夏·茹科娃的笔记,还有那本《给年轻家庭主妇的礼物》。

到了晚上,她们终于回到了宿舍,只有她们两个和书。柳夏趴在地板上,张开她小巧的髋部,一边膝盖伸到暖气片下面,而捧着《给年轻家庭主妇的礼物》的莉多奇卡为她压住另一边膝盖,保持着平衡。这种动作叫作"青蛙趴"。

"取一个小牛肝,切成薄片,取五十克熏猪肉,一个洋葱,切碎,放入平底锅中,加入英国胡椒、香叶、盐,盖上锅盖,开大火,时刻盯紧,避免烧焦。"莉多奇卡干巴巴地读着书里写的东西,在句子的停顿之间,听得到柳夏饿得轻吞唾液的声音。"当牛肝变成深褐色,即已熟透,沥干油脂,将牛肝放到桌上切碎,并将锅中一切食材倒入研钵中捣碎,加入一勺净黄油,加入四分之一个法式小面包一同捣碎,过筛,再倒入一杯马德拉酒……"

"还要多久？"柳夏呻吟道，她的眼泪粘住太阳穴上的头发，腹股沟处紧绷的肌腱静静地嘎吱作响，她甚至没有意识到自己已经哭了出来。她痛苦地望向天花板，她开叉还开得不够，需要练习，勤加练习，芭蕾舞的一切都是痛苦的。一切都可以用痛苦二字来形容。

"别打断我！"莉多奇卡生气道，"好好好，还要十分钟。倒入一杯马德拉酒，一勺上等的朗姆酒，撒上肉豆蔻和盐，倒入烤好的牛角形酥皮，再放进烤箱里烤五分钟……"

柳夏筋疲力尽，紧闭双眼，想象着烤好的牛角馅饼，哪怕有普通的馅饼也够了，就像奶奶烤的馅饼那样，滋滋地冒着油，泛着金黄色的酥皮泡泡。卷心菜馅的，或者苹果馅的，或者是柳夏最喜欢的蘑菇鸡蛋馅的。哪怕不是奶奶做的也行，哪怕是普通的大食堂印着"公共餐饮"的烤箱里烤出来的也可以。倘若沿着边咬上一口这种馅饼，便会向天空发出一声饥饿的叹息，这帮厨房里的寄生虫，就放这么点儿馅，简直少得可怜。

然而，在舞蹈学校的食堂里，可怜的不是馅料，而是芭蕾舞演员们，她们将视线移开食物，端着空着一半的油腻塑料托盘。"过来，下一个……"体态臃肿的食堂大妈将勺子伸进大锅里，里面装着热气腾腾的诱人蛋白质、脂肪和碳水化合物，尽管有营养师精心计算的饮食量和地狱般的训练量，但这些未来的芭蕾舞演员饿得眼冒金星，近乎晕倒，她们会为增加一克体重而惊恐万分，体重增加意味着她们会彻底失去上帝的青睐。

每半年一次的体重测量日堪称审判日，那一天仿佛太阳、月亮和星星会从摇曳的天花板上褪色、掉落，天花板像卷轴一样卷了起来。未来的芭蕾舞演员们脸色苍白，白过毛色最白的马，肚子里剧烈地响着肠鸣音，她们挤在医务室门前的走廊里，颤抖的肩胛骨紧贴墙面，用尽力气将本就很瘦的肚子吸得再紧一些。体重的标准是身高数减去一百一十五，这意味着一个身高一米四的女孩子体重不允许超过二十七公斤，二十五公斤恰好，二十三公斤更棒。到了高年级，标准变成了身高数减去一百二十。"身高一米五，体重却有三十五公斤？你这个胖子，谁能抬得动你？还吃什么饭啊，最好抽烟去吧！"

在老师的要求和鼓励下，姑娘们从十三岁开始抽烟，拼命地、贪婪地、忘我地抽烟。姑娘们大口大口地吞着对她们的职业生涯大有益处的烟雾："这根敬妈妈，这根敬爸爸，这根敬舞蹈家加林娜·谢尔盖耶夫娜·乌兰诺娃。"她们向彼此的臀部和肋骨投去嫉妒和羡慕的目光，她们议论道："塔尼卡的屁股太大了，她已经不是竹竿身材，宽得像钢琴似的，上帝啊，要是开除人的话，就开除她好了，千万别把我开除啊！"塔尼卡被无从避免的女性特征压垮，她向这个可怕的医务室投去灰暗的目光。她知道自己注定要被开除，臀部是一回事，甚至她的胸部也有了微微的隆起。大自然尝试从芭蕾舞中夺回赋予生命的脂肪，哪怕只是一点点。这种尝试无疑是可悲的。

称重或考试之前，这帮筋疲力尽的青春期女孩会吃荞麦和无糖酸奶，用这种办法三个月内可以减掉十五公斤的体重，同时也不会感到饥饿。芭蕾舞演员最好的伙伴是呋塞米①，最时髦的手术是胆囊切除（虽然更常见的手术是韧带撕裂修复术），没有胆囊，体重便会更轻，你会变得更加纤瘦，变成神话里的仙女。称体重前一周，她们不再摄入纤维素，称体重前两天，她们什么也不会吃，如果实在要吃点东西，吃完就要立即用两根手指插入喉咙，卡路里和希望便伴随着嘶哑的咆哮和呕吐物涌入马桶。

对姑娘们而言最重要的事情是不喝任何东西，连水也不喝，擦干皮肤表面的水，排出宿便，早上要灌肠，晚上还要灌肠，饿昏过去，然后再催吐。称体重当天早上，在医务室门口吃下一小块巧克力，以免在医生面前突然昏倒。"你的体重正常，就是身高不行，要是再高一两厘米，亲爱的，你就要被开除了。"女孩毫无孩子气、近乎毫无人性的眼神里跳动着献祭者或是刽子手般的怒燃之火，如果有必要的话，她可以为了下一次称重砍下半个脑袋，甚至一整个脑袋，除了那双弧形的瘦脚，什么都可以砍下来。绷起脚背，绷起脚背。我们不会怜惜自己，他们也不会怜惜我们。

在走廊里，幸运的姑娘们叽叽喳喳地安慰着被开除的塔尼卡，她们如释重负——"不是我，被开除的不是我！"塔尼卡甚至没有哭出来，假若她能够用意志令心脏停止跳动，那么她会立即死去，这些高年级学生才有的意志早早地在塔尼卡心中燃起。塔尼卡被开除得太早了，她用力地咬住攥紧的拳头，留下两道白色的牙印，两道牙印渐渐泛出微红，之后是紫红，涌起火辣辣的庄严痛感。

---

① 利尿剂，常用于治疗水肿性疾病。

她的胆囊保住了,她的舞蹈生涯就此结束,以至于二十年后,当她在电视上看到四小天鹅在舞台之上疲惫地点头时,内心感受到的是黑风般的呼啸,风撕扯着那张从未印有她名字的海报。她咔嚓一声摁下遥控器,令《天鹅湖》在半分音符处戛然而止。塔尼卡离开了房间,她已经老去,头发渐渐花白。她的生命从十四岁即已开始凋谢。"妈,你去哪儿?"在她身后大喊的是她的小儿子(谢天谢地,她的两个孩子都是儿子,倘若生下的是女儿,塔尼卡仍会将女儿送进舞蹈学校,让女儿献身于舞蹈事业)。塔尼卡没有回答,她的后背是笔挺的,肩胛骨被放松不下来的钢铁般的肌肉紧紧拧住。芭蕾舞演员这种正确、挺拔的背部姿态叫作"aplomb"(意为自信)。对她们而言不存在第二种自信。

顺便说一下,恩斯克舞蹈学校是举国闻名的。这要归功于战争:在卫国战争期间,列宁格勒所有的芭蕾舞剧团几乎都被后送到了恩斯克。包括苏联最好的舞蹈学校——基洛夫舞蹈学校的学生在内的很多芭蕾舞演员也都被后送到了恩斯克(现在基洛夫舞蹈学校以阿格里皮娜·雅科夫列夫娜·瓦加诺娃[①]命名。当然,在四十年代还不能够为瓦加诺娃立纪念碑,她当时还活着,但早已位高权重,已经拥有了百科全书里写的所有头衔:俄罗斯杰出芭蕾舞演员、舞蹈教育家、芭蕾舞剧导演、俄罗斯帝国芭蕾舞悠久传统的守护者、俄罗斯苏维埃联邦社会主义共和国人民艺术家等等)。还有一件事很重要,这些芭蕾舞演员返回彼得堡之后,在

[①] 阿格里皮娜·雅科夫列夫娜·瓦加诺娃(1879—1951),俄罗斯芭蕾舞演员,俄罗斯古典芭蕾理论的创始人。

恩斯克留下的不只是美好的回忆，还有一半的教职人员，以及刚录取的整整一个班级的学生，全部都是纤瘦的、痴迷于芭蕾舞的军人之女，这些人就是未来恩斯克剧院和恩斯克舞蹈学校的基础，恩斯克舞蹈学校很快以残酷的训练和理想的成果闻名于全苏联。舞者们在舞台上尽情享受飞舞时光的背后，是无休无止的魔鬼训练——"滑步，滑步，准备！多棒的空中停顿！"

有些事情最好不要去想。或许，最好一开始就不要知道。

试想一下从大街上走进军营，或是劳改营，或是地下刑讯室，或是极权教派的会议。他们根本不会让你进去。一个好奇的外行人不被允许进入舞蹈学校也是一样的道理。普通人过着轻松而空虚的日常生活，永远无法理解封闭社群内部蕴含的庄严与恐怖。完美的平行六面体宿舍。舞蹈课上亮着的绚烂灯光。复杂的仪式，甜美而严苛的训练，只需要把大脑关闭，不需要思考任何事，不需要担心任何事，只需要服从性地做出动作，消解自己的思想，不再做自己，这样才能抵达最高层次，才能得到最多的祝福。而在这之中，只有痛苦、屈辱、残酷的欺凌、饥饿、绝对服从之下的幸福。而后又是痛苦。

可以想象一下，士兵们满怀热情，狂热地接受日复一日的魔鬼训练。囚犯们在每日审讯之前很久，便已开始为受刑做准备，他们在刑架上伸展身体，准备好让一个又一个关节脱位。这些未来的芭蕾舞演员们脚尖点地站立，听着侮辱人的喊话："你们就是一帮无药可救,一无是处的怪胎!不要靠着棍子,坚持住,坚持住,把脚跟抬起来,脚跟抬起来,说你呢!"姑娘们小腿上挨鞭子,脸颊上挨耳光,即便如此也要进入音乐的节奏,立马收紧腹部和臀部。当可爱的姑娘们叽叽喳喳地跑下教学楼的台阶时,可以注意一下她们的心理感受,她们不得不自愿放弃生活中的很多东西:美味的蛋糕、夜晚的闲聊、友谊、初恋、肉饼配炸土豆,还有对大人、同伴和自己的信任。而天平的另一边,仅仅是一个机会,一个站在舞台上对观众们献上一个虚伪而紧张的鞠躬的机会。

做出选择。

再也不后悔。

这就是芭蕾。

莉多奇卡在普通学校里的成绩仅仅是及格,但到了舞蹈学校,她摇身一变,成了公认的女王。甚至在第一次面试时,她就以近乎完美的表现给招生委员会的所有人留下了深刻印象。说实话,招生选拔的规则更像对赛犬或是赛马的品种特征的描述,筛选的规则很严格,甚至可以用残酷来形容。"减分项:头部过大与身形不协调、头部有棱角、下颌过大、下巴过大、下颌突出、鼻部不规则、耳部不规则、门牙畸形、牙齿咬合错位。一票否决项:脖子过短或过长、肩膀过宽、喉结突出。"诸如此类的规则印在十张干巴巴的纸上,只有信奉纳粹优生学的人会对此感到满意。

不过莉多奇卡是完美的:站姿和坐姿的身体比例是完美的,脖子的长度是完美的,纤细的脚踝和手腕是完美的。莉多奇卡仿佛就是为芭蕾而生，没有一丝一毫的不足。莉多奇卡舒展地向各个方向弯下腰，轻松地向前方、后方和侧方抬腿，展示出精彩的舞步基础，轻巧地跳起波尔卡舞，没有动摇或破坏哪怕是最轻的音符。她的音乐感、舞蹈感、节奏感，以及健康的身体，一切都是最好的状态。

唯一让老师们略感尴尬的是，这个穿着闪亮白色短裤的深肤色的瘦小女孩丝毫没有取悦他们的意思。别的小姑娘都在献殷勤，趴在地上抬起小狼崽般的小脸，露出动人的笑容。她们向老师们投去奴隶般的目光，仿佛是准备好了为芭蕾付出一切，做什么都甘愿。莉多奇卡只是闷闷不乐地移开目光，似乎并没有为无与伦比的成功感到很高兴。招生委员会的老师们认为她只是有点傻，这些老一辈的舞蹈冠军将脑袋聚在一起商议着："愚蠢的品质在芭蕾中很有用，傻是加分项。"

十四岁时，莉多奇卡终于成了舞蹈学校里最好的学生，她已学会用机械的微笑应对任何疼痛，即使是最剧烈的疼痛。应该微笑，芭蕾舞演员有义务控制她的表情，向观众展示美丽，这样一来，即使是第三排包厢里什么也看不清的乡下人也能够体味到与美接触所产生的所有甜蜜和幸福。也是在这一年，莉多奇卡不仅展现了令人望尘莫及的身体天赋，还展现了另一个特征——她是一个完美的受害者。

心理学家、精神学家和犯罪学家愚蠢地对受害者的特征大谈特谈，荒诞且无用的观点简直不计其数，他们将超短裙、不守道德、不良教养和天生的性格弱点混为一谈。不过，这一切并不适用于莉多奇卡,她意志坚强,训练有素,宛如一条表演杂技的狮子狗,每个人都可以拉起它的尾巴,摸一摸它的肛门腺。莉多奇卡拥有钢铁般的肌肉和钢铁般的神经,她不会穿任何激发性欲的暴露透明装或超短裙,走在街上也不会向周围的人们投去青春期荷尔蒙驱动的目光。她几乎不抬头,而是宁愿盯着地面,盯着练得扭曲的小脚之下踩着的泛灰而平整的沥青。然而,假若周围有一个不正常的人,有一个醉鬼,或者有个伤心欲绝的家伙,他一定会被格格不入、闷闷不乐的莉多奇卡吸引,这种心理不能被他自己克服,也不能被莉多奇卡克服。这些人闷闷地、可怜兮兮地、油腻腻地向别人倾诉自己难以放下的过往,并咄咄逼人地索取关注,索取同情,索取怜悯。莉多奇卡没有一次不打开钱包,给他们一些钱,尽管她自己并不怀疑这一做法并非出于同情,而是出于恐惧。

当然,莉多奇卡的受害者特质既包括外在的吸引力,也包括内心性格的柔软,二者结合成一种对进化的无意识拒绝,即一个生物自愿选择的不是逃跑或拼命战斗,而是自我毁灭。不过这还不是最重要的,十四岁的莉多奇卡有一种天生的超能力,她可以看到世界的另一面,即阴暗的一面,这阴暗的一面往往只有那些经验丰富的神父或医生才能看得到。当然,神父和医生至少还能为那些与生活作对的可怜虫做点什么,而莉多奇卡能做的只有旁观。只能旁观,不能伸手,不能遮住目光,也不能反抗。她帮助不了任何人,她只是看到了别人的痛苦,只是看到,没有皱眉,没有闭眼,甚至没有试图远离。作为一个完美的受害者,莉多奇卡始终认为自己有义务做一些事情，做一些对她自己而言并不愉快，甚至是恶心，而对别人来说却十分有必要的事情。芭蕾教会了她这一点。这就是芭蕾，这就是莉多奇卡·林特的芭蕾，这就是她的个人命运。

命运尤其艰难的是老人，除了莉多奇卡，似乎没有人关注他们——1996年的恩斯克老人，他们一贫如洗，孤苦无依，几乎失去理智，他们曾经建立了一个伟大的国家，而如今只能像约伯那样蜷缩在废墟之上。病态的个性使莉多奇卡无视着恩斯克琳琅满目的商店橱窗，无视着轻巧快速的进口汽车，无视着市民身上穿着的五颜六色的奇装异服，这些新生的俄罗斯资产阶级突然摇身一变，成为一群有进取心、勤劳且友好的家伙。周围的世界洋溢着青春、健康和傲慢，尽管莉多奇卡同样年轻，同样健康，身拥奶奶加林娜·彼得罗夫娜在任何政治制度下都极为富足的物质条件，但她却只能注意到老人脸上的皱纹和身上破烂的衣服。一个老妇人穿着七十年代的大衣，在垃圾箱里翻找东西，一个老头身上挂着一排勋章，数着自己苍老、颤抖的手指，仿佛是为了买到某样东西在计算所有的钱款："不，还不够，唉……""老爷爷，您怎么能睡在大马路上！"莉多奇卡将一张大额钞票塞进老爷爷的口袋中，无力地望着他佝偻着腰、凄惨无助的背影。老人卑微的眼睛灰白肿胀，没有牙齿，嘴巴露着缝儿，颤抖的手指系好衣扣，衣服上打着很多歪歪扭扭的补丁——这是世界上最可怕的贫穷，不被需要的老人的贫穷。莉多奇卡多么害怕这些老人，多么害怕这无从避免、比死亡更可怕的衰老，在屈辱而无力的衰老中，死亡似乎成了一种期待许久的痛苦解脱！这是一种难以言说的奇怪恐惧，毕竟莉多奇卡没有接触过任何一个老者，除了她在街头上遇见的那些不曾相识的老人。加林娜·彼得罗夫娜、她的同学、她的老师、她的爸爸妈妈，甚至外公外婆，还有办公室黑白照片中的拉扎尔·约瑟福维奇·林特——她周围的每个人都是年轻的，都是坚强不朽的，仿佛他们永恒地活着，即便他们早已死去。但恐惧并没有就此消失，相反，恐惧变得更强烈，更尖锐，她无法摆脱对衰老的难忍恐惧，就像无法逃避对古典舞的恐惧一样。

或许，莉多奇卡怯怯地想过，如果她有一个家……属于她自己的温暖的家，家里还有她的孩子们……或许那样会好过一些？抵御衰老，让家适合居住，照顾嗷嗷待哺的孙子，倒垃圾，提供帮助，直到生命的最后一秒钟仍被人需要。至少做点什么吧。至少拥抱某个人吧。莉多奇卡喜欢在学校附近的公园里散步，那里有为孩子们带来欢乐的沙坑和木滑梯。在那里，坚强的母亲们带着吵嚷的孩子，一只只鸽子飞来飞去，莉多奇卡在长椅上一坐就是几个小时，眼睛看着一切景象，耳朵听着一切声音，想象着自己在合适的时机怀孕，生下一个漂亮的婴儿，在心里默默学着一个心不在焉的母亲将孩子叫到身边的方式，那个母亲一边与另一位母亲聊着家常，一边熟练地擦了擦小孩干透了的鼻子，并为孩子拉上了夹克拉链，只是为了向包括她自己在内的所有人表明这孩子是她的，是她的财富，是她爱入骨髓的孩子。莉多奇卡也想拥有自己专属的财富。这是她的救赎，她对这一点很清楚。她深信如此。

在公园里，即使是老人也没有那么可怕，慈祥的爷爷奶奶被救赎的爱所包围。但一切都结束了，就像莉多奇卡生命中总会发生的那样，不可挽回地，无情地，在一瞬之间结束了。一个陌生的老人出现了，丑陋而狼狈，艰难地坐在莉多奇卡旁边的长凳上，离她只有三步之远，老人将手伸进口袋，似乎想掏出点什么东西，焦急地掏了很久，莉多奇卡又一次想帮忙，不过，谢天谢地，老人自己把东西掏出来了。老人掏出一张纸，笨拙地伸直了手指，露出破损的指甲和饱经沧桑的手背，散发出发霉的气味。老人读着报纸，显然是官方的报纸（印着紫色的印章、冷漠的签名，还有电脑敲出来的一个一个字母），老人坐了很久，仿佛一只生病的鸽子，萎靡不振，只有浑浊的眼泪从老人布满皱纹的血红眼皮下流淌而出。老人叹了口气，用力将眼泪擦干，满脸痛苦地自言自语："这些孩子做的都是些什么事啊……"说完，老人缓缓起身，离开了，莉多奇卡看着他的背影，很想知道老人的孩子们都做了什么？是侵占了他的公寓？还是把他送到了养老院？还是永远移民美国了？抑或，他们只是死了，无耻地死去，突然地死去，留下他一个人孤苦伶仃？

莉多奇卡再也不去公园了，她害怕再见到那个老人，她害怕承认自己如此绝望地梦想着的儿孙并没有爱她为报的义务。在公园里欢乐地玩耍的肥嘟嘟的孩子们并不是避免孤独终老的保证。孩子们不是养老基金，也不是长期高息存款，孩子就是孩子，不是别的。这是事实，但接受事实意味着要失去一切，莉多奇卡显然没有准备好失去一切，1997年，她已经失去了太多。

柳夏·茹科娃在学年即将结束时被开除,他们甚至没有允许她上完下一年也即最后一年学,要是那样,她至少能短暂拥有学成毕业的感觉。他们甚至没等期末考试就把她赶了出去。"亲爱的,如果你真的想跳舞,那为什么要在医务室里躺一个半月治肺炎呢?芭蕾舞演员是不会生病的,即使是生病了也不会缺课,即使是缺课了也会自己练回来,什么?医生禁止您做任何运动?亲爱的,这就是您的问题了。"舞蹈学校里的学生被除名时往往被改称为"您"。柳夏的脸色惨白如纸,绝望的心绪和肺炎的病痛依然将她苦苦折磨,她甚至没有尝试反抗。何必呢?没有人在乎她是在冰冷透风的舞蹈教室里感染了肺炎,她连续跳了几个小时的猫跳步,但还是没有练会。双腿抬高超过九十度,双臂伸开,身体向后弯曲,咣当一声掉下来。又是"两分"。

莉多奇卡像猫一样忠实地陪在柳夏身边,忠诚地去医务室探望她。莉多奇卡坐在一旁,坐在法兰绒毯子上,舒服地晃着腿,读着那本《给年轻家庭主妇的礼物》。而后,莉多奇卡跑到各个老师那里,恳求他们帮助柳夏,可这是徒劳的。她还像个成年人一样预约拜访了校长,校长对她也十分无情:"学校不需要平庸之才。而你,林特,你与其在这上面浪费时间,不如多去排练。难道,你还不明白你肩负的是什么责任?"莉多奇卡明白了。转入高年级后,十七岁的她即将在恩斯克剧院的成人舞台上跳人生中的第一支芭蕾舞《吉赛尔》,这是一个前所未有、十分难得的机会,只有未来的首席演员才能有幸获得这样的机会。《吉赛尔》意味着荣誉。校长坚定地说道:"去吧,排练去吧。"莉多奇卡像锡兵一样听话，目光坚定，转身离开。

柳夏被母亲带回了家，她的母亲是一位身材壮硕的农妇，来自南乌拉尔一个到处生锈的可怕工业小镇，那里的人从出生到死亡，最大的快乐就是喝酒，喝到忘却一切。"你不要哭。等你从普通中学毕业，我就给你找一个会计的工作。"母亲一边收拾柳夏的行李，一边扫视着整个房间，以确保不落下重要的东西。"你是怎么把脚立起来的？"这个动作变成了柳夏的耻辱，再也不是她安身立命的本事。柳夏笔直地坐在椅子边上，没有哭出声，只是习惯性地、机械地伸出了那双学校再也不需要的脚。莉多奇卡坐在她的身旁，用鼻子蹭着柳夏瘦弱的肩膀，她想要表达抚慰时总是这样做。她们不知在一起哭过多少次，不知向彼此透露过多少有趣、幼稚、可怕的秘密，不知多少次在寝室熄灯后哈哈大笑，不知多少次做过同样的梦，不知多少次睡在同一张床上，两个骨瘦如柴的小女孩在抵御寒冷时不知多少次从彼此身上找到同情和温暖。"我每个假期都会去看你。我每天都会给你写信，每天都写！"莉多奇卡热情却痛苦地承诺道，仿佛是发誓一般。柳夏愣了一下，仿佛被点醒了，她看着莉多奇卡，干燥的双眼噙着湿热的泪花："让你的信见鬼去吧，傻子！"她突然大声叫嚷起来，母亲沉沉地叹了口气，将包裹扔在地上。"我恨你！我一直都恨你！你这个傻子！混蛋！弯腿的丑八怪！臭狗屎！"母亲在胸前划了个十字，吐了口吐沫，闷闷不乐地说："女儿，别费力气了，不值得的。走吧，我们回家吧。"

柳夏从学校离开后，宿舍里只剩下莉多奇卡一个人。为了纪念她最好的朋友（当然这多亏了加林娜·彼得罗夫娜交给学校的另一笔钱），她一个人拥有了整间宿舍，此外，莉多奇卡还有了一个新习惯，只要有机会，她就会花上很长的时间洗上一个滚烫的热水澡。但"臭"这个字就像难以捉摸的无形汗味一样，仍在莉多奇卡身上存在着，也在芭蕾舞团里的每个人身上存在着。

最后一个学年前的暑假对莉多奇卡来说格外漫长。在加林娜·彼得罗夫娜的默许下，她住在了宿舍里，加林娜·彼得罗夫娜见她的次数越来越少，奇怪的是，两人也正因此几乎和解了。每逢周末，莉多奇卡就会回到林特的公寓，每次她都能在房间里发现一些漂亮的小玩意儿，一件用清爽的塑料布包裹着的崭新毛衣，一个能发出海潮声的便携式音乐播放器，甚至还有很难弄到的商品——从纽约订购的格里什科足尖鞋，商贸行向加林娜·彼得罗夫娜提供的总是最好的商品。加林娜·彼得罗夫娜每月给莉多奇卡一次零花钱（她从不问莉多奇卡将钱花在了什么地方），并给莉多奇卡看一次完整的银行对账单，以证明莉多奇卡的钱没有被挪用。不久前，这家银行成了加林娜·彼得罗夫娜的个人财产，因此爸爸每月打来的一百卢布同他发来的祝贺电报一样，统统成为无稽之谈，爸爸的消息越来越少，莉多奇卡问起他的次数也越来越少。

十七岁时，莉多奇卡已然接受了孤儿的身份。

不过，莉多奇卡懂得感恩：加林娜·彼得罗夫娜对莉多奇卡很放心，只要加林娜·彼得罗夫娜愿意，她完全可以将莉多奇卡视为骄傲。不过这种愿望并不存在，加林娜·彼得罗夫娜将精力全放在经商上了，和她此前狂热地收集书籍和古董一样。她甚至不来学校参加期末音乐会，音乐会上的莉多奇卡总是以一种冰冷而华丽的光芒独舞，这种光芒将真正的钻石从廉价的水晶中区别出来。

莉多奇卡在无休无止的排练和闲逛中度过了这个暑假，在这个假期里，莉多奇卡第一次细致入微地了解了恩斯克这座城市：这里，这条街的街角有一座长椅，可以坐在长椅上休息；那里，破碎凌乱的葡萄丛后面，是一座列宁的小型石膏半身像，石膏像上有孩子们乱七八糟的涂鸦，这些涂鸦反倒使石膏像变得栩栩如生。起初，莉多奇卡只是漫无目的地在大街上闲逛，后来她在城郊发现了一个古老而美丽的花园，这座花园景色奇特，不像是北方的花园，栅栏涂着柠黄色的油漆，花园的小路也像是来自异国他乡，小路的尽头是一棵巨大的深红色枫树，这种景色只能在杂志封面上看到。

这个游戏突然变得非常有趣，莉多奇卡有了一个又一个目标，她开始在自己的脑海中构想一个完美的家。

家的一切都是重要的，颜色、光线、石料的材质、屋顶的形状，甚至还有气味，气味是尤其重要的！为了寻找走廊所需的香味（乳香、木香和一点香草香），莉多奇卡走进一片苏联晚期公寓楼。她突然在院子的中央驻足。儿童旋转木马早已生锈，发出令人不安的嘎吱声，白桦树已经长大，但还是和以前一样向左边歪斜，正如妈妈说过的那个词：歪歪扭扭。莉多奇卡在长椅上坐下，在胸前摸索着一把早已被扔掉、曾被绑在丝线上的钥匙，她像小时候一样，迅即喃喃说出她牢记多年的地址：乌西耶维奇大街14号，128号公寓。这是她儿时玩耍过的庭院，是爸爸妈妈的公寓所在的地址。难以置信，就连莉多奇卡自己也没想到她来到了这里。

莉多奇卡走进公寓楼，她还记得自己在五岁时不爱说话，长着两条小细腿儿，电梯总是坏的，高高的台阶似乎没有尽头，栏杆上散发着油漆味儿，散落的光令人难忘，楼中的气味也令人难忘。"要上六楼呀，你会累的。要不要抱着上楼呀？"爸爸蹲了下来，将她的脖子搂进怀中，不过莉多奇卡并没有被拉拽爸爸耳朵的机会所诱惑（"左转！现在向右转！"），而是执拗地自己爬上了楼。妈妈总是说："你要学会自己做所有事情。"这仿佛是一个预言。关于黑海的预言。

莉多奇卡在房门前停了下来，小时候的她几乎连门把手都够不着。"我们到啦，门铃在这里，看，在这里。也不是很高嘛！"爸爸将她举起来，她笑着，调皮地蹬着小腿。莉多奇卡举起了手，想按下门铃，但电梯突然响起了机械的声响，她飞快地跑下了楼梯。

第二天，她又来到了这里，不知为什么，接下来的几天，莉多奇卡每天都来。她在楼梯的窗台坐了很久，抱着膝盖，心里什么也没有想。即使爸爸妈妈不在这里，至少他们的公寓在这里，就在身边。这是一种愉悦甚至是舒适的感觉，那些去墓地扫墓的人往往有这种感觉，他们早已接受了失去亲人的事实，无论失去的亲人生前与自己多么亲密，同样的，那些截肢的人，或是不能生育的人也有同样的感觉，他们开始在没有腿、没有孩子的情况下找到某些寂静且鲜为人知的快乐。但加林娜·彼得罗夫娜不去墓地，也从来不带莉多奇卡去，因此这种感觉对莉多奇卡而言从未有过，如此陌生。有一天爸爸妈妈公寓的门突然轻轻地打开了，发出响动，又立即关上，她甚至没有为此惊讶。莉多奇卡让自己的心绪平静下来，但在几分钟之后，门又打开了，门缝里出现的不是过去的幽灵，而是两个孩子困惑的小脸。一个小男孩和一个小女孩。

"阿姨，你是谁？"男孩问道，从他的声音和他的鼻子可以断定，这个男孩不超过十岁。莉多奇卡从窗台上跳了下来，不知道该怎么回答。

"我……我……"莉多奇卡不安地说道，"我住在这里。我的意思是，我之前住在这里，很久之前了。"

男孩和女孩对视一眼，女孩自信地说道：

"现在是我们住在这里，阿姨。你快走吧，不然我们就要报警了。"

"你傻呀！"男孩不高兴地说道，他走到门口，一巴掌拍在女孩的后脑勺上。"要对长辈说'您'。还有，你为什么叫她阿姨？我们的阿姨是阿利亚。她住在比斯克，我们夏天还去找她了呢。"

最后一句话显然有挑起话题的意味，但莉多奇卡不得不承认自己并没有去过比斯克，她也没有阿姨（没有阿利亚阿姨，也没有别的阿姨）。小男孩像真正的男人一样，感到了自己的优越感，立即变得友善，变得放松。他将门开得更大了些，链锁叮当作响，向莉多奇卡吹嘘道："我们的爸爸有科学博士学位！妈妈也要拿到学位了！"

"我的妈妈去世了。"莉多奇卡出人意料地坦承道，这是她有生以来第一次几乎不痛不痒地说出这句话。这只是一个事实，关于她生平的事实。两个小孩子又互相看了看对方。

女孩很认真地问道："那爸爸呢？"

"爸爸……"

莉多奇卡想了想，突然意识到自己还不知道存折和电报到底是怎么一回事儿。

"我也没有爸爸了，"她说道，"很久以前就没有了。我记不得爸爸妈妈的事情了。"

男孩砰的一声关上了门，仿佛打了莉多奇卡一个耳光，这是正确的做法，毋庸置疑。莉多奇卡觉得自己简直是白痴，居然和孩子聊这样的话题。不知多少次，莉多奇卡总是习惯性地将责任全归咎于自己，她拍了拍牛仔裤，镇定地走下楼梯。将过去的事情留在过去吧。是时候训练、排练、拉伸了，将早已熟练的动作再重复上百次。矛盾的是，世界上有伟大的科学家，有伟大的作曲家和伟大的作家，却没有伟大的芭蕾舞演员。莉多奇卡只能每天做着和那些最笨拙、最可笑的初学者一模一样的练习，每天让自己筋疲力尽。但莉多奇卡完全不想成为一名芭蕾舞演员，无论是伟大的还是普通的都不想做。她只想有个家，有房子，有孩子，仅此而已。

小男孩在三楼追上了莉多奇卡，小男孩头发乌黑，身形瘦削，肩背挺直，长大之后一定能当上将军。

"给,"他气喘吁吁地说,将半条面包递给莉多奇卡。"您拿着,我想,您一定是饿了,因为妈妈……"他本想说"死了"这个词,但生生咽了回去,内心充满愧疚地补充道:"我们还有土豆,但土豆是生的。"

莉多奇卡接过面包,闻了闻它的香味。

"谢谢你,"她说,"真的很谢谢你,土豆是粉色的还是黄色的?"

"我不知道,"男孩惊讶地说,"有什么不一样吗?"

"很不一样,"莉多奇卡说,"如果土豆是红皮的,那么可以拿酸奶油用两种方式来做,如果是黄皮的,最好把它做成土豆饺子。你吃过土豆饺子吗?"

土豆既不是红皮的,也不是黄皮的,土豆已经不新鲜了,上面长了不少青白色的芽,家里没有酸奶油,没有面粉,甚至连鸡蛋也没有,不过还有一些胡萝卜和不少装在纸袋里的过期香料。

小女孩虽长得不漂亮,但很活泼,她问道:"这样是做不出来的,对吗?"不过最后,三人做出了一桌好菜。

察廖夫夫妇在晚上六点从研究所回了家,在家里发现了真正的意式迷迭香烤面包、上等的茶、橙黄色的煮土豆,土豆吃起来像蛋糕。他们也发现了莉多奇卡,她在短短的几个小时之中就令十岁的罗姆卡和六岁的维罗妮奇卡爱上了她。

"这真是难以想象!"察廖夫先生咕哝道,将一整颗土豆塞进嘴里,高兴地挥舞着胳膊。"莉达,您是怎么做出来的?"

"这很简单,"莉多奇卡不好意思地回答道,"煮土豆的时候要裹上布，要加上一根胡萝卜、一个洋葱、几粒花椒，还有……"

察廖夫太太抓住莉多奇卡的手，连忙问道："花椒要放多少颗？什么时候放盐？或者，根本不用放盐？瓦洛佳，别这样，你怎么像个小孩似的？你给孩子们留点儿啊！"

第二天，莉多奇卡又一次拜访察廖夫一家，她提着两个装满食物的大袋子，这些食物连《给年轻家庭主妇的礼物》的作者莫洛霍维茨本人都会羡慕。整个假期，莉多奇卡将这本书上所有的食谱都尝试了一个遍。事实证明，莉多奇卡双手的天赋不逊于她的双腿，她的厨艺水平甚至胜过了芭蕾舞演员的本职工作。察廖夫夫妇马虎又贫穷，与自然科学的殉道者身份十分相称。夫妻两人长得胖乎乎的，脸蛋儿是粉红色的，像发面煎饼一样，甚至透出些许油腻。莉多奇卡暗暗期望自己能因为体重增加而被开除，却一克也没有变重：她有着和拉扎尔·林特一样的新陈代谢速度，她的细胞如蜂窝炉一样贪婪，一次就能消耗掉至少一百个饺子。在探索美食的间隙，她和维罗妮奇卡还有罗姆卡根据《给年轻家庭主妇的礼物》善意却令人困惑的建议勤奋地学习编织花边和刺绣。察廖夫夫妇对莉多奇卡的到来开心不已，他们在苏联的环境下成长，乐观而坚强，对于任何不会杀死他们的事情都会感到满意。友好、开朗、淳朴的察廖夫夫妇是不会轻易被杀死的，就像任何一位虔诚的教徒一样。

察廖夫夫妇一生笃信苏维埃政权。当然，他们笃信的不是真实的政府，而是书本上理想正确的苏维埃政府，它应当发挥出每个人所有的能力，并应在理论上按劳动将奖励分配给每个人。察廖夫夫妇忠实地履行了约定的职责,既没节省力气,也不吝惜用脑,正因如此,从童装到陀思妥耶夫斯基的著作等种种物品的短缺让他们愤怒不已。察廖夫夫妇鄙视苏维埃政权真实的日常状况,这种心理就像鄙视嗜酒如命的母亲,虽然她无药可救,但毕竟与自己是骨肉之亲。当然,这种爱已经到了另一个层面。

在察廖夫夫妇看来,假若苏联人民能够做出一些额外的努力,埋葬列宁,忘却斯大林,或者让索尔仁尼琴回来,一切都会发生神奇的改变,一切都会闪耀出幸福的水晶般的光芒。他们希望的是改进,而不是解体,他们希望保留好的旧制度,并在其中增加那些最好的新制度。他们相信在苏维埃统治和民主是相容的,相信既能拥有足够的坦克,也能拥有足够多的卫生纸,他们相信言论自由,言论自由早已写进了宪法之中!察廖夫夫妇读过不少不同政见的手稿和禁书,他们不知道这些东西为什么要被封禁,他们听着那些来自美国、斯德哥尔摩和伦敦的异见之声,他们也会喝着酒小声地批评党和政府,但不管怎么说,他们仍是忠实的苏联人。

察廖夫夫妇是优秀的苏联公民,他们诚实、勤劳、闪亮,是芸芸众生中微小的两个。像察廖夫夫妇这样的人在苏联有数百万之多,他们是苏维埃政府七十余年里最好的存在,至于其他的一切,包括火箭、机床和芭蕾,已统统不合时宜,分崩离析,只有人没有变,依然是老样子。政变的那天,察廖夫夫妇像小孩子一样欢欣鼓舞,在公寓楼门口像庆祝节日般围着圣诞树跳起舞来。察廖夫夫妇就像瘾君子般沉迷地阅读着《星火》杂志上发表的作家科罗季奇①的文章，穿过集会的人群，穿越路障，投出选票，为叶利钦②祈祷，为萨哈罗夫③鼓掌，在深夜相拥而睡，热切地讨论起明天将会发生什么，而明天，已然来临……

第二天，事实却向人们证明，察廖夫夫妇热切地想要改变的苏维埃政权却是人们生活中唯一幸福稳定的事物。苏联给予人们安宁的童年和免费的教育，全新的诊所里挂着蓝色的石英灯，电影院从一大清早开始放映内战英雄夏伯阳的光辉事迹。人们唱着建设大队的歌，吃着二十二戈比好几个的蛋糕，喝着两卢布二十戈比的红葡萄酒（将瓶子退回去还可以换十七戈比！），工资可以预支，每年领十三薪，相信平等和博爱，前方的幸福生活仿佛地毯一样展开，有着数不清的里程碑和习惯性的纪念仪式，没有这些，就无从谈及幸福。尽管每个人都想躲过五一劳动节的大游行，但游行之后，朋友相聚一堂，吃饭喝酒，简直是再好不过的事情。每年5月9日的胜利日，人们的内心燃起永恒的胜利之火，白天进行胜利游行，等到了晚上便在电视上收看歌手约瑟夫·克布松的音乐会，与录音机里的披头士和滚石乐队完美融合。人们怀着同样的兴趣读着索尔仁尼琴被禁的《癌症楼》和法国作家莫里斯·德吕翁的垃圾文字。苏联有强大的军队和善良的警察，有冰冷的双手、火热的心和清醒的头脑。可惜，一切分崩离析，土崩

---

① 维塔利·科罗季奇（1936— ），苏联作家，《星火》杂志主编。
② 鲍里斯·叶利钦（1931—2007），俄罗斯联邦首任总统，任期为1991年至1999年。
③ 安德烈·萨哈罗夫（1921—1989），苏联物理学家、人权运动家，诺贝尔和平奖获得者。

瓦解。可惜，我们永远，永远失去了青春岁月。

苏维埃政府给予察廖夫夫妇的是彼此，他们在研究所相遇相知，第一学年结束后，两人结婚了。年轻的工程师伉俪，年轻的争论，年轻又生涩的性。订旅馆，办婚礼，回研究所上课，每年夏天，小两口一起划皮划艇，一起喂蚊子，一起喝罐子里覆有松针和金色油脂的美味茶水。他们生育了两个孩子。一家人在一起过着幸福的日子，叶莲诺奇卡·罗曼诺夫娜·察廖娃圆润、爱笑、富有魅力，而弗拉基米尔·谢尔盖耶维奇·察廖夫身形瘦削，性格开朗，像雪怪一样毛茸茸的，只是布满皱纹的额头秃了一大块。只有玩忽职守、不务正业的母亲才能培养出如此成功的孩子。苏维埃政府就是这样一个玩忽职守的母亲。即使苏联政府不知羞耻，一去不返地抛弃了察廖夫夫妇，他们也没有停止成为好人，没有停止相信苏维埃是正确的。

他们以同样的热情接受了莉多奇卡，就像接受生活或孩子带给他们的一切——外省的亲戚、迟来的客人、孩子们起的水痘，或是断腿的鸽子。起初，莉多奇卡并不打算将访问察廖夫夫妇一事告诉加林娜·彼得罗夫娜，不是刻意保密，只是因为加林娜·彼得罗夫娜对她的绝大部分生活都毫无兴趣。然而，随着新的发现和疑惑越来越多，莉多奇卡放弃了与罗姆卡和维罗妮奇卡一起郊游的机会，她回到家中，找了加林娜·彼得罗夫娜一趟。

"你是怀孕了？还是生病了？"加林娜·彼得罗夫娜一边在镜子前涂口红，一边极快地问道。加林娜·彼得罗夫娜近来很忙，没有时间打理生活，生意上的事情需要她立马做出决策，快速的决策则需要大笔的金钱,但这对加林娜·彼得罗夫娜而言只不过是玩具木偶和玩具熊在小铁砧上敲打假斧头而已。

谢天谢地,莉多奇卡身体健康,没有怀孕。"你还需要什么呢?需要钱吗?去拿吧,钱在桌子上。"

"我想问公寓的事情。"莉多奇卡轻声说道,她早已习惯在加林娜·彼得罗夫娜面前低声下气。

"问哪间公寓呢?"

"爸爸妈妈和我住过的那间公寓。他们……我……"莉多奇卡吞吞吐吐的,像结巴一样,她不知道如何说出自己的苦衷。只能诚实地慢慢说出来,这样别人才能听得进去。

"它好端端的,还在那儿,"加林娜·彼得罗夫娜一边回答,一边将镶着一颗非常罕见的白兰地色针形钻石的耳环戴在她那没有衰老痕迹的圆润耳垂上,"你怎么突然问起这个来?"

莉多奇卡再一次犹豫不定,她在加林娜·彼得罗夫娜面前总是显得既愚蠢又笨拙,正是在这种情况下,爱与恐惧无限接近,几乎不可能将这两种情感区分开来。

"我去过那儿了,不过,只是去做客,还有……"

"哦?你认识住在那里的人了?他们叫什么来着?我不记得了。彻头彻尾的白痴,不过房租还是按时支付。他们对你很无礼吗?要是这样的话,我把他们赶走,去找新的租户。"

莉多奇卡摇了摇头。

"没有,他们没有那么讨厌。但这间公寓,是谁的呢?"

加林娜·彼得罗夫娜笑着说道:

"你终于变聪明了吗？值得表扬。是你的，这套公寓当然是你的。不用担心，这套公寓已经转为私有，房本上写的是你的名字，至于租金也都会转到你的账户上，等你满十八岁的时候，账户就是你的了。到时候你也可以搬过去。还是你打算一辈子都骑在我的脖子上？我可不想要这么重的项链。"

莉多奇卡点了点头，加林娜·彼得罗夫娜的脖子仍然很漂亮，戴着一串稀有的塔希提珍珠项链，在莉多奇卡看来也难用轻巧形容。莉多奇卡离开了加林娜·彼得罗夫娜的家，减免察廖夫夫妇房租的提议也被加林娜·彼得罗夫娜拒绝了。为了表达抗议，莉多奇卡甚至连周末都不去看望奶奶，不过她的这一做法是无人注意的徒劳。加林娜·彼得罗夫娜很清楚，坏消息总会传得很快，如果真的发生了什么不好的事情，她会在第一时间得到通知，如果一切顺利，那就没什么好担心的了。莉多奇卡不想来，那就不来好了。莉多奇卡确实不想来。她在察廖夫一家那儿过得很开心，正是察廖夫一家乐观开朗的心态驱走了公寓里的阴魂。在这间老公寓里，没有任何人，没有任何事情能让莉多奇卡想起她的父母。这是不可思议的，但并不令人困扰。

不过，孩子们是最重要的事。罗姆卡和维罗妮奇卡兄妹两个总是乱扔东西，总是吵架，总是提出无法回答的问题，他们有时谁的话也不听，乱撒面粉，弄脏衣服，摔破膝盖，张开嘴巴，试图打断听到的每一句话。和他们共处并不容易，但没有他们也是不行的。每当莉多奇卡出现在门口，迎接她的总是维罗妮奇卡丑丑的小脸儿和罗姆卡仿佛带着嘲弄之意的瘦削而端正的面庞，两张脸上都迸发出无私的喜悦，莉多奇卡简直不敢相信她自己是喜悦之源。

随着新学年的开始，一切都变得不再美好，就连天气也越来越坏，变得越来越难以预测。莉多奇卡又开始了从早到晚的课，再加上舞蹈《吉赛尔》的排练、空荡荡的寝室和恩斯克寒凉的秋天，气温起伏不定，大街上到处都有因患感冒而忧愁愤怒的人。罗姆卡和维罗妮奇卡也被关进了寄宿学校。对那间公寓的渴望占据了莉多奇卡所有的精神力量和道德力量，如果没有这种渴望，周一至周五的生活便会失去所有的意义。周末她仍会拜访察廖夫一家。她甚至没有意识到，自己已经足足有两个月没有去看望加林娜·彼得罗夫娜了。

古典舞课程开始之前，莉多奇卡会待在舞蹈学校的走廊上，那里像地狱一样。倘若闭上眼睛，就能听到中学里常听见的叫嚷，那是无休无止的，幼稚的，喧闹的，欢乐的，但莉多奇卡却望着窗外（窗外是阴沉的天空，残损而潮湿的枫树宛若城市里的乞丐。恩斯克的九月就像其他城市的十一月般肃杀），肩上披着一件训练时穿的卫衣。她知道，如果自己转过身去，叫嚷的声音就会消失，就会融入芭蕾的寂静。墙边一个长着大耳朵的二年级同学在地板上劈着叉，伸展着她的韧带，手里抓着一本几何课本，嘴唇无声地嚅动：原来开除的理由并不只有舞步不合格。那里则是骨架大、双腿修长的克秀莎，当老师明确她的髋臼不能被任何暴力方式修正之后，她就会被学校开除，只是因为她会长到一个不合适的身高，没有舞者能够和一个高大的女孩一起搭档，无法对她进行哪怕是最简单的支撑。而莉多奇卡的髋臼毫无瑕疵，她的髋关节中的韧带和普通人的不一样，她就像林间小精灵一样灵活。不，莉多奇卡也很痛苦，就像所有其他终身从事芭蕾舞事业的人一样，只是莉多奇卡的痛苦有一个可见的结果。她的体能数据是惊人的，老师们摇着头说，简直是难得一见的天才，简直是未来的明星，毋庸置疑！莉多奇卡永远不会被开除，永远不会被放走。

她有一种与生俱来的天赋。

她从未乞求上帝给予她任何恩赐。

莉多奇卡看着暴风狂野地抽打枫树的枝干，然后突然给它一记耳光，仿佛是将一个顽劣的男孩压在坚硬的膝盖之间，并对他进行一场道德审判。"请完整地回答问题！"枫树躲过一击，看着街道的方向，找寻着合适的逃跑路线。"你跑不掉的……"莉多奇卡同情地低语道，同时，她机械地绷直羊毛紧身裤下的一块块小腿肌肉，这是古典舞课的热身运动。她还要上多少节这样的课呢？

莉多奇卡老老实实一节课一节课地数，数到快一百时数不下去了，她的思绪加快了速度，最后开始飞速奔跑。莉多奇卡一只手将卫衣拉到胸前，另一只手从脸上拨开想象中浅色灌木的茂密树枝。

想象中的房子并没有被风刮跑，它矗立在一座小山丘上，房顶是颜色光亮的红砖。莉多奇卡继续想象着，有规律地咬着下嘴唇，脑海中的砖头顺从地变亮，而后完全变成了一块粗切割的贝壳岩，疏松多孔而令人愉悦，宛若一块精制糖。门口，该是光亮的？还是黑暗的？在门口摆上黑色的胡桃木吧，还有两个带铸铁盖的弧形灯，还要有一个憨头憨脑、友好面对来客的珍珠母门铃按钮。

走进门厅，还不知道门厅大一点好还是小一点好，莉多奇卡闭上了眼睛（下一次吧，下一次一定能想象到！），到了厨房才睁开。厨房是她喜欢的，空间巨大，布置齐全，装饰着铜制的小玩意儿。莉多奇卡急忙数着有多少个陶杯，上次她忘了想象餐桌上的东西！三个，四个，六个，旁边是一个粗糙的陶土罐，一面很丑，一面很漂亮，丑的一面留着某个不知名工匠的指纹。即使是在最热的天气下，陶罐里的牛奶也可以保持凉爽。

感谢上帝，厨房的一切都还保持原先的样子。窗帘在阳光下随微风摆动。安置着一个巨大的炊炉。脚下的木地板在夏天会变得微微湿润，质感粗糙简朴，晚上，老鼠会从地板的某条裂缝爬上来，仿佛幽灵一样轻盈，莉多奇卡永远不会忘记在桌腿处给它留一顿小小的晚餐——几片奶酪，几块面包皮，放在精美的餐巾纸上。屋子里一定要有老鼠，没有老鼠寂静的窸窣声，无论是孩子，还是小猫，都将难以入眠。屋子里会有一群杂色猫咪，独立而沉默，被遗忘的血统已混成杂乱的一团。

肯定还要有一只狗，一只巨大的狗，养在院子里。每当遇到下雨天或下雪天，人们便会在晚餐时互相说服，让彼此相信那条狗在它那座塞满干草的宽敞狗屋里十分温暖舒适。当屋里屋外的灯依次熄灭时，莉多奇卡将最后一个盘子擦得锃亮，放进柜子里，然后走到门口，悄悄地将狗放进屋。听见狗狗的尾巴在黑暗中快乐地拍打着地板，她笑了出来，孩子们早就盼着狗狗进屋了，当房子里有许多动物时，孩子们的心灵总是比他们的身体成长得更快。"孩子们，孩子们，你们急什么呀！"又到了春天，又到了给孩子们买新鞋的时候，孩子们又一次为了鞋盒开始愉快的争吵，发出愤怒的尖叫声和揉搓软纸的沙沙声，混合着崭新的皮革和黑色橡胶鞋跟的强烈气味。莉多奇卡看着鞋底上的每一条曲线，感受着每个鞋垫的温暖，但孩子们的脸庞是模糊的，蒙上了一层雾，只能听到他们近在咫尺而情感丰富的声音，如同鸟叫般清脆；而丈夫是什么样子则完全无法想象，莉多奇卡在房间里匆匆地跑来跑去，却只能将将赶上扰乱空气的暖流。仿佛有人掀开一道无形的窗帘，在莉多奇卡脸上抹了浓郁的香水，莉多奇卡感到迷失，她不知道丈夫身上是什么味道，也不知道该怎么称呼丈夫。"亲爱的？"莉多奇卡茫然地站在空屋子的门槛上，在她身前是整整一片模糊流动的空间，仿佛有人将一串摇曳的玻璃珠丢进了小溪的水底。莉多奇卡脑海里坚固的、真实的房子开始起雾了，失去了它该有的轮廓，莉多奇卡愧疚地眯起眼睛，将思绪转移到了厨房，她越来越多地想到厨房，好像这就是她未来生活的意义和光明。

莉多奇卡在厨房里喘了口气，摆好茶桌（右上方的抽屉里放着茶勺，左手边的餐柜里放着一瓶系着玫瑰结的果酱），她暗暗告诉自己不能着急，不能再去追赶灵魂，急着催促它们现身。不能着急，重要的是抓住一个又一个微小的细节，生活就是由一件件小事组成的。只有将这些微小的事物搜集到一起，将一个个微小的细节联结起来，才有希望将脑海中的房子变成真正的房子，才有希望将无休无止的想象变成真实。

不放过任何一个细节是如此重要。例如，莉多奇卡很清楚她会在下午茶的时间做点心：奶油蛋糕、杏仁烤饼，起码要做马祖列克蛋糕，《给年轻家庭主妇的礼物》这本书里对这种蛋糕的评论仅有"非常好吃"四个字。莉多奇卡早就将这本书背得滚瓜烂熟，她默念着食谱，像祈祷一样："将二百克黄油不停搅拌，直至其变成白色，加入二百克糖、六个蛋黄、四分之一杯苦杏仁和四分之一杯甜杏仁碎、六个蛋清打发，与二百克面粉一起拌入，将所有混合物倒入涂满黄油的纸模，放入烤箱烘烤。"

"在冷却之前，绝对不能将蛋糕从纸上拿下来。"书中的语气突然变得严厉，而后立即变得缓和起来："可以在蛋糕顶上釉，或者装饰成喜欢的样子，也可以撒上肉桂、白糖和杏仁。"莉多奇卡顺从地点了点头，她还不知道苦杏仁和甜杏仁的区别是什么，不过这也并不重要，重要的是厨房里弥漫着温热的香气，餐桌上孩子们热烈而愉悦地欢呼，争先恐后地抢夺隔热毛巾中的马祖列克蛋糕。但莉多奇卡脑海中孩子的形象又变得模糊，可能像罗姆卡，可能像维罗妮奇卡，也有可能像任何一个长相甜美的孩子，莉多奇卡叹了口气，她觉得今天的想象并不顺利，是时候回到现实生活了，只是对她而言，现实生活显得越来越不真实。

"但你对我来说是真实的存在。"她对狗狗说，"娜伊达，你明白吗？"娜伊达顺从地用毛发浓密的尾巴拍打着地板，害羞地笑了笑。莉多奇卡弯下腰，想要爱抚这只毛皮柔软、耳根发热的狗，但她的肋骨却被重重地戳了一下，她被拉回了现实世界，她没能来得及喝上一杯茶，没能来得及再环顾房间，也没能来得及再去看看玻璃阳台上的粉色灯罩——老式的粉色丝绸灯罩，装饰着几穗惊艳动人、带着几分小资产阶级气息的流苏。

舞蹈学校没法消失。上课铃响前令人紧张的几分钟让莉多奇卡明白自己只是一个每天奔忙的奴隶，并且不再需要任何时间观念。换句话说，匆忙地奔跑推搡已变得没有必要。然而，一个瘦弱的一年级学生在跑闹中不仅笨手笨脚地戳到了她的肋骨，还结结实实地踩到了她的脚，她的脚！踩到了舞蹈学校最好的学生最宝贵的脚上，踩到了这小小的、坚硬的、残损的、美人鱼般的脚上。邪恶无能的童话主人公命令美人鱼的脚整月整年踩在刀刃之上，不是因为爱情，只是为了主人公无力的私欲。

课间，芭蕾舞学员们可以放松，可以玩跳山羊，可以玩普通小孩子玩的追逐游戏，甚至可以打架，只是，芭蕾舞学员们的脚是神圣的，只有竞争对手出于嫉妒的心理才有可能侵犯她们的脚：或是在地板上抹滑滑的东西（"你这个巫婆，你应该把脑袋拧下来！"），或是将碎灯泡的玻璃碴研磨成细小的粉末，把玻璃碎渣倒进足尖鞋里——这不是传闻，这是真实发生的。穿过舞台时，脚趾就会变得血淋淋的，扎进无数细小的玻璃针。莉多奇卡经历过一次，从此之后养成了检查足尖鞋的习惯，这已经变成了一种即时的，几乎是医学层面的应激反应。再后来，莉多奇卡开始机械地，小心翼翼地检查所有的鞋子，既包括宿舍里穿的拖鞋，也包括软跟的鞋子（这种鞋子会起到舒缓双脚的作用），还有像小狗似的毛茸茸的靴子。

莉多奇卡抓住一年级同学滚烫透亮的耳朵，轻轻地揪了一下。然而，这并没有什么用，因为那女孩根本没有注意到发生了什么，既没有发现自己踩到了莉多奇卡的脚，也没有注意到莉多奇卡的惩罚。她像一个小小的僵尸：软弱，毫无意志，将注意力集中于一点，疼痛到了极点却没有人注意。莉多奇卡机械地追随着这个小女孩的目光，那根曾经刺穿加林娜·彼得罗夫娜命运的冰针，也悄悄地、粗暴地刺穿了莉多奇卡的人生，将这两幅默默无闻的刺绣联结在一起。

一个男孩子像上帝一般经过了她们，甩着运动背包，走过这条走廊。他是那么金光灿灿，仿佛肌肤之下是深色的蜂蜜、温暖的黄金和煮开的牛奶。一年级小女生将脸颊贴在了莉多奇卡的身上，仿佛柔软的乌尔姆蛋糕，同时用近乎是哭腔的语气自言自语道："看啊，看啊，是他来了……"

"他是谁？"莉多奇卡问道，同时，她敏锐地感受到，这个可恶却坚不可摧的熟悉世界正在被某种令人难以置信的、流畅的、圆润的运动颠倒。事实证明，一切的一切都被痛苦而荒谬地颠覆了。

一年级同学回答道："维特科夫斯基，阿列克谢·维特科夫斯基，从莫斯科转学过来的。"

莉多奇卡点了点头，好像明白了些什么，放开那个什么也没注意到的一年级女生。莉多奇卡走在这位知道了名字的男生身后，她既没有注意到身旁一块块石子儿正悄无声息地落下，也不知道某些无形的纽带和接缝正在破裂。莉多奇卡跟着他走了几步，这是无人注意到的几步，却是弥足重要的几步，因为她在舞蹈学校这么多年以来第一次冲破了桎梏。虽然只是走了几步路，但这遵从了自己的意愿，而不是按照别人的意愿。但紧接着，松开的缰绳再一次绷紧，让莉多奇卡停下了脚步。即使世界分崩离析，即使世界末日行将临近，即使初恋近在眼前，都不能成为古典舞课迟到的借口。

莉多奇卡像一匹疲倦的小马似的摇了摇头，转身回去上课。

教授古典舞的老师尼涅利·达尼罗夫娜不容忍迟到行为，相传多年前她是恩斯克舞台上的主角，她演过《天鹅湖》中神圣的公主奥杰塔，也演过恶魔之女奥吉莉亚，现在已成了一个长着铁手指和铁喉咙的邪恶老太婆。她难以置信地用柔弱、年轻而美丽的姿势将她一撮染红的头发在凹凸不平的后颈上拉直，并准确、火辣辣地击打那些永远怕她的学生因一时没注意而动作失准的肩胛骨和膝盖。舞蹈生们笔直地站成一排，伸出细长颤抖的脖子，白皙的手指抓紧把杆，用力地将眼睛瞪得圆圆的，眼珠也在微微地颤抖。穿破的毛衣和松垮的厚紧身裤堆在教室的一角。排练服必须从崭新穿到破洞，这是可悲的学校潮流，是某种丝毫不引人注意且十分无趣的自由气息，是某种微不足道的自决权利。出于同样的目的，囚犯们会用磨得锋利的勺子划破血管。应该让囚犯们试试趴在地上做热身运动，或是站成一排抓紧把杆训练。

"*大踢腿*！"尼涅利大喊一声，学生们乖乖地抬起了腿。"第五脚位，右腿向前，两次小跳，前点地，回正。两次小跳，侧点地，回正。两次小跳，后点地，回正。两次慢速连续大踢腿，两次快速，回正，*向内转*。林特！"尼涅利突然大吼一声，令早已习惯高强度训练的七年级学生都不寒而栗："收紧屁股，它都跑哪去了？你那是后背吗？根本不是后背，是洗衣盆！"

负责伴奏的是一位身材矮小、长满皱纹、像个洋娃娃似的老太太，所有人都觉得她有些呆板。她听到尼涅利的大吼，双手抬在琴键上方停止不动，双眼冷漠空洞地望向前方。莉多奇卡被打得抽搐了一下，仍然保持着微笑，顺从地再挺了挺早已挺直的后背。裸露的肩膀上留下了一道明显的手印。女孩们兴奋地看着莉多奇卡，从她们四年级开始，尼涅利就没有打过学校里最好的学生，这一巴掌意味着莉多奇卡再也不是最好的学生，而是可耻地回到了普通群体的学生，也预示着未来会发生许多奇妙的变数。

"再来一次，*大踢腿*！再——来——一——次！舞是用脚跳的，不是用屁股跳的，你们这帮白痴！用脚跳，不是用屁股！我的天，看看我是在为了些什么人浪费精力！穿尿布的小孩都能学会！"

这一次，莉多奇卡的腿理所应当地抬了起来，抬得比所有人都要高。不过这不重要了，课上的一切都不重要了。下课之后，尼涅利将莉多奇卡叫到身边，问道："你还好吗？"她伸出手，笨拙而不习惯地摸了摸莉多奇卡满是汗水的额头。莉多奇卡点了点头："我还好。"但事实并非如此，莉多奇卡眼前的世界不停地晃动，摇曳着蜂蜜和牛奶般的金色光芒。

可怜的莉多奇卡在一个没有爱的世界中成长，起初她坚定地认为自己生病了。狂热的不安，在腹部之下疯狂旋转的兴奋，有说不完的话想说，不知道自己的手该往哪儿放，这难道不是病吗？手掌心渗出汗水，手指变得冰凉，脸颊却火辣辣的，无法入睡，神经衰弱地笑，笑声的余音处，泪水的钟声清脆地响起。校医面色红润，挺着大肚子，活像一位普希金评论家，伸出毫无灵魂的手指灵巧地抚摸着莉多奇卡身上的每一个关节，仿佛是挑马问价的吉卜赛人。他在处方里写下缬草酊。"莉季娅·鲍里索夫娜，你的身体完全健康。你只是在担心跳舞的事情，是在担心跳不好《吉赛尔》吗？我要恭喜你，担任《吉赛尔》这支舞的主角对毕业生而言可是莫大的荣幸，请原谅，但我想说，你再健康也还是会紧张的。晚上喝点缬草酊，一切都会顺利的。"

莉多奇卡喝下了缬草酊，但心中仍有小鹿乱撞。

夜晚，缬草酊和长年累月的肌肉疲劳将莉多奇卡丢向了宿舍的床铺，这是一张毫无灵魂的床铺，就连夜精灵也避开它，认为入睡至少需要一丝来自家庭的温暖。莉多奇卡蜷缩着身体，昏昏沉沉地躺了几个小时之后，身体突然颤抖起来，仿佛有人用一只不安分的大手摇晃着她的肩膀。一个方形的廉价小闹钟摆在床前，时针指向凌晨三点，分针指向某个毫无意义的时刻，这是世界和平的时刻，忍饥挨饿的恋人紧紧抱在一起，街头的杀手停止了活动，甚至那些病入膏肓的病人也会在早上之前感觉到要好受一些。

莉多奇卡从床上坐起来，将一条印有学校徽标的绒布毯子披在肩上，直直地盯着前方，直到天亮，她什么也看不见，也感觉不到寒冷,在黑暗中,她的脸上挂着淡淡的微笑。

阿列克谢·维特科夫斯基。

她因激动而干裂的嘴唇轻轻一动,将阿列克谢这个脆弱冰冷、俄国皇帝一般的名字,说成了柔软的昵称——阿廖沙、阿廖申卡,仿佛在亲吻一个圆圆的葡萄干面包温暖焦黑的背面。她感到晕眩。

阿——廖——申——卡。

他是那么英俊,就像太阳一样,莉多奇卡的目光不敢在他的身上停留超过几秒钟。她的头立刻转开,世界变得火热,变得黑暗,久久才能冷却下来。她关注着他的细节:黝黑的脖子,一头浓密的黑发,颧骨上的痣,还有他微微扬起眉毛时透出一丝惊讶的神情。他的眉毛像水貂皮一样闪着光芒,但他的眼睛,究竟是蓝色的还是黑色的?莉多奇卡不知道,也不敢再深寻下去。有一次,维特科夫斯基在走廊里,离莉多奇卡非常近,莉多奇卡感受到了他身上的温暖,多么神奇,多么令人向往,宛若上帝降临。莉多奇卡犹豫了一下,正要对他说些什么,却再一次没敢抬起眼睛,而是走了过去,留下高傲的背影和抬起的下巴,这种贵族式的姿势只能骗过那些从未进过舞蹈学校里的人。

极度缺乏安全感的莉多奇卡坠入了爱河,完全迷失了自我。她找不到人可以咨询,甚至连能说话的人也没有。被开除的柳夏·茹科娃再也没有给她回信;她也不好意思再去拜访工作忙乱、生存艰难的察廖夫夫妇,至于他们的孩子,都还太小。察廖夫夫妇可以给她建议,但她需要付出大量时间作为回报。这样的话,就只剩下加林娜·彼得罗夫娜了,难道要向她坦白感情的事?还不如打开松香味的抽屉，拿出足尖鞋，穿上它们，跑到舞台上去，这样就不会滑入另一个空间，也不会拧伤脖子。

更让莉多奇卡难以忍受的是教室和更衣室里无休无止的喧哗吵闹，无论是一年级学生还是毕业生，都喜欢上了这位新来的帅气高年级男同学。这种愚蠢、狂热到歇斯底里的崇拜总会在封闭管理的地方盛行，例如学校，或是工人宿舍，甚至是军营。姑娘们讨论着他的衬衫（啊！今天他穿了粉红色的衬衫！），并对他的出身八卦起来（姑娘们，我跟你们讲，他爸爸可是外交官！），这些话在莉多奇卡看来只不过是对她内心深处的感情拙劣可耻的模仿。想象维特科夫斯基，想象他的眼神、他的微笑和他的手势的权利都专属于她，而不属于其他任何人。尽管莉多奇卡尽力保持表面上的独立，但她常常发现自己和别人一样，将丝带缝在足尖鞋上，将头发别起来，和其他同样湿漉漉、瘦得像赤裸的骨架般的姑娘们在一起淋浴，贪婪地吸取着关于阿列克谢·维特科夫斯基的每一个字和每一个愚蠢的故事。

只有那些非常天真的人才会觉得芭蕾舞中只有柏拉图式崇高的爱情。舞蹈学校中的这种风气只是因为大多数学生根本不知道世界上还有其他事物。姑娘们习惯于穿上紧身的芭蕾舞服和紧身连衣裤，习惯于在众人面前更衣，习惯于抬起裸露的双腿和手臂，习惯于在一起洗澡，习惯于保养皮肉肌肤，而不是灵魂，这一切的一切都没有留下任何想象或浪漫花事的余地。对任何一位芭蕾舞演员来说，身体就是身体，只是工作的工具，偶尔可以用于性行为，仅此而已，根本没有足够的精力承受更多。高年级的姑娘们讲过很多成年芭蕾舞演员和情人的八卦，不过她们更多关注的是事情的物质层面。例如，某位绅士一口气给了一位幸运的舞者两双皮靴——一双黑色的，一双浅粉色的，姑娘们觉得这就是男女之爱中的最高成就。没有人知道男人和女人之间还有什么其他关系，当时的莉多奇卡也不知道。

当然，还有雌蕊和雄蕊，还有小狗和小猫，还有依偎在长椅上的小情侣，还有后来因调皮捣蛋而被开除的丽特卡·科莫娃从某本医学书中撕下的一页，上面印着黑白的图画和极其可怕的配文：阴茎剖面图……"你看看吧，然后传给同学们看。"莉多奇卡看了看，将这张纸传给了其他同学。这就是她接受过的全部性教育。

的确，等到双人舞的课程开始时，学生们可以与舞伴建立关系。两个人一起争取名额将会更容易，排练将会更方便，更重要的是，舞伴是自己人，可以互相拉伸紧绷的肌肉，还可以省去时间向彼此解释为什么不生孩子。那些无法在舞台上发光的长相丑陋之人和对舞蹈最偏执的人都选择了与舞伴结婚。这样的婚姻很少有温存，或者说根本没有人情味。这些是生产建设所需要的婚姻。两个纤瘦的十几岁姑娘和小伙一连几个小时练习举起搭档的手臂，或练习鱼跃的姿势飞出同伴的怀抱之后，就再也没有什么浪漫的感觉了。只有受伤、跌倒、汗水、口水、沉重的呼吸、难闻的气味，只有一双冷漠地抚摸着自己身体的手，再之后，只有醉酒或遭受巨大痛苦的时候两人才有可能躺在同一张床上。

莉多奇卡在拥有舞伴之后就意识到了这些，她的舞伴是列尼亚·别里亚耶夫,一个皮肤苍白、性格固执的男孩子,他痴迷于芭蕾舞,痴迷于训练自己的臀部。他经常一练几个小时,练到筋疲力尽,只是想要那种特殊的臀部曲线。他举起莉多奇卡,手臂颤抖,设法眯起眼睛,以便能在镜面墙上看到自己的臀部。他的触碰像放凉的粥一样冰冷黏稠,丝毫引不起莉多奇卡的注意,甚至不会令她厌恶。不过莉多奇卡倒是很少摔下来,这就谢天谢地了。

对维特科夫斯基则是完全不同的感觉。莉多奇卡试图用全身的每一个细胞去感受他,尽管隔着遥远的距离,那却是一种美妙、光明、紧张的感觉,无限趋近于灼伤的疼痛。

这是真实的。这是爱情。

当秋天结束时,莉多奇卡又瘦了很多,她的身材即使在舞蹈学校里也算瘦的,但是,没有人会担心这个,因为所有人都在为《吉赛尔》的演出做准备,首演定在了一月下旬,所以莉多奇卡除了基础课和日常排练,还要上一些男生班的课。"乌兰诺娃和男人排练的时候可不会变傻,所以,你就去跳吧,林特,大胆地跳吧。"尼涅利命令道。不会完美的*空中停顿*动作,就无法成为伟大的芭蕾舞演员。莉多奇卡乖乖地跳了起来,忘却了重力,轻松地超过了弹跳力最强和腿最长的人。距离下课还有一个小时。空荡荡的教室里,她开始了*翻身换脚跳*,一次,再一次,向上,再向上!她最后一次绷紧足尖鞋,跳了下去,筋疲力尽地悬在把杆上,紧张的肌肉稍微放松了些,一滴滴凉爽的汗水从肩胛骨间落下。

"跳得真棒!"莉多奇卡身后传来一个赞美的声音,"我第一次见到女孩子还可以这样跳舞。"

莉多奇卡转过身来。

舞蹈室门口站着的正是维特科夫斯基,一袭清爽的黑发,白色的衬衫敞着几个扣子。姑娘们,他今天穿的是白色的衬衫。

"你叫莉达,对吗?"

莉多奇卡点了点头。

"你们在恩斯克喝咖啡吗?"

莉多奇卡又点了点头,维特科夫斯基笑了起来。

"他们告诉我,说你是哑巴,"他兴高采烈地说道,"我觉得她们是在骗我。带我去一家好一点的咖啡馆吧,好吗?我自打从莫斯科过来就再没喝过卡布奇诺,你可能不相信,我太想念那种咖啡了,带我去吧,好吗?"

莉多奇卡第三次点了点头,两个人笑得像孩子一样,互相传递着充满情愫的眼神,无从抗拒地兴奋。

一周后,大家都知道了林特和维特科夫斯基约会的事情。

她们并没有羡慕莉多奇卡,只是觉得这是她应得的。莉多奇卡并不是那么合群,她在学校的努力程度也和其他同学不一样,而是要比他们高上一截。恩斯克的秋天仿佛无边无际,几乎要将莉多奇卡吞噬得无影无踪,也几乎将她从前的爱、从前的默默无闻统统吞噬掉。与其他人不同,莉多奇卡完全不相信这份突如其来的幸福,就像在梦中一样,就像飞起来一样,但她并不敢相信自己飞了起来，甚至不敢相信自己有飞起来的权利。

莉多奇卡和维特科夫斯基一起去了很多地方，他们走过了加洛奇卡·巴塔洛娃年轻时走过的街道，穿过她走过的十字路口。莉多奇卡牵着童话故事里白马王子的手，他们或许能在某些地方寻到加洛奇卡·巴塔洛娃和马什科夫微弱的踪迹，但莉多奇卡的眼中只有维特科夫斯基，其他的什么也没有。维特科夫斯基的眼睛是蓝色的，蓝得不可思议，犹如一杯刚刚洗过青金石染料刷的清水。恩斯克刺骨的秋寒把莉多奇卡和维特科夫斯基推进一间又一间咖啡馆，在人造的暮色中，伴着香烟的火光，两个人聊了很久，更准确地说，是维特科夫斯基一个人说话，在莉多奇卡寂静的欢乐中大谈特谈自己的过往。

莉多奇卡受到了这些故事的滋养，就像孩子们受到一个未曾听过的神奇童话故事的滋养一样，情节的每一个转折，叙事者的每一处停顿，都揭示了一个奇妙未知的世界，并且神奇地刻印在了莉多奇卡的心中。事实证明，关于维特科夫斯基的外交官父亲，传闻总是一如既往地扭曲而非美化现实。

维特科夫斯基的确是从莫斯科转学到恩斯克的，这的确罕见，但也不是没发生过。俄罗斯三所最权威的舞蹈学校是彼得堡的瓦加诺夫卡学校、莫斯科国立艺术学院和恩斯克舞蹈学校，三所学校密切关注彼此的进步，也互相交换了不少老师、学生和丑闻。通常来说，像阿列克谢·维特科夫斯基这样的准毕业生是渴望往莫斯科去的，而不是从莫斯科离开，准毕业生希望离莫斯科大剧院这样的芭蕾舞圣地近一些。莫斯科大剧院以其少得可怜的薪水、繁复庞杂的仪式和数十年不变的古典剧目而闻名于世,主角没有变,舞步没有变,掌声没有变,贵族包厢里,政客们依然伸着猪一样的鼻子,这也没有变。

然而,阿列克谢·维特科夫斯基放弃了一切光明诱人的前景,反而来到恩斯克继续他的舞蹈学习,在恩斯克舞蹈学校里,人们传言他是跟着父亲过来的,他的父亲是一位高官,被"统一俄罗斯"党的前身"我们的家园俄罗斯"党派到了远离首都的地方,以加强地方选民对"市场改革与合理保守主义"的信心。事实上,维特科夫斯基的父亲是一个脾气暴躁、嗜酒如命的人,他曾经担任莫斯科某个地区委员会秘书,上级反感他的嗜酒和滑稽的行为,于是将他派去尽可能远的地方。

维特科夫斯基毫无愧色地将这些事情告诉了莉多奇卡,就像一个被宠坏的孩子一样单纯直率,他相信自己的任何过错都可以被原谅,即使那是他父母的过错,且正是因此而无法补救。

"那你妈妈呢?"莉多奇卡抬起头,她的大眼睛里闪烁着同情的光芒。维特科夫斯基漫不经心地耸了耸强壮的肩膀,他已经不记得母亲了,母亲或是离开了这个家,或是早早地离开了人世;父亲喝醉酒的原因不尽相同,不过走进卧室时嘶哑、不自然的抽泣声和一摊又一摊刺鼻的呕吐物总是一样的。顺便说一句,他是一个好父亲,尽管他讨厌芭蕾,但他还是自愿放弃前往阳光明媚的克拉斯诺达尔[①],而是前往儿子能够继续学习舞蹈的恩斯克。

---

① 俄罗斯南部城市,位于库班河畔。

"你一定很想她吧?"莉多奇卡轻声问道,这里的"她"当然是抛弃了维特科夫斯基的母亲。此时的莉多奇卡对维特科夫斯基的同情,比对自己的境遇更甚,她就像习惯了扭伤一样,早已习惯了没有父母的生活,维特科夫斯基驴唇不对马嘴地回答道:"是啊,不在莫斯科简直太糟糕了,请原谅我,但我还是要说,这里的世界会令你感到窒息。"说罢一口喝掉了咖啡,然后潇洒地挥了挥手,叫一个无所事事的服务生来收走咖啡杯。

维特克夫斯基对莉多奇卡问道:"暖和些了没?还想再点些什么吗?不要了?那好,我去趟洗手间,然后我们出去再走走。"

服务生拖着沉重的脚步,缓缓地走到两人的餐桌前,摆出一副嘲弄的笑脸,他看着莉多奇卡一只手笨拙地伸进包里找寻钱包,她的目光温柔而贪婪地看着维特科夫斯基远去的背影。在咖啡馆里付钱的总是莉多奇卡,而就连莉多奇卡本人也没有注意到这一点,就像她从没注意到维特科夫斯基说话的语气是无礼且无耻的,维特科夫斯基从来没问过她的过往身世,也没有同她畅想过未来生活,甚至,维特科夫斯基从来没碰过莉多奇卡一次,尽管莉多奇卡赤诚的心每时每刻都在等待一个亲吻。

两人走到了一条结冰的漆黑街道上,冰冷、脆弱、透明糖块般的街灯几乎没有将路面照亮。

"就这样吧,老姑娘,"维特科夫斯基说道,一边说,一边掀开外套的衣领,外套的衬里是明亮的格纹,"我们是时候回家了。就这样吧!"

"明天见。"莉多奇卡轻声说道,欣赏着落在维特科夫斯基黑发上的银色雪粒,她此时并没有想到自己行将面临独自一人沿着结冰的蜿蜒小路返回宿舍的事实,她真的什么都没有注意到,没有注意到一直都是自己在结账,没有注意到每天都是自己送维特科夫斯基回家,也没有注意到维特科夫斯基对自己的种种蔑视,除了"老姑娘"这个称呼,还有成百上千个微小的细节,倘若不是一时被爱情冲昏了头脑,莉多奇卡早就该为这些事情心碎了。

恩斯克迎来了新的1998年,天气前所未有地反常。前一年的十二月末,万物开始消融解冻,小溪开始潺潺流动,阳光缓缓地流泻,连小麻雀也欣喜若狂地啁啾。但在一月的头几天,就有几十只麻雀横尸在冰冷的人行道上,冻得僵硬,一碰就碎,被夜间奏着音乐出没的死亡不慌不忙地束缚。看门人穿着巨大的羊皮袄,将麻雀的尸体丢进垃圾桶。莉多奇卡觉得如果拿起一只死去的麻雀,在耳旁晃一晃,就会听到里面响起冰冷的叽叽喳喳声。

距离《吉赛尔》上演只剩下几周的时间了,确切来说是两周半,首演从1月25日推迟到了2月1日。莉多奇卡听到期待已久的首演日期,紧张得倒吸一口气,用手掌捂住火热的脸颊,从舞蹈室跑了出去,排练还没有进行到一半。"神经病!"尼涅利老师咕哝了一声,捡起莉多奇卡掉在地板上的发夹。恩斯克歌舞剧院的一位成年舞者阿尔伯特绷紧了伸开的冰凉双腿,面露不悦地走到窗边。

他嘲弄地念叨着:"每个人都是神经病,每个人都是。只有我还像童话里的卡罗爸爸一样废寝忘食地干活。我得说，从去年十月份我就再也没有领到工资了！"

"没钱的话，你就去扛木头吧。"尼涅利打断了他，在她的印象中，阿尔伯特是个大耳朵男生，额头上长满痘痘，演出上座率很低。"你这个混蛋，你或许会被人记住，只是因为你将和莉多奇卡完成首演……"尼涅利挥起长着老年斑的粗大手掌。她走到门口，吉赛尔逃跑的脚步声已经消失在门后。"巴雷什尼科夫，你这个混蛋，别像个柱子一样站在那里，动起来！"

莉多奇卡是在一楼的女盥洗室被发现的——那里承载着整整几代芭蕾舞女学生的眼泪、抱怨和流言蜚语。莉多奇卡见到尼涅利老师，抬起头，迅速擦干眼泪，露出光芒四射得令人难以置信的羞涩微笑，甚至将墙皮脱落、发臭的盥洗室照得通亮。尼涅利老师惊了一下，也露出了微笑。

"你这个小疯子，"尼涅利老师嘟哝着，从兜里掏出一包皱巴巴的廉价香烟，"来吧，抽一根吧，冷静冷静。"

莉多奇卡缩起娇嫩的脸颊，靠近火柴苍白的火焰，感激地咳嗽了一声，她意识到和尼涅利老师抽她那极难抽的"瓦特拉"牌香烟是多么大的荣幸：大人与大人，芭蕾舞演员与芭蕾舞演员，平等地在一起抽烟。

"你跑什么？害怕了？"尼涅利老师从鼻孔里喷出难闻的烟雾。

莉多奇卡又笑了，这次是愧疚的笑，她甚至没有试图解释什么。2月1日不仅是首演的日子，还是维特科夫斯基的生日。莉多奇卡早就准备好了在这一天向维特科夫斯基求爱，而现在，这次表白又有了特殊的意义。这不可能是巧合，这就是命运。命运第一次向莉多奇卡展示了阳光欢乐的一面。

"尼涅利·达尼罗夫娜，我准备好了。"莉多奇卡坚定地说道，说罢深深地吸了一口烟，将烟蒂扔进马桶，发出嘶嘶作响的声音。

"真棒！"尼涅利老师温和地说道，"回去上课吧，我随后就回教室。"她目送莉多奇卡离开厕所，将烟蒂扔进了同一个马桶，犹豫了一下，掀起了几乎只有老太太才会穿的宽大裙子。一股尿液射向旧苏联的陶瓷，泛起一片黄色的泡沫。尼涅利老师喃喃自语道："我必须把这个女孩送到莫斯科。那样我至少还能被写进百科全书里。"

尼涅利直起身子，拉了拉衣摆，毅然拉下马桶的抽水绳，冲掉了她漫长、无情、完全不幸福的一生中积累的无数悲伤和罪恶。

莉多奇卡在泛起回声的空旷更衣室里匆匆穿好衣服（学校已经放假，但老师还是对每位学生下了每日训练的死命令，就好像有人会忘记似的），跑到走廊，寻找着那个高大而熟悉的、外套腰部束有腰带的身影，但她的心情很快变得沮丧，原来维特科夫斯基去莫斯科度假了（他没有说再见！没有说再见！）。因此，见面的机会已经没有了。好吧，这也没什么，离2月1日已经不远了。莉多奇卡裹紧了皮大衣，匆匆向宿舍走去。脚下的冰壳被踩碎，发出嘎吱的声响。她坚信地自言自语："我要用毯子把自己裹起来，美美地睡上一觉，睡呀睡呀，等我醒来时，阿廖沙就出现了！"她开心地伸出戴着连指手套的手，扯了扯那棵熟悉的被积雪盖住的枞树的枝丫，制造出了一场小小的温柔暴风雪。

"莉季娅·鲍里索夫娜，"有人在她身后呼唤着她，"莉达！等一下！"

莉多奇卡转过身，仍在微笑，肤色略深的脸颊透出一丝苍白，露出圆圆的酒窝，睫毛湿漉漉地纠缠在一起。卢日宾心想，天哪，她和之前一模一样。他从莉多奇卡的微笑中看出她并没有认出自己来。忽然之间，卢日宾脚底失去平衡，扑通一声摔倒在人行道凹凸不平的冰面上。

莉多奇卡向加林娜·彼得罗夫娜礼貌地打过招呼之后，在察廖夫夫妇家里度过了新年，加林娜·彼得罗夫娜一点儿也不感到失落，只是向莉多奇卡问道："他们家有吃的吗？"莉多奇卡打算一展身手，将她心爱的《给年轻家庭主妇的礼物》中的十几页内容展现出来，因此诚实地回答道："会有的。""那么，新年快乐。"加林娜·彼得罗夫娜冷淡地祝愿道，而莉多奇卡简短地回了一句："您也是。"

这是莉多奇卡上一次与父母共度新年之后的第一个快乐新年。莉多奇卡和察廖夫一家人吃了很多美食，唱了许多首吟游诗人的歌曲，狂欢过后，他们小睡了几个小时。醒来之后，他们发现窗外的清晨如普希金笔下描绘的那样美丽：明媚的阳光、绚烂的景象，还有轻盈的透着欢快的晨霜。

察廖夫一夜之间令人难以置信地长出了欢快的，甚至带着些许蓝色的胡须，兴冲冲地对莉多奇卡说道："你知不知道，我们现在要去做什么？我们现在要去达恰！"

"达恰"是农村的小屋，简单又朴素。察廖夫夫妇拥有一块小小的贫瘠耕地，从前是集体农场的一部分，早在莉多奇卡出生前五年就被榨干了最后的养分。察廖夫家的这六亩地的一边被一片逐渐爬上小山丘的松林遮住了阳光，另一边——其实没有另一边了，这片地被划给了当时还一无所有的察廖夫，他既没有建栅栏的钱，也没有厚颜无耻的精神。察廖夫夫妇通过小木棚的模样认出了他们的地，这个小木棚是察廖夫亲自用炮弹箱搭成的，并用一把几乎是古董的巨大挂锁锁住。

棚子用于存放农具，但倘若需要的话，也可以放上折叠弹簧床，让疲惫的身躯得以充分休息。不过察廖夫夫妇不会在这里过夜，折叠床上更多时候放着森林里采摘的蘑菇，先是牛肝菌，然后是红菇，察廖夫夫妇遵循了从农村亲戚那里传下的习惯，他们只摘走那些长在树上的小蘑菇，大小不超过半个指甲盖儿，而罗姆卡和维罗妮奇卡却怀揣着极大的兴奋，将易碎的巨大红菇连根拔起，可蘑菇里面却早已被透明的小虫子吃得精光，覆盖着干枯的松针。因为这些红菇，察廖夫夫妇和两个孩子小吵了一架，但最后还是经验和权威占了上风，只有可以吃的蘑菇被采来腌制，或是做成蘑菇酱。

冬天，没有蘑菇的季节，在这里除了装饰枞树或打雪仗，没有别的事情可做。察廖夫一家人在得知最近的枞树也在五百米之外后，决定打雪仗。起初他们分成两队，但后来便各自为战了，莉多奇卡穿了一件与乡村搭调的衣服——她穿上了罗姆卡的旧衣服，不同式样的纽扣缝成一排，衣兜也早就撕成破烂。她喊得最大声，跳得最欢脱。莉多奇卡身轻如燕，训练有素的身体在她的生命中第一次没有带给她痛苦，而是带给她欢乐，在向"敌人"精准地投去一个又一个闪闪发亮的雪球之后，她灵巧地躲开了迎面而来的"炮弹"，还发出了印第安人的叫声，这是维罗妮奇卡教她的。面对这样的危险，察廖夫一家人先是吓得心惊胆战，然后开始联合作战，他们大声叫嚷，将一边尖叫一边扔雪球的莉多奇卡赶进一座巨大的雪堆。莉多奇卡笑到岔气，拼命地想爬出雪堆，她喊道："我一个人打你们所有人！我现在就打给你们看！"莉多奇卡飞速捏出一个大大的雪球，用尽全身的力气扔向正在冲她表演胜利之舞的察廖夫。

这就是卢日宾第一次见到莉多奇卡时的场景，瘦到几乎看不见的莉多奇卡跪在雪堆里，穿着一件小男孩的短上衣，头发凌乱，哈哈大笑，闪亮的脸蛋儿被雪打湿。她拿起沾满积雪的手套，蓦然抬起眼睛，她的眼睛呈现出一种不可思议的暗金色，在绚烂的天空下闪着欢乐活泼且带有几分孩子气的光芒。忽然之间，卢日宾觉得自己被深深地吸引住了，他的脸仿佛撞上了一堵墙，一堵看不见却又坚不可摧的墙，而在卢日宾眼中无声的定格下，是一个小女孩挥着胳膊，抛出的雪球保留着手掌的形状，向前飞去。圆圆的雪球闪闪发光，飞向无尽的远方。卢日宾立刻意识到和这个女孩在一起将会多么幸福，这种幸福是无与伦比的，也是前所未有的，卢日宾想象着她嘴唇的味道，想象着她沉重的孕肚，遐想着和她共度漫长而欢乐的一生，就像生命中的第一个暑假一样，并在她去世一星期后死去,因为她不该悲伤,不该孤独。当雪球打在正哈哈大笑的察廖夫肩膀上时,卢日宾结束了遐想,并做好了决定。

罗姆卡兴高采烈地喊道:"万尼亚叔叔,你好呀,你好呀!"

伊万·卢日宾是当地人,1961年在恩斯克出生。他在一个以正派和红菜汤闻名的苏联家庭里长大,以良好的成绩毕业于一所不起眼的郊区中学,毕业后参军,退伍后不费吹灰之力就进入了恩斯克理工学院并顺利毕业,没有什么太辉煌的成绩,但拥有五项对国家很有用的小专利,因此,他毕业的时候,恩斯克的两个工程设计院都抢着要他。

然而,人们对工程师的狂热只存续到了1986年,1986年之后,"工程师"这个词已经成为白痴和一事无成者的代名词,卢日宾坐在破败不堪的研究所里,穿着皱巴巴的裤子,整整五年都在为苏联马桶总是漏水的水箱设计一根新的传动链。那时,全国各地的大学培养出的女孩都傻傻地梦想结婚,男孩都接受自己一无所有的命运(介于可怜人和彻头彻尾的白痴之间)。卢日宾表现出冷静、迟钝,甚至慵懒,不过他进入研究所工作之后,将当之无愧却早已被遗忘的荣耀还给了"工程师"这一称谓。

卢日宾头脑清醒,愤世嫉俗,性格固执,他有着猫一样的好奇心和一双不可思议的手。没有什么设备是他发动不起来的,当然,更重要的是,他只要了解物理规律,就能设计组装出那些发出各种响声并闪着火花的装置。这种天赋不仅罕见，并且被卢日宾展现得淋漓尽致，尽管他并没有故意夸大自己的才能。老师们觉得卢日宾的科研前景将会非常不错，但在深思熟虑之后，他最终选择了去一所设计院工作，这对专业发展前景而言并不是最好的，但这是待遇最好的工作，最迟六个月就能得到分配的公寓，还有非常体面的薪水。这很重要，非常重要。当然，这一切不是为了他自己，而是为了奥莉加，不过无论为了谁都是一样的。奥莉加是卢日宾生命中最重要最美好的存在。奥莉加是卢日宾心中最好的女人，是他的唯一，别的女人什么都不是。

卢日宾早在读大一的时候就喜欢上了奥莉加，他没有在那个时候表白，而是以出人意料的冷静观察着奥莉加一次接一次地谈着异想天开的、任性却浪漫的恋爱，他耐心地等到了毕业，不是因为没有自信，而是因为想要给奥莉加更好的幸福。卢日宾将工作簿锁进了设计局的保险柜，悄悄地走出了门，先是去了理发店，而后又去了花店，最后走进了奥莉加的宿舍，他在那里，以平静的语气提出了他确信奥莉加无法拒绝的表白。奥莉加的确没有拒绝。

婚礼很热闹，花销也不少，当然，婚礼是按照奥莉加的要求举办的，当卢日宾掀开新娘镶满水钻的美丽头纱之时，他不再后悔于借债举办这场盛大的婚礼。足足一百五十人在中央宴会厅里大快朵颐，喝得烂醉，而这些人卢日宾并不认识几个；雪白的蕾丝长裙由一个卢日宾并不认识的五岁小男孩提着拖尾，小男孩则穿着专门订制的天鹅绒套装，他引起别人注意的并不是他作为小花童的任务，而是他时而从鼻子里流出一股黄绿色的浓鼻涕，时而灵巧地吸回去；还有一个奏不准调的乐队，他们为这场婚礼奏乐要价两百卢布；还有昂贵的鲟鱼鱼冻。这一切昂贵的花销对卢日宾而言都是微不足道的，因为他的奥莉加就在前方等着他。

半年之后，他们得到了单位承诺的公寓，又过了三个月，卢日宾才还清了所有债务。奥莉加始终不知道的是，卢日宾为了还债承担了额外的工作，同时还做了一份清洁工的兼职。深夜，卢日宾手脚麻利地在设计院办公室里拖地、倒垃圾、擦窗台，即便如此辛苦，他嘴角也始终挂着坚强的微笑。奥莉加为什么要知道这些呢？事实上，卢日宾愿意为妻子做任何事情，即使是杀人放火也在所不惜。他的心里只有奥莉加，只有她，他任何时候都不会背叛她。

1991年，奥莉加将他抛弃了，就好像将吃了一半的冰激凌丢进垃圾桶一样。奥莉加和一位前来找她的骑兵私奔了，她或是遵循了"奥莉加"这个名字在文学中的轻浮传统[1]，或是臣服于这位骑兵的魅力，这是个相貌英俊的外地男人，留着浓密的军官胡须，胡须上带着一点红色，这种相貌的人总是有些风流的过往。

奥莉加收拾好行李（那个骑兵则在一辆停在公寓门口的出租车里等候），漂亮灵巧的双脚试图飞速跨过房间门口，卢日宾静静地坐在屋角的椅子上，错愕地看着自己颤抖的手。这一次打击竟有麻醉的力量，令卢日宾一时没有感觉到痛苦，只是感到某种近

---

[1] 在普希金的小说《叶甫盖尼·奥涅金》中，奥莉加是个美丽而轻浮的角色。

乎疯狂的无声困惑。仿佛他满怀自信地走在一条长廊上，准备走上红色的高台接受当之无愧的奖赏和热烈的欢呼，忽然之间来到一个寂静无声的广场，广场中央矗立着像是烧焦了的黑色绞刑架，通宵未睡的刽子手穿着肮脏黯淡的长袍，在广场上无聊地踱步。

当最后一个袋子的拉链被拉上时，卢日宾还在想办法弄清楚自己究竟做错了什么，究竟怎么做错的，究竟是在哪里做错了，让妻子将五年的幸福时光撕得粉碎。他们的婚姻本该是完美的，本该是幸福的。奥莉加试图从这个熟悉的地方将自己的过往装走，装了满满三个不同大小的运动包和一个手提箱，手提箱满满当当的，几乎合不上盖子。奥莉加搬不动这么多东西，于是向卢日宾投去了愤怒的灰青色目光："帮帮我，你这个混蛋！"卢日宾乖乖站起身，将奥莉加的东西从公寓中搬出来，整齐地摆在楼梯的平台上，然后转过身。

"我要走了。"奥莉加优雅地穿上大衣，系上扣子，围上一条鲜红色的长围巾。四月的恩斯克还很冷，奥莉加的喉咙还是很不舒服，每当春秋两季，奥莉加都会遭受无休止的喉咙痛。卢日宾在夜里困倦到不行，却依然会为她端来现做的蔓越莓汁，奥莉加会悄声嘶哑地喃喃自语，之后便沉入梦乡，将整个身体贴在卢日宾的身上。她的身体火热而湿润，令卢日宾生发出一种难以置信的渴望。他们简直不可能离婚。

"奥莉亚，"卢日宾说道，他的声音令他自己也吃了一惊，"奥莉亚，为什么要这样？"

她诚实地思考了一会儿，眨了眨灰青色的眼睛，撩了撩染发后褪色的刘海，围巾在她的脸颊上映出活泼的粉红色，泛着生活的欢乐。她简短地回答道：

"因为我爱上了另一个人。"

卢日宾点了点头，仿佛明白了什么，仿佛这个回答是无从反驳的。好吧，当然是这样，原来他在她的眼中什么都不是。就在这个时刻，麻醉失效了，难以忍受的切肤之痛降临在卢日宾的身上，他绝望地关上了房门，大口喘着粗气，在公寓里独自彷徨，被一只哀号的猫绊倒在地（这只猫刚才一直躲在房间里的某个地方，甚至没有出来与奥莉加告别），好不容易才坐到刚才坐着的椅子上，接着便号啕大哭起来。大哭的原因并不是他的肋骨伴着脆响被一根根压断，缓缓伸向他的心脏，而是因为他本就扭伤了的膝盖迸发出钻心的剧痛，膝盖是在两个星期前扭伤的，当时他和奥莉加本打算在最后一场大雪中去城外滑雪，但他们迷了路，走着走着，走进了一片森林，两人傻傻地接吻，背后是空荡荡的电车隆隆的声鸣，他将奥莉加的背压在松树上，疯狂地脱下了她的外套和毛衣，嘴唇在她柔软凉爽的脸蛋上吮吸消融的雪粒，雪粒仿佛充满春天的味道，仿佛充满了活力，但卢日宾却像小孩子一样，笨拙地扭伤了膝盖。奥莉加在回家的路上笑个不停，还向电车里几个邻座的老妇人抱怨说她的丈夫残疾了，这下没法扔下他了。邻座的老妇人个个健谈，个个和蔼可亲，说道："怎么能把他扔下呢？"她们并不知道奥莉加心里想着什么。

一年过后，当那只猫悄悄地用爪子从沙发底下抓出一个镶着假蓝宝石的小发卡时，卢日宾已经从情伤中走了出来，他平静地用手指抓起这个有趣的女生装饰物，它似乎在不知不觉中与这所公寓（或是与卢日宾本人）有了感情，非常想留下来，以至于它默默躲到了距离最远、灰尘最多的角落，在那里待了整整十二个月，甚至不敢呼吸，也不敢闪出任何光芒。卢日宾抓着发卡，调整着角度，让阳光穿过它折射到墙面上，映出一道可爱的七彩光。这十二个月以来，卢日宾想尽各种办法将妻子忘却，他仿佛将自己的生命撕成了碎片，撕成无法复原的灰烬，消散于过往云烟。卢日宾走出了伤痛，完完全全地走出来了。"马特廖娜，你想玩这个吗？"他问了问身旁的猫，但猫只是嫌恶地抽动了一下灰色的背脊，然后以一种威严的姿态离开了。"是啊，"卢日宾咕哝道，"没错，你只会伤到爪子。"他打开吱吱作响的窗户，将发夹扔了出去，窗外已是一片春意盎然。

事实上，是这只猫阻止了卢日宾酗酒发疯，并阻止他陷入愚蠢且无趣的麻痹状态，这种麻痹状态的原因只要是女人，便能够轻易地击毁俄罗斯男人坚强的意志。必须买来新鲜的鱼肉煮熟，将新鲜的水倒进把手略有破损的瓷杯里，还要在一口用旧的锅中铺上旧报纸，将它改造成一个猫砂盆。他还不得不和这只猫交谈，因为在奥莉加离开之后，这只猫开始乱抓墙纸，还将沙发挠破了好几个地方，总之，卢日宾展现出性格最好的一面，他开始为这些微不足道的琐事上心，照顾这只无知、无礼、不讲道理的猫，这种情感就像橄榄油一样流淌在卢日宾起茧的世俗之苦之上，并在不知不觉中润滑和滋养着疼痛的伤疤。等到了合适的时候，这些痂会径直脱落，露出苍白娇嫩却光滑且富有弹性的新皮肤。

又过了一年，卢日宾才意识到自己终于走了出来。对卢日宾而言，最糟糕的情况已经过去了。卢日宾意识到了这一点，便从设计院离职，任由领导因失去最好的员工而咆哮抱怨。他周围的人都在做生意，有些人甚至已经赚到了不少钱，卢日宾也决定试一试，反正那些最为珍惜的一切都已经失去了，再也没有什么好怕的了。深思熟虑之后，他决定做计算机生意，先是整机买卖（为此又欠了一笔债），之后做组装台式机。失去妻子并没有影响卢日宾的专业技能，他组装的电脑不仅比整机便宜，而且性能更高。卢日宾赚得越来越多，几年之后，他惊讶地发现自己已经成为一个富人，以任何标准而言他都是富人，即便按照最资本主义的标准也是如此。他一度考虑将生意收档，但头脑里饥饿、可怜、愤怒的小虫子一点儿也没有松懈下来的意思，因此，卢日宾觉得放弃刚刚起步的生意是目光短浅的做法。另一方面，他还希望在某时某地向已经离开他的奥莉加证明是他更好。因为他早早地明白了奥莉加为什么抛弃了自己。他明白，原因就是钱，但他万万不能认命。当时他没有钱，但那个骑兵有钱，尽管那个骑兵可能也养不起奥莉加，但金钱就是力量，是男人和女人不可忽视的力量。如今，卢日宾也成了这股力量的一部分。

不过，他的生活并没有变得更好。那只猫死后，卢日宾孤独一人生活着。无论是飞速增长的业务量，还是源源不断的收入，无论是与黑社会的争斗，还是当初的几笔银行贷款，都没能让卢日宾彻底解脱，也没能填补他内心可怕的空虚。卢日宾换了办公室，甚至将旧公寓重新装修了一番，添加了新式的高科技家居设备，但他只要待在家里就难以忍受，更不用说过夜了。卢日宾痛苦了几个星期后，将公寓卖了出去，搬进了办公室后面隐藏着的五平米休息室里。一张沙发、一把扶手椅、一个彩电录像一体机、一个带淋浴的小厕所，还有挂在衣架上的十几件衬衫，再也没有别的东西。事实证明，这就是他所需要的一切。衬衫交由一个行动迟钝、不年轻也不漂亮的女秘书负责送到洗衣店；卢日宾也学会了自己订披萨。

他苦苦忍受着孤独，生理上相当痛苦，就像大多数人长年累月忍受关节疼痛一样，当然，他的痛苦只能由温存拯救，要女性的温存，至少也得是小猫的温存，但卢日宾内心已经自我放弃，不再信任女人，也不再信任猫。既然最心爱的奥莉加和小猫都已弃他而去，那么等待别人的温存还会是值得的吗？

朋友们一个接一个地向卢日宾介绍自己的姐妹、姐妹的姐妹，还有妻子的闺密（"万尼亚，你是怎么了，你就来吧，她可是个非常好的姑娘！"），还提议让卢日宾至少接触一些情色作品（"小伙子，你就要疯了！上帝作证，你真的是要疯了！"），适逢这些日子恩斯克出现了一大堆地摊，有的摊位上甚至卖起了录像带，摊主只需俏皮地眨一眨眼，就能在战争片和一大堆情节内容不连贯、故事框架虚大、主角衣服褶皱数不清的传奇故事剧中找到顾客想要的那盘。色情片的成本是普通录像带的两倍，这也是九十年代的产物，场景简单又荒唐，背景总是带麻点的地毯，还有不为所动的摄影师，他的影子总是在最不合适的时候落在满身是汗却依旧性欲旺盛的角色身上，一时间让同样满身是汗且性欲旺盛的观众从不久之后便可预见的结局中分心走神。

卢日宾老老实实地接受着朋友的提议，老老实实地看了一大堆封面花花绿绿的黄色录像带，可并没有像预想的那样缓解生理需求。事实证明，卢日宾拥有某种与生俱来的罕见特质，即在最没有人性的事情中发现人性。他并不会跟着情节的往复发展，反而会注意到某个女演员表面动人实则相当机械化的姿势，或是注意到某个后背已经湿透的男演员突然信任且温柔地亲吻对方，这时对方突然变换了动作，有整整一秒钟，他们以惊恐、充满人性的眼神看着彼此，而机械、荒谬、兽性的动作却没有停止。

有几次，卢日宾喝得酩酊大醉，在没有酒醒的情况下和失足女上床了，有可能她们不是坏女孩，其中有一个甚至连续几个星期给他打电话，用亲手烤的点心、免费的性和舒适的家居将他引诱。但卢日宾想的是性和点心之后发生的一切——不得不从床上起来，说些什么话，做些什么事，招呼这个基本不熟悉的人，事实上，没有人对她有兴趣，甚至她自己对自己都没什么兴趣。

不，还是饶了他吧。

为了以防万一，卢日宾戒了酒。

1997年，即奥莉加离他而去的第六年，他还是一个人过日子，只是已经完全接受了这个现实。在朋友和生意伙伴的劝说下，他不得不换个住的地方，但结果还不错，卢日宾在恩斯克的郊区买了一幢废弃破旧的大房子，那房子明显需要人照料。卢日宾没有抗拒，开始对其重建、改造、修复，宛若一只寻觅伴侣之前早已开始筑巢的鸟。出乎意料的是，他对这幢房子产生了感情，侍弄着房子的同时，他的心在不知不觉中一毫米一毫米地回到了原点。

他不是孤独一人迎来了新的1998年，而是和房子一起，这是一种光荣而温暖的久违的感觉。午夜时分，他在房子里转了一圈，走进所有的房间，用玻璃杯碰了碰家具、门框和窗台，杯中的矿泉水哗啦啦地流了出来，之后他便倒头睡去，许久以来第一次感到自己的身体如此强壮，如此健康，如此年轻。

第二天早上，他第一次见到了莉多奇卡。

这是新时代的开始。卢日宾清楚地知道，一个幸福的新时代将会持续很久，将会持续一生，卢日宾确信，这一次他没有看错。

卢日宾认真地思考起和莉多奇卡第二次见面的事情，就像当初第一次准备商业见面会一样。他带着一个巨大的蛋糕去拜访察廖夫一家，他早在多年之前就认识了察廖夫夫妇，早在自己还在大学生建筑队的时候就认识。卢日宾问到了莉多奇卡的好多事情，以至于察廖夫夫妇互相交换起了眼神。

"万尼亚，那个小女孩才十七岁，"察廖娃的声音透着淡淡的阴沉，"你是不是弄错人了？"

卢日宾沉默不语，内心深处进行着精细的思考，然后坚定地将思考过的话说了出来，仿佛不是在对察廖夫夫妇说话，而是对莉多奇卡的父母说话。

"不，我没有弄错。我想，让她……不，不是这样。她，将会成为我的妻子。哪怕为此等待一年,十年,甚至是二十五年也没有问题。"

察廖夫夫妇再一次互相交换起了眼神。

察廖夫若有所思地说:"成为妻子……成为妻子……我觉得我们应该喝杯酒!你是怎么了,万尼亚?"

卢日宾笑了,笑得灿烂、尴尬而幸福,他已经有很多很多年没有笑过了。

"喝酒是个好主意,"他说道,"很好的主意,我举双手赞成!"

莉多奇卡真的没有认出一连几个小时在宿舍楼外守候她的卢日宾。事实上,他们第一次见面时,莉多奇卡几乎没有记住他:只是某个察廖夫家的熟人,只是某个长相普通、一身灰衣、面无表情的人,就像煮熟的土豆。是他打断了欢快的打雪仗游戏。在十七岁的莉多奇卡看来,他一点也不年轻,事实上,所有超过二十五岁的人在她看来都是可怜的老人。卢日宾和察廖夫夫妇低声说着话,时不时地瞥一眼莉多奇卡,他的双眼和嘴唇是那么奇怪,令莉多奇卡感到些许尴尬,莉多奇卡见到陌生人时总会感到尴尬。卢日宾离开的时候,脚踩着积雪,拳头塞进那件昂贵的棕色羊皮大衣口袋中。莉多奇卡立即将卢日宾从她的脑海中抹去,抹去得如此彻底,以至于现在完全忘了他的名字。

"呃……呃……呃……"她喃喃自语道,将卢日宾从人行道上扶起来,问道:"您没事吧?"

"我叫伊万·瓦西里耶维奇,叫我伊万就好了。"卢日宾向莉多奇卡介绍起自己。忽然之间,他意识到自己与莉多奇卡还隔着一层距离,不像男人和女人之间的距离,更像是母亲与刚出生的孩子之间的距离。

"我当然记得您,"莉多奇卡嘴上撒了个谎,但眼神却暴露出一切,"您真的没事吗?"

"没事,"卢日宾说道,"一点事儿也没有。很棒的见面,对不对?您住在这里吗?"

莉多奇卡点了点头。白雪融化成水珠,在她的眉毛和睫毛上闪闪发光。卢日宾感到一阵呼吸急促。

"谢廖沙……就是谢尔盖·弗拉基米罗维奇,他说您是芭蕾舞演员,是吗?"

莉多奇卡笑了。

"您说什么呢!当上芭蕾舞演员是很困难的事情,不是每个人都能成功。这就像是获得了一个光荣的头衔。跳舞的人有很多,但真正的芭蕾舞演员少得可怜。我只不过是学舞蹈的。"

卢日宾问道:"您喜欢跳舞吗?"一道长长的黑影掠过莉多奇卡的脸庞,一瞬之间将她眼中的光彩和笑容抹得一干二净。

"是啊,很喜欢。"莉多奇卡又撒了个谎,但这次不是出于礼貌,而只是想要摆脱他。

卢日宾意识到莉多奇卡就要走了,于是疯狂地寻找一个又一个话茬儿。

"您就要参加首演了,对吗?老实说,我不太懂这个,如果可以的话，我想去……"

他可怜地摊开双手，不知道该说什么。莉多奇卡的眼神稍稍柔和了一些。

"当然可以，"她说道，"我想二月一号的票应该还有卖。不过如果您想来，我可以送您票的。"

"我买就行！"卢日宾保证道，"我一定会买的。"

但是莉多奇卡没有笑。

"再见了。"说完再见，莉多奇卡便径直走到宿舍楼门口，尽量不去注意盯着她的卢日宾。她要睡上一觉，要把自己裹在毯子里睡上一觉，等到醒来的时候，阿廖申卡就来了！

首演前夜，莉多奇卡彻夜未眠，一直到晚上，莉多奇卡都无法平复左眼皮之下微微跳动的邪恶静脉，这是之后严重抽搐的首次预兆。尼涅利老师亲自在化妆间为莉多奇卡做造型，她以近乎哀求的声音提醒着莉多奇卡："这没什么，没什么，莉特卡[①]，最重要的是不要跳错舞步。"莉多奇卡面容憔悴，脸色发黄，宛若刚出院的重病患者，她点了点头，一个字也没有听懂。镜子里，一个可怕的蜡色娃娃正看着莉多奇卡，她费力地抬起宛若蝴蝶一样的巨大假睫毛。首演并没有让莉多奇卡感到担心，她最担心的是看不到维特科夫斯基。莉多奇卡排练的时候始终自言自语道："我爱你，我爱你，我爱你爱你爱你爱你。"

"上台"的指示灯亮起，尼涅利整理着莉多奇卡胸前的花。

---

① 莉特卡及后文的莉杜莎、莉杜什卡均为莉多奇卡的昵称。

"去吧,姑娘,上帝与你同在。"莉多奇卡站起身来。"别跳错舞步,好吗?"尼涅利再一次发出哀求的声音,在口袋里找到一管伐力多。"我不会跳错的。"莉多奇卡保证道,大声、清脆地跺了跺足尖鞋,走到后台的左侧。

第一幕她跳得很出色,连尼涅利老师邀请的那些从莫斯科远道而来,坐在最好的位置上的客人们也惊叹得抿起嘴唇,仿佛天空中飘浮着细腻美味的鱼子酱一样。大厅里座无虚席,这种场景在恩斯克大剧院中已经很长时间没有发生了,莉多奇卡的表现力异常丰富,舞技也精湛非凡,完美的一幕过后,莉多奇卡跑回后台,呻吟道:"脸盆!"尼涅利老师不负期望,拿着盆出现在了后台,并让莉多奇卡两次将胆汁吐到了盆里,观众们也迎回了体态柔软的莉多奇卡,幸运的是,汗水和呕吐物的味道并没有传到剧院的池座。

第二幕之前必须要换造型,穿上雪白的斗篷,换一头柔顺的发型,村子里的傻姑娘摇身一变,重生为女巫,但莉多奇卡心里想着完全不同的事情。她无论在哪里也找不到维特科夫斯基。她先是问尼涅利老师:"尼涅利·达尼罗夫娜,您看没看见……"尼涅利老师颤抖得像一坨发酵的面团。"看见了,看见了,莉特卡,莫斯科大剧院里的人都来了,他们都要做出关乎你命运的决定。你用不着害羞,但也不要吝啬。你是无价的,他们明白这一点,我希望你也能明白这一点。"尼涅利叹了一大口气,继续说道:"等你离开这里的时候,我希望你还能记得我这个老家伙!你答不答应?"尼涅利老师出人意料地将莉多奇卡圆圆的光滑小脑袋靠在她柔软的胸膛前，无力地落下了眼泪，这种眼泪甚至不像小孩的眼泪，而像小狗的眼泪。莉多奇卡则从闷热的拥抱中挣脱而出，跑出了更衣室。

她甚至不是跑出更衣室的，而是像一张薄薄的纸被风吹走，层层透明的芭蕾短裙飘动着，飘向昏黄的灯光，飘向芭蕾舞幽灵的暗影，倘若没有心脏的跳动声和足尖鞋嗒嗒作响的声音，莉多奇卡真的会相信自己死掉了，真的变成了吉赛尔。从观众席嘈杂的声响判断，距离第二幕开始已经没有多少时间了，莉多奇卡找了又找，终于在尘土飞扬的楼梯下看到走私香烟的光亮，听到了两个人的窃窃私语声，其中一个她即使是在睡梦之中，即使是死了也能认出来。她停下脚步，平复呼吸，凝视着未知的昏暗。"快点，快点，老家伙，你就要射出来了。"这是维特科夫斯基的声音，香烟熄灭了。莉多奇卡又向前走了一步，希望那个没看见自己的舞者注意到自己的存在并迅速离开，一股前所未有，令人无从忍受的恐惧令她吓得攥紧拳头，闭上眼睛，她在脑子里重复着："我爱你爱你爱你爱你，我爱你，我爱你，我……"

这不是真的，冷静点，不是真的。

莉多奇卡睁开眼睛，看到饰演王子的阿尔伯特和维特科夫斯基正在接吻。她很清楚地看到这两个人，看到维特科夫斯基闭上的双眼，看到他优秀舞蹈生才有的略带弯曲的眼睫毛，还有男孩子气的美丽双手，宽大手腕上骨头凸起。那双手正在抚摸着莉多奇卡舞伴隆起的屁股。

"我爱你！"莉多奇卡突然尖叫一声，把她自己都吓坏了。维特科夫斯基身体颤了一下，睁开陶醉的眼睛，里面似乎充满了同伴的汁液。

"老姑娘，你在这里做什么？"维特科夫斯基将阿尔伯特从身边推开，尴尬地问道。阿尔伯特转过身来，盯着莉多奇卡，眼神里满是愤怒。

阿尔伯特难以置信地咕哝了一声："真有礼貌，怎么还不吵一架？是不是因为她是舞蹈学校里的小姑娘，就要和她打一番交道呢？"

他拍了拍维特科夫斯基的脖子，从莉多奇卡身边走过，鼻孔和尖尖的下巴同时紧绷，像一匹愤怒的马。

莉多奇卡仍站在楼梯下，瘦削的手臂垂了下来，双手陷入飘逸的舞裙。她无力地张开嘴巴，像个傻瓜。

"老姑娘，你是怎么回事，你怎么在这里？"维特科夫斯基喃喃自语，用手掌揉着胳膊肘，表情痛苦，仿佛关节的疼痛令他无法忍受。

莉多奇卡停顿了一下，将脑海中响起的唯一一句话又重复了一遍："我爱你。"

维特科夫斯基英俊的脸上闪过一丝怜悯，上帝一定会为此原谅人们的许多过错，许多，但不是全部。

"莉达，"维特科夫斯基第一次叫莉多奇卡的名字，"莉达，你真的不知道吗？我这辈子从来没有喜欢过女人，从来没有，你明白吗？"

"那么，那么你……为什么……还要……和我……"

"因为你很有趣，而且你的舞跳得很好。"维特科夫斯基近乎孩子气、愧疚而真诚地笑了，接着说道："你是唯一一个没有主动勾搭我的女孩。我对女孩的态度是厌倦的，你明白吗？"

莉多奇卡像机器一样转过身，面无表情地走向舞台。

维特科夫斯基在她身后喊道："你不会告诉别人吧，对不对？"他从烟盒里又拿出一支烟，叹了口气。她终归会告诉所有人的。"这些女人，尽是麻烦。"

专业技能总是最后一个消失，这个说法不无根据。莉多奇卡的第二幕舞与第一幕同样完美，她在剧中从村姑变成了女巫，她的脸变成了冰冷的死人才有的脸，所有评论家都指出这个伟大的创意出现在这样一位年轻而有前途的芭蕾舞演员的技能库中是出人意料的。不过，没有人注意到莉多奇卡向观众鞠躬致意时是同样的脸色，阿尔伯特攥着她冰冷湿润的手掌，暗暗地用胳膊肘顶了一下莉多奇卡的肋骨。"笑一笑啊，傻子！"他捏着嗓子，摆着口形，露出感谢的笑容。"笑啊！"可是莉多奇卡并没有听到他的声音，也没有听到台下雷鸣般的掌声和"好极了！"的欢呼。她什么也看不见，什么也听不到，看不到礼堂里欢呼雀跃的察廖夫一家人（维罗尼奇卡甚至想爬到椅子上，但被人拽了下来），看不到加林娜·彼得罗夫娜，也没有看到带着一大篮白玫瑰冲上舞台的卢日宾，他令在场所有人感到不悦。芭蕾舞演员们心想："这简直太粗鲁了！想想看！这太粗鲁了！"卢日宾将花篮放到莉多奇卡的脚下，试图引起她的注意，但没能成功，只能灰溜溜地挤回熙熙攘攘的观众席。

每个人都想和莉多奇卡说话，每个人都想采访她，都想亲吻她的手以示钦佩，但幕布一合上，莉多奇卡就消失了，仿佛刚才表演的不是她一样。人们纷纷转去找尼涅利，尼涅利偷偷喝了些白兰地，还处在兴奋之中，她甚至觉得好像是自己在十七岁时如此惊艳、如此热情、如此陶醉地第一次参演《吉赛尔》。

卢日宾将车停到后门，没有熄火就走出了汽车。天气冷得刺骨，呼啸的风响得刺耳，巨大的星星闪着寒光悬挂在恩斯克的夜空，似乎霜冻的声响正是从天上的星星那里发出来的。卢日宾等待着莉多奇卡从后门出来，就像提前知道一样，不过他还是差一点就错过了她出现的那一刻，仿佛她不是从门里出来的，而是从他自己吐纳的白雾中升起的，她是那么瘦弱，露着胳膊，露着腿，穿着一件重量可以忽略不计的白裙，卢日宾一度觉得莉多奇卡的衣服在这可怕的霜冻中瞬间凝固，发出哗啦啦的响声，像空气，像星星，像他自己的心一样可怜。

有那么几秒钟，他看着莉多奇卡，仿佛不相信她是真实存在的，而后，他走向后门，一边走，一边脱下身上的羊皮大衣。

卢日宾开着车，带着莉多奇卡在黑夜中的恩斯克行驶了很久，漫无目的地满城市闲逛，卢日宾有生以来第一次庆幸自己赚了这么多钱，因为崭新的"沃尔沃"汽车里很温暖，味道很好闻，舒适的软椅抚摸着他们的后背，轻柔的音乐成功地填补了宁静。莉多奇卡没有向卢日宾说起自己发生了什么，她一句话也没有说，但她也没有哭泣，只是身体不再颤抖。天色微微亮起时，她甚至稍微动了动，让自己坐得舒服一些，卢日宾心里清楚她经历了一场危机，不过无论这场危机究竟是什么，它已经过去了，可以跟她说话了，至少搞清楚她是怎么了。卢日宾以恋爱中的人和成年人的先见之明，说出了莉多奇卡需要的话："莉季娅·鲍里索夫娜，您想去城外吗？我在城外有一幢很不错的房子，很老的房子。那里有松树，有清新的空气。可以去那里睡一觉，冷静下来，然后我带您去您想去的地方。"

莉多奇卡抬头看着他，点了点头，她的头上还戴着纯白色的可怕头饰。

那些松树如此壮观，莉多奇卡甚至不用睁开眼睛就能感知到它们的存在。它们将粗壮结实的树干径直插入恩斯克低矮多云的天空。空中弥漫着焦油的气息和积雪的味道，黎明即将来临，朦胧寂静之中，响起几乎像钟声般庄严的狗吠。

莉多奇卡坐在阳台上，身披一件格子呢毯，一直裹到脖子。她几乎睡了一整天，醒来时发现她的外套挂在衣架上，床角处整整齐齐地叠放着男式牛仔裤和男式毛衣。卢日宾喃喃自语道："当然，裤腿必须卷起来。"莉多奇卡走进客厅，双手抓着裤腿拖到地上的牛仔裤，卢日宾跳了起来，连忙说道："裤子……等一下……"他拿出一条腰带、一把锥子和一把巨大的裁缝剪，在腰带上飞速地打孔。然后，他跪在莉多奇卡面前，小心翼翼地剪短了牛仔裤的裤腿，以免裤腿拖在地上。他的双手微微颤动，但颤动得又很明显。

他为莉多奇卡煮了味道浓烈的滚烫肉汤，他连声向莉多奇卡道歉，因为肉块有点大，汤也还有些烫："莉季娅·鲍里索夫娜，请原谅我，我不会做饭，但是我能做别的事情。让我带您看看房子，好吗？当然，还有很多地方没有装潢，但总的来说……"莉多奇卡将茶杯放到桌子上，环视着宽敞的餐厅，说道："带我看看吧。"

这幢房子和莉多奇卡想象中的差不多，甚至还要更好，最重要的是，这里很宁静，宁静得让莉多奇卡相信昨夜发生的一切——甚至她的整个过去，都只是一场噩梦，她正在慢慢地从噩梦中恢复过来。卢日宾带她参观了一个又一个房间，兴奋地挥动着双手，然后将一把摇椅拖到阳台上，为莉多奇卡拿来一双儿童毡靴（"之前放在储藏室里的，我没有扔掉，抱歉！"），并用一条格子呢毯将莉多奇卡包起来："您坐着吧，呼吸呼吸新鲜空气，我给您倒茶。泡茶我会的，您放心好了。"

莉多奇卡将脚搭在阳台的木板上，轻轻地摇晃着椅子。她最后一次被爱还是在五岁的时候，被父母爱着，具体的场景已经不记得了。察廖夫一家人不能算进去，这一家人只是接受了苏联的道德，受到了地下出版物的些许影响，拥有天生善良的本性，他们爱着一切，爱着祖国、爱着山雀、爱着恩斯克、爱着索尔仁尼琴、爱着彼此。莉多奇卡在这股不分青红皂白的糖衣旋风中迷失了自己，宛若挤在一群不太认识的人当中取暖。非常温暖，完全没有目的，甚至有点令人讨厌。但卢日宾真的很喜欢她，从他为莉多奇卡端茶以及看着她喝茶时的神情就能看出。卢日宾不由自主地伸出嘴唇吹着茶杯，似乎在担心她会烫伤自己。他是真的在关心她。事实证明，被人关心是一种不可思议的感觉，是一种温暖的感觉。

卢日宾似乎受到了这些念头的吸引，朝阳台看了看。

他问道："还需要什么吗？您一定饿了吧。或许，我们可以找个地方吃晚饭。"

他甚至将脑袋轻轻地缩进了肩膀，生怕被拒绝。

莉多奇卡请求道："伊万·瓦西里耶维奇，请带我进房子里。"

卢日宾惊恐地看着她，宛若一条杂种狗（瘦到皮包骨的杂种狗）从小就习惯了被喝来唤去，习惯了被狠狠地踢打，如今已经不知道温柔的爱抚是什么感觉。

"进里面看看？"卢日宾声音沙哑地问道。

"是的，进里面看看。"莉多奇卡重复道，从格子呢毯下面伸出了手。

卢日宾笨拙地将莉多奇卡抱了起来，莉多奇卡自动地收紧肌肉，以缓解卢日宾艰难的感情命运。莉多奇卡是一个"令人舒适"的芭蕾舞演员，从来不会让舞伴感觉到多余的重量，她宛若一碗由肌腱、骨头和锦纶组成的汤，舞伴必须要伸直手臂，将她抬高到令观众欢呼的高度，离尘土飞扬的剧院顶棚、人造的星星和昏暗的彩灯越来越近，令观众们为她的美丽疯狂不已。但卢日宾没有感受到莉多奇卡的肌肉力量，而是被她精灵般的轻盈惊呆了，即使她穿着毡靴，即使她像洋娃娃一样裹着厚厚的毯子，总重量也不过四十五公斤。

"多么轻盈……就像一朵花。"卢日宾喃喃自语着,他抱着莉多奇卡,就像抱着一个发烧到昏厥的虚弱小孩,就像送十岁的女儿去医院一样。

三步跑到医院的前门,跑上四阶凹凸不平的昏暗楼梯,前方是医生疲惫阴沉的背影。不要摔下来,不要摔下来,嘘,耐心点儿,亲爱的,马上就不难受了。轻轻将门踢开,用肩膀顶住,这样门就不会撞到孩子,就不会把孩子弄伤。一辆救护车敞开了后门,从车里冒出一股冷风。别哭了,亲爱的,爸爸在身边呢。爸爸永远不会离开你,永远不会离开你,你听见了吗?

莉多奇卡仿佛听到了这种恐惧,她突然搂住卢日宾的脖子,将自己的鼻子伸到卢日宾的锁骨和肩膀之间的某个地方,令卢日宾感到她柔软冰凉的嘴唇正在接近,几乎贴在了皮肤上。

"莉季娅・鲍……莉杜什卡。"卢日宾低声说,将她抱在了怀里。

一只小毡靴落在露台上,一只掉在了客厅里,但两个人都没有注意到这一点,而是对彼此亲密到这般地步感到惊讶,短短几个小时前,他们还是陌生人,还几乎不认识。

卢日宾仿佛刹那间拥有了千百只手,这千百只手无处不在,被纽扣、衣袖和意想不到的带子缠住。卢日宾柔软火热而湿润的嘴唇始终咕哝着不停:"我的女孩,我的女孩,我的女孩,我的女孩……"他的亲吻也无处不在,以至于有那么一瞬间,莉多奇卡以为卢日宾要把她吞下去,轻轻地啪嗒一声将她吸进嘴里,就像她是泡在浓郁芝士酱里的通心粉一样。她想帮忙,但完全不知道该怎么做，于是索性像孩子一样举起双手，弯下膝盖，让卢日宾能更方便地脱下她身上的衣服，卢日宾依然在咕哝着："我的女孩，我的女孩……"终于，两个人脱得一丝不挂，忽然之间，莉多奇卡感受到了对方赤裸的身躯，炽热又沉重，汗毛像厚实的羊毛一样将她刺痛。

她出于恐惧和惊讶睁开了眼睛，看见卢日宾的脸几乎贴在自己脸旁，他的表情因为她无法理解的紧张而近乎疯狂，嘴唇肿胀得渐渐模糊。他的额头湿漉漉的，有一道深深的褶皱，他的胡茬泛着红色，瞳孔失焦，短短的睫毛几乎没有颜色，颤抖的嘴角里似乎有唾液在翻滚，她立即闭上眼睛，眼前浮现的是灰白的光点。

卢日宾感受到手掌之下的莉多奇卡迅速地泛起一身鸡皮疙瘩，吓得连连低声问道："是不是冷？"他停止了对莉多奇卡的揉捏，那种揉捏仿佛是对着刚从冰箱里拿出的面团。

莉多奇卡没有睁开眼睛，只是摇了摇头，芭蕾舞演员的发髻随着最后一个发夹的掉下瞬间散开，卢日宾的嘴唇埋在她温暖光滑的头发里，她的头发散发着淡淡的松树气息、新鲜的黄瓜和令人嗓子发痒的烟草屑味道。卢日宾静静地喘息，仿佛被这股香气呛到了，越来越觉得自己喘不过气来，不过这一次莉多奇卡感受到了卢日宾急匆匆的愿望，仿佛在一组笨拙的不连贯的动作中出现了一幅有意义的画面，荒谬、混乱，但仍然能够理解的画面，几乎和跳舞差不多。

"但我就要拥有一所房子了。"莉多奇卡不合时宜地想到这一点,然后像在舞蹈课上一样顺从地将训练有素的膝盖分开。

卢日宾伸出颤抖的手臂,将自己的身体抬到莉多奇卡的上方,而莉多奇卡经受着某种令人厌恶的野蛮感觉。忽然之间,她仿佛看到了维特科夫斯基的脸,那是欢快、可爱而英俊的脸庞,坚硬而火热的颧骨上长着一颗小痣。她再也忍不住,哭了出来。卢日宾的整个身体扭曲着,肌肉紧绷,以至于莉多奇卡担心他会死掉,而后自己不得不在这冬日的夜晚穿过雪白的童话般的群山,顶着蓝紫色的天空,在一片绝对的寂静之中走回城市。她试着挣脱,但卢日宾却发出一种孩子气的近乎是哭泣的声音:"上帝啊,我不行了!"他的身体抽动了一下,而后又抽动了两下。莉多奇卡这时才明白一切都结束了。

昏暗的卧室中弥漫着汗水和其他陌生、奇怪而浓重的味道。卢日宾坐在床边,双腿悬空,皮肤通红,就像穿着红毛线袜一样,仅从他弓起的赤裸后背上就能看出他发生了什么。莉多奇卡却仍然不知所措,她仍然仰面朝天,一动不动,只是擦了擦眼泪,将两只膝盖并在了一起,宛若一只蝴蝶折起了它那薄薄的黑翅。

卢日宾没有转身,问道:"你痛吗?"他第一次称莉多奇卡"你",仿佛汗水与混合的体液给予了他一种特别的亲密关系。他的声音皱巴巴的,像一块用旧的手帕。

莉多奇卡老老实实地感受着自己的身体状况,受过伤的半月板有些疼痛(可能是下雪了,或者是随时要下雪的缘故),双腿之间有一种奇怪的钝感,像是被打了一拳,又像是骑了很久的马。但莉多奇卡又想起演出时她的伙伴在她的足尖鞋里放上玻璃碴,她不得不忍着剧痛,用血肉模糊、皮开肉绽的脚趾跳舞,每一次花边跳都要忍受电击一样延伸到脚踝的火辣剧痛。于是她静静地说道:"不,不痛。"

"请原谅我,"卢日宾哀求道,就像做了真正可怕的事一样,"不是这样的,不该是这样的!"

莉多奇卡沉默不语。

忽然,卢日宾整个身体转向莉多奇卡,而莉多奇卡看到了他双腿之间她不想看到也不想理解的东西,立即转过身去。卢日宾立刻明白过来,涨红了脸,将皱巴巴的毛毯边缘拉向自己。

"嫁给我吧,"他轻声说,"求求你,请你嫁给我吧。"

卢日宾与莉多奇卡在六月举办了婚礼,当时莉多奇卡刚满十八岁(这是遵照加林娜·彼得罗夫娜的要求),舞蹈学校的毕业考试也刚刚结束(这是按照卢日宾的要求,他恳求莉多奇卡不要放弃学业,而后又向莉多奇卡问道:"亲爱的,你想要什么呢,尽管说吧,你想要什么呢?")。但莉多奇卡并没有提条件,一个条件都没有提。当然,她只是希望安静地在婚姻登记处登记结婚,但加林娜·彼得罗夫娜和卢日宾需要遵守商人的礼节,因此莉多奇卡不得不忍受穿着从巴黎订购的礼服、忍受装着洋娃娃的豪华轿车、忍受礼炮的鸣响,还要忍受一场婚宴。卢日宾想起了上一次婚礼的阴影,上一次虽然没有这次豪奢,却同样可笑。最让他感到痛苦的是莉多奇卡根本不爱他。他感受到了这一点,他明白自己很着急，但也明白不着急是不可能的。登记处一个活泼的姑娘看着莉多奇卡，说道："习惯了就会爱上的。"而莉多奇卡苍白的嘴唇几乎一动不动，淡淡地回答道："是的。"加林娜·彼得罗夫娜恶狠狠地厉声斥责道："简直是胡说八道。"吓得那位姑娘向后退了几步，张开了嘴巴，她的口红涂得并不均匀，色泽却十分艳丽。加林娜·彼得罗夫娜没等登记仪式结束，就走到莉多奇卡跟前，拉住了她的手，就像要拽下来一样，她看着莉多奇卡的脸，表情很凶，低声愤怒地开口。

"姑娘，是这样，我对你有罪过，你不要争辩，我是有罪过的，你可能不知道。"说罢，加林娜·彼得罗夫娜倒吸一口气，她想起了那位美丽的神婆，她在生下鲍里克不久之后去找过的神婆。当年神婆诚实地对她说："傻瓜，你是一个傻瓜，此前从来没有人告诉你，你就是个傻瓜！亲爱的，你为什么不问一问，谁为你的未来负责？更重要的是，要怎么负责？"加林娜·彼得罗夫娜闭上了眼睛，听见了自己当年的答案："让我的后代负责，让他们负责吧，我还在乎什么呢？"神婆的笑声在加林娜·彼得罗夫娜的脑海中回荡，她露出整齐得可怕的牙齿，说道："好姑娘，我喜欢！"

莉多奇卡的脸色苍白，比她的白色礼服还要苍白，她不解地看着加林娜·彼得罗夫娜。莉多奇卡脖子和耳朵上的钻石闪闪发亮，冒出一股股活泼、狂野、神话般的火焰。加林娜·彼得罗夫娜毫不吝啬地在孙女的婚礼上将最好的钻石送给了她，但并没有让自己好受一些。

"如果你忍不了他，或者是想找个年轻点儿的，就不要忍了。你听见了吗？不要有负罪感，如果忍不了，就离开你的丈夫，去过你认为合适的生活。"

"我不明白。"莉多奇卡老老实实地说道。

"没关系，你很快就明白的。"加林娜·彼得罗夫娜信誓旦旦地说道，而后突然发出一阵奇怪而短促的，几乎是抽泣一样的笑声。仿佛她在莉多奇卡的婚礼上呛着了，嗓子怎么清也清不干净。

"我还有一份礼物给你们，到时你就知道了。"她终于说完了话，迅即转身，离开了婚姻登记处。

婚礼仪式终于结束，卢日宾夫妇回到城外的家中，两个人感觉舒服多了。这个夏天幸福得出人意料，莉多奇卡和卢日宾不知疲倦地做着家务，他们各自小心翼翼，几乎没有肢体接触，也没有身体的接近，八月，卢日宾听到妻子在厨房里一边唱着歌，一边准备晚餐，他坚信妻子将会在某一天爱上自己，并且这一天将会很快来临。

当加林娜·彼得罗夫娜将卢日宾叫到她的银行时，卢日宾感到十分困惑。因为卢日宾与林特的遗孀并没有财务往来，也不打算有什么财务往来，有什么事情完全可以在电话里说。但与妻子唯一的亲人争吵是没有道理的，于是卢日宾抛下了工作事务，按照命令准时到达银行。加林娜·彼得罗夫娜在一间巨大的办公室里等着他，卢日宾再一次惊讶于加林娜·彼得罗夫娜的美丽，她的美貌和气质与她的真实年龄并不相符。这并不令人愉快。她的身旁站着一个尖嘴猴腮的男人，他的脸像极了一个被狗咬坏的棉团。

她没有打招呼，直接说道："这个人是想买你房子的买家。他会给出很合适的价格，他想在秋天就搬进去，越快越好。"

卢日宾不相信自己的耳朵，问道："什么？什么买家？买哪个房子？"

"买你们的房子，"加林娜·彼得罗夫娜重复道，"有什么不清楚的吗？"

"那我们去哪住？"卢日宾仍是一头雾水。

"你们搬去莫斯科。"

"我们为什么要搬去莫斯科？"卢日宾甚至没来得及愤怒，被听到的一切弄得错愕不已。

"莫斯科有大剧院，傻瓜。"加林娜·彼得罗夫娜从桌子上拿了一摞纸，抖了抖，说道，"你看，这里有获奖的人，有代表，还有著名艺术家，还有几个混蛋。他们每个人都写了请愿信，邀请莉多奇卡去莫斯科大剧院跳舞。大剧院没有她简直不行。他们说莉多奇卡的天赋是惊人的，简直是第二个巴甫洛娃，诸如此类，等等等等。"加林娜·彼得罗夫娜再一次抖了抖手里的纸，身体厌恶地晃了晃，说道："我讨厌芭蕾，可是没有办法。"

她沉默了，卢日宾也沉默了，只有尖嘴猴腮的男人紧张地捏了捏手指。

"你的钱大概够在莫斯科买一套公寓，可能也不太够，我可以添一些。钱的事情我可以帮忙，这是我给莉达的最后一份礼物。"

加林娜·彼得罗夫娜最后说道,"我希望我现在能和她和解了。就是这样,你出去吧,滚。"

卢日宾转身走出了办公室。他也不喜欢芭蕾舞,但他无意扼杀妻子的天赋。他想回到自己的办公室,但改变了注意,直接开车出了城。和往常一样,莉多奇卡还是在厨房里,厨房里传来一阵阵令人垂涎欲滴的香气。

卢日宾在门槛前喊道:"莉杜莎,是我回来了!"

莉多奇卡向外面看了看,她穿着短短的家居裙,脸颊被炉灶烤得红润,她看起来像一个小女孩,哪里有十八岁,顶多只有十四岁。

她惊恐地问道:"怎么这么早回来?发生了什么事吗?"

卢日宾回答道:"没什么。好吧,的确有事,不过是好事。加林娜·彼得罗夫娜答应给你的礼物要到了。"

莉达的脸色立即变了,忽然之间,卢日宾觉得自己正在做一件无法挽回的可怕事情,这或许是他一生之中最大的错误。

卢日宾转了转脑袋,闻着厨房里传来的香味,问道:"什么东西这么香?"

"是国王汤和维也纳香肠。"莉多奇卡心猿意马地回答,她旋即问道:"加林娜·彼得罗夫娜怎么说?什么礼物?"

卢日宾深吸一口气,将一切和盘托出:"我们要搬到莫斯科去。到时你在莫斯科大剧院跳舞,专家们在那里等着你,甚至有人为你特别准备了剧目。"

莉多奇卡沉默不语,她的脸像蜡像一样慢慢凝固,变得像死去的幽灵①一样狰狞，变得像那天晚上结霜的剧院门廊上那个穿着芭蕾舞裙的女孩一样僵硬。卢日宾甚至觉得莉多奇卡散发出寒冷的气息，那种寒冷从她的体内汩汩不断地冒出。

"那这房子呢？"莉多奇卡问道。

"我们要将这房子卖掉，事实上，已经卖出去了。明天就会签署文件，然后就要收拾东西了。"

莉多奇卡沉默了一分钟，平静地说：

"好吧。把外套脱了吧，洗洗手，我们吃饭吧。"

深夜，莉多奇卡睡醒了，像是被人推了一把。她很久都没有意识到旁边躺着的究竟是什么人：卢日宾后脑勺上的短发泛着白色，脖子上长着深深的皱纹，他盖着毛毯，有节奏地呼吸着。但她不必睁开眼睛也熟悉这幢房子的每一尺每一寸，它与她梦想的样子一模一样，甚至更好，而且完全属于她。但它却将与她说再见。

莉多奇卡小心翼翼地坐起来，穿上那双蓬松的拖鞋，它太过崭新，太过陌生，她的印花睡衣也是如此，订婚戒指也是如此，她此时被寄予厚望的生活也是如此。当然，这些期望是不可能实现的。莉多奇卡静静地走过漆黑的房间，即使没有开灯，她也不会走错，不会迷路，这幢房子的一尺一寸她早已熟记于心，树脂

---

① 芭蕾舞剧《吉赛尔》中，死去的少女化作幽灵。

仿佛在她温柔的手掌下缓缓流淌，地板亲切地发出吱吱的响动，散发着一股安神的纯洁气味，通向二楼的楼梯发出轻柔而清晰的歌唱，宛若一位老歌唱家，脆弱的声带早已磨损严重，但仍对音乐充满热爱，不为别的，只是为了自己。

其实，卢日宾对这幢房子做了很多改造工作，他将房子改造得很好，有很多出人意料的精巧之处，没有改动这幢房子的精髓之美。莉多奇卡在三个刚装修好的崭新房间里走来走去，为丈夫将一切都安排得如此之好而欣喜，尤其是第二个房间后有一个小阳台，从阳台上可以俯瞰一大片森林；早上可以跑下台阶，在森林中采摘野花装饰早餐，根本不用摘下花园里的花；也许还能采些蘑菇烤来吃；可以在门廊附近种一点红菇和鸡油菌，它们很好养活，只要有耐心等蘑菇长出来就行；养小白蘑菇是不行的，小白蘑菇很难养，即使在这么好的环境中也很难养活。他们还有养松鼠的打算，卢日宾说森林里到处都是松鼠，莉多奇卡担心松鼠和猫打架，松鼠可能很会打架，但孩子们见到松鼠一定很开心。卢日宾只是笑一笑，说道："莉杜什卡，你看，我们还没有孩子，也没有猫，所以我们还不着急养松鼠。等我们把房子收拾好，松鼠就会跑过来把你养的猫围得水泄不通！"莉多奇卡害羞地笑了，卢日宾将她一把抱住，嘴里喃喃自语，像是在念咒："我爱你啊上帝！我是多么爱你。"卢日宾叫她莉杜什卡，这个称呼几乎和爸爸妈妈口中的巴尔巴利斯卡一样令她感到亲切，感到愉悦。当然，她会习惯这个称呼的，卢日宾是个好人，莉多奇卡能分辨清楚。但她嫁给的似乎不是卢日宾，而是这幢房子。

莉多奇卡抚摸着阳台上新修建的栏杆，触感又光滑又温暖，像极了人的皮肤。这幢房子仿佛也叹了口气，它已然接受了人的感情，它曾经尝试与人的情感分离，而后又与之和平共处。夜空并不是漆黑的，像是黄昏，莉多奇卡站在这昏暗温暖而又澄澈的夜空下，突然哭了起来，这种哭是有意识的，她已经很久没有这样哭过了。在她成长的芭蕾舞环境中，眼泪是最常见的，是每天都要流的，因此几乎一文不值。舞蹈学校里的每个人都在哭，或是出于很难适应高强度的训练而疼痛到落泪，或是出于被羞辱而落泪——因为没有羞辱就没有芭蕾，或是出于对开除的恐惧，或是出于怨恨、愤怒和疼痛的交织而落泪。眼泪是每天都要掉的，因此失去了其原有的功能和性质，失去了痛苦和同情的意义，彻底沦为一种普通的生理行为。如今，眼泪不再像从前那样了，变得沉重，变得缓慢，变得如此真实，以至于莉多奇卡觉得它们甚至冒着轻柔的雾气。

她哭了很久，直到她明白没有任何改变的余地，一切已经注定，她只好回屋，洗洗脸，擤擤鼻涕，躺回到床上，等到天亮开始收拾东西，为前往莫斯科做准备。莫斯科是每个人都梦寐以求前往的地方，但对于莉多奇卡而言只不过是儿童读物里一张粗劣的平面插画，毫无意义，毫无灵魂。她不得不继续生活，继续跳舞，天呐，还要继续跳舞！

莉多奇卡回到屋里，一声不响地走进浴室，浴室也是卢日宾亲手布置的，浴室很宽敞，铺着质朴的地毯、安上了柳条洗衣篮，巧妙地铺设了仿古的先进管道，光是弯腿的圆边浴缸就价值不菲。

浴室里还有一扇窗,一扇真正的大窗,莉多奇卡立刻打开窗,让几棵野生的苹果树,以及她准备在明年春天开始建造的花园的幻象进入浴室中,她打算在花园里种几棵苹果树、梨树、李子树,甚至还要种樱桃树,她为这些树提前准备好了沙子和毛毡,以让这些树温暖地过冬,等到孙子孙女来到家中做客时,就可以用树上的果实做出美味的果酱,烤出美味的馅饼……莉多奇卡停止了想象,迷茫的目光环顾浴室。

哪里会有孙子孙女过来。

一星期后,住在这里的就是别人了。

不知为何,莉多奇卡打开了浴室的储物柜,用眼睛数了数罐子和瓶子,大部分都是卢日宾的。她的目光落在了一把苏联时代的旧剃须刀上,那把剃须刀由沉重的骨柄和可替换的刀片组成。爸爸以前就是用这样的剃须刀刮胡子的。莉多奇卡暗暗笑了笑,原来她的卢日宾是一个念旧的人,他对旧物的喜爱程度宛若对生命的喜爱,这是两个人的另一个共同之处,仿佛一个正在休眠的嫩芽,日后会生长成为一根粗壮的枝条,甚至,爱情也会从这里生发而出。但这一切需要一个家,需要这幢爱情的家园。

莉多奇卡猛地关上了储物柜,热水的开关在浴缸底部,她拧开热水的水龙头,发出嘶嘶的响声。要洗个澡,就要离开这里了,就要去跳舞了……她甚至没有想到自己完全可以拒绝。只需说:"不,我们哪里都不去。我不走,我不想走。"但莉多奇卡是在芭蕾舞团长大的,在那里,"不"只与命令的语气一起用:"不,你要做到!不,你跳得出来!不,你做得到!"这压根不是"不"这个字的用法，但莉多奇卡也不知道"不"字还能怎么用。

她脱下睡衣，看着一面几乎高到天花板的大镜子里自己的倒影，仿佛以某种冰冷的目光审视着一个令人不快的奇怪之人，她看到扭曲的双脚、瘦骨嶙峋的手臂、被饥饿和训练啃噬的粗糙大腿，蜡黄色皮肤之下是运动员般强壮而干枯的肌肉。她看到自己已沦为一个做出无数可笑动作的机器，既丑陋，又愚蠢，更可悲。

莉多奇卡并没有在镜子里看到什么能让卢日宾疯狂的地方，她也不知道为什么其他男人会用惊恐且陶醉的眼神凝望自己，不是因为近乎扁平但仍然漂亮的乳房，不是因为挺拔的脖子上长着的那颗痣，不是扎得高高的鬓发，也不是那富有表现力的肩膀的线条，她的身体好似格奥尔基·伊万诺夫晚期的诗，只剩下绝望、痛苦和濒死感，就像伊琳娜·奥多耶夫采娃[①]所写的那样："如果可以的话，麻烦给我们带来一些酸黄瓜和腌鲱鱼，乔治很想吃这些，他的情况更糟了。"

莉多奇卡机械地靠在浴缸的边缘，就像靠在舞蹈教室的把杆上，她的身体变得陌生，变得可恶，受过训练的身体立即摆出一个熟悉的姿势，莉多奇卡自己也不明白自己是怎样做到更加有力地挺直身子，像是被魔鬼附身一般，从第一个位置到第五个位置向各个方向做了*绷脚点地*动作，然后又向侧面做了一个幅度很大的*大踢腿*动作，她再一次愣在镜子前，脸色依然蜡黄，却向镜子投去微笑，似乎在等待掌声。莉多奇卡几乎是一气呵成地做完

---

① 伊琳娜·奥多耶夫采娃（1895—1901），本名伊莱达·海尼克，俄罗斯诗人，是格奥尔基的妻子。下文的"乔治"是指格奥尔基。

了这些动作，以至于她自己都感到害怕，她似乎第一次感到某种恶魔般可怕的外来力量在支配着她，让她不得不绝对服从，并且随时有可能从字面意义和物理意义上使她折腰屈服。甚至，在仇恨和奴役中长大的身体也正在与她对抗，这太可怕了，真的太可怕了。

　　莉多奇卡再一次打开储物柜，颤抖着拧下卢日宾的剃须刀，将一个紫色的剃须刀片抖落到手掌之中，刀片上刻着"列宁格勒"字样，刀片最锋利、最危险、几乎看不到的边缘处有一个微小的锈斑。她的指腹立即感到一阵湿冷。"就是这样，"不敢改变主意的莉多奇卡自言自语道，"我们根本不打算去莫斯科。还是去列宁格勒好一点。列宁格勒，列宁格勒，给自己买件衣服吧！红色的！深蓝色的！浅蓝色的！自己挑一件！"她闭上了眼睛，轻轻地发出嘶嘶声，却一点儿也感觉不到疼。就是这样，她安慰着自己，因为没有别人能让她得到安慰。就是这样，她闭着眼睛，躺在即将满溢的浴缸中。

　　温热的水静静地漫过了她的脖子，仿佛洁净光滑的牙龈抚着她的皮肤。她的手腕和脚踝感觉到一阵痒意，令她感到愉悦，仿佛一阵温和的夏日微风从敞开的窗户一拥而入，带来一阵温柔的疲惫，仿佛她已经在森林里走了一整天，头上洒满阳光，落满干枯的松针，手臂上挎着一个时不时发出吱吱声的沉重蘑菇篮子。要在天黑之前将这些蘑菇洗干净，这样第二天才能做出满满一锅蘑菇汤，做汤的时候要放肉豆蔻、欧芹和酸奶油。眼睛就要闭上了，睫毛是如此沉重，一股昏沉的气息在她的脑中打转，像是潮湿的树丛，像是某种蕨菜，又像是被太阳晒热的树皮，不，别睡，不要睡，千万别睡，一个合格的女主人难道会在做好饭之前睡觉吗？

刀片从她颤抖的手指间滑落，在水槽底部发出叮当的响动，莉多奇卡吓了一跳，醒了过来。

莉多奇卡感觉身子轻飘飘的，甚至感到一阵寒冷。她赶忙将睡衣套在湿漉漉的身上，摸索着打开了门，发现自己并不在原来的走廊里，原来的走廊两侧弥漫着金色木板的幽香，可她发现自己仿佛在一个完全陌生的房间门口，房间空荡荡、白花花的，似乎刚装修完，还没有人居住。前面又是一扇门，莉多奇卡感到奇怪，却并不害怕，她急忙向这扇门走去，在略带灰尘的地板上留下光滑的赤脚印。一阵抱怨顿时油然而生：房子明明刚装修完，看这些工人干的好事！他们甚至连地都不扫！

这扇门和第一扇一样，一下子就打开了，莉多奇卡向前迈了一步，意识到这间房与刚才的那间一模一样，角落里同样是建筑材料留下的石灰渣，同样只有光滑的墙壁，一扇窗也没有，甚至前面的门也是一样的——崭新的进口门，质量很好，橡木的贴面，金色的配饰。这扇门之后，又是一扇门，再打开，是另一扇门，房间足足有一长排。

莉多奇卡加快了脚步，但下一个房间还是一模一样，同样的明亮，同样的空旷。这一点也不可怕，只是太奇怪了，莉多奇卡试图数清自己走过了多少个房间，但很快就数不清了，她只是向前走，向前走，光滑轻盈的空气穿过她的肩膀，与她身边的一切同样光滑轻盈，不像人间的模样。

莉多奇卡又打开了一扇门，忽然感觉一阵疲惫袭来，这种疲惫仿佛在周围的环境中也有所体现，她发现房间里的灰尘更多了，壁架的颜色也变暗了，像眯起眼睛看到的景象一样。莉多奇卡停下脚步，环顾四周，似乎想找人打听自己是不是走错了路。但她的身后空无一人，先前打开的门越来越小，离她也越来越远。莉多奇卡小心翼翼地走近壁架，触摸着吱吱作响、早已开裂的木板，她直到走到壁架前才注意到先前粉刷得光滑的墙壁布满了几乎看不出来的细小裂缝。

莉多奇卡再次回头，感受到一只缓缓升起的爪子可怕地抚摸着她的头发。她本想大声喊出来，本想大声呼救，但她想象着自己的声音渐渐变弱，回声只在这房间里回荡，回荡，而后彻底静息，于是她一声不吭，用尽全力说服自己冷静下来："这些只是房间，许许多多个房间。我只是睡着了。没错，我睡着了。"但事实上，她当然没有睡着。

莉多奇卡又一次摸了摸壁架，一根钉子掉到了地上，发出轻柔的叮当声。钉子头可怜地弯曲着，钉帽泛着锈迹。她弯下腰，想把钉子捡起来，当她看到伸向钉子的手时，不禁倒吸一口凉气，这是一只老太太的瘦手，指节上是布满皱纹的干燥皮肤。

这就是她的手。

她一连跑过几个房间，眯着眼睛，寻找着出口，除了空气在支气管里的呼啸声，她什么也没有听到。房间门突然砰的一声关上，发出很大的声响，她的心脏在喉咙里怦怦直跳，连太阳穴也能感受到心脏的跳动，莉多奇卡每走一步都会感受到越来越强烈的心跳声，与此同时，她感到自己的身体却越来越渺小，渐渐地变成木乃伊，变成僵硬致密的蛹，并且一点点腐烂。

终于，呼吸完全停止了，莉多奇卡停下了脚步，睁开眼睛。房间没有变化，只是更加破旧。房间的角落沾满了灰尘，壁架发出某种难以形容的嘎吱声，随着一声人类的叹息声响起，整个壁架倒了下来。莉多奇卡疯狂地抓了抓自己的脸，又抓了抓头发，可她对周遭的一切完全无法理解，于是又举起双手捂住眼睛。莉多奇卡感受到了自己的衰老，她每走进一个房间，每踏出一步，都会衰老一分。甚至不只是衰老，她就要死掉了。

莉多奇卡突然非常清楚地意识到了这一点，刚才一直令她困惑的恐惧，即对衰老的恐惧即刻消失，仿佛唯一可以将这场噩梦吞噬的正是衰老本身，而当衰老真正来临之时，就没有什么可害怕的了。莉多奇卡呆站了一会儿，不知道接下来该做什么，之后，她突然鼓起勇气，继续向前走，慢慢地重新整理沉重的脚步，那是专业芭蕾舞演员变形的双脚，她每走一步，双脚也会衰老一分，渐渐变成光秃丑陋的老妇的双脚。她不再回头看，因为她感觉到有什么东西顶着她的后背，看不见，却摸得着，沉重地、懒洋洋地压着她，催促着她向前走。走路越来越吃力，她的视线越来越模糊，手臂上长出越来越多的老年斑，皮肤变得皱巴巴的，整条胳膊变得颤抖，光线越来越暗，灰尘越来越多，当壁架在墙角变成一堆近乎腐烂的垃圾时，莉多奇卡明白了，前面的门是最后一扇。

"现在我就要死去了。"她内心平静地想道,并用最后的一丝力气转动那只年久泛黑的门把手。

夜色之中,一条湿漉漉的街道闪闪发光,宛若一根被舔过的干草糖。

细小的水珠在浓密的灯光下颤动,散发着新落的雨、热乎的面包圈和红铜壶里浓咖啡的味道。一辆汽车缓缓转过街道的拐角,轮胎与地面摩擦发出沙沙的响动,压过被雨水冲刷得闪亮的铺路石,马路上反射着霓虹灯短促的光点、飘浮的窗户和弯曲的粉红色管道拼成的"咖啡店"字样。一群穿着小皮鞋的青年在街上跑来跑去,跑在最后的小女孩湿漉漉的肩膀撞到了莉多奇卡,她没有道歉,而是灿烂地笑了笑,她的牙齿闪闪发亮,又圆又光滑,也是湿漉漉的,仿佛莉多奇卡小时候在黑海边的沙滩上看到的鹅卵石。

莉多奇卡僵硬地笑了笑,以示回应,但这些穿着连裤袜的女孩已经跑过了街角,发出小孩子般的喧哗,让人们真切地感受到她们的欢乐。莉多奇卡注视着她们,而后才意识到自己正在一条不熟悉的街道上,她意识到自己还活着,还是十八岁的年纪,她穿着黄颜色的睡衣,胸口处缝着一只大胖猫。夜晚正悄悄地将它那两只冰冷、湿漉漉的手放到莉多奇卡的后背上。已经没什么事情能让莉多奇卡惊讶了,她心想,是不是秋天到了?是初秋?还是晚春?事实上,现在是盛夏。

又一个灰头发的高个子男人从她身边走过，高个子男人牵着一条巨型德国牧羊犬。这条大狗用它的鼻子戳了戳莉多奇卡，以示友好。"你羞不羞？"男人小声地责备他的狗，转身对莉多奇卡说："不用害怕，它不咬人的。""我不害怕的。"莉多奇卡回应道，她伸出手，摸了摸这条狗的大脑袋，它的脑袋像小孩的脑袋一样温热，但大狗昂着头避开了，留下莉多奇卡悬在空中的手，她的手——年轻、纤瘦，充满着有力、活泼、炽热的血液。

"巴尔巴利斯卡！"

这声音洪亮、激动，带有几分沙哑，几乎被莉多奇卡遗忘，但仍然令她难以置信地感到亲切，这声音像皮球一样，冲下湿漉漉的街道，在人行道、灯柱和仿佛布满疙瘩的潮湿墙壁上弹跳。

"巴尔巴利斯卡！"

莉多奇卡疯狂地转过头，看到一个女人朝她跑来，欢快地舞动着胳膊，个子矮小，一头鬈发，穿着一件薄薄的蓝灰色外套，几乎像玻璃纸一样薄。女人和母亲长得一模一样……莉多奇卡难以置信地将手捂在胸前，仿佛要捂住缝在胸口处的大胖猫眼睛。

"妈妈。"她的声音不大，泛着沙哑。

黑夜里，莉多奇卡的拖鞋被浸湿，轻轻地啪嗒着。

"妈妈！"

"巴尔巴利斯卡！"

两人紧紧拥抱在一起，抱得那么紧，以至于两个人差点摔倒，莉多奇卡甚至没有注意到刚才肩膀被撞得不轻。她闭上眼睛，像小孩子一样探进唯一熟悉、温柔、暖和的身体。是妈妈的脸颊，是妈妈的耳垂，火热的、晶莹的耳垂，上面戴着款式简单的金耳环，那副耳环之前总是差点弄丢。她感受到了妈妈的笑容和妈妈的气味，不同寻常，永不消逝，只是从记忆中暂时失去，但在很长很长时间里，这种气味藏在早已被察廖夫一家占用的壁橱里，莉多奇卡有时会偷偷打开壁橱门，闭上眼睛，将壁橱里的所有气味吸入——痛苦、渴望、消融的踪迹，还有童年的最后一些分子，但已经很少很少了。莉多奇卡害怕将母亲的气味呼出去，她害怕自己一个人。"妈妈，妈妈，天哪，妈妈，我怎么能没有你，我怎么能没有你啊！……"

妈妈用炽热的嘴唇亲吻着莉多奇卡身体的每一个地方，突然开始摇晃和抚摸她，好像她曾经从某个可怕的高处坠落下去，妈妈必须要确保她的身体完好无损，骨头是好的，肌肉是好的，韧带是好的，甚至衣服也不能被扯坏。妈妈在莉多奇卡耳边说道："我的乖女儿，别再爬进阁楼了，答应我好不好？"她的声音因为哽咽而沙哑，"你变得多么瘦啊，瘦得皮包骨头了！"莉多奇卡想说点什么，但一句话也说不出来，两人抱头痛哭，哭完又是放声大笑，然后又紧紧抱在一起，完全忘记了她们正站在大街的中央，只是嘴上一直重复着"你怎么样了？""你还好吗？""天呐，妈妈！""巴尔巴利斯卡！""没有我你可怎么办？""没有我你可怎么办？你还好吗？"

忽然之间，她们平静了下来，仿佛一瞬间断开了与彼此的联系，莉多奇卡立刻感到一阵寒冷。她冷得肩膀抽搐，母亲立刻又抱紧了她，将她拉到身旁，拉到自己的翅膀下，拉到外套的下摆里，莉多奇卡没有忘记外套的衬里散发着的温柔暖和的至亲气息。衬里绣着"瓦乐斯卡夫人"的标志，旁边画着一个蓝色玻璃瓶，玻璃瓶旁边是一名举止轻佻、一头浅金色鬈发的波兰美女肖像。莉多奇卡吸了吸衬里的香气，幸福地闭上了眼睛，整个人紧紧贴在母亲身上，她贴得那么紧，以至于分不清哪儿是母亲的心在跳，哪儿是她的心在跳。妈妈用脸颊蹭了蹭莉多奇卡的头发，高兴地说道："我的女儿，我们快点走吧，爸爸也很想你。"

"爸爸？"莉多奇卡从妈妈的外套下钻了出来，难以置信地看着她，仿佛她还是那个矮小的小女孩，尽管她已和妈妈差不多高，甚至可能还要更高一些。"爸爸，他怎么了，他是不是……"莉多奇卡本想说出"他是不是也死了"，但没能说出口。即使是这个时候，即使在这里，莉多奇卡也难以相信这个消息。

"是啊，是爸爸。"妈妈惊讶地扬起眉毛，突然意识到了些什么，咧着嘴笑出了声，旋即用手捂住嘴巴，露出那枚闪闪发光的订婚戒指，那是一枚又粗又大的金戒指，上面镶嵌着一颗淡黄色的钻石。"奶奶什么也没有告诉你，对吗？"

莉多奇卡摇了摇头，回答道："没有，她什么也没告诉我。她只是告诉我爸爸去了别的地方。难道不是这样吗？每个节日他都给我寄了明信片。"莉多奇卡想到了她的小盒子，里面装满了印着鲜花、泰迪熊和气球的明信片，明信片上贴着五彩斑斓的邮票，上面的笔迹匆匆忙忙，漫不经心："我亲爱的女儿！祝你节日快乐！你要好好学习，听奶奶的话。你的爸爸。"墨水有时是蓝色的，有时是黑色的，邮戳上的字辨认不清，落款没有写地址，也没有写时间。

妈妈叹了口气。

"不是这样的，哪里有什么明信片！爸爸确实去了别的地方，只是……嗯，就是在我的葬礼之后。他回到了阿德列尔，就是我们当时去的海边小镇，你还记得吗？我们的房间租给了别人，但他还是……他被允许去隔壁房间过夜，他真傻……你想不到我当时有多生气！他丢下了你一个人……但我能做什么呢？第二天早上人们才发现他。你知道，这已经晚了。"

莉多奇卡一脸不相信，接着问道："那钱是怎么回事？爸爸每个月都有给我寄钱。加林娜·彼得罗夫娜给我看了存折。虽然她把钱都转到了她自己的银行，但那笔钱还在，并没有丢。即使是经济崩溃的时候钱也还在，一分钱都没少。"

妈妈解释道："因为那是奶奶的钱，所以一分都不会少。那是奶奶自己给你转的钱。但不管怎么说，还是很奇怪，她什么也没有告诉你……"妈妈沉思片刻，突然摇了摇头，说道："也许这样更好。谁知道呢。我们走吧，再不走你就被淋透了。回家之后你要把一切的一切都告诉我和爸爸。"

"就像小时候一样，把每件小事都告诉你们？"

妈妈笑了笑，说道："当然。我们还不知道你的情况！这边的人和你们那边的人都一样，报纸上谎话连篇，电视里只有肥皂剧。只能从朋友那儿得到真实的消息。这些消息也都是朋友的朋友传来的。当然，也不是每个人都说真话，也有胡说八道的！比如……嗐，假话有什么好说的呢。我们还是回家吧。"

"回家。"莉多奇卡一脸错愕地重复道。回家了,终于回家了。

妈妈再一次搂住她的肩膀,拉住她的手,夜晚的街道突然开始颤抖、模糊、膨胀。妈妈的面部沿着一条无形的缝隙变得扭曲,变得畸形,变得陌生,甚至忽然失去了人的模样。

莉多奇卡吓得发抖,松开了母亲的手。

妈妈亲切地问道:"巴尔巴利斯卡,你是怎么了?"莉多奇卡眨了眨眼,想冲妈妈微笑,突然感到一阵源自内心深处的颤抖。已是夜晚,天下着雨,她穿着睡衣,在一个完全陌生的地方。莉多奇卡心中充满疑惑:"这究竟是怎么回事?我在哪?这是怎么了?我怎么到了这个地方?"

一股恐惧油然而生,莉多奇卡不再看她的母亲。

"巴尔巴利斯卡!"

莉多奇卡一声不吭,目视前方。街对面,一间咖啡屋砰的一声关上了门,一辆公共汽车缓缓驶过,从车里发出一束束光芒,车里的人用手语交谈,宛若无声电影里的情节。

"巴尔巴利斯卡!"

莉多奇卡听着妈妈的呼唤,声音的结尾回响着一种淡淡的、钢铁般的愤怒,这种愤怒只有莉多奇卡不听话的时候才有。

拉扎尔·林特晃了晃湿漉漉的雨伞,晃掉银色的水滴,他将伞收起来,静静地说:"你哪儿也别想去。"他和照片上一模一样,莉多奇卡一下子就认出了他。妈妈在这里,爸爸在这里,他也在这里。莉多奇卡还不确定该不该叫他爷爷,还是要像称呼加林娜·彼得罗夫娜一样必须遵循某种礼节。

林特笑了笑，仿佛他读懂了莉多奇卡的困惑，他踮起脚尖，亲吻了莉多奇卡的脸颊。林特的身上闻起来有一种香味，宛若一杯肉桂味十足、泛着泡沫的咖啡，味道强烈又浓郁。

他说："哪儿有什么礼节。你从一开始就不该这样做。走吧，赶快回家吧。"

妈妈对莉多奇卡说："我们回家吧。"莉多奇卡木讷地走向妈妈，仍然不敢看她。林特眉头一皱，以出人意料的矫健步伐走上前去，挡住了莉多奇卡的去路。

"我刚才说了，你赶快回家去。我不想再在这里看到你。"

一道蓝光在林特身后簌簌地闪过，他皱着眉头，张开双臂，挡住了妈妈的去路。

林特催促着莉多奇卡："快点走，你是怎么了，你不知道你的家在哪里？"

莉多奇卡诚实地回答道："不，我不知道。"

林特命令道："转过身去。"

莉多奇卡转过了身。

她看到一扇窗。那扇窗很平常，只是老旧房子的一楼窗户，当然，应该还有一扇门，是她刚才一边衰老，一边走过的最后一扇门，刚才宛若一场惊梦。莉多奇卡清楚地记得刚才那里只有一排空空荡荡、破败不堪的房间，而此时窗子里就像演起一场戏那样，被灯照得通亮，窗前还坐着一个男孩和一个女孩，他们的年龄大概相差一岁。小女孩大约七岁，长着塌鼻子，梳着一头漂亮的鬈发，上面戴着一个大大的圆点蝴蝶结，很是夸张，像极了在花间休憩的蜻蜓,那蝴蝶结明显是由一位成年女性宠爱地系上去的。小女孩正在愤怒地训斥着小男孩,那男孩体格健壮,眼神忧郁,穿着一件五颜六色的上衣,从那男孩漫不经心、愤愤不平的神情中可以看出,尽管他长得更高,脸上的肉更多,但他一定是年龄更小的那个,甚至比小女孩整整小一岁。他不打算忍下去了,他就要忍不住了!小女孩正要愤怒地用拳头打向小男孩的肩膀,忽然之间,她凝视着窗外的昏暗,仿佛察觉到莉多奇卡的目光,神情变得紧张又严肃,仿佛一下子变成了大人。

"他们是谁?"莉多奇卡惊恐地问道。

林特在她身后咯咯地笑着。

他说道:"唔,你想一想,猜一猜。"

莉多奇卡又仔仔细细地望向那扇窗,仿佛有人转动了万花筒的纸板,孩子们的脸突然分离成各个莉多奇卡熟悉的特征:林特的鬈发,妈妈的笑容,卢日宾的方额头;小男孩脸颊上的酒窝和自己的一模一样,加林娜·彼得罗夫娜年轻时的酒窝也是这样的,而在加林娜·彼得罗夫娜之前,这个酒窝属于另一个人,那人早已被遗忘,但一定也是亲人。血液融合在一起,在莉多奇卡的太阳穴和手腕上跳动,在男孩的胸膛里回荡,让女孩的嘴唇和眼睑充满明亮的粉色,同时在过去、现在、未来的百万条血管中流淌。

莉多奇卡突然意识到他们是自己的孙子和孙女。一切还没结束,根本没有结束,一切还要继续。但为什么是现在这样呢?接下来又该怎么办呢?她朝窗子迈了一步,正要敲响那扇门,但就在这时,身后的妈妈突然尖叫起来:

"巴尔巴利斯卡！我不会让你走！我不会让你走的！"

莉多奇卡又转回了身。

林特说道："快点走，再快点。"

突然，林特的手攥住了莉多奇卡，莉多奇卡全力挣扎，正要逃走，但她发现林特攥得极为用力，她感到自己胳膊上的肉在干燥的皮肤之下紧紧绷住，整条胳膊被林特强壮的手掌握得很紧，周围的一切顿时充满光明，充满意义，响起胜利的水声。那摊沉重又温暖的水从她身上流过，林特大喊道："走啊，走啊，快点走。我抓住她了，回去，快点回去。"莉多奇卡挥动双手，打碎了窗玻璃，周围的一切仿佛凝固了一秒，而后顿时爆炸成千百万个闪闪发亮的碎片，她追着欢笑的孩子们跑回了房间，房间里出现了生命的气息，出现了漂亮的孩子、友善的狗和温暖的旧家具。麝香、苹果派和杜松枝的气味越来越浓，一道乳白色的光芒越来越近，耀眼、浓密、充满了欢乐的气息。莉多奇卡也笑了起来，光芒越来越近，直到一只炽热的手掌猛地打中她的脸庞，打了一下，又一下，再一下。

"醒醒！"卢日宾在莉多奇卡耳旁喊道，几乎贴上了莉多奇卡的耳朵。

"醒醒！亲爱的，醒醒！"

莉多奇卡醒了过来。

卢日宾跪在她的身旁，他的脸甚至不能用苍白来形容，而是青色的，扭曲的嘴唇和下巴在发抖，脸颊剧烈地抽动，肌肉仿佛就要撕开。

"你……"卢日宾仿佛不敢相信莉多奇卡醒来了,错愕地说道,"你……"

莉多奇卡本想回应他,但她的嘴唇根本不听使唤,她的血混在水中,沙沙地流进下水道,不知为何,莉多奇卡的后背很痛,时而痛得剧烈,时而痛得轻柔,她的手腕和脚踝被绷带紧紧绑住,勒得有些酸痛。莉多奇卡断断续续地说道:"万尼亚,谢……谢……谢谢你。"

卢日宾俯下身,想听清楚莉多奇卡的话,莉多奇卡用尽了全身的力气,说道:"我……我……我想……"

卢日宾抓住她的肩膀,问道:"莉杜什卡,你想要什么?你想喝水对不对?救护车马上就到了,亲爱的,你忍一下。马上就到了,再等一下。"

莉多奇卡固执地摇了摇头,终于将她想说的话说了出来。

"我想留在这里。"莉多奇卡坚定地说道,这句话惊到了她自己,因为她从来没有像这样说过话,她从来没有为自己着想过,也从来没有敢于为自己着想,原来这一切是如此简单,她要做的就只有鼓足勇气,鼓足勇气,仅此而已。

"我想留在这里。"莉多奇卡重复道,卢日宾立刻明白了她的意思,她对家庭的选择、对自己命运的选择、对一切的选择——从那一刻开始,他们终于真正地在一起了,这正是卢日宾的心愿,而莉多奇卡也有着同样的愿望。她终于做出了自己的选择,这是莉多奇卡第一次有意识地真正选择了他,卢日宾对她充满了感激,终于,他落下了眼泪,将自己的脸埋在莉多奇卡凹陷的,几乎是孩子般的肚子里,无人知晓的下一个章节在金色的黑暗中悄然孕育。

大门外,一辆救护车尖锐地鸣笛,似乎在表达着不满。黎明前因精疲力尽而脸色灰暗的医生正试图将一个沾满口水的烟头掐灭在烟灰缸里,但没有成功。医生自言自语道:"上帝啊,你看看,瓦夏,这些资产阶级住着这么豪华的宫殿,生活有什么不好的,非要自杀,我讨厌这些自杀的人,这已经是我这一周第四次因为自杀出救护车了,我只是没有这个权力,不然我非要把他们送进精神病院去。而且肯定有一个割腕自杀的,不是横着割,而是竖着……好吧好吧,为了工资,人还是要救的,混蛋,开慢一点,对,向后倒一点,再倒一点,要不然担架下不来……"

救护车的车轮压坏了玛露霞生前种下的金球花,医生从车里跳了出来,向房子里走去,走的正是加林娜·彼得罗夫娜曾经走过的那条通往神婆家的路,一切都那么真实,一切都连结到了一起,永远连结到了一起——既有始终无法对应上、却在这一大段故事里始终存在的爱,还有这幢房子,还有寒冷却宜人的空气,还有从淡粉色的松树后面缓缓初升的太阳,太阳是那么耀眼,好像拉扎尔·林特从遥远的地方传来的笑意。

他笑了笑,并吻了吻玛露霞温热的小手。

© Marina Stepnova, 2011

The simplified Chinese translation rights arranged through Rightol Media （本书中文简体版权经由锐拓传媒取得 Email: copyright@rightol.com） and Banke, Goumen & Smirnova Literary Agency（www.bgs-agency.com）

著作权合同登记号 图字：22-2024-094

图书在版编目（CIP）数据

她的第三种生活 /（俄罗斯）玛丽娜·斯杰普诺娃著；张政硕译. -- 贵阳：贵州人民出版社，2025.5.
ISBN 978-7-221-18657-7

Ⅰ. I512.45

中国国家版本馆CIP数据核字第202413WS68号

TADE DISANZHONG SHENGHUO
她的第三种生活
[俄]玛丽娜·斯杰普诺娃 著
张政硕 译

出 版 人：朱文迅	选题策划：后浪出版公司
出版统筹：吴兴元	编辑统筹：尚 飞
责任编辑：黄 伟	特约编辑：俞延澜
营销统筹：陈高蒙	营销编辑：林晗芷

装帧设计：墨白空间·瑞文舟
出版发行：贵州出版集团 贵州人民出版社
地　　址：贵阳市观山湖区会展东路SOHO办公区A座
印　　刷：天津中印联印务有限公司
经　　销：全国新华书店
版　　次：2025年5月第1版
印　　次：2025年5月第1次印刷
开　　本：889毫米×1194毫米 1/32
印　　张：13.375
字　　数：290千字
书　　号：ISBN 978-7-221-18657-7
定　　价：78.00元

后浪出版咨询（北京）有限责任公司　版权所有，侵权必究
投诉信箱：editor@hinabook.com　fawu@hinabook.com
未经许可，不得以任何方式复制或者抄袭本书部分或全部内容
本书若有印、装质量问题，请与本公司联系调换，电话：010-64072833